U0902956

浮屠妖 著

余生漫漫皆为你

[下册]

青岛出版社
QINGDAO PUBLISHING HOUSE

第十一章
努力的人，运气不会太差

文雅黛说完，瞟了一眼年小慕。

文雅黛想到年小慕刚才跟寒少抱在一起，眼底闪过一抹幽光。她那么辛苦地工作，就是为了余越寒，年小慕除了会用那张脸勾引男人、主动投怀送抱外还会做什么？年小慕凭什么跟自己比？！

文雅黛心想，只要余越寒答应陪自己吃早餐，她就能狠狠地打年小慕的脸。可她等了十几秒都没有等到余越寒的答复，不禁紧张起来。她都这样说了，他还是一顿早餐都不愿意陪她吃吗？她要是当着年小慕的面被余越寒拒绝，丢脸的就不是年小慕而是她了。

文雅黛眼珠一转，她伸手抚住自己的额头："好像太饿了，有点儿头晕。"那柔弱的样子让人于心不忍。

这里还有陈子新这个外人，所以要是让人知道余越寒对待公司的功臣都如此冷漠无情，只怕会令人寒心。

"好。"余越寒薄唇微启，他淡漠地吐出一个字。

闻言，文雅黛脸上顿时漾起笑容，笑容中还透着一丝娇羞。她正要问余越寒去哪里吃，就发现余越寒根本没有看她，而是看着年小慕道："你也一起去。"

文雅黛嘴角刚扬起的笑容僵在了嘴边，脸色青一阵紫一阵。她费尽心思都得不到的青睐，年小慕轻易就得到了。

“我？”年小慕指着自己的鼻子，意外地问道。

一旁被忽略的陈子新着急地走上前：“寒少，年主管已经跟我有约了。”

文雅黛一听见陈子新的话，眼底顿时闪过一抹亮光，走到余越寒身边，跟他并肩而立：“寒少，既然年主管已经有约，你就不要勉强她了，看样子年主管跟小陈总很要好呢。”

她这话看似正常，可是仔细一想，又像是在暗示年小慕跟陈子新有什么关系。

即使陈子新比不上余越寒，但他是盛达科技的太子爷，自身条件不差，脾气也好，一点儿“富二代”的坏毛病都没有，喜欢他的女人可不少。

在文雅黛的眼里，陈子新能看上年小慕，都是年小慕高攀了。哪想到她的话刚说完，余越寒的脸色就沉了下来，身上隐隐透着寒气，目光从陈子新身上掠过，最后落在年小慕的小脸上，他幽幽地启唇：“正好，一起。”

两人行变成了四人行，文雅黛心里别提多不甘心了，可她又不敢反对，现在她只能期望陈子新不同意。

文雅黛刚要询问陈子新的意见，就看见余越寒已经率先转身，提步朝餐厅走去。她咬咬牙，只能跟上去。

他们去的还是上次的餐厅，不过这次的包间换成了年小慕心心念念的专属包间。

年小慕一进包间，就双手抱臂四处打量。

“看出什么了？”余越寒的目光一直在她身上，他见她盯着墙上的一幅油画在看，踱步上前，站在她身后问道。

年小慕还来不及说话，文雅黛就抢先开口：“寒少，这幅画可是Oliviero大师最得意的画作之一，若不是对油画有研究的人，哪怕只是仿品估计都看不懂，你这不是为难年主管吗？”

文雅黛说着，脸上闪过一抹得意之色，心想，年小慕只是一个护工，她能进入余氏集团也是因为余越寒的破格录用，这样的人能有什么艺术造诣？只怕连一幅好画都没有见过，却装作在欣赏画作的样子来吸引余越寒的注意力。

她今天就要借这个机会让年小慕认清自己的身份。

“文经理好像很了解油画？”陈子新听见文雅黛的话后，下意识地接话。

他说完，文雅黛脸上的得意神色更加明显，她却装出谦虚的模样：“只是略知一二。”

文雅黛见余越寒朝她看过来，她的眼神中充满期待，她等着余越寒的赞赏。她想得果然没错，男人都喜欢高雅、有品位的女人，像她这样的人才有资格站在余越寒身边。

年小慕会什么？年小慕陪着余越寒出席宴会的时候，还要带着医药箱去给别人护理吗？

年小慕简直上不了台面！只要她稍稍露上一手，马上就能将年小慕打到尘埃里！

“这幅画不是仿品，是真的。”一直背对着文雅黛在看画的年小慕蓦地开口。

简单的一句话像是打在了文雅黛的脸上。

文雅黛的脸色顿时就变了：“你说什么？”

她扭头看向墙上的画，仔细看了一遍，发现这幅画确实画得很好。可这里只是餐厅的一个包间，大师级的画作价值连城，怎么可能会放在这里当装饰？因此，她才会笃定这是一幅仿品。此刻她听见年小慕的话，心里有一丝慌乱，再想到年小慕的身份，突然感觉年小慕该不会是看不懂又怕丢脸才故意说这幅画是真的吧？

文雅黛的嘴角勾起嘲讽的笑容：“年主管，看不懂没关系，可你也不能这么夸张，指着一幅仿品非说成是真品。”

年小慕看着文雅黛，只是笑笑，不说话。

她那样从容的笑容倒让文雅黛笑不出来了。

“你从哪里看出来这幅画是真的？”文雅黛问完，包间里的几个人都朝年小慕看过来。

余越寒面色深沉，平静的目光让人看不出他在想什么，只是眼神里透着一丝探究，似乎也在等待年小慕的解释。

年小慕耸耸肩，很随意地说道：“一般的仿品只能模仿画作，但是模仿不了画家画画时的习惯。Oliviero大师是个老顽童，他喜欢在画作的某个地方留下自己的名字，让别人去找。我刚才一直盯着画看，就是想找找画里有没有藏着人名。”她往前走了一步，指着画上的某处，“正好在这里发现了一个，所以我猜这幅画应该是真的。”

年小慕说完，扭头看向余越寒。其实她一开始也不太相信餐厅的包间会用一幅价值连城的画来装饰，可后来一想到这里是余越寒的专属包间就明白了。这幅画应该是他让人挂在这里的吧？

“这怎么可能……”文雅黛看见画上真的隐藏着一个人名，脸色一白。

她想让年小慕难堪，现在却成了自己打自己的脸。

文雅黛抱着最后一丝希望看向余越寒：“这不是真的，对吗？”

只要余越寒说是假的，那么不管年小慕说什么都没有用！一个小护工装什么内行，懂什么艺术。所谓的画家小习惯，肯定也是她自己胡编乱造出来的！

文雅黛想到这里，抓住余越寒的手臂满怀希冀地看着他。

余越寒一直站在年小慕身后，盯着她毛茸茸的小脑袋，后来听见她的话之后眼神微微变了变，尤其在看见她提起大师画作时，那副自信笃定的模样，他灼热的目光像是要将她看穿……

良久，他才淡淡地启唇：“画是我让人送来的。”

简单的一句话让文雅黛的脸色一下就白了。

余越寒亲自让人送来的画不可能是一幅仿品……

年小慕居然说对了，一个来路不明的护工居然真的将她比了下去，还是当着余越寒的面，文雅黛的脸色一阵青一阵白，她根本不敢接话。

文雅黛正想装作什么都没听懂招呼大家吃饭，一直沉默的陈子新突然挤到前面，冲着油画看了几眼，轻轻地道：“我对这玩意儿向来没什么研究，肯定看不出来，没想到文经理居然也会看错。这么说起来，还是年主管你厉害，居然一眼就能看出来这幅画是真品。”陈子新突如其来的夸奖让包间里的气氛变得诡异。

文雅黛已经笑不出来了，她总算明白什么叫搬起石头砸自己的脚了，只能尴尬地赔笑，眼巴巴地看着余越寒，希望他给自己找个台阶下。

可余越寒的目光一直停留在年小慕的身上，他根本没看文雅黛。文雅黛站在那里就像是一个跳梁小丑。

等四个人再坐到餐桌旁，气氛已经因为一幅画发生了改变。

文雅黛刚丢了脸，此刻根本不好意思主动开口说话。

而陈子新的眼里只有年小慕，他从头到尾都只在问年小慕：“年主管，这家店还有不少好吃的点心，我再给你推荐几款？”没等年小慕回答，他自顾自开口说道，“虾皇蒸饺好不好？秘制凤爪你喜欢吗？清蒸扇贝呢？”那副献殷勤的样子，仿佛在他眼里只有年小慕才是女人，文雅黛根本不存在。

文雅黛不甘心地咬咬牙，鼓起勇气，看向坐在自己对面的余越寒：“寒少，我对这家店不是很熟，你能给我介绍几款点心吗？”

余越寒坐在自己的位置上，他的对面坐着文雅黛，而他的眼睛却一直看着斜对面盯着菜单不放的年小慕。

年小慕跟任何豪门千金都不一样，她就是她，真实、纯粹，喜欢就是喜欢，从来不会掩饰。可她又像一个谜，不知道从哪里来，又经历过什么，还有她身上那些看似奇奇怪怪，却总能让人惊艳的事——就连文雅黛都看不出真假的油画，年小慕一眼就看出来了。Oliviero大师作画的小习惯，虽然她说得轻巧，可是据他所知，知道的人并不多，她又是从哪里得知的?

"寒少? 寒少? "文雅黛迟迟等不到回应，轻轻地喊了两声。

余越寒的思绪被她的声音打断了，淡淡地瞥了她一眼："餐厅里没服务员? "冰冷的语气不只让文雅黛蒙了，就连坐在文雅黛旁边的年小慕都朝他看过去，只见他脸色黑沉像是很生气的样子。年小慕忍不住拿余越寒跟陈子新比，真的是一个像冬天、一个像夏天。

年小慕同情地看了一眼被冰冻的文雅黛，抱着菜单往陈子新的位置挪了挪，害怕被牵连。

余越寒将她的举动收入眼中，脸色更冷了，一双眼睛隐隐透着冷光，坐在那里就像一个自动制冷机。余越寒从头到尾都没有说话，只是在让服务员把单挂他的账上的时候开了口。

"寒少，上次已经是你请了，这次能不能让我来? "陈子新站起来想要抢着买单。

这是他第二次请年小慕吃饭，要是还让余越寒付钱，他以后怎么好意思再约年小慕出来? 陈子新从钱包里抽出卡连忙递给服务员。

"刷这张卡。"

"这……"服务员没有马上接陈子新的卡，而是恭敬地看向余越寒。

余越寒缓缓地站起身，举手投足间全是贵气，淡淡地扫了一眼陈子新，像是知道陈子新的心思一样。目光掠过站在陈子新身后的年小慕，余越寒目光微微一沉："我没有让人付账的习惯。"说完，他就踱步出了包间。

一顿饭在诡异的气氛中结束，全程最自在的人只有年小慕，她只负责吃，吃饱了就走。年小慕美滋滋地回到公关部，正准备开始工作，就见秘书走到她身边："年主管，经理让你去她的办公室一趟。"

不是刚一起吃过饭，怎么又叫她? 年小慕有些疑惑。可她一想到文雅黛刚出差回来，可能想询问自己手上的工作进度，便没有多想，收拾了一下桌子上的文案后，走到经理办公室门口，敲门。年小慕听见文雅黛的声音后才推门进去。

"文经理，你找我? "年小慕走到她的办公桌前站好。

经理办公室里，除了文雅黛还有一个比较陌生的面孔。

文雅黛看见她，站了起来："我先给你介绍一下，这是王妙妙，这次陪同我一起出差意大利的翻译。是这样的，现在部门里大家公认能力最强的人非你莫属，所以我想将这次隆巴迪先生来考察的事情交给你。"

年小慕一怔："交给我？可是我手上还有盛达科技的项目。"

"那个项目交给叶主管，而且我也在，不会有什么问题，至于小陈总那边，我会去解释，相信他知道是我来监督也不会有意见的。"文雅黛绕过桌子，走到年小慕面前，将隆巴迪的资料递给她，笑得格外灿烂，说道，"年主管，接待隆巴迪先生的事，大家都很重视，相信你不会让我们失望，能让我们顺利谈成这次合作。"

年小慕看着面前的资料，根本没有拒绝的机会。等她离开经理办公室的时候，一直等在外面的实习生晓晓飞快地冲上前，拉住她："年主管，我听说盛达科技那个项目的负责人要换人了，是真的吗？"晓晓见年小慕不说话，顿时变得有些气愤。

"这些人太过分了！当初请不到上心的时候就都推给你，现在好不容易项目顺利开展，就让你把辛苦打下来的江山拱手让人！"

"晓晓……"余光瞥见晓晓身后的叶明敏正走过来，年小慕忙伸手捂住了晓晓的嘴。可是已经来不及了。

叶明敏端着水杯从茶水间里走出来，听见刚才的话，不怒反笑："一个实习生都敢在背后议论主管，看来谢菁菁走了之后，A组的规矩已经荡然无存。"

叶明敏看着被自己训斥却敢怒不敢言的晓晓，又扭头看向年小慕："年主管，如果你对我有什么意见可以直说，我不是非要占着盛达科技的项目不放，这是经理的安排，你如果有意见就去找经理。不过如果我是你，我现在最担心的应该是明天要来集团参观的隆巴迪先生。"

叶明敏的脸上是掩饰不住的得意的神色，她绕着年小慕打量了一圈："我听说，隆巴迪先生最讨厌长得狐媚的女人，我真担心他一看见你，就会被气得拂袖而去。"

"叶主管，你这话是什么意思？你说谁狐媚！"年小慕没有动气，倒是一旁的晓晓气不过，冲到叶明敏面前质问她。

"我说什么了吗？"叶明敏扭头看了一眼经理办公室，见似乎有人要出来，也怕事情闹大，扭头就想走。没想到叶明敏刚迈出步子，就被突然伸出来的一只脚绊倒了。"啊——"叶明敏朝地板扑去，狠狠地摔了一个狗吃屎，手里的水杯更是滚出了几米远，水都洒出来了……

她疼得表情都扭曲了，双手撑在地上，刚抬起头，就看见年小慕已经走到她面前缓缓地蹲下来。

年小慕拍拍自己的裤腿，一字一顿地道："叶主管，做人要多积德，走路不长眼只是摔一跤，要是做人不长眼只怕早晚会有报应。"说完，年小慕没理会气得咬牙的叶明敏，拉着晓晓回到了自己的座位。

年小慕拉开椅子坐下，翻开手里的文件。文雅黛给她的资料很详细，里面将隆巴迪先生的喜好都罗列了出来，看起来文雅黛是真的希望年小慕能谈成这次合作。

"年主管，这个隆巴迪先生是土生土长的意大利人，只会说意大利语。你会吗？"晓晓挪着椅子，滑到她身边，不放心地问道。

年小慕下意识地摇摇头："不会。"

意大利语不像英语这么普及，如果没有专门学过，根本听不懂。

"不过没关系，有翻译。"年小慕想到了什么，抬头看向经理办公室，正好看见翻译王妙妙从里面出来并朝她走过来。

"年主管，有需要的话尽管吩咐我。"王妙妙走到她面前，恭敬地说道，"文经理很重视这个项目，她亲自去了意大利好几趟，光是约见隆巴迪先生就约了将近十次。我也很希望能将这个项目拿下来。"

王妙妙并没有刻意压低声音，周围不少人都听见了，一时之间公关部里全是夸赞文雅黛的声音。

"上次盛达科技的项目也是文经理亲自出面才跟陈总谈下来的。"

"何止上次，上上次跟新泰的合作也是。"

"我们部门都是因为有文经理，大家的工作才会这么轻松，说真的，像文经理这样能力强又好相处的领导已经很少见了。"

"文经理也不知道吃了多少闭门羹才请到隆巴迪先生，真不希望看见她失望。年主管，你要是有什么需要帮忙的地方尽管开口，我们只要有时间都可以帮忙。"有同事突然说道，其他人也跟着附和。

年小慕坐在座位上正看着资料，突然发现所有人朝自己看过来，皱了皱眉。一个考察项目能不能谈成合作还是未知数，原本就算谈不成，也只能说双方没有合作的缘分，可如今被王妙妙这么一说，却变成了如果谈不成，就是她糟蹋了文雅黛的心血。

既然文雅黛这么重视这个项目，为什么不亲自接待隆巴迪先生？这个疑惑在年小慕的脑海里浮现。

“我会尽快熟悉隆巴迪先生的所有资料，做好接待工作，但是需要你帮我跟对方确定一下行程表。”年小慕看向王妙妙。

王妙妙点点头：“我已经联系了隆巴迪先生的助手，正在等对方回复。”

周围的同事都开始各忙各的，年小慕将手上的资料翻看了一遍，她还是觉得哪里不对，皱着眉，坐在椅子上发呆。

王妙妙忽然走到她身边：“年主管，已经确定了，隆巴迪先生一行人的飞机是明天上午十一点抵达H市，需要你亲自去接机。”

上午十一点，那时间还很充裕。

年小慕刚吐了一口气，准备继续看资料，手机就响了……

总裁办公室。

偌大的空间，从余越寒回来之后就一直处于低气压中。

他靠坐在办公椅上，面前的文件一个字都看不进去，耳边不停地回响着文雅黛的那句调侃：“年主管跟小陈总很要好呢。”他的眼前仿佛还出现了年小慕在陈子新面前笑语嫣然的样子。她那副开心的模样一到他面前就消失了，活像他会吃了她……

余越寒心烦气躁地扯了扯领带，下一秒就见助手从外面走进来：“寒少，听说文经理将盛达科技的项目交给了别的同事，让年主管去接手跟隆巴迪的合作谈判。还有，小陈总又来了，就守在公关部门口，要约年主管吃烛光晚餐。”

“烛光晚餐”四个字成功地让余越寒的脸黑了下来，他心想，项目既然都已经交给其他同事了，年小慕还跟陈子新去吃饭，这是借着公事去约会？

“小陈总似乎很喜欢年主管，还没到下班时间就到我们公司等着，听说他手里还拿着一大束玫瑰花，看架势像是要告白——”助手的话还没有说完，他就感觉自己脊背一凉。

他抬起头，对上余越寒阴沉的脸色，顿时噤声。半晌，助手才弱弱地问了一句：“寒少，一会儿要直接回余家别墅吗？”

余越寒收回目光，浑身的冷意就像是要将助手冻住。他将面前的文件合上，站起身，问道：“他们现在在哪里？”

“公、公关部……”助手说完，就见寒少优雅地整理了一下领带，将西装外套穿好，然后走出了办公室。

公关部门口。

年小慕接到电话，急匆匆地往外走。她看见站在外面的陈子新，嘴角立时扬起笑容：“小陈总，你怎么过来了？”她看见他手里的玫瑰花后微微一怔。

周围响起不少同事艳羡的声音。

“哇，好漂亮的玫瑰花，没看出来，小陈总居然是这么浪漫的人。”

“早知道当初我就应该申请进年主管那个小组，负责盛达科技的项目，还可以看高富帅。”

“你是不是傻了？项目现在转给B组了，你去了A组也看不到。”

“你才傻，你难道看不出来，小陈总来找年主管压根儿不是为了项目？那眼神，明摆着是想追年主管！”

“你们说年主管会不会答应？”

周围很吵，没等年小慕回过神，陈子新已经抱着花走上前，春风满面地道：“年主管，我订了位置，想请你吃饭，我……”

“你的小可爱在找你……你的小可爱在找你……”一串卖萌的铃声蓦地响了起来。年小慕听见自己的手机铃声，连忙朝陈子新抱歉地看了一眼，将电话接起来。

管家着急的声音从电话里传来：“年小慕，小小姐不小心从沙发上摔了下来，像是摔到了受伤的胳膊——”

管家的话还没有说完，年小慕的脸色就变了：“小陈总，很抱歉，我有急事，我们改天再约。”

年小慕顾不上跟陈子新多说，转身就往电梯跑。

“年主管……”陈子新的声音被隔在了电梯之外。

年小慕马不停蹄地往余家别墅赶，路上还在不停地给管家打电话：“摔得严重吗？有没有通知医生？要是伤口愈合期间受伤，以后很可能会影响小六六的手臂活动能力，不能大意……”年小慕一路嘱咐，将能说的都跟管家说了，自己也催着司机快一点儿。

一想到小六六这会儿疼得嗷嗷叫，她的心脏就跟揪起来了一样。年小慕恨不得在自己身上插一对翅膀马上飞到小六六身边。

计程车在余家别墅门口刚停下来，她就推开车门往里跑去。

"小六六……"

年小慕拎着包，几乎连喘气的时间都没有就冲了进去。

等她跑到主别墅客厅门口，看清里面的场景后一下子愣住了——

偌大的别墅客厅里，余越寒颀长的身躯陷在奢华的沙发里，双腿交叠地放在茶几上，单手支着头，宠溺地看着正趴在他大腿上来回转悠的小六六。

小六六扎着丸子头，粉雕玉琢的小脸红扑扑的，十分可爱。

两天没有看见小六六，年小慕早就想她了。这会儿年小慕看见让自己心心念念的小丫头，原本应该开心地冲上去将小六六抱到怀里好好地亲亲、抱抱。可是，现在谁先来跟她解释一下小六六摔伤是怎么回事？为什么她看见的是父女俩在开心地玩耍？

"漂亮姐姐！"小六六小脑袋一仰，她看见愣在门口的年小慕，软糯糯的小身子立刻从余越寒的怀里滑下来。小六六拔腿就朝着年小慕跑过来，一下子就扑到了年小慕的怀里。

年小慕正在发愣，被猛地撞了一下，本能地抱住她。

"漂亮姐姐，我好想你。"奶声奶气的撒娇声一下让年小慕的心都软了。

年小慕低头就在小六六的小脸蛋上亲了一口："我也很想你，快让我看看，你的手怎么样了？"

旁边的管家一听见年小慕的话感到一阵心虚，想扭头走人。

没等他迈开步子，年小慕已经朝他看了过去："管家，你刚才跟我说小六六摔着了？怎么摔的？"

管家："……"

管家的目光下意识地瞟向坐在沙发上的余越寒，他见余越寒岿然不动，一脸"寒少，你让我说谎，这会儿怎么能见死不救"的无奈样。

"是摔了……从沙发上滑了下来，我看着像是扭到手了……其实可能不是太严重，休息一会儿应该就好了……"管家不擅长说谎，一句话结结巴巴地说了半天。

年小慕："……"

小六六只是从沙发上滑下来，管家就吓得丢了魂一般着急地喊她回来？

管家在余家别墅这么多年，应该是见过大风大浪的人。

年小慕低头看着蹭在她怀里的小六六，总觉得哪里不对，问道："小六六，你有没有觉得哪里不舒服？"

“爸爸不高兴，让人把院子里的玫瑰花都剪掉了！”小六六仰起小脑袋，凑到年小慕的耳边小声告密。然后小六六从年小慕怀里钻出来，拉着她的手朝坐在沙发上的余越寒走过去。

年小慕愣了愣，余越寒让人把整个院子的玫瑰花剪掉了？玫瑰花怎么得罪他了，这么大的怨气？可是看他的表情不像很生气啊，至少没瞪她，似乎还对她笑了一下……

年小慕确定小六六没事，正犹豫着要不要问问余越寒是不是心情不好，还没来得及说话，手机就响了。她从包里翻出手机看了一眼，就见“小陈总”的备注在屏幕上闪烁。她刚要接，身前突然有一抹颀长的身影将她笼罩住了……

他俊美的脸微微低垂朝她靠近，温热的呼吸喷在她的脸上，薄唇就停在她的鼻尖前，看起来像是要亲她。

年小慕一下就僵住了，哪里还顾得上陈子新，她顿时瞪大了眼睛。

“寒少，你离我远一点儿，你这样，我喘不过气来。”年小慕下意识地往后退，可小六六站在她身后，她要是后退就会撞到小六六。

“喘不过气？我看看。”余越寒嘴角邪气地一勾，他又往前走了一步。

两个人几乎要靠到一起了。

他身上霸道的气息扑面而来，夹杂着让人琢磨不透的情绪。年小慕连忙抵住他的胸口，着急地喊：“你别再过来了，我会踩到小六六！”

闻言，余越寒没有上前，却也没有后退，而是站在原地保持着两个人几乎贴在一起的姿势，有磁性的声音透着一丝暗哑：“还喘不过气吗？需不需要帮忙？”

年小慕：“……”

她怎么觉得这句话有别的意思。

要是她说喘不过气，他是不是就要帮她做人工呼吸？

年小慕一想到这里，咽了咽口水，目光已经不敢直视他的薄唇。

她感觉自己被撩了，怎么办？撩回去？

“流氓！”

他怎么可以当着小六六的面说这样的话？

余越寒被骂了也不生气，挑眉看了她一眼，见她手里的电话已经挂了，眼底透出笑意：“我只是想帮你叫医生，你想到哪里去了？”

年小慕：“……”

“年小慕，思想要纯洁，不要污。”

年小慕：“……”

重新响起的手机铃声打断了两人的对话。

年小慕低头看了一眼，发现又是陈子新打来的电话，她连忙接了起来。

“小陈总，我到家了。”年小慕一开口，站在她面前的余越寒脸色立刻就黑了。

刚缓和的气氛仿佛一瞬间跌回了冰点，隐隐透着压抑。他冷冷地盯着年小慕。

“对，没事了。”年小慕拿着手机，一边说着话，一边往旁边走。她正准备跟陈子新道歉，只听陈子新又问，能不能一起吃饭。

“现在吗？可是现在有点儿晚了，而且我——”年小慕的话还没有说完，她就听见身后传来一声闷响。

她回过头，看见趴在沙发上的小六六像是摔着了，抓着电话的手一紧。旋即她想也不想地开口：“抱歉，今天不行，我真的有事。”然后她挂了电话，飞快地跑到沙发前将小六六软糯糯的小身子抱了起来，“是不是摔了？摔到哪里了？”

小六六抬起粉嫩嫩的小脸蛋，一脸蒙，满脸写着：我是谁？我在哪儿？刚才发生了什么？

管家站在一旁看见是余越寒将小六六抱到沙发上，让她假装摔倒。此刻他只能默默地转过身，假装自己什么都没看见……

这一定不是真的，这是假寒少。他瞎了，他刚才什么都没看见！

“小六六，你别吓我，是不是哪里疼？”年小慕将小六六抱进怀里，上下检查了一遍，没发现小六六有什么异样才松了口气。

她刚想问余越寒需不需要送小六六去医院检查一下，就见他走到她身后，淡淡地启唇：“小六六是听见你要出门才摔倒的。”

“……”所以是她的责任？

年小慕低头盯着怀里的小六六，用眼神询问她。

小六六黑漆漆的大眼睛眨巴眨巴，委屈地瞅了一眼余越寒。下一秒小六六扑进年小慕的怀里，搂着她的脖子不放，看起来小六六像是真的舍不得她一样……

年小慕的心一下子就软了，她忙抱住小六六，温柔地拍着小六六的背脊，安慰道：“小六六不怕，我不走，我今天晚上会一直陪着你，哪里都不去。”

闻言，余越寒满意地勾起嘴角，扭头吩咐管家开饭。

年小慕抱着小六六跟着他走进餐厅，看见摆在餐桌上的红色玫瑰花后微微一怔，脑海里又闪过小六六刚才说的话。他把院子里的玫瑰花都剪了就是为了用来装饰餐厅？不对不对，她见过余家别墅的玫瑰园，那么大一片的玫瑰花，别说装饰餐厅，就是装饰一场宴会都绰绰有余。一次全剪了怎么可能只是为了装饰餐厅？那到底是怎么回事？

“怎么了？”余越寒见她愣着不动，冷冷地瞥了她一眼，他发现她盯着餐桌上的玫瑰花，眼睛微微一眯，“不喜欢玫瑰花？”陈子新抱着玫瑰花去找她的时候，她不是笑得很开心吗？

“不是，小六六说，你把院子里的玫瑰花都剪了。”年小慕对上他的目光，话脱口而出，说完她才意识到自己说漏嘴了。她连忙抱着小六六走到餐桌前，将小六六放到儿童椅上，准备岔开话题。

她没来得及开口，余越寒已经走到她身边，颀长的身影，垂手而立，逆着光看不清他脸上的神色，年小慕只听他淡淡地说道：“玫瑰花有刺，会扎到小六六，所以就剪了。”

他说着朝管家示意。下一刻，管家就抱着一大捧玫瑰花走到他身边，然后将玫瑰花递给他。刚剪下来的玫瑰花很鲜艳，花瓣上的水珠在灯光下晶莹剔透。

余越寒从管家手里接过花束，然后将花束塞到年小慕的手里。

“你要是喜欢，送给你。”

年小慕抱着一大束玫瑰花，愣住了，她忘了自己该有什么反应。陈子新抱着玫瑰花来约她吃饭的时候，她一点儿感觉都没有，就连听见同事们的议论，她只当大家在开玩笑。可为什么余越寒刚才拿起玫瑰花的那一幕会让她那么紧张？心跳不自觉地加快，心像是要从喉咙里蹦出来，尤其看见用人从厨房里端出来的牛排、红酒，她下意识地绷紧了身体。

玫瑰花、牛排、红酒……要是再点上两根蜡烛，就是名副其实的烛光晚餐了。这让她产生了一种错觉，他们现在这样像不像在约会？

余越寒站在她面前，将她所有的表情收入眼中，心微微一动。第一次，他送一个女人玫瑰花，既期待她的反应，又有些紧张，担心她会看出来什么。

见她迟迟没有动作，他皱了皱眉，说道：“你要是不喜欢，我就让人扔了。”

余越寒说着，就要去拿她怀里的玫瑰花。他的手刚伸出去，年小慕就往后躲了躲，差点儿跳起来：“不要扔！我喜欢！我很喜欢的！”

这可是他第一次开口说送她东西，虽然送玫瑰花怪怪的，可是起码他变得有人情味了，而且玫瑰花这么漂亮扔了多可惜？

年小慕将玫瑰花紧紧地抱在怀里，不等余越寒开口，将花束放在距离自己最近的椅子上。年小慕见他够不着，才放心地转过身给小六六系上吃饭用的围兜。

厨房给小六六准备的牛排是适合儿童吃的，搭配了她喜欢的小薯条。年小慕替小六六将牛排切好，将叉子递给她，让她自己慢慢吃，自己则拉开椅子坐到余越寒的对面。年小慕刚坐下来，管家就将一份牛排放到了她面前，同时给她倒了一杯红酒。

暗红色的酒液盛在高脚杯里，在灯光下显现出莹润的光泽，高贵、神秘，一如坐在她对面的余越寒。

两个人都是牛排和红酒，管家将红酒给年小慕倒上后，灯光就暗了下来。管家将烛台放到餐桌上的时候，她还在盯着坐在面前的余越寒。她突然发现餐桌中间多出来的烛光，有些蒙，脑海中不自觉地闪过“烛光晚餐”四个字。她意识到自己的想法后，端起红酒狠狠地灌了一口，喝得有点儿急，呛了一下。

她都没回过神，坐在对面的余越寒就已经站了起来，颀长的身躯越过桌子，他抽了一张纸巾替她擦了擦沾在嘴边的酒渍。

“喝慢点儿，没人跟你抢。”他低沉的声音不似平时冰冷，反而透着一丝宠溺。

完了，她的酒量怎么变得这么差了？她才喝一口就产生了幻觉，竟然觉得冰疙瘩都变得温柔了……

“怎么不吃牛排？你不喜欢？”余越寒蹙眉。

“喜欢。”年小慕回过神，连忙抓起餐具低头吃牛排。

美味的牛排刺激着味蕾，年小慕的注意力很快就放到食物上了。她一口一口欢快地吃着，完全没有注意到坐在她对面的余越寒只吃了几口就停了下来。

他双手交叠，撑着下巴，宠溺地看着她。他见她杯里的红酒喝完了，立时吩咐管家上前给她再倒一杯。

年小慕也不客气，她的酒量还不错，至少喝点儿酒是不会有问题的。可今天她也不知道怎么了，几杯红酒下肚，突然觉得口干舌燥。她看着眼前的余越寒，胸口莫名觉得有些燥热。她将空酒杯放下，忍不住拍了拍自己的脸：“我好像喝醉了……”

年小慕说着，将餐盘里最后一小块牛排塞到嘴里，嚼了嚼，咽下。她吃饱喝足后，还不忘将自己放在椅子上的玫瑰花抱起来，扭头看向余越寒："寒少，我先回房间把花插好。"

她说完，刚迈出步子就觉得自己有些飘，一个踉跄差点儿跌倒。年小慕怀里抱着一大束玫瑰花，根本来不及扶任何东西，就在她以为自己要摔到地上的时候，一双强健的手臂稳稳地将她托住。余越寒的手臂一用力就将她带到了怀里。

"你醉了。"他说的是肯定句。

年小慕也不反驳，乖巧地点了点头，傻呵呵地冲着他笑："寒少，你家的红酒好好喝！"

余越寒："……"

他没有告诉她，那是他珍藏了很多年的红酒，口感醇厚，后劲强，刚开始喝的时候，只会觉得这酒特别好喝，喝到后面绝对会醉。没看他只喝了一小杯就不再喝了吗？她倒好，拿他珍藏的佳酿当白开水一样喝，不醉才怪！

"我扶你回去。"他没有去追究管家今天怎么开了他珍藏的红酒。余越寒托着她的手臂无声地收紧，他将她夹在自己的胳膊下，拖着她往房间的方向走。

他刚推开她的房门，想扶她躺到床上，年小慕就从他胳膊下挣脱出来。她一边揉脖子，一边吐槽："寒少，你要是以后都这么送女孩子回房间，是要打一辈子光棍的！"

她的脖子都要被他夹断了！

年小慕喝了点儿酒，借酒壮胆，脑子是糊涂了，胆子却肥了。她见余越寒愣在门口，笑嘻嘻地走上前，扯住他的领带拉着他靠近自己，然后憨笑着抓起他的手臂放到自己的肩膀上，纤细的身子主动往他怀里靠，嘴里还碎碎地念叨："要这样抱才会舒服……嗝！"

她打了个酒嗝，娇俏的小脸变得越来越红。年小慕说话也开始有点儿大舌头，偏偏自己一点儿都没有意识到，她还在嘀咕："就是这样抱，要不要再教你一遍？对女孩子要温柔。白长了一张那么好看的脸，天天绷着脸，谁看了不害怕？我要不是把你当自己人，才不会告诉你这么多。"

"……"

"不过你长得真好看，我从来没有……没有见过比你好看的人，要不是你笑起来太冷，我保证女人都会跪倒在你的西装裤下，我不、不骗你！"年小慕说到最后，人已经有些迷糊，小脑袋靠在余越寒的胸口，一点一点的。就在余越寒以为她要这么睡着的时候，她忽然抬起头，然后用力地将门关上。她转身将他按到了门板上，神秘兮兮地凑到他面前，“寒少，我突然想起来，我上次好像不小心亲了你，还没有让你亲回来。”

余越寒：“……”

淡淡的酒气夹带着她身上的馨香飘进他的鼻子。年小慕柔若无骨的小手还撑在他的胸口，她努力地踮着脚，想要跟他平视，却还是足足矮了大半个头。

他微微垂眸盯着她喋喋不休的小嘴，顺着她的小嘴往下看，是迷人的锁骨和胸前白皙的肌肤。她刚才抱在手里的玫瑰花已经掉在脚边，散出来的一些花瓣撒在她白皙的脚趾头上，晕染开一抹浪漫和暧昧……

余越寒喉咙一紧，一股说不出来的感觉在胸臆间流窜。余越寒眼眸一缩，他思考着：她刚才那句话是认真的，还是喝醉了在说胡话？就见她委屈地吸了吸小鼻子，嘟着嘴抱怨：“我脖子酸了，你头低下来一点儿。”

余越寒鬼使神差地微微俯身，让她能跟自己平视。他刚低下头，年小慕就伸手搂住他的脖子，踮起脚，以迅雷不及掩耳之势在他的俊脸上亲了一口：“哈哈，你上当了吧！”年小慕白皙的小手还意犹未尽地拍了拍他的脸……

余越寒身体一僵，他难以置信地盯着眼前的人。

他这是……被她调戏了？

他的长指抚过被她亲完的脸，脸仿佛还留着某种温热，这种感觉提醒着他刚才发生的一切不是错觉。

余越寒活了二十多年，从来没有女人敢这么占他的便宜，而且占完便宜还笑得那么开心。看来她是真的喝醉了，连死都不怕了！

余越寒眼睛一眯，他将准备逃跑的女人抓回来，转身将她按到了门板上。

两个人位置互换，房间里的气氛瞬间就变得不一样了。

余越寒只是微微站立就能将年小慕完全包裹在怀里，他能清晰地看见怀里满脸绯红的人正一脸不怕死地戳他的胸口。

“有肌肉，胸肌。”

“……”

“我再看看有没有腹肌。”她不老实的手真的在他的胸膛上摸来摸去，过了几秒，她兴奋地仰起头，“真的有，至少六块……嗯！”

喋喋不休的小嘴被唇封住。不像之前任何一次的意外碰触，这次他动了真格，久久没有放开她。

“喘、喘不过气了……”年小慕的拳头捶他的胸口，脚用力地踢他的膝盖。她从他怀里挣脱出来，看着眼前气场发生变化的余越寒，哪怕喝醉了，女人的第六感也开始苏醒。她转过身就往里跑，径直钻进被窝里，用被子将自己裹起来，学小六六说话，“困，要睡觉觉了，晚安！”

余越寒站在门口，缓缓地转过身。昏暗的房间里，窗外透进来的月光打在他俊美的脸庞上，勾勒出来的轮廓除了邪魅还有一丝让人觉得危险的气息。

他的嘴角噙着一抹似笑非笑的弧度，他看着以为躲进被子就可以逃出生天的人。余越寒眼睛里透出的笑意仿佛在嘲笑她的天真，他单手揣在口袋里，踱步朝她走过去。

“年小慕，睡了没？”他薄唇微启，有磁性的声音里透着蛊惑。

缩在被窝里的人想也不想地应道：“我已经睡着了！”说完，她似乎意识到自己不应该回答，立马改口，“我是说，我快要睡着了，下一秒就睡着了！”

余越寒走到床边，紧挨着她坐在床头，单手支着头，侧身看她缩在被子下的脑袋。听见她的话，他挑挑眉：“可是我睡不着。”

“……”

“你陪我聊聊。”

“……”

不听不听。

年小慕转过身，双手捂住耳朵。她假装什么都没听见。

余越寒瞥了她一眼，嘴角勾起邪邪的笑：“既然你不想聊天，那好，一起睡吧。”

嗖一下，刚才还缩在被窝里的人二话不说爬了起来。她扒开头发，乖巧地坐在他面前，说道：“现在睡觉太早了，聊天好，我们聊天吧！”

“你不是困了？”余越寒扫了一眼昏昏欲睡的她，淡淡地启唇，眼底幽暗的光使他看起来像一只蛰伏的狼。

年小慕听见他的话，头摇得跟拨浪鼓似的：“能陪寒少聊天，是我的荣幸，不困！”她说完，眼皮就耷拉了下去。她打了个哈欠，余越寒看不出来她是醉了还是没醉。

余越寒状似不经意地启唇：“上次我问你的问题，你还没说清楚。”

“什么？”年小慕脑袋一抬，一脸茫然地问道。

“为什么连自己怎么进医院的都不知道？”余越寒身体微微坐正，一条长腿在床上伸直，另一条微微屈膝，手臂放在膝盖上，身体前倾，逼近她身前。他没放过她脸上一丝一毫的表情。他想知道，她说的“不知道”，是真的不知道还是在敷衍他。

“醒来的时候就在医院了，所以不记得了。”年小慕嘟哝着，像是真的困了。她一开口说话就开始打哈欠，人也不自觉地往余越寒的身边靠。

他刚准备再问什么，她葱白的手指忽然朝他的眼睛伸过来。她眨巴着大眼睛，替他数睫毛：“一根，两根……好多根……寒少，你的睫毛好长呀！”

余越寒被噎住了。

可偏偏坐在他面前的人像是玩上瘾了，她数完他的睫毛又开始数他的眉毛：“这个太多了，数不清！”她说出的话已经含混不清，手指倒是麻利，数不清，干脆一直摸着他的眉毛不放。她的手从余越寒的眉毛到他的眼睛再到他的鼻子……最后顺着他的脸部轮廓摸下来，停在他的薄唇上。她憨笑着，像个想吃糖的孩子。

“这里好软。”她摸了一会儿，像是不满足，又仰起头，在他的薄唇上啄了一口，“好好吃！”

余越寒：“……”

没等他有反应，她已经蹭到他的怀里，迷迷糊糊地打了个哈欠：“好困。”

余越寒怀里多了个人形抱枕，身体绷紧了。他愣了好几秒才回过神，咬着牙，从喉咙里逼出一句话：“年小慕，你知不知道你在做什么？”

年小慕被他吼得怔了怔，从他怀里抬起头，笑眯眯地回答：“知道，撩你！”

“……”

“撩完就跑，不负责的！”

“……”

余越寒俊脸一黑，很好，希望等你明天醒过来后不要后悔自己说过的话！

早晨的第一道阳光洒在洁白的窗台上，没有拉紧的窗帘随风轻轻飘扬，随着窗帘的浮动，阳光时不时地落到房间的地板上。

床上天蓝色的被子高高隆起。

年小慕躺在一个温暖的怀抱里睡得很舒服，小脑袋时不时地蹭一蹭，像一只小野猫在磨爪子。被阳光刺到眼睛，她不高兴地扯过被子，翻了个身准备继续睡。她刚一动，就觉得头有些沉，有些不对劲……尤其今天的枕头，似乎格外舒服，软软的，有弹性，还有温度。她的腰上还压着什么东西，像是一个人的手臂。

她下意识地挪了挪屁股，刚一动就发现腰上的手臂收紧了，那个人像是不高兴她乱动，手还在她的屁股上拍了一巴掌。

年小慕身体猛地一僵，她迷迷糊糊的小脑袋刹那间清醒了。她从被窝里钻出来，抬起头，灵动的眸子看清被自己压着的男人后，眼瞪得跟铜铃一样大。

只见余越寒单手枕着头，微微侧着脸，双眼闭着。他看起来像是没睡好，眼眶下方有些乌青，就连性感的薄唇也轻轻抿着，下颌紧绷。

年小慕呆呆地看着他，脑子一片空白，尤其瞥见他光洁的胸膛，还有两个人亲密的睡姿……

她像是失去了说话能力，张着嘴，半晌都说不出一个字。他们昨天……发生了什么？她努力回想，却什么都想不起来，只记得他送了她玫瑰花，然后晚餐是牛排，他还点了蜡烛……对了，红酒！昨晚的红酒特别好喝，她的酒量向来不错，几杯红酒不在话下，昨晚喝得特别欢畅。

可是后来呢？后来她是怎么回房间的？为什么余越寒会跟她睡在一起，还没有穿衣服！一系列的问题一个接一个冒出来。

年小慕盯着眼前一脸疲惫的余越寒，心开始慢慢往下沉……

该不会她昨天喝多了，觊觎他的美色，没忍住，然后抓着他上下其手，最后还把他给强睡了吧？！

一想到这里，年小慕就不淡定了。她偷偷地往被子外挪，想趁着他醒过来之前毁灭罪证。她刚一动，就瞥见他睁开了眼睛，吓得她从被窝里跳起来。

年小慕看见他难看的脸色，越发笃定自己刚才的猜测，心虚地支吾了半天都憋不出一句话。最后脑子一抽，她脱口而出：“寒少，早！昨晚睡得好吗？”

正好一阵风吹过，卷起窗帘，晨曦从窗外洒进来，一室明亮。阳光正好照在余越寒的脸上，可此时他那张祸国殃民的俊脸阴沉得可怕，窗外的好天气跟他阴沉的脸色形成了鲜明的对比。

他坐起身，被子从身上滑落，露出结实的胸膛。他微微挑眉，嗓音沙哑地道：“你说呢？”

“……”

“你做的好事都忘了？”

“……”

年小慕一阵脸红，心想，完了完了，果然跟她想的一样，他这副样子，明摆着就是被她占了便宜，这下可怎么办？说她什么都不记得了，不管她对他做了什么通通不作数？

余越寒揉了揉太阳穴，回想起昨天晚上发生的事情，头疼地皱眉。

他从来没有见过这么闹腾的女人。前一秒还抱着他上下其手，理直气壮地撩他，后一秒她就楚楚可怜地缩在被窝里，裹着被子跟他聊人生。人生没聊完又嚷嚷着困了，窝到他怀里要抱抱。

他耐着性子哄她睡觉，刚躺下她就骑到他身上，说要骑大马！

余越寒活这么大，还是第一次被超过三岁的女人骑在头上把他当成马。年小慕还一个劲地说“驾驾驾”，他当时没直接拧断她的脖子绝对是用光了这辈子的善良！

在他以为她骑累了，终于要消停的时候，她又不知道哪根筋搭错了，抱着他号啕大哭，像个孩子一样，含混不清地诉说着自己的委屈，最后还抓着他昂贵的衬衫擤鼻涕。在他几乎要将她碎尸万段的目光中，她眼泪汪汪地问他：“寒少，我是不是把你的衣服弄脏了？”

“……”

“没关系，你脱下来，我帮你洗，我洗的衣服很干净的。”话还没说完，她就上去扒他的衣服。她硬是将他的衬衫给扒下来，抱着衬衫冲进洗手间，说要给他洗衣服。结果她把马桶当脸盆，就这么将他的衬衫糟践了……

要是他晚一步进去，她没准儿还能把自己也放进马桶洗一遍！

一直到天快亮了，能闹腾的项目都闹腾完了，她才终于消停下来，拽着他，然后将他按到床上当成抱枕美滋滋地睡觉。

她是倒头就睡，余越寒却是在睡觉的时候第一次被人当成抱枕。她还不停地在他怀里蹭，余越寒一身火气都被她蹭起来了。他怎么可能睡得着！

他不是委屈自己的人，下意识地想将她推开，余光瞥见她恬静乖巧的睡颜，余越寒抓着她肩膀的手就怎么都使不上劲。他任由她抱着，任由她在他怀里作威作福，她嘴里还嘟哝着：“小六六乖……漂亮姐姐最喜欢小六六了……”她抱着他，却惦记着他的女儿，这绝对是余越寒被无视得最彻底的一次！男性的自尊被她碾压了个彻底。她倒好，一觉睡醒，干过的好事全丢给了周公，只剩小脸上的心虚表情，像是误会了什么。

余越寒顺着她的目光低头看了一眼自己光洁的胸膛，嘴角充满邪气地一勾，他淡漠地启唇：“怎么，你想不认账？”

“……”

“也对，你昨天就已经说了，撩完就跑，不会负责。”

“……”

年小慕霍地抬起头，瞪直了眼睛看着他。随即她就看见他掀开被子，从容地下床，只穿着一件睡皱了的西装裤，踱步朝她走来。他停在她面前，低头盯着她发怔的脸：“不记得了，需不需要我帮你回忆？”

余越寒目光微微一闪，他幽幽地启唇：“其实也没什么，就是你昨晚一直抱着我，还非要帮我脱衣服，让我陪你睡觉。”

什么？

她脱他衣服！

她让他陪睡觉！

年小慕小嘴微张，双眼几乎要瞪出来：“你胡说！我们要是真的有什么，为什么我身上的衣服都是好好的？而且我一点儿感觉都没有……”

年小慕说着，小脸先红了。她刚醒的时候，就看过自己身上的衣服，还是她昨天穿的那套，虽然他没有穿上衣，可是裤子还好好地穿着。他看起来也不像是被她欺负的样子。

余越寒束手而立，定定地盯着眼前的人。他看着她那双灵动的眼睛不停地在他身上晃来晃去，像是在怀疑他是不是某方面的能力不行才会让她一点儿感觉都没有。

他刚才还上扬的嘴角顿时笑不出来了。他黑着脸，按住她的小脑袋，微微用力，说道：“年小慕，你应该知道，我就算一只手也能拧断你的脖子。”

“我信！我信！”年小慕神经一紧，好汉不吃眼前亏，她忙不迭地认
㞞。而后，她想了想，又补充了一句，“你一只手就能收拾我，所以一定不可能眼睁睁地看着我占你的便宜，昨天晚上肯定什么都没有发生，对不对？”

“……”

“要是真有什么，也绝对是你占我便宜，毕竟我喝醉了，不记得了。”

“……”

余越寒没想到，他居然被套进去了。他看着眼前小狐狸一样的人，纯黑色的瞳孔微微一缩。她说得都对，要是再说下去就会变成是自己趁着她喝醉之后占了她便宜……

余越寒的眉心拧了拧，他收回目光，淡淡地启唇：“我不是什么人都吃得下。”

“……”

“倒是被某人硬拽着当了一个晚上的抱枕，这笔账要怎么算？”余越寒身体微微前倾，将她逼到墙边，单手将她壁咚在墙面上，他低头看着她。

年小慕听见两个人什么都没发生，明显松了一口气，然后笑了起来。

不知道为什么，余越寒瞥见她的反应后胸口莫名觉得烦闷。多少女人想尽办法接近他，就是为了跟他扯上关系，她是第一个听见跟他没关系立马开心笑出声的人，灿烂的笑容像朵太阳花。

“年小慕，我的衣服是你亲手脱的，现在还躺在你房间的马桶里。”余越寒薄唇微启，他冷笑道。

年小慕脊背一寒，赔着笑：“我赔你一件？”

“定制衬衫，至于价格……”

年小慕一听见钱，身体顿时僵住了。她怎么忘了，余越寒的衣服几乎都是定制的，每一件都价格昂贵，只怕他的一件衬衫都赶上她一个月的工资了。

她还欠他一笔钱，要是再这么滚下去，她只怕要留在余氏集团打一辈子的工才能还清欠他的钱！

她晶莹的双眸一转：“寒少，我突然想起来，我今天上午还要去接隆巴迪先生，已经快来不及了，有什么事等我回来再说吧。”

她说着，忙推开他的手臂，飞快地往门外跑。她拉开房门，想逃出生天，突然想到什么，浑身一僵，又默默地退了回来：“寒少，这是我的房间。”

她没刷牙，没洗脸，也没换衣服，哪里都去不了。要是余越寒非要在这个时候跟她算账可怎么办？

“你先把衣服穿上，辣眼睛！”年小慕跑进浴室，抱着一条浴巾跑出来，丢到他身上。

“你说什么？”余越寒单手接住浴巾，眉峰一挑。

年小慕给了他一个白眼，两手一摊：“让你之前嘲笑我，我这叫伺机报复！”

余越寒：“……”

他昨天为什么没有趁着她喝醉，将她按进马桶直接冲走？

余越寒目光一沉，他刚准备将浴巾披到身上，突然发现手上的浴巾是湿的。

年小慕也是这时候才发现，刚才太着急，好像拿了一条自己用过的浴巾给他。

对上他质疑的目光，她连忙站直身体，举手保证："我不是故意的！我也不知道什么时候用过了，我再去给你拿……啊！"

她还没说完，眼前的人已经优雅地一甩手，将浴巾丢到了她的头上。然后他走到她面前，在她刚要将浴巾扯开的时候，伸手按住了她的小脑袋："年小慕，不是什么人都可以撩完就跑的。"

"余越寒，我要断气了，你快撒手！"年小慕用了吃奶的力气推开他的手臂。她好不容易将脑袋上的浴巾扒拉下来，却发现余越寒已经离开了她的房间。

她憋红了脸愣在原地，半晌才反应过来，他刚才好像跟她说了什么。

可是她那个时候快被他捂死了，根本听不清，只模糊听见他说什么撩不撩的……他到底说了什么？

"隆巴迪先生！"年小慕想起正事，连忙抱着浴巾冲进了浴室。她用最快的速度洗漱，换好衣服，然后拎着包出门。现在才九点，离十一点还有两个小时，时间上绰绰有余，她正好先去一趟公司，再看一遍隆巴迪先生的资料，看看他有没有什么特殊的喜好。

年小慕准备好一切，才带着接待小组的同事一起前往机场。她刚抵达机场，就见翻译王妙妙匆忙跑上来："年主管，你们怎么现在才来？隆巴迪先生最讨厌没有时间观念的人！"

年小慕被吼得一怔，抬起手腕扫了一眼时间：十点三十分。

她担心航班会提前到，特意提前半个小时到了机场。怎么会迟到呢？

"隆巴迪先生一行人呢？"年小慕皱了皱眉，问道。

王妙妙没好气地道："舟车劳顿，又在机场等了半个小时，已经气得先去酒店了。年主管，我明明跟你说了，上午十点的航班，你足足迟到了半个小时是什么意思？要是隆巴迪先生因为你而取消了合作，这个责任你担当得起吗？"王妙妙的声音很大，她的话一出口，接待小组同事的脸色都变了。

上午十点的航班，现在已经十点半了，别说隆巴迪先生是个有时间观念的人，任何一个人大老远过来谈合作，被晾在机场等了半个小时，都会生气。

"你说什么，十点的航班？"年小慕听见她的话，瞳孔一缩，眼神变得锐利。

王妙妙之前通知她的时候，说的明明是上午十一点！

她完全是按照王妙妙说的时间，带着接待人员过来的，现在却发现隆巴迪先生一行人的航班比她听见的时间足足早了一个小时。他们现在才过来，肯定接不到人！

年小慕刚想说什么，接待团队里就有同事接到了电话。电话没有开外放，可是电话那头愤怒的声音不需要外放也能让在场的每个人听见。

“你们是怎么回事？接个人这么简单的事儿你们都能搞砸？十点的航班，你们十点半才到，是不是还要让我给你们放个长假，让你们回家好好睡一觉再过来接人？年小慕是干什么吃的？这点儿事都办不好！我告诉你们，我刚刚接到了隆巴迪先生的电话，他们团队已经拒绝了跟我们的合作，明天就会返回意大利。要是这个项目砸在你们手里，你们就给我准备好辞职报告再回来！”

电话那头的文雅黛怒不可遏地吼完，就将电话挂了，一点儿解释的机会都不给他们。

接待团队的同事都看向年小慕。隆巴迪项目的负责人现在是她，可接待时间她都弄错了，导致所有人陪着她挨骂。

年小慕知道自己现在说什么都没有用。

当时接到王妙妙通知的时候，她根本没有提防，更不会想到录音。

就算她现在告诉其他同事，王妙妙当时跟她说的是十一点，她没有听错，也不会有人相信，大家反而会认定她是为了推卸责任而将罪名推给一个翻译。

她唯一能做的就是先挽回合作机会。只要隆巴迪先生愿意继续跟他们合作，她就有解释清楚的机会！

“隆巴迪先生一行入住的酒店在哪里？”年小慕扭头看向翻译王妙妙，问道。

王妙妙没想到年小慕居然不辩解，也没有质问自己，而是第一时间想要挽回项目。她呆滞了几秒，不紧不慢地开口：“就算让你知道酒店也没用，隆巴迪先生走的时候很生气，已经说了，合作作罢，不想再见我们任何人。”

“没有什么是不可能的，努力过才知道结果。”年小慕打断了王妙妙的话，往前一步，强势的态度让她的气场都变了。年小慕微微仰头，目光锐利地扫过王妙妙，她一字一顿地道，“你是集团派给我的翻译，你的工作是听我的吩咐。做好自己分内的事，至于我的决定，不需要经过你的允许！”

第十二章

她是最耀眼的那颗星

王妙妙被年小慕强大的气场所震慑，只能讪讪地开口：“在世庭大酒店。”

“年主管，我去开车，我们马上就过去。”接待团队的同事中很快有人开口道。说完，那人立时转身去开车。

所有人离开机场朝隆巴迪先生下榻的酒店赶过去。他们抵达酒店的时候，车上的同事刚准备下车，年小慕伸手将人拦住了：“这么多人，目标太大，没等见到隆巴迪先生就会被酒店的工作人员拦住了。”

“年主管的意思是？”有人问。

年小慕想了想，推开车门，自己先跳下去。她回过头，看向神色紧张的同事们，最后落到王妙妙的脸上：“王翻译跟我进去就可以。你们都在车上等着，有什么消息我会马上联系你们。”

“就你们两个人，可以吗？”几个同事不放心地问道。

年小慕扯了扯身上的外套，朝金碧辉煌的酒店大堂看了一眼，神秘兮兮地道：“有些事情，人少才好办！”

众人：“……”

没有人知道年小慕想做什么，就连跟着她的王妙妙也猜不到。可经过刚才的一顿训斥，王妙妙已经意识到年小慕不是软柿子，也不敢轻易质疑她的决定，只能跟在她身后，看着年小慕大步流星地朝酒店大堂里走。

就在王妙妙以为她一定会打听隆巴迪先生的房间号时，却看见她从包里拿出身份证，往前台一放："开一间房。"

王妙妙："……"

她们不是来说服隆巴迪先生的吗？怎么开起房来了？总不能说刚来就累得走不动了，需要休息一下吧？这也太扯了！

她们没有行李，入住手续办理得很快。等年小慕拿着房卡走进电梯的时候，王妙妙已经傻眼了，她回过神，连忙跟着年小慕一起进了电梯，再也忍不住地开口："年主管，我们不打听隆巴迪先生的房间，跑来自己开房是为什么啊？"

闻言，年小慕似笑非笑地道："你去打听看看，总统套房客人的信息要是能被你打听出来，这家酒店早就关门了。"

"那你现在是？"

年小慕瞥了她一眼，说道："时间还早，干等着不是办法，所以开个房间睡觉。你不困吗？"

王妙妙："……"

都这个时候了，她还有心情睡觉？！

王妙妙原本还以为年小慕只是故作淡定，可没想到，等她们出了电梯，年小慕就真的进了房间，将包往床头柜上一放，转身躺到床上。她扯过被子，倒头就睡，看样子她就像昨晚一夜没睡似的。

年小慕倒是睡得香甜，可王妙妙愣在了门口，半晌都不知道该怎么办。陪着年小慕一起睡？年小慕睡得着，她可睡不着！

王妙妙往前走了两步，确定床上的人真的睡着了才拿着手机走到阳台给文雅黛发消息。她刚编辑好信息，准备点击发送，就听见身后传来一道闷响，吓得手机都掉了。

王妙妙一回头，就看见原本应该在熟睡的年小慕正站在她身后。等她回过神，想要去捡手机的时候，年小慕已经先一步替她将手机从地上捡了起来，然后扫了一眼屏幕上的短信内容。

年小慕没来得及看完，王妙妙就抢回了手机："年主管，你怎么醒了，不是说要睡觉吗？"

王妙妙说着，将手机放到口袋里，心虚的举动，欲盖弥彰。

年小慕站直，目光从她脸上掠过，双手插到口袋里，说道："王翻译这么着急给文经理发消息，该不会是想告我的状吧？”

王妙妙是个很谨慎的人，刚才的动作也很快。短信的内容年小慕没太看清，却看到了是发给文雅黛的。她没有追究王妙妙时间通知错误的事，一来是不想打草惊蛇，二来也是怕误会了王妙妙，毕竟翻译错误也是有可能发生的，或许她只是无心的。现在看来，这个王妙妙似乎有些不对劲……

“你在胡说什么，我好端端的干吗要告你的状？再说了，你现在这样，我还需要告状吗？不用我开口，你都要被开除了。”王妙妙说着，从口袋里将手机拿出来递到年小慕面前，“你自己看清楚，我只是跟文经理汇报了一下，没针对你。”

年小慕扫了一眼她的手机屏幕，上面确实只是正常的工作汇报，她告诉文雅黛，她们正在想办法说服隆巴迪先生继续合作。

“是我想多了。”年小慕收回目光，淡淡地开口。

闻言，王妙妙将手机收回来，仰起下巴，说道：“这个项目是文经理全力争取来的，要是真的搞砸了，责任谁都担不起。你现在最应该想的是怎么挽回合作，居然还有心情睡觉。”

王妙妙说到这里，又狐疑地看了一眼年小慕。她实在猜不透，年小慕要做什么。年小慕刚才难道只是在试探她？年小慕怀疑自己了？可如果是这样，年小慕为什么不质问她时间通知错误的事，反而像什么都没有发生一样？

王妙妙完全糊涂了，可一想到当时只有她跟年小慕，没有第三个人听见她的通知，她又放下心来。年小慕无凭无据，合作又搞砸了，没有人会相信她。

“几点了？”年小慕蓦地问道。

王妙妙下意识地回答：“十一点半。”

隆巴迪先生一行人抵达H市已经一个半小时了，年小慕却连隆巴迪的面都没见到，还谈什么合作？

“年主管，接下来做什么？你还要继续睡？”王妙妙看着往里走的年小慕，跟着她进了房间。

年小慕只是拿起外套朝她咧嘴一笑：“不睡了，肚子有点儿饿，去餐厅吃饭。”

王妙妙：“……”

一到酒店就睡，睡醒就吃，这跟度假有什么区别？她一点儿都看不出来年小慕紧张、担心，反而像是根本不在意隆巴迪这个项目。

王妙妙的眼睛眯了眯，她不懂年小慕这么做是什么用意。要是后面合作没有谈成，这些事儿就足以让年小慕在余氏集团待不下去！

这么一想，王妙妙也不着急了。她陪着年小慕一块儿去了酒店的餐厅。她一看年小慕选择的是中餐厅，就在心里嗤笑了一声，看来年小慕是真的对隆巴迪先生的项目不抱希望了，准备破罐子破摔。隆巴迪可是意大利人，她们要是去西餐厅或许还有机会偶遇，可年小慕来了中餐厅，看来是只惦记自己能不能吃饱，忘了自己是来做什么的！

“王翻译，还愣着做什么，快坐呀，我听说这家酒店的中餐做得很棒，正好可以尝尝！”一提起吃的，年小慕的眼睛就会发光，像是夜空里的小星星，自带迷人的光泽，这样的年小慕让王妙妙都不免有些忌妒。她转念一想，年小慕搞砸项目很快就要倒霉，又冷静下来，拉开椅子坐到了年小慕对面。

“我想想，点什么好，不只我们俩，还有其他同事。”年小慕翻着菜单，先是认真地看了一遍，点了好几个菜，让人打包，然后才看向王妙妙，“王翻译，你喜欢吃什么？”

“都可以。我现在比较担心跟隆巴迪先生合作的项目。年主管，我们不是应该去找隆巴迪先生吗？”王妙妙心里美滋滋的，脸上却装出一副替她担心的样子，不停地劝着年小慕。

“人是铁，饭是钢，一顿不吃饿得慌，吃饱了才有力气干活儿。”年小慕说着，又点了一桌子的招牌菜。在王妙妙震惊得张大了嘴的时候，年小慕从容地合上菜单，扭头朝餐厅的门口看过去，顺便扫了一眼时间。快十二点了。

隆巴迪一行人一路舟车劳顿，应该是又累又饿，他们到了酒店，稍作休息之后，到了饭点，应该下来吃饭才对。她看过隆巴迪的资料，又查了他的私人爱好，知道他虽然是意大利人，却酷爱中餐，每次出差他都会找中餐厅，世庭酒店的中餐厅应该是他的首选。

年小慕的想法刚从脑子里闪过，餐厅的门口就出现了几个外国人的身影，人数不算多，只有五个，正好跟隆巴迪先生一行人报备的人数一致。

年小慕眯了眯眼睛，目光落到走在最前面的那个人身上。她认出他跟隆巴迪先生的照片有九成像，然后扬起自信的笑：“人来了！”

王妙妙背对着餐厅门口，看不见这一幕，等她听见年小慕的话，回过头的瞬间，她愣住了。她不敢相信，年小慕居然有这样的运气。

王妙妙听见了年小慕让她上前翻译的话，但她坐着没动，双手攥紧餐巾，眼底掠过一抹幽光。

“王翻译？”年小慕站起身往前走了两步，挑眉看向愣在餐桌前的王妙妙。

王妙妙咬咬牙，这才慢吞吞地站起来。她跟在年小慕身后朝隆巴迪先生走过去。她现在是年小慕的翻译，不管发生什么都必须听年小慕的，否则，一旦出了什么差错，她也推卸不了责任。可如果是隆巴迪先生亲口拒绝年小慕……王妙妙眼睛一眯，眼底掠过一抹暗光，她默默地走到年小慕身边。

餐厅的门口，隆巴迪一行人似乎都饿了，他们刚走进餐厅就准备找位置坐下。

年小慕看准时机，让王妙妙上前去打招呼。

“隆巴迪先生，很抱歉打扰您，我能借用您几分钟吗？”王妙妙用流利的意大利语问道。

闻言，刚走进餐厅的五个人齐刷刷地停了下来。走在最前面的是个个子不高的老人家，褐色的眼睛，高高的鼻梁，一脸的白色络腮胡，看起来像邻家老爷爷般和蔼可亲，又有几分圣诞老人的喜感。倒是他身后的几个人，个头都很高，看起来十分严谨。这几个人认出王妙妙是余氏集团的翻译，脸上顿时没了笑容，他们不约而同地看向走在最前面的老人家——团队的负责人隆巴迪先生。

此刻，隆巴迪先生听见王妙妙的话，反应还算平静，冷笑道：“我们已经没有什么好说的，你们走吧。”他说完，就带着自己团队的人准备越过年小慕。

年小慕见状，不需要翻译也看懂自己被拒绝了，连忙伸手将隆巴迪先生给拦了下来。她扭头让王妙妙翻译。年小慕表达上午接机迟到的歉意，还解释道，她只是想单纯地请隆巴迪先生和他的同事吃顿饭，以尽地主之谊，并不强求双方的合作。

年小慕一边等着王妙妙替她翻译，一边伸手朝不远处的餐桌示意，她刚才点的菜，服务员已经陆陆续续端了上来。那些菜摆满了一大桌子，看起来色香味俱全，让人食指大动，加上她已经说了，这顿饭只是道歉，并不会要求隆巴迪答应合作，这样简单的要求，倒是让隆巴迪的眼神变了变。他听完翻译的话，定定地盯着年小慕看了几十秒，才扭头看向自己团队的人，询问大家的意见。

他们一行人从意大利飞过来，在飞机上也没好好吃过东西，早就饿得前胸贴后背了，这会儿看见一桌子好菜，年小慕又一脸诚恳地想道歉，要是不答应倒显得他们小气。过了十几秒，隆巴迪先生扭头看向年小慕，微微点头。

“年主管，隆巴迪先生答应了。”王妙妙站在一旁翻译。她看见隆巴迪一行人都朝餐桌走过去才后知后觉地回过神。

她怎么都没有想到，年小慕只是几句话，隆巴迪先生不仅没有将她们轰走，还答应了一起用餐。接下来隆巴迪先生该不会就要被年小慕说服重新答应合作吧？那她之前做的事还有什么意义？

年小慕拽着刚回过神的王妙妙朝餐桌走过去，让她好好招待隆巴迪先生。

“隆巴迪先生，这是金牌猪手，这是糖醋鱼，还有这道……”年小慕站在餐桌旁，笑眯眯地给隆巴迪介绍餐桌上的菜肴。

她是吃货，自然知道什么东西好吃。她点了一桌子菜，这些菜都是中国菜中的精华，加上她对美食的了解，站在那里几乎成了美食主播。王妙妙翻译的速度几乎跟不上年小慕说话的速度，才短短几分钟，王妙妙差点儿翻译不出来。

隆巴迪先生是个很有礼貌的人，即使很饿，他也没有狼吞虎咽，反而在年小慕介绍完之后，笑着问了一句：“你对吃的很有研究？”

王妙妙将这句话翻译给年小慕之后，年小慕嘴角立时扬起大大的笑容，想也不想地点头：“吃是世界上最幸福的事情。”

她说完，还顺便让王妙妙给隆巴迪先生解释，在国内有个称呼叫“吃货”，她说，她就是吃货中的超级吃货！

“如果下次有机会的话，我可以带隆巴迪先生再去尝尝别的美食，让你体验什么叫舌尖上的幸福感，绝对值回机票价！”

王妙妙将她的话一翻译，隆巴迪先生就笑了，脸上的络腮胡也随着他的笑容上扬。他端起手边的红酒杯朝年小慕示意，用意大利语说道：“你很有趣！是我见过的最有趣的人！”

餐桌上的气氛越来越融洽。不只隆巴迪先生，就连他的同事也被年小慕率真的话语吸引住了，不停地问她关于中餐的问题。

王妙妙坐在一旁顿时急得像热锅上的蚂蚁。

她不能眼睁睁地看着年小慕跟隆巴迪先生成为朋友，可这里不只她一个翻译，隆巴迪先生身边也有一个中文翻译，要是她故意翻译错误，很容易被发现。

王妙妙正在担心，突然看见隆巴迪先生身边的翻译接了个电话。隆巴迪先生的翻译朝他们示意了一下，就拿着手机转身往外走，到外面去接电话了。

太好了！王妙妙眼睛一亮，她扭头看向年小慕：“年主管，隆巴迪先生似乎很高兴，我们要不要赶紧提一下合作的事？”

“不用，今天这顿饭只是交朋友，不谈工作。”年小慕很干脆地拒绝。

没等王妙妙开口，年小慕又补充道：“你帮我问问他们，还有没有什么想吃的，可以加菜。”

王妙妙没想到年小慕这么沉得住气，眼珠轻转，她端着红酒杯看向隆巴迪，翻译出来的话却变成了：“隆巴迪先生，上午迟到只是意外，我们是带着诚意来的，既然你跟我们年主管这么谈得来，那你看合作的事情——”

她的话还没有说完，隆巴迪脸上的笑意明显淡了，其他人也纷纷放下筷子。看起来他们就像是吃饱了，其实只是表面上维持着良好的礼仪，外人根本看不出隆巴迪等人生气了。

王妙妙窃喜，嘴上还继续说着：“隆巴迪先生，我们真的很看重这次合作，如果你愿意跟我们合作，正好以后可以跟我们年主管一起去吃更多的美食——”

“抱歉。”隆巴迪忍无可忍地打断了她的话，看向年小慕的目光也变得不悦，眼神透着失望，他冷漠地说道，“如果这就是你们过来的目的，我很肯定地说，我和我的团队都不会再跟你们合作！”

王妙妙等的就是这句话，她听见隆巴迪明确地拒绝了跟余氏集团的合作，嘴角是压抑不住的笑意。她给年小慕翻译的时候，说的却是：“隆巴迪先生说他们都吃饱了，想回房休息。”

等这顿饭结束，年小慕再有本事，隆巴迪对她的印象也会差到极点，绝对不会再给她机会谈合作。

“饱了？可是还有甜点……”年小慕怔了怔，看见准备起身的隆巴迪，连忙拦住他们，让王妙妙跟他们说，还有餐后甜点，希望他们能吃完再走。

王妙妙看了年小慕一眼，在心底嗤笑，现在别说甜点，年小慕你就是把全世界的美食搬过来也来不及了。

王妙妙笃定这次合作肯定黄了，表面上却装出着急的样子。王妙妙替年小慕翻译，挽留隆巴迪和他的团队尝完甜点再走。

服务员这时候正好将甜点端了上来，年小慕连忙站起来，笑着给隆巴迪介绍这道甜点。单纯、干净的笑容，还有让人食指大动的食物，很容易令人化解怒气。

虽然隆巴迪的脸色没有好转，但他也没有坚持马上就走，而是坐回椅子上。他们各自沉默地吃着甜点，气氛明显不如刚才融洽。

服务员重新走上前："年小姐，你要求打包的餐点已经好了，是现在给你们送过来吗？"

闻言，年小慕扭头看向正在用餐的隆巴迪一行人。

随即她才看向身旁的王妙妙："现在不需要翻译，你先带服务员去给他们送点儿吃的，快去快回。"

"我去？"王妙妙听见她的话，差点儿直接笑出声。

年小慕不会意大利语，自己一走，年小慕跟哑巴有什么区别？正好她能以送餐为由，慢点儿回来，没准儿等她回来的时候，隆巴迪已经吃完甜点甩手走了。

王妙妙想到这里，二话不说就跟着服务员离开了，她走出餐厅的时候还特意看了一眼。她没有在门口看见隆巴迪的翻译，他应该是接完电话，有事离开了，她心想，忍不住笑出声来。

"连老天都不帮你，年小慕，活该你倒霉！"王妙妙一边让服务员拎着餐点跟她走，一边拿出手机给文雅黛报喜。

她以为，等这次事成，有文雅黛的举荐，自己肯定能升职。她却没有看见，在她离开餐厅之后，年小慕突然端起酒杯，看向隆巴迪……

没有人知道年小慕跟隆巴迪说了什么，等王妙妙磨蹭着回来的时候，只看见隆巴迪一行人站了起来，正抬腿往外走。他们的脸色都不是很好，不对，应该是比她离开的时候还差，看来年小慕是真的搞砸了！

王妙妙的脸上闪过一抹喜色，她走上前，佯装不解地问道："隆巴迪先生，我送你出去？"

"不用了！今天到此为止，你们都不要再来烦我！"隆巴迪气呼呼地丢下一句，甩手大步离开。他身后的人也纷纷跟着走了。

气氛跌至冰点，不用问也知道合作没戏了。

王妙妙窃喜，脸上却装出着急的样子："年主管，现在怎么办？隆巴迪先生已经明确说了不会再跟我们合作！"

年小慕双手揣在口袋里，她看了一眼隆巴迪离开的方向，撇撇嘴："尽力了，他不答应也没办法。"

"……"

"你让其他人都先回去吧，我想一个人静静，晚点儿再回公司。"年小慕说着，越过她，就朝酒店的房间走去。看样子，她是想回去休息。

这个时候了，亏她还有心情睡觉。王妙妙轻蔑地看了年小慕一眼，转身就往外走。她现在心情很好，可没时间陪年小慕在酒店耗着，还有更重要的事情等着她去做。

余氏集团。

“文经理，事情就是这样。年小慕真的太过分了，迟到不说，居然还跑到酒店开房，说什么太困了要先睡一觉，再考虑怎么说服隆巴迪先生。”王妙妙在公关部所有同事的面前拔高了音量说道。

王妙妙见大家的脸色都很难看，继续吐槽：“我原本以为，她是想好了怎么说服隆巴迪先生才会这么轻松，没想到，她睡醒了还不去找隆巴迪先生，而是要去餐厅吃饭，说什么吃饱了才有力气干活儿。

“我们运气好，在餐厅里遇见了隆巴迪先生，可因为迟到的事情，隆巴迪先生很生气，再三表示不会跟我们谈合作，甩手就走了，年小慕却束手无策！”

公关部里，其他同事面面相觑，都不知道该说些什么。众人看着文雅黛的脸色越来越难看，都在心里替年小慕默哀。

“她人呢？”文雅黛皱眉问道。

王妙妙一听见这个，嘴角勾起讥诮的笑，双手一摊：“被隆巴迪先生明确拒绝之后，就把我跟其他同事赶了回来，自己在酒店睡觉。”

年小慕搞砸项目，居然不是马上回公司汇报，而是留在酒店睡觉，她死定了！

“文经理，年小慕的所作所为不只我一个人看见了，当时一起去的同事都可以做证。她根本就是拿着你辛苦谈下来的合作在开玩笑，必须严惩！”

王妙妙的话音刚落下，就有人惊呼一声：“年主管！”

随着这一声惊呼，王妙妙才注意到她身后正踱步而入的年小慕。年小慕的手里还拿着一份合约。

王妙妙没想到年小慕会在这时候回来，她看见年小慕手上的合约，瞳孔缩了缩。下一秒她又笑出声来，隆巴迪先生都已经明确拒绝合作了，就算年小慕把合约拿来又能怎么样？隆巴迪根本就不会出现，更不要说在合约上签字！

王妙妙一想到这里，底气十足，冷笑着看向年小慕：“来了也好，免得让其他同事误会我在背后说人坏话，当着大家的面，我也好把事情都解释清楚。”

王妙妙走上前，双手抱胸，看着年小慕：“年主管，你自己好好说说，你是怎么因为迟到惹怒了隆巴迪先生，又是怎么带着一群同事去酒店，然后让大家在外面等着，自己却开了房，又吃又睡，俨然不把项目放在眼里的。这些都不是我冤枉你吧？我记得我当时一直劝你去找隆巴迪先生，你却毫不在意，现在项目搞砸了，你就是罪魁祸首！照我说，你这样的人根本没有资格留在公关部！”王妙妙根本没给年小慕开口说话的机会，直接定罪。

在她眼里，项目失败，年小慕被开除已经是板上钉钉的事情，这个时候，谁护着年小慕，谁就是傻瓜！

“年小慕，你还有什么话好说？”王妙妙走到她面前，一脸得意。她原本以为会看见年小慕紧张、害怕的样子，或者急切地解释，可年小慕的表情从头到尾都没有变化……不对，有变化，是笑了，嘴角扬起的弧度不是特别明显，却带着一丝讥讽。王妙妙愣住了，眼睁睁地看着年小慕越过自己，径直走向文雅黛。

年小慕道：“文经理，我想请问一下，身为翻译，在项目没有出结果之前就肆意造谣，严重影响团队气氛该怎么处理？”

文雅黛的瞳孔微微一缩，她没有马上接话。余氏集团在余越寒的管理下，非常注重团队建设，比起工作能力更看重人品，要是有人真的造谣，严重影响团队气氛，绝对会被开除！

“年小慕，你这句话是什么意思？”文雅黛没说话，倒是王妙妙沉不住气了，“我听见隆巴迪先生说拒绝合作，还让你不要再缠着他。我造谣？我看现在说谎骗大家的人是你！”

王妙妙见年小慕没有理自己，冲到前面：“你说我造谣，那好呀，你现在敢告诉大家项目的谈判结果吗？要是你今天能说服隆巴迪先生答应合作，我就承认我造谣，不用文经理开口，我自己收拾东西走人！”

没等王妙妙说完，年小慕已经笑了。

从容自信的笑容让王妙妙脊背发凉。不知道为什么，她突然有一种不好的预感。可她当时亲眼看见隆巴迪甩手离开的。她笃定项目失败了才回公司先发制人，可现在……

没等王妙妙想明白是哪里出了问题，众人就见秘书接了一个电话，然后秘书匆匆朝着文雅黛跑过来：“文经理，隆巴迪先生来我们集团了！”

“你说什么？”文雅黛一怔。

不只她愣了，部门里的其他同事也是一脸错愕。

“隆巴迪先生来我们集团参观了。”秘书将刚才的话重复了一遍，“不只隆巴迪先生，他的团队的人都来了，说是应年主管的邀请来正式考察。”

秘书说完，公关部里，所有人倒吸了一口凉气，不约而同地看向王妙妙。还有什么比刚放了狠话就被人打脸更惨？

此刻的王妙妙像是失去了听觉一样，半晌都没有反应。

倒是文雅黛最先回过神来，严肃地看向秘书：“消息准确吗？不是说隆巴迪先生已经取消了合作吗？”

文雅黛话音刚落，不远处的电梯门就开了。隆巴迪先生的身影从里面缓缓踱步而出，跟在他身后的是团队里的另外四个人。他们全部笑容满面，大步朝公关部走过来，准确地说，是走向年小慕。

“年主管，我们又见面了。”隆巴迪先生很热情地走上前，给了年小慕一个大大的拥抱。这跟王妙妙口中所说的甩手离去完全不一样啊！

王妙妙站在人群里，简直不敢相信眼前这一幕。她瞪直了眼睛，像是怀疑自己产生了幻觉。等回过神，王妙妙又开始在心里安慰自己：年小慕不会意大利语，她肯定得求自己帮忙，只要年小慕开口让自己翻译，就还有挽回的余地！

就在她准备迎上前接待隆巴迪先生的时候，却听见一道悦耳的声音缓缓地响起：“很高兴能邀请到隆巴迪先生来参观我们公司，相信等你完全了解我们这次的项目之后，会对我们的合作更加有信心。”年小慕一口流利的意大利语跟她脸上娇俏的笑容配合，没有丝毫的违和感。

王妙妙：“……”

王妙妙完全傻眼了，都无法形容她现在的脸色。看着眼前用意大利语从容地跟隆巴迪先生交谈的年小慕，她的脸色唰的一下变得惨白。

她除了震惊之外，还想到了另外一件事情，她当时在酒店的餐厅以为年小慕听不懂意大利语，当着年小慕的面故意翻译错的事。年小慕能说一口流利的意大利语，又怎么可能听不懂？唯一的可能就是年小慕从一开始就怀疑她，在故意试探她，而她则傻傻地掉到了坑里，还自以为很聪明！

王妙妙一想到这里就彻底慌了。

年小慕一定是猜到了自己故意通知错了接机时间，她没有当场揭穿是因为没有证据，所以故意试探自己，现在已经不需要证据了。

年小慕说服了隆巴迪来公司参观，接下来只要顺利谈成合作，就能坐实自己造谣的罪名。自己刚才当着这么多同事的面放狠话——只要年小慕拿下合约就收拾东西走人，说出去的话泼出去的水……

王妙妙双腿一软，往旁边摔去。

“王翻译，小心！”年小慕离王妙妙最近，看见她站不稳，扶了她一把，脸上挂着甜甜的笑意。

“不只走路要小心，说话更要小心，尤其是给重要客户接机这种事情，把十点通知成十一点可不是什么小事。”

“……”

“还有，翻译存在的意义是帮助语言不通的人更好地沟通，不是让你搬弄是非、从中作梗。如果这点儿职业道德都没有，这个行业迟早容不下你，你会自食其果！”年小慕扶着王妙妙，两个人几乎靠在一起，她的声音不大，只能让王妙妙一个人听清楚。年小慕说完，状似无意地松开了她。

下一秒，所有人看见王妙妙往后退了好几步，脸色发白。她瘫坐在地上：“不会的……她怎么会……”

王妙妙像是受了刺激，回过神，连忙看向文雅黛。

对，她还有保命符。

文雅黛是公关部经理，就算年小慕再厉害也要忌惮自己的上司。

这次是她轻敌了，没想到一个小小的主管居然会意大利语。

只要有文雅黛在，她就不一定会被开除。

“文经理，我——”

“这件事到底是怎么回事，我会跟寒少请示让人调查清楚，不会徇私包庇。至于你，既然年主管会意大利语，就不需要你跟随翻译，你暂时停职，等待调查结果。”

文雅黛冷冷地打断了王妙妙的话，生怕她多嘴，给了她一个警告的眼神，让她先离开。然后文雅黛扭头看向年小慕：“年主管，接下来的工作就辛苦你了。”

“分内的事。”年小慕的目光从王妙妙的身上掠过，最后看向文雅黛，眼神微微一变。

是她的错觉吗？她居然觉得向来待人温和、喜欢护着下属的文雅黛，今天的处置格外干脆利落，像是生怕王妙妙多说一句话……

年小慕的目光闪了闪，很快，眼神就恢复了平静，她招呼项目小组的同事带着隆巴迪先生开始参观余氏集团。

余氏集团的实力毋庸置疑，双方就各方面进行了交流之后，隆巴迪很爽快地答应了合作，并且马上签署了合约。

“谢谢你的信任，相信未来的合作不会让你失望。”年小慕看着合约上的签名，高兴地伸出手。她想了想，又补充道，“不只是这次的合作，还有中午让您配合演的那场戏。”

如果不是隆巴迪愿意配合她，故意在离开的时候表现得很愤怒，王妙妙也不会轻易上当，以为她把合作搞砸了，急着回公司告她的状。

“谢谢就不用了。”隆巴迪站起来，笑容满面地握住她的手，用纯正的意大利语说道，“解决了你的问题，对我们将来的合作也有好处。我现在很期待你带我去品尝各个地方的美食。”

隆巴迪顿了顿，旋即又看向她：“冒昧地问一下，你的意大利语是跟谁学的？如果只听你的发音，我都要怀疑你是意大利人。”

年小慕听见隆巴迪的话，有一瞬间的出神，脑海里闪过的是她当初跟晓晓的对话。她当时说不会，不是骗人，是真的对意大利语没有印象。

一直到开始研究隆巴迪的资料，她才发现自己对意大利语有一种说不上来的熟悉感。再到后来，她发现王妙妙从中作梗……意大利语就像是潜藏在她的大脑深处，一点点被刺激出来。

“谢谢夸奖！”年小慕回过神，俏皮地眨了眨眼睛。

隆巴迪也没有追问，松开手，就将签好的合约递给身边的人。他随后给了年小慕一个热情的拥抱：“我的团队会先离开，等合作项目展开后，相信我们很快会再见。”

“期待和你们的下次见面，我送你们出去。”年小慕走在前面，带领着隆巴迪和他的团队成员出了公关部。一路上，她还在给隆巴迪介绍中华美食。两人一见如故，说到最后已经连下次见面要吃什么都约好了。

“年主管，请留步。”隆巴迪的助手看着将他们送到路边的年小慕，客气地开口。车门打开，隆巴迪正准备跟年小慕道别，突然看见一辆奢华的房车停在了路边。

嚣张的车牌号码，年小慕一眼就认出了是谁的车。她正纳闷儿余越寒这个时候怎么会出现在这里，就见车门被人打开，接着车上钻出来一抹穿着可爱公主裙的小身影，粉雕玉琢的小脸蛋红扑扑的。

“漂亮姐姐！”小六六一下车，看见站在路边的年小慕，二话不说就兴奋地朝着她飞奔过去，扑进她怀里，小胳膊、小腿挂在她身上。小六六像个腿部挂件一样冲着她卖萌。

年小慕：“……”

“这是你的女儿？”隆巴迪听不懂中文，看见小六六跟年小慕这么亲近，下意识地问道。没等年小慕回答，他又慈爱地笑了，揉了揉小六六的小脑袋，“真像你。”

“你说什么？”年小慕刚弯腰将小六六抱起来，没听清他的话，下意识地问道。随即她就听见隆巴迪重复道：“我说你的女儿真像你，不是五官像，是气质，一样的古灵精怪，笑起来的时候眼睛里像是有一片星海。”

隆巴迪说的是意大利语，小六六听不懂，只是隐约感觉到有人在夸自己，粉嫩的小脸蛋一转，她看向隆巴迪，像只小狐狸一样甜甜地开口：“爷爷好。”

年小慕被她脆生生的声音喊得回过神来，下意识地要解释她不是小六六的妈妈，就发现怀里的小六六已经趴到她的肩膀上，正开心地冲着她身后的人喊道：“爸爸，我们在这里哟！”

年小慕回过头，看着在她身后几步开外的余越寒，脊背一僵，脑海里闪过的第一个念头是：刚才隆巴迪说的话他该不会也听见了吧？

被人错认成孩子的妈妈，还被孩子的爸爸听见了，这得有多尴尬？

年小慕抬起头看着高贵如神祇的男人。

他是从集团大楼里走出来的，应该是出来接小六六。他那张俊美的脸上没有多余的表情，就连目光也是淡淡地从她身上掠过看向站在路边的隆巴迪。他微微挑起眉。

年小慕突然想起来，他可能不会意大利语，那他刚才就算听见了隆巴迪先生的话也听不懂是什么意思。太好了！

她正暗暗松一口气的时候，突然见他薄唇微启，用纯正的意大利语跟隆巴迪打了声招呼。

年小慕当场僵住了，像是得了失语症，半晌都说不出话，满脑子都在想他会意大利语，那刚才隆巴迪说的话他都听见了这事。

“能见到寒少是我的荣幸。”

余氏集团的总裁，H市第一贵公子，余越寒的名号，但凡有点儿见识的人都不会不知道。隆巴迪满是胡子的脸上露出一丝诧异，他看着走到年小慕身边停下来的男人，捋了一把自己的胡子，礼貌地回应了余越寒的问候，大约停顿了两秒又开口道：“有这样的妻子，寒少要好好珍惜。”

年小慕："……"

如果刚才年小慕只是尴尬，那么现在她的表情一定变成了惊悚。

等从震惊中回过神，她立马扭头看了一眼身旁的男人，等着他否认，可等了几秒，她都没有看见他有开口说话的意思。难不成他的意大利语水平只够打招呼？那就只能她来解释了。

"隆巴迪先生，你可能误会了——"年小慕刚开口，一旁的余越寒蓦地拍了一下她的后脑勺。余越寒对上她发愣的目光，淡淡地启唇："有只蚊子。"

年小慕："……"

等她再想跟隆巴迪先生解释的时候，余越寒已经走上前，礼貌又不失贵气地伸手："一路顺风。"

"好好，不用送了。"隆巴迪挥了挥手，就坐进了车子。

车门缓缓地关上，车子驶离他们的视线。

路边只剩下他们三个人，还有将小六六从别墅接过来此刻站在房车前的助手。

余越寒单手揣在裤兜里，颀长的身影站在那里自成一道风景。隆巴迪先生的车子一离开，他就转过身准备去抱小六六。他眼睛一抬，就看见脸色古怪的年小慕一副"我想解释，可是全世界都没给我机会，现在已经来不及了"的表情。

他眉心微微一拧："你吃错药了？"

"寒少，你刚才听见隆巴迪说的话了吗？"年小慕晶莹的双眸眨巴了一下，她很认真地问道，"就是你来之前……不对，你来之后……总之，就是他刚才说的所有的话！"

"你想说什么？"余越寒瞥了她一眼，淡定地从她手里接过小六六，脑海里却闪过他刚才走过来时她吓呆的小脸。

当时的距离有点儿远，他并没有听见隆巴迪说了什么，倒是后面那句他听见了。他看见她急着解释的样子，不知道为什么，手不自觉地拍向了她的后脑勺。她吓成这样也是因为那句话？

余越寒单手将小六六抱在怀里，他垂眸盯着站在他面前的年小慕，脸不红地启唇："我的意大利语不是很好，只会简单的问候语。"

刚才还激动的年小慕啊了一声，随即她伸手抓了抓自己的头发，一脸恍然大悟，原来是没有听懂啊。年小慕想想也对，在国内，意大利语不像英语那么普及，他听不懂太难的也正常。这么说他刚才没有解释他们的关系，只是因为他压根儿不知道隆巴迪先生说了什么。

年小慕低下脑袋，盯着自己的脚尖，明明该松一口气，可是不知道为什么，胸口却有点儿闷闷的。

“你的意大利语是怎么回事？”余越寒往前一步，高大的身躯将她笼罩在自己的身影下。他的话一出口，眼睛里闪过一抹狐疑。

她惊艳的才艺、出色的公关能力，现在还有令人诧异的语言天赋……她就像是一个宝藏，还准备给他带来多少惊喜？

“你从来没有说过，你会意大利语。”余越寒目光微闪。

年小慕正在出神，听见他的话，下意识地抬起小脑袋：“你也没有问过我。”

余越寒：“……”

余越寒眉心舒展开来，看着眼前一脸无辜的人，眼神变得柔和。

她那句话的意思，他是不是可以理解为，如果他问了她就会跟他说实话？

“在我来之前隆巴迪跟你说了什么？”

年小慕：“……”

这事不是翻篇了吗？他怎么又突然问起来？

这要怎么回答？难不成要说，恭喜你，隆巴迪先生说你女儿像我，完全继承了我的优秀基因，绝对是个美丽又聪明的小天使？

她怕余越寒会将她当成妄想给他女儿当后妈的女人，把她直接开除。

年小慕斟酌了半晌，才憋出一句：“也没、没说什么，就是夸小六六长得可爱，气质好。”

闻言，余越寒看了一眼乖乖窝在他怀里的小六六，下巴微微一仰：“嗯，我女儿随我。”

年小慕：“……”

呸呸！

隆巴迪先生说的明明是小六六像她，气质像她，他得意什么劲？！要是像他，小六六只能像块冰疙瘩！说起来小六六的性格真的一点儿都不像他……

一串铃声打断了她的思绪，年小慕回过神，看见手机上的来电提示：“糟了，我忘了回部门汇报工作！

“寒少，我先走了。”她顾不上多说什么，就飞快地朝着公司跑去。

余越寒颀长的身影伫立在原地，定定地看着她，直到她在眼前消失，脑海里又闪过隆巴迪说的话。余越寒察觉到自己的情绪再次被她影响，他的眉心微微拧起。

“寒少。”助手见他一直站着，走上前恭敬地提醒。

余越寒回过神，脸色恢复了平静。他抱着小六六就朝公司里走，刚到总裁办公室门口，就看见等在外面的文雅黛。

穿着一身黑色套裙的文雅黛，干练却又不失成熟女人的妩媚，扎起来的头发，耳旁垂下来两缕发丝，让她知性中又透着一丝柔和，让人感觉很舒服。

她看见余越寒，脸上立时漾起笑容，就连眼神都满是钦慕。她抱着文件走上前："寒少，隆巴迪的项目谈好了，已经顺利签约，我们刚把隆巴迪先生送走。"

“嗯。”余越寒淡漠地启唇。

他已经提前知道了，所以脸上并没有露出什么表情。

文雅黛却没有注意到他的反应，兀自说道："隆巴迪一直跟我说，很欣赏我对意大利的了解，还有工作能力，其实如果他有机会看见寒少的话，只怕我就不算什么了。"

文雅黛像是回忆起了什么，眼神温柔得几乎要出水："想当初我会学习意大利语，还是因为寒少的意大利语说得特别好，我是因为你——"

“签约成功的事情我已经知道了，还有别的事吗？”余越寒薄唇微启，打断了她的话。他踱步进了办公室，将小六六放下，让小六六自己去玩，然后径直走到办公桌前坐下，微微挑起眉，看向她。

文雅黛被他锐利的眸子看得有些发虚，她迟疑了几秒才开口："我专程来这一趟，其实不是邀功，是请罪的。"

文雅黛说着，脸色有些发白。

闻言，余越寒的眉心皱了皱，他侧目看向助手。助手见状，立时走到他身边，压低声音给他解释公关部传来的消息。

“寒少，王翻译平时不是这样的，她工作很勤勉，也从来没有出过差错，我是觉得她优秀才会将她派给年主管，可是没想到……”文雅黛抿了抿唇，继续道，“说到底，也是我管理属下不严才会让他们胡乱说话，差点儿影响了这次合作。”

“寒少，因为造谣的事，王妙妙已经引咎辞职。”助手在一旁提醒。

造谣的人是王妙妙，其实说起来跟文雅黛没有什么关系，如果因此牵连一个经理，未免矫枉过正。

总裁办公室的门响了，秘书推开门进来，身后还跟着年小慕。

“寒少，年主管来了。”

刚刚分开的两个人，这时候又见面了。

余越寒的目光微微一恍，他疑惑地看向她，用眼神询问她来做什么。

年小慕也是一脸茫然地走到文雅黛身边：“文经理，你让我上来有事？”

“对，是我让年主管上来的。”文雅黛听见年小慕的话，连忙亲热地拉住她的手，将她拉到自己面前，抬头看向余越寒，“寒少，这次的合作多亏了年主管。她自从到了公关部，表现一直很出色，我希望公司能好好嘉奖一下她。”

年小慕刚进公关部，公关部就接连谈下两个大项目，表现确实很优秀，文雅黛的夸奖并没有夸张的成分，倒显得她赏罚分明。

“说起来，当初年主管空降到我们部门的时候，我还有疑虑，可是没想到她不仅熟悉公关技巧，还有这么好的语言天赋，一口流利的意大利语说得几乎跟寒少不相上下……”

“咯咯！”余越寒蓦地轻咳了两声，眼睛一眯，脸上掠过一丝赧色。

“寒少，你身体不舒服？”文雅黛一听见余越寒咳嗽，立刻关心地问道。

“我没事，你提的建议我知道了。”余越寒端起水杯，喝了一口，过了一会儿他才看向文雅黛身边愣住的年小慕。

她听见有奖励，别的都已经听不见了。她一回过神，一双晶莹的大眼睛几乎变成了星星眼，满脸写着：寒少，我只要钱！奖金！

余越寒看她的样子，就知道她压根儿没听见文雅黛刚才提到意大利语的事情，他从容地放下水杯，薄唇微启：“等项目完成之后，加三个月的工资作为奖励。

“至于王妙妙的事情……”余越寒话锋一转，声音又沉了下来。

文雅黛听见他提起王妙妙，手一紧，身体瞬间绷紧了。她主动上来说这件事，就是不希望自己在余越寒心里留下不好的印象。她甚至放下身段，亲自替年小慕邀功，这样可以让余越寒觉得自己赏罚分明。她都已经这样了，还不够吗？

文雅黛心里一阵慌张，她暗暗攥紧拳头，表面上却依旧很谦逊，仿佛不管他做出什么决定，她都不会有意见。

“一个谢菁菁我当意外，如今又出了个王妙妙，不管什么原因，你手底下的人接二连三地出问题，你作为经理都有推卸不掉的责任。”

文雅黛脸色一白，她咬着唇，只听余越寒说道：“这次的事情，我会让人查清楚，暂时不会对你做任何处罚，但是如果再有下一次……”后面的话余越寒没有说，却已经是最严重的警告。

文雅黛从进入余氏集团就一直表现出色，工作能力强，公私分明，哪次进总裁办公室都是被表扬。这是她第一次被余越寒训斥，还是当着年小慕的面……

文雅黛低着头，眸色变暗，狠狠地咬牙，说道：“寒少的话我会记住，以后会加倍小心，不会再让这样的事情发生！”她说完，见余越寒没有其他吩咐，才转身离开总裁办公室。

总裁办公室里，顿时安静下来，空气中透着说不明的气息。

年小慕愣在原地，看着文雅黛离开，过了好几秒才回过神：“没什么事的话，我也回去做事了。”

“有事。”余越寒薄唇微启，伸手指了指趴在沙发上的小糯米团子，“我要开会，你留在这里帮我看着她。”

他说着，已经站了起来，踱步走到年小慕面前，大手突然按住了她的脑袋：“乖乖等我回来。”

年小慕呆愣在原地，头微微仰着，下意识地想看头顶上的那只大手，可他的手有些沉，她动不了。

余越寒察觉到她的举动，还用力地揉了揉她的头发，在她要奓毛的时候，才从容地收了回去。他没等她开口，越过她，提步出了办公室。

年小慕：“……”

年小慕看着转眼消失在门边的男人，扒了扒被他弄乱的头发。她想起刚才那一幕，脸颊突然爬上一层红晕，双手捂着脸朝洗手间跑过去，拧开水龙头就接了一捧凉水泼到了脸上。

啊！

帮他照顾小六六就照顾小六六，干吗突然摸她的头！

他还说什么“乖乖等我回来”。

她又不是孩子，乖什么乖！

年小慕看着镜子里满脸通红的自己，心里总有一种奇怪的感觉，眼前不断浮现出余越寒俊美的脸……等她回过神，连忙用力拍了拍自己的脸，不让自己胡思乱想。

年小慕擦干脸上的水渍，看了一眼时间，还差一个小时就下班了。

她今天的工作已经完成，回不回公关部都没有关系，正好在总裁办公室陪陪小六六，等余越寒下班一起回去。

年小慕走到沙发前，将小六六抱到怀里，陪着她一起玩玩具。

时间很快就过去了，转眼就到了下班时间，年小慕又等了十分钟，余越寒还没有回来。她正犹豫着要不要先带小六六回去，耳边突然响起了他的那句“乖乖等我回来”。

她刚站起来，又乖乖地坐了回去，百无聊赖地抓着小六六白嫩的小手放在掌心里捏了捏，试探性地问道：“小六六，你饿不饿？要不然我们先回家？”要是小六六饿了，她就先带小六六回去吃饭，这样他总不会生气吧？

年小慕刚说完，怀里的小糯米团子精致的小脸蛋已经皱了起来，小六六一脸认真地说道：“爸爸让我们等他，漂亮姐姐不乖！”

年小慕：“……”

余越寒这哪里是让她照顾小六六，简直是把小六六留下来监视她的。

说好最爱漂亮姐姐的呢？小叛徒！

没多久，总裁办公室的门被人推开了。

年小慕立时坐直，扭头看向从门外进来的人。

“寒少，会议的内容已经做了整理，关于欧洲方面的……”助手跟在余越寒身边正在给他汇报工作。

余越寒俊美的脸上表情很淡，他一进办公室就扯了扯领带。下一秒他像是想起了什么，扭头朝沙发的方向看过去。

“爸爸！”小六六软糯糯的小身子马上从沙发上滑下来，她拔腿就朝他扑过去。

余越寒一把将她捞进了怀里，单手稳稳地托着小六六，任由她搂着自己的脖子。然后，他挑眉看向沙发上的年小慕，眼睛深邃，就像是在审视她有没有听他的话乖乖等他回来。

年小慕刚恢复平静的心瞬间又不淡定了，她正准备问是不是可以回去了，就听见靠在他怀里的小六六抬起头奶声奶气地道：“爸爸再不回来，漂亮姐姐就要跑掉了。”

年小慕：“……”

年小慕看见余越寒朝她瞥过来的眼神，想也不想地举手保证："没有！绝对没有！我那是准备带小六六去找你，不是跑掉！"

"……"

"寒少，时间不早了，你肯定累了，走走走，我们回家吧！"年小慕说着，走上前就从他怀里接过小六六，二话不说，扭头往外走。她丝毫没有意识到，自己刚才那句话有一点不对。

余越寒颀长的身影站在原地，眼睛微微一眯。

她说，我们回家……

他眼底的寒意散去，嘴角蓦地勾起一抹笑。他踱步走在她后面。

他们刚走到停车场，就看见等在那里的陈子新。陈子新穿着一身白色西装，让他多了几分白马王子的感觉。

他看见出现在停车场的年小慕，俊朗的脸上立刻漾起大大的笑容。他迎上来："年主管，我等你很久了。"

"等我？"年小慕怔了怔，有些疑惑地指着自己的鼻子。她像是不明白陈子新怎么会突然过来找她。

"对！"陈子新很认真地点头，随即脸上又闪过一丝紧张，"那个……是这样的，过两天周末，我是想问你有没有时间，我想约你去看电影。"他说完，从口袋里摸出两张电影票。

"票都已经买好了。"

年小慕看着他手里的票有些错愕。她后知后觉地抬起头看向陈子新真诚的脸，刚要开口说什么，就听见身后传来一道冷冷的声音："她没空！"

年小慕回过头，就看见慢她一步的余越寒一脸阴沉地走上前。他单手插在口袋里，黑眸如墨，浑身透着疏离，像是所有人得罪了他。他深深地看了年小慕一眼，才扭头转向被他震慑住的陈子新。

"寒少——"

陈子新刚准备跟他打招呼，就见他薄唇微启，一字一顿地道："我们周末要陪小六六去看幼儿园，她没时间跟你看电影。"

陈子新："……"

年小慕："……"

他什么时候约好的去幼儿园，她怎么不知道?

对上陈子新询问的眼神，年小慕只迟疑了一秒，就飞快地点头附和道："对，我们周末要陪小六六去看幼儿园。"说完，她总觉得哪里不对。

她什么时候跟余越寒成“我们”了？

没等她想明白，余越寒已经走到前面，正好挡在她跟陈子新中间。

余越寒两只手都揣进风衣的口袋里，冷峻的脸微微一抬：“小陈总刚回国，工作应该也很忙，有时间不如多花点儿心思在项目上，相信陈总应该会很高兴。”他的潜台词是没事就少看电影！

他说完，没再给陈子新说话的机会，转身一只手抱过小六六，另一只手牵住发怔的年小慕，朝着开过来的房车走过去。余越寒第一次没等司机开车门而是自己拉开车门让年小慕上车。

“等等，我忘了跟小陈总说声再见……”年小慕刚坐到车上就着急地开口说道。回应她的是被毫不犹豫关上的车门。

下一秒，一抹颀长的身影笼罩在她面前。

他微微俯身，双臂撑在她的身体两侧，将她锁在车座上，魅人的脸朝她的方向低垂，温热的呼吸喷在她的脸上，一双深邃的眼睛就这么直勾勾地盯着她。

原本在他怀里的小六六，这个时候也不知道跑哪里去了。

年小慕正想扭头看一眼，却发现她目光能看见的地方只有他宽阔的胸口。他们现在这个姿势，她就像被他抱在怀里，气氛一瞬间变得很诡异。

年小慕用力地咽了咽口水，打破沉默：“寒少，你说陈子新是不是想追我？”话一出口，车里的气氛就更加压抑了。

余越寒眸子一缩，旋即他冷冷地启唇：“他可能眼神不好。”

年小慕：“……”

陈子新想追她怎么就眼神不好了？

冰疙瘩才眼神不好，睁眼瞎！

年小慕气得鼓起腮帮子，扭过头去不看他。

余越寒见她误会了，也不解释，慢条斯理地坐回自己的位置上，将缩在角落里的小六六捞进怀里。小六六小手捂着眼睛，却用指缝在偷看。然后，他从容地吩咐司机开车。

过了一会儿，等年小慕再想起陈子新，车子已经驶出了停车场。陈子新的身影早被远远地甩在后面，一个衣角都看不见了……

就在他们的车子驶出停车场的时候，停车场的另一侧，文雅黛拎着限量版的包优雅地朝自己的车子走过去。她刚要解锁，瞥见站在自己车子旁边的人，脸色蓦地一变，旋即快步走上前，扯了王妙妙一把，压低了声音问道："你搞什么鬼？不是让你在家等我吗？跑来这里做什么？"

王妙妙将脸上的围巾一扯，红着眼眶抓住文雅黛的手："文经理，我好不容易才能留在余氏集团，我兢兢业业这么久，以为马上就可以升职了，可是现在却要被开除，我哪里还能安心地在家里等着，你快给我想想办法……"

文雅黛的眼底闪过一抹嫌恶，却耐着性子打开车门："这里不是说话的地方，先上车。"

两个人都上了车，文雅黛将车子开出余氏集团，到没人的地方才停下车。她从包里翻出一张支票递给王妙妙："拿着这笔钱，以后不要再来烦我。"

王妙妙看着她手里的支票，一脸惊慌："文经理，你这是什么意思？当初是你让我故意给年小慕设局，想让她被开除，可现在为什么被开除的人是我？

"你不是说有你在，我不会有事吗？你还说过，只要我办好这件事，你就一定会帮我美言几句，让我升职……"

"说够了没有！"文雅黛不耐烦地打断她的话，解开安全带，妆容精致的脸缓缓地转向副驾驶座上的王妙妙。

"你还敢跟我提我让你办的事？只是一个年小慕，你居然都对付不了，不只让她跟隆巴迪谈成了合作，还蠢得反过来被人算计！"

文雅黛一想到今天下午在总裁办公室被余越寒训斥，目光就变得阴鸷，狠狠地瞪了王妙妙一眼："如果不是因为你办事不力，我也不会被你牵连挨训。你这样的资质，就算我把你扶上去，迟早也会被人拉下来！"

王妙妙被文雅黛训得不敢吭声。

她当初只当年小慕是个花瓶，靠勾引寒少上位。她根本没有想过年小慕会这么快察觉到她有问题，还反将她一军。年小慕在没有证据的情况下，挖了陷阱让她跳，她现在是彻底没了退路……

文雅黛见她说不出话，冷哼一声："我劝你不要妄想拉我下水。就算你现在出去告诉所有人是我指使你陷害年小慕，你觉得会有人信吗？

"要是让人知道，你为了升职不顾职业操守胡乱翻译，别说余氏集团容不下你，整个翻译行业都容不下你！"

文雅黛深谙人性，见王妙妙已经被吓得浑身发抖，将支票收了回来，重新开了一张，上面的金额翻了一倍。

“我要是你，就把钱拿了，在我面前消失。”

王妙妙盯着眼前的支票，眼睛发直，连忙接了过来。她四下里看了一眼，确定周围没有人才推开车门下车，飞快地离开。

文雅黛看着她离开的身影，抓着方向盘的双手握紧，妆容精致的脸变得扭曲。一个来路不明的年小慕，居然让自己的人接二连三地折在她手里，现在就连寒少都开始怀疑自己的能力了。

文雅黛紧紧咬着牙关，良久，像是终于忍不住似的用力地握拳砸向车门。

“年小慕！”

阿嚏——

阿嚏——阿嚏——

年小慕一连打了好几个喷嚏，从被窝里探出小脑袋，揉了揉鼻子。她想起今天是周末，卷过被子正准备再睡个回笼觉，就听见房门响了。

轻重不分的敲门声有些奇怪，没等年小慕反应过来，就听见咔嗒一声，她的房门被人拧开了，一抹软糯糯的小身影从外面跑进来。

“漂亮姐姐，起床了。”

小六六往前一扑，趴到床边，一脚蹬掉了脚上的小鞋子钻进了她的被窝。小六六把凉透的小手掌贴在她的脸颊上。

年小慕浑身一哆嗦，嗖一下坐了起来，瞌睡虫都被吓得无影无踪。下一秒她听见小六六咯咯地笑出声：“爸爸好聪明，说这样漂亮姐姐就起床了。”

年小慕：“……”

她头狠狠一扭，果然看见余越寒站在门口。

他双手揣在外套口袋里，长款的风衣让他看起来挺拔高贵。

她的房间没有开灯，窗帘拉着，屋里有些暗，衬得他棱角分明的脸越发魅人。余越寒对上她的目光，身体一斜靠在门框上，慵懒地启唇：“不用谢。”

年小慕：“……”

一大早被吓醒，对方还一脸嘚瑟地跟你说不用谢，自己该有什么反应？

她上去揍他一顿，应该不犯法吧？

什么仇什么怨，他连觉都不让她睡！

“今天是周末！”年小慕一把抱住被窝里的小六六，眼睛瞪向门口的男人。休息日不睡懒觉简直对不起自己。

年小慕正准备哄小六六陪她再睡一会儿，就听见门边的余越寒冷冷地丢出一句：“你还记得是周末？”

什么意思？

他有事？

年小慕呆滞了几秒，随即想到了什么：“你说要带小六六去看幼儿园不是骗小陈总的？”

年小慕想想觉得也对，小六六三岁多了，一直跟着余越寒去公司上班也不行，给她找个幼儿园，让她有同龄的小玩伴是最好的。

想到这里，年小慕连起床气都没有了。她忙从床上爬下来，飞快地收拾，然后拎着包跟在余越寒的身后出了余家别墅。

余越寒没让助手惊动任何人，低调地抱着小六六，就像普通家长一样朝幼儿园走去。

余越寒给小六六选的是一家很规范的幼儿园，周末不上课，只是开放了实验班，专门让家长来参观体验。

“这边是教室，我们的老师现在正在模拟给孩子们上课的情况，各位家长都可以看一下，感兴趣的可以带孩子进去体验。”在前面带着大家参观的老师拿着小喇叭说道。

年小慕下意识地朝教室里看，可是前面人太多了，挡住了她的视线。

她刚准备踮起脚，一只手臂就揪住了她的衣领，将她往上一提。年小慕是看见了，可是这周围都是人……

“余越寒，我能看见，你快撒手！”年小慕从牙缝里挤出这句话。

她的脸都要丢光了！

余越寒瞥了她一眼，手一松，他看见她矮了一截，淡淡地启唇：“小矮个儿。”

年小慕：“……”

她是标准的女神身高，她不矮！她不矮！

年小慕往他前面一站，努力踮起脚证明给他看，没有他，她也能看见前面的教室。

余越寒挑眉，扫了她一眼：“腿短的矮子。”

年小慕：“……”

如果眼神能杀人，他现在已经被千刀万剐！

年小慕狠狠咬牙，为了避免自己会忍不住扑上去跟他同归于尽，她狠狠地瞪了他一眼。自顾自往前走。她想，走到最前面，总不会看不见了。

年小慕刚迈出两步，衣领又被人揪住，回头看着似乎爱上了她衣领的余越寒，刚要发作，就见他长指朝着另外一个方向指了指："你走错路了。"

"……"

年小慕抬起头，看见队伍移动的方向跟自己要去的方向相反，才意识到自己被气晕了。她刚准备折回来，突然想到：他怎么会这么好心提醒她？她警惕地看了他一眼。

余越寒对上她的目光，给她指路的手从容地揣进风衣口袋里，嘴角一勾："别用这种眼神看我，关爱智商低的人，人人有责。"

第十三章
余先生和余太太

年小慕：“……”

她为什么不在家好好睡觉?

是被窝不够暖和，还是周末太无聊?

干什么不好，为什么要跟冰疙瘩出门？还是一块自带毒舌功能的冰疙瘩!

年小慕正努力克制自己的愤怒，余越寒突然踱步走到她面前，一把搂住了她的肩膀。

他的手臂很长，轻易就将她搂到了怀里。长款的风衣包裹住她单薄的身子，带着她往正确的方向走。男人身上清冽的薄荷香味传到了她的鼻子里。年小慕的眼睛呆滞着，半晌都没有反应，像是被他的举动吓傻了。她只是机械地迈着步子，跟着他往前走，心想，他这算什么？打一巴掌给颗糖吗？她眼睛一亮，翻身的机会来了!

年小慕清了清嗓子，一本正经地提醒：“余越寒，一言不合就搂女神的肩膀，你这样的行为有另外一种称呼，叫耍流氓！”

她说完，余越寒有一秒的愣怔，旋即上上下下地看了她一眼，啧了一声，手突然放到了她的额头上：“你昨晚睡得很晚？到现在还没醒？”

年小慕一愣，就听他冷冷地说道：“‘女神’这两个字跟你有什么关系？”

年小慕：“……”

撒手！

别碰我！

我要是再跟你说一句话就是小狗！

年小慕啪一下打掉他的手臂，躲到距离他最远的地方。

余越寒怀里一空，胸口仿佛也空了，眉心皱了皱，他瞥了一眼躲得远远的人，眼珠转了转：“年小慕，先参观教室还是先参观餐厅？”

“……”

听不见，听不见。

“你要不要喝水？”余越寒从助手手里接过矿泉水，在她面前晃了晃。

“……”

不理，不理。

年小慕忍着口渴，假装自己聋了。

余越寒看着她倔强的小眼神，似乎察觉到了什么，眼底流露出一抹邪邪的光。余越寒的目光把年小慕看得心里一颤，一股不好的预感浮上心头。下一秒，她听见他幽幽地说道：“那三个月奖金，你还要不要？”

“汪汪！”年小慕几乎是下意识地开口。

余越寒：“……”

她还能再有出息一点儿吗？

其他家长还在参观。

小六六长得很可爱，又会卖萌，老师见了她都喜欢得不得了。

“都说爸爸妈妈的感情会影响孩子对幸福感的体验，余先生和余太太这么恩爱，难怪小六六这么活泼开朗。”老师站在一旁笑着说道。

闻言，年小慕身体一僵。

余先生没错，可是余太太……

而且，老师是从哪里看出来她跟余越寒很恩爱的？

他们明明有仇！

年小慕连忙解释：“老师，你误会了，其实我——”

“对了，今天园内有亲子活动，第一名的奖品是一个可爱的玩具，两位要不要也去试试？”老师没等年小慕说完就热情地推荐道。

年小慕回过神，连忙看向余越寒，等着他开口解释。

他却像根本没有听见老师说的那个让人误会的称呼一样，弯腰将小六六抱起来，拨了拨小六六被汗水打湿的刘海儿："想不想要礼物？"

"要！"小六六仰起小脑袋，想也不想地点头，然后小脸一转，眼巴巴地看着年小慕。

年小慕："……"

她不是小六六的妈妈，跟余越寒一起做亲子活动有些奇怪，可是对上小六六乖巧的样子，她根本说不出拒绝的话，只能乖乖地跟在余越寒身后走向活动现场。

"两位也是来参加亲子活动体验的吗？请到这边来登记一下。我们的活动分为好几个项目，每个项目的冠军都可以得到一份礼物。"负责活动的老师看见他们，立时笑着介绍。

亲子活动的规则都比较简单，而且趣味性、互动性很强。

年小慕看了一眼，只见被围起来的游戏场地分成了好几个区域，有两人三足、萝卜蹲，还有大象鼻子……

这些都是常见的游戏，有不少家长已经带着孩子玩起来了，现场很热闹，全是孩子银铃般的笑声。

小六六一看见有很多小朋友，粉嫩嫩的小脸蛋就笑开了花，忙跑上前，小手抓着护栏，踮着脚往里头看。小六六稚气的动作让年小慕有一种熟悉感，仿佛那是她的缩小版，她的脑海里瞬间闪过余越寒刚才一脸嫌弃地骂她腿短的画面。

他该不会也要骂小六六……

年小慕看向身旁的男人，发现他正盯着踮起脚的小六六皱眉，心里一紧。余越寒察觉到了年小慕的目光，他缓缓地扭头看着她。

四目相对，他眉峰一挑："我女儿做什么都这么可爱。"

年小慕："……"

我踮脚就是腿短，小六六踮脚就是可爱。

谁都别跟我说话，我现在只想静静！

"这位先生，你贵姓？我这里需要登记才能参加游戏。"年轻的老师拿着本子询问道。老师看见余越寒俊美的脸庞，不禁红了脸。

这里有不少大人其实不是孩子的家长，只是陪着亲戚朋友过来看看，或者是代替家里人过来的。

余越寒一身贵气，举手投足都是从容优雅，又长着一张颠倒众生的脸，就是丢在人堆里也是最出众的那个。

他手上没有婚戒，看起来也不像有孩子的人，所以也被划定为只是“替家里人过来看看”或是“帮亲戚带着孩子过来参观”那一列。

现场有不少女人对着他脸红，有一个还因为看得太投入，已经惹得自己老公吃醋了。那个女人回过神，连忙追着老公解释：“帅哥是全宇宙的共享资源，我就是看看，没别的想法，你瞎吃什么飞醋？”

年小慕偷偷瞥了一眼站在自己面前的男人，腹诽：“妖孽！”

“先生？先生？你们确定要参加游戏吗？”老师还等着他的回复，见他一直没说话，又提醒了一遍。

下一秒，小六六从护栏前跑了回来：“我知道，我知道，刚才那个老师说过！”她红扑扑的小脸上满是兴奋，小手指朝着余越寒一指，“这个是余先生。”小脑袋一歪，她又指向年小慕，笑眯眯地道：“这个是余太太！”

余太太……

这个称呼年小慕今天是第二次听见，冲击力已经不如第一次那么大，可是从小六六嘴里说出来，还是让她愣了几秒。等她回过神，就发现老师听说余越寒结婚了，脸上对余越寒的钦慕已经消失，反倒是看着自己的眼神有些尴尬，像是担心自己会误会。

哎哟！老师，误会的人是你！

“老师，是这样的，其实我只是——”年小慕往前走了一步想解释，站在她前面的小六六已经快她一步，指着自己的小鼻子，奶声奶气地道：“我是余六六，你可以叫我‘小六六’。”

余先生、余太太，现在再加一个余六六……

任谁来看，都是妥妥的一家三口。

好了，她不用解释了。

老师拒绝了这盆“狗粮”，拿起笔飞快地给他们登记，让他们拿着号码牌进去参加游戏。

年小慕拿着号码牌，跟着其他的家长一起进了游戏场地，半晌她都没有反应过来。她本来还想问，不是孩子的妈妈能不能陪孩子的爸爸一起参加游戏，这会儿已经不用问了。

年小慕将手里的号码牌递给余越寒：“我们要先参加哪个游戏？”

游戏场地里，每个项目人都不少，孩子多的地方气氛火爆一些。小六六一进来就一直想到处看看。

余越寒将她抱起来，微微抬头，手指指着最前面的奖品台，淡淡地启唇："你想要哪个玩具？"仿佛不管小六六要什么，他都能赢回来。

"我看其他家长都很有默契，你别太自信，一会儿要是输了，别怪我没提醒你。"年小慕嘀咕道。

闻声，余越寒扭头瞥了她一眼："你说得对。"

"咦？"

他吃错药了？居然夸她说得对？

年小慕狐疑地抬头看着他，旋即就听见他幽幽地说道："有你拖后腿，想赢确实有难度。"

年小慕："……"

CP（配对）还没有组就已经散了，还参加什么游戏？

"爸爸，我想要那个猪猪。"小六六大眼睛一眨巴，她指着一个小猪玩具高兴地喊道。

年小慕往奖品台上一看，小猪玩具是两人三足游戏冠军的奖品。

她拿着号码牌，走到工作人员面前报名。

"游戏规则很简单，宝宝拿着气球站在终点，爸爸妈妈要从起点出发，两个人三只脚跑到宝宝那里，拿到气球之后再返回，用时最短的获胜。"

工作人员介绍完规则，年小慕立刻打量了一下跟他们一起参加游戏的其他家庭。她算了一下身高和腿长，她跟余越寒不管是加起来还是分开都是第一，可如果比默契程度的话，他们可能是倒数第一！

为了不让小六六失望，年小慕迅速地目测了一下起点和终点的距离，在脑海里飞快地计算着，以她跟余越寒的腿长，要迈多少步才能以最快的速度完成任务。她刚算到一半，一只大手就按住了她的头，大手的主人说道："不用紧张，有我在。"

他就站在她身旁，阳光打在他挺拔的身躯上，他的影子在地上被拉得很长，跟她的影子重合在一起，看起来就像是一个人。没有刻意放大的声音，只是随意一说，却莫名地让人安定下来。

年小慕怔了怔，看着他冷峻认真的脸，忘了自己该有什么反应，任由他牵着自己走到游戏的出发点。

参加这组游戏的一共有五个家庭。小六六和其他小朋友已经被老师带到终点，小六六的手里正拿着她的小气球，她努力地朝他们挥舞着手臂。游戏还没有开始，她精致的小脸蛋已经兴奋得红扑扑的，她扯着嗓子在喊："余先生加油！余太太加油！”

年小慕：“……”

余太太这个事，看来今天是过不去了。

没等她多想，工作人员已经拿着彩带走到他们身边，将他们的两只脚绑了起来，两个人就变成了三只脚。这样的话他们迈步子的节奏必须一致才能走路。如果想跑，两个人的默契至关重要！

“我们是不是得编个口号？类似一二一、一二一那种？”年小慕的脚刚跟余越寒绑在一起，她就紧张地问道。年小慕听不见他的回答，扭头看了一眼。旋即她就对上了他鄙夷的眼神，那眼神仿佛在嘲笑她，还能不能想一个再傻点儿的口号。

“你要是不喜欢一二一，要不，我们喊‘小六六’？喊到‘六’的时候，一起迈腿？”年小慕懒得理他的臭脾气，又换了一个口号。

她是真的有点儿紧张，她不是怕输，而是不想带着他输。

哪怕她不承认，可在她心里，余越寒就应该是站在神坛上的人，高贵如神祇，无所不能。她根本想象不到有什么是他做不到的。

“虽然我没玩过这个游戏，不过任何游戏都有窍门，我刚才计算过距离了，以我们的腿长，只要保持——”年小慕的话还没有说完，一根修长的手指就按住了她的唇。

余越寒瞥了她一眼，蹙着眉道：“你吵得我耳膜疼。”

年小慕：“……”

“腿短的人玩游戏都这么紧张吗？”

年小慕：“……”

“我腿不短！”年小慕鼓起腮帮子，睁大了眼睛瞪着他，灵动的眸子因为愤怒像是要喷出火来。

下一秒，一只手捏住了她的下巴，她猛地一怔，他已经侧过身，微微低头。两个人的脚绑在一起，她没法后退，只能仰起头看着他。他的薄唇停在她的鼻尖，他一字一顿地道：“一会儿就拿出这股跟我顶嘴的劲儿比赛，输不了。”

“……”

他这是夸她，还是损她？

没等年小慕回过神，就听见工作人员喊了一句：“各就各位。”

年小慕刚放松的神经瞬间又绷紧了，她紧张地抓住他的手臂：“余越寒，快告诉我口号，不然一会儿怎么跑？”

让她相信她跟余越寒之间有默契，她宁可相信一个口号！

余越寒扭头，看着她抓着自己的那只手，迟疑了几秒才启唇：“我腿短，我光荣？”

年小慕：“……”

他可能不想要队友了。

年小慕第一次发现，跟眼前这个毒舌、腹黑的男人相比，冰疙瘩也挺可爱的，起码不会一张嘴就能把人逼疯！

“预备。”年小慕听见工作人员的口令，脸色一慌。没等她缓过神，就听工作人员喊道，“开始。”

开始了！开始了！

她着急往前跑，左脚刚迈出去，跟余越寒绑在一起的右脚就把她绊住了，整个人趔趄了一下。

余越寒迈出去的步伐，因为她绊的这一下也停了下来。他搂住她的腰，扶住她差点儿栽倒的身体，毫不犹豫地将她抱到怀里。他低头看着她发白的小脸，眼底的戏谑消失殆尽，声音沉下来：“有没有事？”

年小慕回过神，第一反应是看向其他参加游戏的家庭。

别的家庭都是夫妻，默契不说多好，至少不会像他们这样，一开始就出意外。此刻，那些家庭都在他们前面，有的已经跑到一半了……

“有事！”年小慕眼巴巴地看他，“我们要是输了，请让你的大长腿背锅！”

余越寒：“……”

余越寒抬头，飞快地扫了一眼就将眼前的局势看明白了。他松开年小慕，让她站好，薄唇微启：“想赢的话，接下来你只需要做一件事。”

年小慕：“……”

“努力让你的脚着地，免得我们犯规。”

他低沉的声音刚落下，没等年小慕回神，一只手已经拎起了她的衣领提着她往前跑。

“啊……”接下来的一分钟，游戏场地的上空飘荡着一阵惊悚的尖叫声。伴随着这阵尖叫声，原本处在队伍后面的他们开始反超，从最后一名一步步冲到最前面……

越过终点线的一瞬间，年小慕回过头看向身后其他参加游戏的家庭。她看见大家目瞪口呆的表情，再看一眼拎着她像拎小鸡一样的男人，年小慕默默地伸手捂住脸，她已经没脸见人了……

工作人员很快上前，憋着笑："余太太很可爱。两位刷新了我们游戏最短用时的纪录，如果不参加其他游戏的话，拿着这个小奖牌就可以去奖品台兑换礼物了。"

年小慕刚想说不玩了，余越寒已经拉着她转身走向另外一个游戏场地，根本没给她拒绝的机会。

有余越寒在，年小慕什么都不用做就能拿冠军。最后，她抱着一堆小奖牌到奖品兑换处兑换奖品的时候，工作人员都惊呆了。

"余先生、余太太，这是你们的奖品。"工作人员回过神，将一盒小猪玩具递给了他们。玩具很精致，里面有猪宝宝玩偶，还有猪爸爸和猪妈妈，也是一个家庭。

最重要的是小六六很喜欢。年小慕看着小六六开心的小脸，忍不住跟着笑出了声，参加游戏的疲惫消失了。她刚准备说什么，余越寒突然将手伸到了她面前，手上还拿着一个粉红色的玩偶："给你的，小猪妈妈。"

年小慕："……"

他这是奖励她还是挤对她?

年小慕看着面前的玩偶，心跳忽然有些快，呆滞了好几秒才回过神，伸手将盒子里另外一个小猪玩偶拿出来塞进他怀里："喏，这个给你，小猪爸爸！"这样就公平了，谁也取笑不了谁。

年小慕余光瞥见工作人员羡慕的眼神，她才反应过来自己刚才做了什么。

她拿着小猪妈妈，却把小猪爸爸递给了余越寒。

小猪宝宝在小六六手里……

这样的分配看起来就像真正的一家三口!

年小慕神经一紧，连忙抬头看余越寒。

余越寒似乎没想到她会将猪爸爸给他，手下意识地接住玩偶，修长的手指微微转了一圈。他将玩偶打量了一遍才挑眉看她，嘴角噙着一抹弧度，似笑非笑，像是误会了，又像是没有。

年小慕忙解释："我不是那个意思，刚好一人一个。"

"余先生跟余太太的感情真好，难怪能这么默契地赢了这么多游戏。"一旁的老师拿着小本子上来登记，看见两人手里的玩偶笑着说道。

年小慕："……"

默契？不存在的。他们能赢全是靠他简单粗暴的游戏方式。

"爸爸妈妈如果能多陪伴孩子，可以增加孩子的安全感，所以我们幼儿园经常举办这样的亲子活动，欢迎两位下次再来。"

老师说完，年小慕立刻尴尬地低下头，孩子的爸爸是真爸爸，可妈妈是个假妈妈。她想解释，可是根本没有人给她机会。

年小慕偷偷瞥了一眼身旁的男人，发现他倒是一脸坦然。

他是不是没有听到老师说什么？不然为什么他一点儿解释的意思都没有，还任由小六六一口一个"余太太"地喊？小六六年纪小，可能不明白这三个字是什么意思。

年小慕想到这里，心里顿时像有千万只蚂蚁在咬，她想要问清楚，又觉得这个问题有些尴尬。或许，他只是想宠着女儿，只要小六六高兴，一声称呼也不是非要纠正……

幼儿园参观结束，助手提前将玩具拿到车上，顺便去开车。

余越寒抱着小六六，年小慕跟在他身旁，慢悠悠地往外走。

"我们现在是回家吗？"年小慕歪着脑袋问了一句。

幼儿园参观结束，他们应该没事了。

"不。"余越寒单手抱着小六六，脚步稳健地向前迈，有磁性的声音在她耳边响起，"去电影院。"

年小慕："……"

是他说错了，还是她听错了？他们一起去看电影？

余越寒察觉到身旁的人反应不对，脚步微微一顿，侧目朝着她的方向看了一眼，将她脸上错愕的表情收入眼中，淡淡地启唇："陪小六六去看儿童电影。"

年小慕了然，原来是为了陪小六六。她想想也对，老师刚才说了，爸爸妈妈多陪伴孩子能增加他们的安全感。

咦，他刚才听见老师说的话了？

年小慕有些意外地抬头，正准备说什么，助手已经将车子开到了门口。

车门打开，余越寒示意她先上车。等她坐稳之后，他才将小六六放到她的怀里，自己随后坐到车里，从助手手里接过笔记本电脑，开始处理工作。

年小慕把话噎在了喉咙里，她看着在忙碌的男人，眼神变了变。

她一直觉得他冷冰冰的，像块冰疙瘩，可是跟他接触时间长了她才发现，他除了冷漠之外，还有深藏不露的毒舌功能。在她对他的印象快要差到极致的时候，她又发现他其实也不是那么冷酷无情：他会不动声色地借钱给她；他工作这么忙，还抽空给小六六选幼儿园；堂堂余氏集团的总裁，为了几个小玩具，参加那么幼稚的游戏；现在又陪着小六六去看电影。他真的很疼爱小六六。

年小慕也不知道自己怎么了，盯着余越寒看着看着就入神了……

房车很宽敞，余越寒坐在自己习惯的位置上，面前放着一台笔记本电脑，身体微微靠在车门上。他刚打开邮件就发现一道目光在看着他。不用回头他也知道是谁。他原本以为她只是看一会儿就会移开视线，可等了很久，那道目光仍旧没有半点儿要移开的意思，一直灼灼地停留在他身上。

余越寒的眼睛看着电脑屏幕，但他被那道目光看得完全集中不了注意力，就连胸口都像被一只猫爪轻轻挠着。

余越寒眼睛微微一眯，他朝年小慕看过去。原本以为，他会看见她满脸倾慕的表情，可谁知道，他刚一扭头，一个巴掌就拍到了他的脸上："你别动，蚊子！"

余越寒："……"

"不好意思，没打到。"年小慕心虚地瞥了他一眼，尴尬地缩回手。年小慕对上他黑沉的目光，抱着怀里的小六六就往角落里缩。

余越寒："……"

她是老天爷派来气死他的吗？

蚊子他没看见，巴掌印他倒是看见了一个。

她打的！

车子及时停了下来。

助手回过头提醒："寒少，电影院到了。"

没等余越寒说什么，年小慕已经飞快地推开车门，抱着小六六，逃命一样地冲下去。她站在电影院门口朝他喊道："周末人好多，我先去排队买票。"

"年主管，其实你不用——"助手刚要提醒她，这家电影院是余氏集团旗下的，余越寒就冷冷地瞥了他一眼。

助手顿时浑身一激灵，没说完的话瞬间打住了，他假装自己刚才什么都没说。

余越寒慢条斯理地下车，看着在售票窗口排队的年小慕，单手揣在风衣的口袋里，踱步朝她走过去。他从她怀里抱过小六六，将她们都护在自己身前。

余越寒高贵的身影一出现，就引得周围一阵骚动。

“好帅呀！快看快看，极品帅哥！”

“你看见他抱孩子的姿势了吗？一看就是个女儿奴！”

“别胡说，这么年轻的帅哥，怎么可能有女儿？那肯定是他妹妹。”

年小慕回过头，听见身旁不断传来的议论，默默地往前走了一步，离他远了一点儿。她害怕一会儿会有人把她当成假想敌。

“什么妹妹？你看清楚一点儿，前面那个是他老婆吧。一家三口的颜值都好高啊！”

“我觉得不是，哪儿有一家三口离这么远的……”

年小慕甩甩头，不去听周围的声音。她刚准备买票，肩膀上突然多了一只手掌。他骨节分明的手搭在她的肩膀上，目光却看向售票屏幕，他淡淡地启唇：“想看什么电影？”

年小慕的注意力全在自己的肩膀上。她看见他搭在上面的手，错愕地瞪大了眼睛，而她身边也同时响起了一阵尖叫声。

“啊，好帅！”

“我就说了是一家三口。为自己的机智点赞！”

“心好痛，果然帅哥都是有主的，只有我还是只单身狗！”

“忌妒使我面目全非……”

周围的人在说什么，年小慕已经听不见了，娇俏的小脸微微仰起，眼睛一眨不眨地盯着他。

他刚才没听见大家在说什么吗？都已经被人误会了，他不跟她保持距离，还突然来这么一下？要是眼神能杀人，她刚才已经被女人忌妒的目光千刀万剐了！

“余越寒……”

“文艺片喜欢吗？”他蓦地启唇。

年小慕：“……”

没等她发表意见，他已经买了三张票，然后拉着她朝检票口走去。

年小慕踉跄地跟上他的脚步，等回过神，连忙拽住他的风衣袖子。

“不是要看儿童电影吗？文艺片小六六这个年龄看不懂吧？”她说完，余越寒脚步一顿，他转向她，眉峰微微一挑，手指指了指靠在他肩膀上已经昏昏欲睡的小六六，看样子，小六六不超过三分钟就能睡着。

“你觉得她这样还能看电影？”

“……”

确实不能。

可他们本来是陪小六六来看电影的，现在小六六睡着了，他们不是应该带她回去睡觉吗？

年小慕脑海里刚蹦出这个想法，面前的男人就像看出了她的心思一样，薄唇微启：“来都来了，看完再走。”

他说完，打电话让助手给小六六准备一副防噪声耳罩，然后扭头看向年小慕：“看电影要不要吃零食？”

“要！”年小慕正在出神，本能地回答。

不吃零食看什么电影！

她扭头看见卖零食的窗口，走上前飞快地点了爆米花、薯条和饮料。她点完，想到了什么，回头看了一眼在后面的余越寒：“你要吃吗？”

他请她看电影，她可以请他吃零食。

余越寒瞥了一眼她手里的东西，嫌弃地皱起眉。他刚准备说不用，瞥见她亮晶晶的双眼，到嘴边的话莫名其妙地变成了：“可以尝尝。”

“那我再买一份。”年小慕说着，准备付钱。

下一秒，她听见他低沉的声音响起：“不用，一份够了。”

“也行，我们可以一起吃，正好我买了大份的——”她下意识地接话，说到一半，忽然觉得哪里不对。

两个人一起看电影，又吃同一份零食，这种感觉就像情侣。年小慕的脑海里蹦出这个念头后，就愣住了。正在她恍神的时候，身后的余越寒已经走到她身边，将银行卡丢到售货台上：“刷卡。”

“不用，我这里有零钱，我请你吃。”年小慕一瞥见他要付钱，顾不上多想，连忙将他的银行卡拿起来塞进他手里，自己从包里翻出零钱付账。

余越寒站在她身边，看着被她塞回掌心的银行卡怔了怔。

第一次有女人在他面前抢着买单，这也是他第一次让一个女人替他付钱。

这种感觉很奇怪，可是看着她坦然的小脸，他竟不排斥这种感觉，任由她付了账。他替她拿过饮料，看见她心急地拿起一根薯条塞到嘴里，嘴角不自觉地上扬。

"薯条热乎乎的才好吃，你尝尝。"年小慕自己吃完，还不忘拿出一根凑到他嘴边，灵动的双眼单纯、干净。

余越寒眼睛一眯，他明明想拒绝，嘴却张开了，任由她将薯条喂到他的嘴里。薯条酥脆中带着绵软的口感，说不上来是什么味道，可看见她一根一根欢快地吃着，他的眼神不自觉地变得柔和："还不错。"

"是吧。你也觉得好吃？要是小六六醒着，肯定会跟我抢，不过她不能吃太多零食……"年小慕碎碎念着一路走进放映厅。余越寒买的是贵宾放映厅的票，空间比较大，座位也很舒适，还可以半躺着看电影。

余越寒将最边上的躺椅调好，将睡着的小六六放上去，自己却坐到了紧挨着年小慕的位置。年小慕怔了怔，有些意外地看向他。他平静地说道："电影开始了。"

年小慕一回神，连忙抱着爆米花桶，看向大屏幕。

也不知道是不是巧合，他选的是一部爱情文艺片。虽然男女主角的爱情不是轰轰烈烈，可是细水长流的感情，还有日常生活里的小甜蜜，却让人脸红心跳。年小慕看到片中女主第一次不小心亲到男主，她的脑海里顿时蹦出她第一次在医院撞到余越寒的场景。

她的余光忍不住偷偷瞄了一眼身旁的男人，这才发现，他们两个人的位置紧紧挨着。她甚至能听见他的呼吸声……

余越寒像是察觉到她的目光，朝她的方向看了一眼。

年小慕想也不想地抬头，佯装自己在认真看电影。然后，她听见他有磁性的声音响起："你有没有觉得这部电影——"

"跟我们不像！我当初不小心亲到你，全是因为你往我身上撞，我是受害者！"年小慕忙打断他的话，旋即她就发现自己的声音太大了。她连忙捂住嘴，扭头瞪向差点儿害得她丢人的男人，下一秒她就对上了他的眼睛。

"我只是想问你，你有没有觉得这部电影拍得还不错。"

"……"

"年小慕，你看电影的时候，都在想什么？"

"……"

这就尴尬了。

年小慕呆滞了好几秒，突然捂住了他的嘴。

"嘘！看电影的时候不要说话，会影响到其他人！"她说完，立刻扭头重新看向大银幕，佯装自己在认真看电影。

电影院里光线很暗，余越寒看不见她发红的耳根，还有红通通的小脸。

年小慕察觉到他的视线从自己身上移开才松了一口气。她抱着爆米花桶，把爆米花一颗一颗地往嘴里塞。她吃多了爆米花，下意识地去拿饮料，喝了一口，正准备再喝一口，忽然感觉哪里不对，她低头看了一眼，属于她的那杯饮料还放在扶手的格子里，而她手里的这杯是余越寒的……

年小慕一慌，差点儿将嘴里的饮料都喷出来，手忙脚乱地将他的饮料放回原位。她正犹豫着要怎么跟他解释一下自己不小心喝错了，就看见他伸手拿起了她刚放下的饮料。

“等一下，这杯饮料我刚——”“喝”字还来不及说出来，余越寒的薄唇已经贴到了她刚喝过的位置，从容地喝了一口。

年小慕身体一僵。

他们这样算不算间接接吻？

“你刚才想说什么？”余越寒将饮料放下，睨了她一眼。

年小慕猛地回过神，飞快地摇摇头：“没什么，我什么都没说！”她想说什么都来不及了，现在说出来只会更尴尬。反正他不知道，就假装什么都没有发生过好了，她没有偷亲他……呸呸！错了，是没有偷喝他的饮料。

年小慕一把抱起爆米花桶，递给他：“你要不要吃？”

余越寒低眸，看了她一眼，没有说话。

年小慕只当他不好意思，拿起一颗爆米花递到他的嘴边，见他吃了，才扭头继续看电影。

电影的剧情正好进入了最精彩的部分，她一看，就看入神了。她没注意到身旁的男人含住那颗爆米花之后，眼睛一直停在她身上，一眨不眨。

他看着她对着根本不煽情的电影红了眼眶；看着她哭着也不忘将一桶爆米花吃完……那般真实、毫不做作的模样，没有半点儿豪门千金的端庄，可就是让人觉得很舒服。

电影的最后，男女主并没有在一起，而是在不同的地方生活。只是偶尔一个人的时候，他们会突然想起曾经出现在自己生命里的那个人……很现实又很戳心的结局。

余越寒耳边传来抽泣的声音，他侧过身，就看见刚才还只顾着吃的人，这会儿正哭得一把鼻涕一把泪。她正低着头在包里翻纸巾。

眼泪模糊了视线，她一直找不到纸巾。

突然，一只手越过她伸进了她的包，将纸巾拿了出来，抽了一张，递给她。

年小慕愣了一下，挂着一脸丢人的眼泪，有些尴尬地抬头看着他。她原本以为会在他脸上看见嘲笑，可她看见的只有一双深邃的眼睛。

他见她愣住，手微微一抬，替她擦掉了脸上的眼泪："别哭了，电影都是骗人的。"

年小慕接过他手里的纸巾擦了擦眼泪，红着鼻子反驳："艺术来源于生活，肯定有人真的是这样。"

她说着眼眶又红了。

相爱的两个人不能在一起，真的是太虐心。

"那也别哭了。"余越寒的声音微微一沉。没等自己来得及感动，她就听见他补了一句，"哭起来太丑。"

年小慕："……"

友尽！

电影结束，周围的人陆陆续续离开，他们走在最后面。小六六在电影院里美美地睡了一觉，等他们走到电影院外面，她才迷迷糊糊地睁开大眼睛，小拳头使劲揉了揉眼睛，还打了个哈欠，一脸好奇宝宝的样子朝四周打量。

年小慕见小六六醒了，准备抱她，就见有人抱着一大捧玫瑰花朝他们走过来："先生，给你的妻子买朵玫瑰花吧。"

"……"

"这么漂亮的妻子，又给你生了一个可爱的女儿，你该不会连一朵十块钱的玫瑰花都舍不得给她买吧？"小贩将他们当成了刚看完电影的一家三口，极力推销。

年小慕回过神，连忙开口："我们不是夫妻，我们不需要！"

她抱起小六六就准备走，想赶紧避开这种尴尬的场面。

谁知道小六六伸出小手指，戳了戳面前的玫瑰花，笑眯眯地开口："爸爸快点儿买花，我跟漂亮姐姐都喜欢花花。"

年小慕："……"

"哈哈，小美女真有眼光，这些玫瑰花是我们自己种的，送给这位美丽的小姐最合适不过。先生，你要几朵？"小贩一听见小六六的话飞快地接道。小贩也不管他们是什么关系，只要能把花卖出去就行。

余越寒穿着一身长款风衣，将他颀长的身影勾勒得挺拔俊逸。俊美的五官，出众的气质，让他站在那里浑身都是无法言喻的尊贵。他听见小贩的话，抬头看了一眼年小慕，薄唇微启：“你手里的花我都要了。”

年小慕：“……”

这么拙劣的推销手段，他居然也着了道？

没等她反应过来，余越寒已经将花买了，递给年小慕：“小六六喜欢，就当哄她开心。”

年小慕：“……”

寒少，你这叫溺爱，知道吗？

可是为什么，她看着眼前鲜艳的玫瑰花，心跳忽然变得有点儿快？

就像约会的时候，突然收到男朋友送的花，惊讶之中又带着点儿喜悦。她今天一定是中毒了！

年小慕看着眼前的余越寒，竟然觉得他变得温柔了很多。一定是因为小六六。对！小六六这么可爱，谁跟她在一起都会变得温柔。

“谢谢。”年小慕接过花，没让自己再胡思乱想，扭头看了一眼四周，“现在回家吗？我们的车子停在哪里——”

她的话还没有说完，余越寒突然伸手扣住了她的后脑勺，将她与小六六一起抱到怀里。强烈的男性气息扑面而来，带着专属于他的霸道。

他怎么了？

年小慕的心跳漏了半拍，她想抬头，就发现按着她后脑勺的那只手用力地不让她动。

她要喘不过气了！

“余越寒……”

“别动，有记者。”他低沉的声音缓缓响起。另一只手臂也搂住了她的腰肢，余越寒将她跟小六六搂得更紧了，这样的画面无论谁看到，都会认为是甜蜜的一家三口。年小慕的身体有些僵硬，半晌她才紧张地问：“记者走了吗？”

年小慕等不到他的回答，朝旁边微微一瞥，发现不远处拿着相机的是几个年轻人，看起来像是一群朋友出来玩，他们在互相拍照。

余越寒也注意到了她的目光，轻咳了两声，松开她，淡淡地启唇：“我看错了。”

他冷峻的面容没有多余的表情，垂在身侧的手却无声地握成拳。他觉得，掌心有些发热；她觉得，以他的观察力不至于连真假记者都分不出来。

他刚才看见她低头看玫瑰花的那一瞬间，他的手突然就不自觉地伸了出去，抱住了她，等他回过神，才意识到自己做了什么。

“没关系，你也是为了保护小六六。”年小慕往后退了一步，低头看了一眼怀里的小六六。

小六六还小，余越寒不想让她在媒体面前露面，年小慕可以理解。而且，他们本来就不是一家三口，万一真的让记者拍到了，还不知道会怎么报道。他谨慎一点儿是对的。

年小慕抿了抿唇：“我们赶快回去吧。”

经过那一抱，两人在等助手的时候格外安静，直到年小慕的手机突然响了起来。她怀里还拿着玫瑰花，一只手接电话不方便，不小心点了免提，陈子新的声音清晰地从电话那头传来。

“年主管，我好像在电影院看见你了——”他的话还没说完，电话不知道为什么就断了。

年小慕很惊讶，想回头去看，就见助手的车正好朝他们开了过来。助手将车子稳稳地停在路边，没等年小慕回神，余越寒已经淡漠地启唇：“上车。”

“小陈总好像也在这里。对了，他之前约我的时候说电影票都买好了。是这家电影院吗？”年小慕扯着余越寒的袖子问道。

余越寒的眼底闪过一抹幽光，他冷冷地回答：“你记错了，不是这里。”

“可是小陈总说他看到我了，他应该就在我们附近。”年小慕说着，回头朝四周看了一眼。

没等她找到陈子新，余越寒就挡在了她面前，俊美的脸上覆盖着一层寒霜，他说：“小六六该回家休息了。”

年小慕想想觉得也对，他们都出来一天了，小孩子不比大人，玩了一天肯定很累；而且应该没有那么巧，小陈总应该是看错人了。年小慕只犹豫了一秒，就上车了。

余越寒跟着年小慕上车，然后他坐到她旁边，一上车，他就吩咐助手开车。车子刚驶离，陈子新就从人群里冲了出来，懊恼地摇晃着关键时刻没电的手机。

周末过得很快。

周一，年小慕回到公司收到的第一个消息就是王妙妙引咎辞职了，她直接交了辞职信，销声匿迹。

“我还以为她要挣扎一下，求文经理替她说好话，没想到居然这么干脆。”有同事在一旁说道。

“说实话，我也很惊讶，我记得她学历不高，当初为了进余氏集团，可是下了一番苦功夫的，她一直很珍惜这份工作。”

“那又怎么样？她那是自作自受！你们那天也听见了，她把话说得那么绝，要不是年主管拿下了合作，现在被逼走的人就是年主管了！”晓晓听见大家的议论，替年小慕打抱不平。

年小慕进来，办公室里的人纷纷回过神，看向年小慕：“年主管你别误会，没人同情她，大家只是感慨一下。”

“就是就是，毕竟同事一场，我们只是感慨一下。”

“没关系。”年小慕微微一笑，走到自己的位置坐下。她的脑海里全是刚才听到的话，直觉告诉她，好像哪里不对……

“说起来，这次多亏年主管会意大利语，又细心地发现隆巴迪先生很喜欢中餐，这才有机会一举拿下项目。”周围的同事见年小慕平易近人，渐渐对她友好起来。

“哎哎哎，你说了我想说的话。其实不只这次，上次跟盛达科技合作的项目，也是因为有年主管才能请来上心代言，现在别的部门的同事都在夸我们公关部无所不能！”有同事一脸自豪地说道。

旁边的人笑着戳了她一下：“得了吧，你还嘚瑟起来了，明明无所不能的人是年主管，你傻乐什么？”

“我与有荣焉嘛！”大家你一言我一语地说着，气氛十分融洽。

“年主管一来我们部门，我们部门就接二连三地拿下大项目，她现在可是我们公关部的福星，照我说，她的能力不比文经理差……”

年小慕见大家越夸越厉害，连忙站起来。她正准备说项目能拿下是整个部门的功劳，一抬头，就看见了站在办公区入口的文雅黛。

年小慕不知道文雅黛什么时候来的。文雅黛的脸色有些难看，她对上年小慕的目光，很快嘴角扬起笑容，从容地走上前：“大家早。”

“文经理早！”同事们的脸色都有些尴尬，忙打招呼。刚才夸年小慕的同事没想到会被文雅黛听见，这会儿有些紧张。

文雅黛却只是笑笑，没有生气，还顺着大家刚才讨论的话题调侃道：“我知道你们都是有了新欢就忘了旧爱的，我理解的。年主管对部门的贡献我也看在眼里，我已经向寒少替她请功了。不只年主管，这阵子大家都辛苦了，我跟盛达科技的小陈总商量过，准备办个项目聚餐，好好犒劳一下大家！”

大家一听见有聚餐都沸腾了。

文雅黛笑着看向年小慕：“年主管可是大功臣，你一定要来。”

年小慕还在思考王妙妙为什么走得那么干脆，听见文雅黛的话，慢一拍回过神，轻轻地应了一声：“好。”

闻言，文雅黛拍了拍她的肩膀，示意大家都工作，然后，转身进了办公室。

嘀嘀。

年小慕刚坐下来，就听见手机短信提示音响了。她拿起来看了一眼，是陈子新发来的。陈子新跟她说的也是项目聚餐的事。

没等年小慕回复短信，就有同事挤到她身边，一脸期待：“年主管，既然是项目聚餐，那这个项目上心代言了，她会不会去？”

公关部里有不少同事是上心的“粉丝”，大家一听见这句话，立马扭头看向年小慕。

“你们都想什么呢？这是工作人员聚餐，上心怎么会来？”有同事笑着道。

“我们也知道很难，就是抱着一点儿美好的希冀。你干吗戳破大家的幻想，上心变伤心？”几个询问的同事都纷纷捂着胸口，装出可怜兮兮的样子，这引得办公区里传来一阵笑声。

年小慕也跟着笑出声，开口安慰道：“我可以帮大家问问，看她有没有时间。”

“年主管万岁！”

“年主管，你现在是我的偶像！”

大家一阵闹腾，直到上班时间才回了自己的座位。

年小慕这才有空重新拿起手机，回复陈子新的短信。她想了想又给上心发了一条短信，询问上心最近的情况。

自从上次被绑架之后，上心除了出席盛达科技的活动，几乎就没在公众面前出现过，也不知道她现在怎么样了。

年小慕发完短信就将手机放到一旁，打开电脑开始工作。

年小慕想到了什么，扭头看向一旁的同事：“晓晓，我记得每个人入职的时候都有一份详细的员工资料，对吗？”

“对。年主管，你要查谁的资料？”晓晓走到她身旁，压低了声音说道，“这种重要资料，一般只有部门经理才能查看。”

那就是自己要去找文雅黛，可现在自己怀疑的人说不定跟文雅黛有关，就这么去找她，只怕会引起她的警惕。

年小慕朝四周看了一眼，确定没有人注意她们才问道：“除了找文经理，还有没有办法知道王妙妙的住址？”

“年主管你怎么突然要找王——”晓晓惊讶的话还没有说完，她猛地回过神，连忙打住了。她凑到年小慕耳边，小声道，“这个容易，大家都是同事，我帮你找平时跟王妙妙走得近的几个人打听一下就好了。”

晓晓说完，俏皮地挤了下眼睛，端着空水杯朝茶水间走去。不一会儿，她果然带着信息回来了。

“这上面就是她的住址。不过她已经离职了，年主管你还找她做什么？”晓晓将一张字条递给年小慕，好奇地问道。

年小慕目光一闪，将字条收起来：“等有结果我再告诉你。”

一下班，年小慕就飞快地收拾好东西，出了公关部。她拦了一辆车，报了字条上的地址。没多久，车子就在一个公寓楼前停了下来。

“小姐，到了。”计程车师傅回头提醒道。

年小慕推开车门，站在路边打量了一眼眼前的公寓。她照着字条上的门牌号往里走。

只有七层的公寓楼并没有电梯。

王妙妙住的是顶层，年小慕刚走到六楼，就听见楼上传来搬东西的声音。她又听见一个女孩的声音：“你们动作轻一点儿，别碰坏我的柜子。”年小慕眼底闪过一抹幽光，她加快脚步走到七层，发现搬家的那个屋子就是王妙妙登记的住址。

“请问你跟王妙妙是什么关系？”年小慕走上前，抓住了正在指挥搬家人员的年轻女子。

“什么王妙妙？我不认识，我是新搬来的。”年轻女子上下打量了她一眼，不耐烦地说道。说完，她又扭头吩咐搬家公司的人轻一点儿，别碰坏她的花瓶。

新搬来的……年小慕怔了怔。

随即，刚才那个年轻女子像是想到了什么，又走出来说道：“对了，我听房东说，之前住在这里的也是个女孩，应该就是你说的什么妙妙，不过不知道为什么她突然搬走了，房子空出来就租给我了，其他的我也不清楚。”

“谢谢。”年小慕看着眼前已经换了租客的房子，没有多停留。她走到公寓楼下，眉心却微微皱起。

她一直想不明白，王妙妙为什么要针对她。别人只知道王妙妙是因为造谣引咎辞职，可是年小慕很清楚，王妙妙何止是造谣，她根本就是想要破坏余氏集团跟隆巴迪的合作。而且王妙妙做得很谨慎，如果不是年小慕会意大利语，这次的合作只怕就连怎么失败的她都想不明白。可她跟王妙妙刚认识，没有新仇也没有旧恨，王妙妙根本没有针对她的理由。难道只是因为忌妒？还有，同事们说王妙妙很在乎这份工作，如果真是这样的话，她不可能走得这么干脆，连家都搬了，像是着急躲什么……

嗡嗡——

突然响起的电话铃声把年小慕吓了一跳。

她从包里翻出手机，看见来电显示连忙接了起来。

“上车。”余越寒清冷的声音缓缓响起。

年小慕：“……”

上车？上什么车？

她错愕地抬头，看见一辆熟悉的房车停在路边。车窗降下来露出余越寒那张祸国殃民的脸。

年小慕回过神，挂了电话，飞快地跑过去上了车：“寒少，你怎么会在这里？”车子里开了暖气，她刚坐稳就舒服地吐了一口气，扭头看着他。

闻言，余越寒冷冷地瞥了她一眼。那一眼顿时让年小慕有一种不好的预感，果然下一秒他薄唇微启：“回家的路上看见一个傻子站在风雪里瑟瑟发抖，日行一善，打了个电话。”

“……”

她就是那个傻子。

傻子表示不想跟他说话！

年小慕缩到角落里，拿出手机准备回信息，一抹阴影从头顶上笼罩了下来，声音阴恻恻的：“在跟谁聊天？”

年小慕抱着手机，往旁边挪了挪小屁股，抿着唇，不理他。

骂她是傻子的人不配跟她说话，哼！

余越寒眼睛微微一眯，他像是看出了她的傲娇，清了清嗓子，抬头看向司机，吩咐道：“前面停车。”

“你要下车吗？”年小慕下意识地问道。

这里正好进了余家的别墅区，周围没有商铺也没什么人，他下去做什么？

随即，她就听见他淡漠的声音传来：“要下去的人是你。”

年小慕：“……”

他的命令一说出口，司机立刻将车子稳稳地停在路边，连车门锁都打开了。

年小慕扭头看了一眼车窗外，呼啸的寒风，光是听声音就让人起鸡皮疙瘩。要是运气不好，打不到车，从这里走回去不累死也会被冻死。面子重要还是小命重要？

年小慕默默地在心里画了个圈圈诅咒余越寒，然后立马乖巧地扭过头，笑眯眯地开口：“寒少，你刚才是不是问我什么了？风太大我没听清，我这会儿好好跟你解释一下。”

余越寒看着眼前谄媚的小脸，明知道她是故意讨好他，嘴角还是不自觉地上扬。

年小慕一看他的表情有变化，连忙吩咐司机快开车，然后才继续说道：“其实也没什么，就是项目聚餐，小陈总问我能不能去……”

年小慕的话还没有说完，她就觉得车里一阵寒气袭来，整个人都哆嗦了一下。

谁开了车窗吗？怎么突然这么冷？

“什么时候聚餐？”余越寒眸色变深，脸色却很平静。

“明天，不只我们部门，还有盛达科技那边的人。”年小慕想到什么，嘀咕，“我本来想请上心一起过来玩，可是不知道为什么她一直没回我短信，电话也打不通。”年小慕说着，蓦地抬头，眼巴巴地看向他：“寒少，你知不知道上心的下落？我也不是非要她来参加聚餐，我就是担心她。”年小慕担忧地说道。

原来她对着手机发呆是因为上心，余越寒难看的脸色稍稍缓和，长指一弯，弹了一下她的额头：“没事少胡思乱想，上心没事。”

“真的吗？那应该是她太忙了，没看见我的信息。”年小慕对他的话不疑有他，很快就笑了。

余越寒看着她的笑容，瞳孔微微一缩。他没有告诉她，唐家替唐原斯安排了相亲，唐原斯也答应了。上心收到消息后，去唐家找过唐原斯，不过被唐原斯拒之门外。她在唐家别墅大门外守了整整一夜之后，就失踪了。

感情的事情最容不得外人插手，年小慕帮不了上心。

余越寒收回目光，没有再说话。

被年小慕这么一打岔，他倒是忘了问她聚餐是怎么回事。一直到第二天下午，助手将文件送到他的办公室，询问道："寒少，今天盛达科技跟公关部有个项目聚餐，文经理让我问问你有没有时间出席。"

余越寒签字的手微微一顿，他听见助手继续说道："这次活动是盛达科技方面的小陈总提出来的，文经理也是希望能借这个机会好好犒劳一下这段时间辛苦的同事，所以就答应了。"

这么说起来，这次聚餐完全是陈子新提出来的。他想干什么？假公济私！

余越寒眼底掠过一抹幽光。他将手里的钢笔放下，缓缓地抬起头，慢条斯理地启唇："既然是要犒劳同事，我就算没时间也会抽时间参加。"

助手蓦地一愣。

寒少以前从来不参加这种部门聚餐，最近怎么了？

他怎么突然发现寒少变得接地气了！

助手回过神，连忙点头："那我去通知文经理。"

下班时间一到，公关部的人都沸腾了。

"一想到一会儿可以去大吃大喝，一天的疲惫瞬间消失了！"

"我今天特意饿了一天，就是为了晚上这顿，你们等一下千万别拦着我！"

"我也是……"

部门里的同事边收拾东西边互相打趣。

没多久，众人就见文雅黛从经理办公室里走出来，她笑着道："聚餐就让大家开心成这样，如果我再告诉你们，今天晚上的聚餐寒少也会去呢？"

文雅黛的话一出口，周围的同事就激动得尖叫了起来。

"文经理，这是真的吗？"

"当然是真的。我原本只是让杨特助去帮我问问，没想到寒少一听说是为了嘉奖大家举办的项目聚餐，二话不说就答应了。"文雅黛说着，还顺势夸了一下大家最近的工作表现。部门里顿时全是对她的恭维。

"如果没有文经理，寒少怎么会这么快注意到我们工作辛苦，特意来犒劳我们？"

“对呀，寒少会出席聚餐，肯定是因为文经理。”

“文经理这么为大家争取福利，我们今后一定好好干！”

“谁要不服文经理，我第一个不答应。”

文雅黛听着大家的话，脸上挂着得体的微笑。她心里正得意着，不知道谁突然接了一句：“不只文经理，我们部门现在还有年主管。年主管在这么短的时间就拿下两个大项目，称得上才貌双全，以后我们公关部肯定会越来越好！”

闻言，文雅黛嘴角的笑容僵住了，垂在身侧的手无声地握成拳头。她才是公关部的经理，年小慕才出现多久，竟然已经有人敢拿年小慕来跟她相提并论？才貌双全是在嘲讽她长得不如年小慕好看吗？

“文经理，盛达科技的车子已经到了，说是来接我们的。”秘书走到文雅黛身边恭敬地提醒。

文雅黛压下眼底的不甘，脸色恢复平静，说道：“大家都赶紧收拾一下，我们现在就下去。”

年小慕处理工作耽误了一会儿，走在最后面。她出了电梯，一眼就看见站在接送车门前的陈子新，刚准备上前，一只强健的手臂就扣住了她的手腕，将她往怀里一拉。

她被拉得重心不稳，几乎是一头栽进了一个温暖的怀抱。她抬起头对上余越寒深邃如墨的眸子，听见他说：“怎么不接电话？”

什么电话？年小慕飞快地站起来，扭头看了一眼前面的同事。她发现没有人注意到他们，才低头翻出手机。她按了几下，嘀咕：“手机怎么静音了？我没有听见电话响。”

余越寒听见她的解释，垂眸扫了一眼她的手机，脸色变得缓和：“聚餐我也去，我送你。”

余越寒的话音刚落，年小慕就看见陈子新从门口冲了进来，他高兴地走到年小慕面前：“年主管，你的工作忙完了吗？我的车子就停在外面，我送你？”

年小慕：“……”

一边是大boss，一边是大客户。

谁都不能得罪，可她只有一个！

年小慕眼睛一转，她嘴角扬起甜甜的笑容：“不用了，不用了，现在提倡低碳环保，我跟大家一起坐接送车。”

她说完，扭头就跑，一溜烟跑到同事堆里跟大家一起上车。

陈子新怔了怔，跟余越寒打了声招呼，随后跟着年小慕上了接送车。

余越寒站在原地，看着商务车里准备坐到一排的两个人，眸子缩了缩，随即他缓缓踱步朝接送车走过去……

这时文雅黛刚安排好部门里的同事，正准备去开车，看见余越寒，心里一喜。她优雅地走到他面前："寒少，你现在过去吗？我的车子来的时候抛锚了，我能不能坐你的车？"文雅黛说着，紧张地抓着包，眼眸轻转，期盼地看着他。

要是她能坐他的车跟他一起出席聚餐，等于坐实了她在他心目中跟其他人不一样的说法，就算大家不误会他们在交往，也会知道她在他心里的分量有多重。

文雅黛心里美滋滋地想着，她等着余越寒开口答应，可等了半晌，都没有等到他的回复。她抬头一看，发现他的目光一直看着接送车的方向，眼神冰冷。没等文雅黛问怎么了，她就听见他冷冷地说道："响应低碳环保，我坐接送车。"

文雅黛："……"

余越寒一上接送车，车上的同事就疯了。

车上的人齐刷刷地站了起来："寒少——"

好几个女同事已经激动得开始咬手指。

啊！

近距离接触男神，还是三百六十度无死角，她们都要窒息了……

"我可以把我的位置让给你。"

"我的也可以让给你。"

周围的声音仿佛都被余越寒屏蔽了，他看向坐在后面的年小慕。

年小慕坐在最后一排，她原本想在路上偷偷睡一会儿。她没想到余越寒会上来，更没想到他会朝自己走过来。她紧张得屏住了呼吸。不知道为什么，她看着走过来的余越寒心脏跳得很快，像是随时要从喉咙里蹦出来一样。

他一直走到她面前脚步才停下来，深邃的眼睛直直地看着她。

年小慕被余越寒看得头皮发麻，不自觉地开口问道："寒少，你是想坐我的位置吗？"

年小慕说着，连忙往旁边挪。车子的前面已经坐满了，只剩最后一排还有空位，后排只坐了最后上来的年小慕和陈子新。所有人以为余越寒会直接坐在年小慕旁边的空位上，却没有想到他只是在年小慕面前停了下来。

“我有点儿事要跟小陈总说。”余越寒的目光淡淡地扫了一眼大家好奇的脸，薄唇微启。闻言，大家都像突然反应过来一样，原来是有公事要谈，难怪寒少会跟他们坐一辆车，还非要坐年小慕的位置。

年小慕对他的话深信不疑，一挪小屁股，把挨着陈子新的座位让了出来。就这样，原本坐在一起的两个人，中间坐着余越寒！

陈子新好不容易能跟年小慕说上话，开心不过三分钟，机会就没了，心里别提有多失落了，可他听见余越寒找他谈公事，也不好说什么。一路上，他都在等着余越寒开口，可等了一路，他都没有看见余越寒要跟他说话的意思。眼看聚餐的地点都要到了，陈子新忍不住问道：“寒少，你有什么事要跟我说吗？”

陈子新说完，余越寒总算是用正眼瞥了他一眼，薄唇微启：“忘了，想起来再告诉你。”

陈子新：“……”

等车子停下，大家下车后拥着往里走。小型宴会的聚餐方式，吃的是自助餐。场地被陈子新包了，还专门布置过，不得不说，他确实花了心思。

“红酒和香槟全是我特意订的，大家一定要玩得尽兴！”陈子新一进餐厅，就大声招呼道。说完，他邀功似的端着两杯红酒朝年小慕走过去，对她说道，“年主管，这是进口的红酒，口感很不错，你尝尝。”

“好呀，谢谢。”年小慕一听见有酒喝，眼睛一亮，刚准备接过来，一只大手就横插了进来。某人当着她的面将她的酒抢了！

她抬起头，就看见余越寒尊贵的身影出现在眼前。他端着她的红酒，慢悠悠地品了一口，皱起眉：“一般。”

然后，他将没喝完的红酒塞到她手里。

年小慕端着他喝过的红酒杯，喝也不是，不喝也不是，只能睁着大眼睛瞪他。下一秒他微微俯身，靠近她的耳旁，一字一顿地道：“谁给的酒都喝！万一喝多了，一会儿再抱着我非要脱我的衣服，我会直接将你的脑袋按到红酒杯里！”

年小慕：“……”

她的脑海里闪过上次喝醉了，第二天她在他怀里醒过来的画面，一股热气直冲脑门儿。

年小慕浑身一激灵，连忙将酒杯塞回陈子新的手里：“我最近过敏，不能喝酒。”

“……”

“我去拿果汁。”年小慕转身就朝饮料台跑去。

留下陈子新愣愣地端着红酒杯回不过神。

余越寒嘴角一勾，他满意地从侍应生手上接过一杯红酒，慢条斯理地品起来，目光却一直跟着年小慕的身影。他看见她端了一杯果汁又跑到食品区夹了一堆吃的，然后找了个安静的位置，坐下来大快朵颐，小嘴飞快地咀嚼着，像只土拨鼠，跟小六六贪吃的样子一模一样。

她似乎很享受没有人打扰的时光，吃得格外多，正餐吃完，她还吃了好几块甜点。有同事端着酒杯上来找她，她才换了红酒，小抿一口，之后她又会乖乖换成果汁，继续躲着吃东西。

陈子新好几次想过去找她，都被其他同事的敬酒拦住了。他是盛达科技的负责人，项目组的同事都在排队给他敬酒，一轮喝下来，他已经喝得微醺。

有余越寒的场合，他永远是众人的焦点。可就算再多人想接近他，都会被他一身的高贵和清冷给吓得不敢上前，大家只敢偷偷地在不远处打量他。

于是，聚会上就出现了很诡异的一幕：余越寒颀长的身影斜倚在窗户旁，他从容地端着红酒独自品尝，周围全是参与这次项目的同事，众人端着酒杯想上去敬酒，却没有勇气……

文雅黛在众目睽睽之下优雅地走上前，嘴角噙着得意的笑容，说道：“寒少，我陪你喝一杯？”

余越寒刚看见年小慕端着一杯红酒像是要躲起来偷喝的模样，没等他看清楚，视线就被人挡住了。他不悦地蹙眉，收回目光，看向眼前的文雅黛。他微微举起酒杯朝文雅黛示意，然后一口喝光了杯子里的红酒。没等她开口，他就冷冷地说道：“还有事？”拒人千里的态度，就是隔着几米远都能感受到。

文雅黛脸上闪过一丝尴尬，笑容也僵住了，可余越寒冷漠的态度，根本没给她台阶下。半晌她才缓过神，嘴角重新扬起笑容：“寒少的酒量真好，我自愧不如。”

她说着，将杯子里的红酒也喝光了，豪爽的举动多少缓和了一些尴尬。她见余越寒没有再赶她走，眼珠转了转，抬手吩咐侍应生给他们倒酒，然后开口道：“寒少，你不是说想嘉奖这次表现好的同事吗？不如跟大家喝一杯吧。”

文雅黛的声音并没有刻意压低，清晰地传到了大家的耳朵里。周围的人听见她的话后都有些激动，就连盛达科技的人，在灌醉了陈子新之后，都飞快地围了过来。

“寒少，我们也想跟你喝一杯。”

“寒少是我们的，你们不许抢！”

两边的同事互相开起了玩笑，气氛一瞬间变得热烈起来，只有余越寒，冷冷的目光一直在搜寻年小慕的身影。他发现她不见了，目光一沉。

她端着一杯红酒跑哪里去了？趁着他不注意偷喝？一想到这个可能，他俊美的脸就黑了。

“寒少，大家都在等你。”文雅黛站在余越寒身旁，看见他准备离开，连忙拉了一下他的手臂。被余越寒冷冷地扫了一眼，文雅黛又连忙松开手，往后退了一步，用力地咽了咽口水，扭头看向周围的同事。

大家并不知道发生了什么事，看见文雅黛朝他们看过来，以为余越寒答应他们敬酒了，都纷纷端着酒杯上前。一时之间，余越寒被围在了人堆里。

餐厅的角落里。

年小慕正端着一杯红酒躲在餐桌边美滋滋地偷喝，小脸都喝得红扑扑的，手机突然响了。

她打开一看，有短信，是陈子新发来的，说有急事找她求救，让她去休息室一趟。

聚餐免不了喝酒，所以陈子新提前在餐厅的楼上开了几间休息室，喝多的同事可以睡一觉再回去。可他有什么急事非要这个时候找她？她好不容易趁着余越寒没空盯着她可以偷偷喝点儿酒。可她一想到陈子新在短信里说有急事，还是将酒杯放下，往楼上走。她照着短信上说的位置走到一间休息室前。

年小慕看见休息室半敞着房门，里面很昏暗，她看不出里面有没有人。年小慕看着眼前的场景，蹙起眉，立刻停住脚步没有上前。

感觉不对劲。

她从包里翻出手机，正准备给陈子新打电话，肩膀突然被人猛地推了一把，往里栽去。下一秒，房门就被关上了。

砰的一声过后，是房门落锁的声音。

年小慕被推得一个趔趄，刚站稳，就明白房门已经打不开了。她回过头，房间里只有喝得酩酊大醉的陈子新。他身上的外套已经不见了，只穿着一件单薄的衬衫。他四仰八叉地躺在床上，身旁也没有看见手机，看起来，他根本不知道发生了什么事……

年小慕冷静下来后，顿时知道有人在捣鬼。

她走上前，抬手就往陈子新的脸上打了两巴掌："小陈总，醒醒。"

陈子新喝多了，睡得正香，突然被打，惊得他从床上蹦了起来。他看见年小慕，呆滞了几秒，咧开嘴，冲着她傻乎乎地笑着说道："年主管，我梦见你了！"

年小慕："……"

她扭头进了浴室，接了一杯水出来，毫不留情地泼到了陈子新的脸上："快给我醒醒，出大事了！"

大冬天的，一杯凉水泼到脸上，陈子新浑身一哆嗦，他抱着手臂原地转了几圈。他看见一脸严肃的年小慕，然后扭头朝四周看了一眼，半晌缓缓地醒过来。他飞快地爬起来，进浴室洗脸。

"发生什么事了？"陈子新换下湿衣服，裹了件浴袍从浴室里出来。

年小慕沉着脸，将手机上收到的短信递给他："这句话应该我问你。"

陈子新脸色一变："短信不是我发的！"

第十四章

守护你，是最快乐的事

不出年小慕所料的回答。

年小慕在被人推进房间的那一刻，就意识到了短信有问题。

陈子新为人正派，待人接物彬彬有礼，绝对不会用这种卑鄙的手段骗她上来。

“你的手机呢？”年小慕问。

“我喝多了，刚才迷迷糊糊的，手机不知道放在哪里了。”陈子新听见她的话，扭头在房间里找了一圈都没有找到自己的手机。此刻，他也意识到自己被人算计了。

“对方把你骗上来，是以为我喝多了会对你做什么吗？”陈子新狐疑地问道。如果只是这样的话，那很明显，对方的计划已经落空了，因为他们两个现在都很清醒。

突然响起了敲门声。

陈子新抬起头，脸上一喜：“有人来了，我们马上就可以出去。”

“等等！”年小慕伸手抓了他一把，示意他不要出声。她走上前，从猫眼往外看，旋即脸色一沉，“是记者！还不止一个。”

“什么？记者？”陈子新吓了一跳，凑上前去看。没等他看清门外的场景，敲门声又响了，震耳欲聋的敲门声，像是他们要将门砸开。

“这是我们的私人聚餐，怎么会有记者？而且还这么快。”陈子新往后退了一步，搓着手走了一圈，然后抬起头。

“你只进来了不到十分钟，我们什么事都没有发生，只要我们解释清楚……”他说到一半，自己都说不下去了。

这么短的时间记者就出现了，明显是有人爆料。现在只要门一开，让记者看到他们孤男寡女共处一室，没人会在意他们有没有发生什么。

明天的娱乐版头条，都会是“盛达科技小陈总利用职权潜规则小主管”，或是“余氏集团美女主管色诱星级客户”。

他们的清白也只会被解释为记者来得及时，撞破了好事。

人证物证俱在，再加上各种角度的表明他们关系暧昧的照片……

陈子新看着眼前的人，突然沉默了，清亮的目光灼灼地看着她。他蓦地抓住了年小慕的肩膀：“年主管，其实我一直很喜欢你，如果你愿意的话，我想跟记者说我们正在交往。”

如果是正式公开恋情，那跟潜规则的性质就完全不同了。男未婚女未嫁，谈恋爱又不犯法。

年小慕正寻思着要怎么解决目前的困境呢，没想到他会突然告白，瞬间就愣住了，呆呆地看着眼前的人。半晌，她才回过神，猛地推开他的手臂。

“现在不是公布恋情就能解决问题的，外面这么多记者，他们来势汹汹，只怕门一打开，根本不会给你说话的机会。”年小慕说着，扭头看了一眼陈子新。

陈子新也顺着她的目光低头看了一眼自己。他看见自己身上的浴袍，立刻反应过来，连忙进浴室将衣服重新穿好。他刚从浴室走出来，就听见外面的记者已经在尝试踹门。这道门根本撑不了多久……

怎么办?

“年主管，你放心，不管发生什么事，我都不会让你受到伤害……”陈子新走到她身边，刚准备安慰她，就发现年小慕一直低着头，似乎在给余越寒打电话。

这个房间的信号好像被屏蔽了，她的电话一直打不出去。可是她依旧没有放弃，在一遍遍地拨打着同一个电话。

陈子新的身体微微一僵，他想到她刚才的拒绝，突然像是意识到了什么，脸色有些发白。

年小慕却没有注意到他的表情，懊恼地嘟哝着：“不是说会盯着我吗？

我都不见了，还不接电话……”

电话打不通，年小慕将手机收起来，转身就往阳台走。实在不行，她只能尝试从二楼跳下去，希望不会摔死……

陈子新站在她身后，看着她的背影，反应过来她宁可从阳台跳下去，都不肯跟自己扯上关系，脸色更难看了。他愣了几秒，才冲上前拉住她：“就算要跳也是我跳！”

年小慕一怔，回头对上他认真的目光，刚想说什么，就听见有人在用力地撞门。下一秒房门就要被撞开了。来不及了！

房间外，大批记者堵在门口。

没有人注意到，文雅黛站在楼梯的拐角处。

她端着红酒杯，慢悠悠地品着酒，看着眼前热闹的一幕，眼底闪过一抹阴毒的光。

年小慕不是很厉害吗？她接二连三地拿下大项目，让部门里的同事都对她赞不绝口。要是让记者拍到她跟醉得不省人事的陈子新共处一室，甚至可能衣衫不整……“业绩女王”马上就会变成“陪睡女王”！

到时候，部门里的同事一定会对她“刮目相看”，就连寒少也会厌弃她！

想到这里，文雅黛嘴角的笑意越发明显。

眼见房门就要被撞开，她才故意假装找不到人去询问其他同事。

文雅黛算得很准，她趁着楼上记者将两个人堵在房间里的时候，跑到楼下找陈子新。

“我记得小陈总刚才喝了不少酒，怎么不见了？该不会出了什么事？还有年主管，年主管怎么也不见了？”她这句话一出口，大家才发现少了几个人，下意识地找起来。

没花多少时间，就有服务员告诉他们，陈子新和年小慕都在楼上，而且好像还进了同一间休息室。一时之间，所有人拥到了休息室门口。

“出什么事了？怎么会有记者？”

“孤男寡女共处一室，没事也会出事。”

“敲了这么久都没有人开门，肯定不对劲，快找服务员来开门！”

“找人开门太慢了，直接撞开吧！”

人越来越多，加上有记者在场，场面一度变得很混乱。

最后不知道谁喊了一声：“救人要紧，快把门撞开，有什么事，我来负责！”

众记者听见这句话，顿时跟打了鸡血一样，几个人一齐朝房门撞过去。房门被撞开了。记者举着相机正准备往里冲，下一秒他们突然都愣在了原地。

房间里，灯光大亮。没有大家想象中的凌乱场景，里面的人也没有任何人惊慌失措。房间里从门口一直到里面的大床，全部整洁如新。

而在距离门口不到一米的地方，余越寒傲然伫立。一身长款风衣将他勾勒得无比挺拔，他单手插在外套的口袋里，微微侧着脸。完美的侧脸，让人看一眼就想尖叫。可他身上疏离的气息却让人望而却步！

“寒、寒少……”大家都愣在门口，半晌都回不过神，像是怎么也想不到，他会出现在这里。

听到门被踹开的声音，他身后的年小慕和陈子新也走上前来。

陈子新看清眼前的场景，脸色一沉：“你们是哪家报社的？追新闻追到砸门，是不是要让我报警处理？”

陈子新平时总是带着温和的笑，很少有人见过他发怒的样子，所以记者们追他的新闻才会这么大胆。可他毕竟是盛达科技的继承人，发怒后还是挺可怕的。

此刻他板起脸，只是呵斥两声，站在最前面的几个记者就哆嗦了一下。那些记者连忙赔笑：“小陈总，误会，只是误会，大家敲门没反应，担心你出事，所以才会砸门。”

“对对对，我们只是担心你的安危！”

几个人纷纷附和。

陈子新却没有那么好忽悠，之前担心被记者拍到他跟年小慕单独在一个房间里解释不清楚，可现在情况已经完全变了！

他一步上前，冷冷地扫了一眼面前的记者：“担心我？你们倒是很清楚我的行踪，我什么时候进的房间你们都这么清楚。你们是不是还想把门踹开能拍到我的隐私，然后搞个大新闻？”

门外静悄悄的，没人敢接话。几个记者想跑，可是余越寒不发话，他们不敢跑。他们只能像小学生一样站在陈子新面前挨训。

陈子新训够了，才扭头看向面色阴沉的余越寒，故意提高音量：“寒少，我原本是想约你和年主管谈谈下个季度的合作，没想到会发生这样的事情，你说，要怎么处理才好？”

余越寒从开始到现在，一直冷着脸不发一言，冷峻的脸微微一抬，眼睛扫过的地方就像是被冰封住了一般。

有几个记者刚才还沾沾自喜，以为可以拿到一个大新闻，此刻已经开始浑身发抖。他们原本还以为可以拍到一些桃色照片：年轻貌美的女主管私会自己的客户，还准备共度良宵……这样的新闻放出去，绝对是大热门！

美女主管他们是看见了，陈子新也在房间里，可没有人告诉他们寒少也在呀，而且三个人站在一起，年小慕看起来明明跟寒少更配。

为什么爆料人说的是她跟陈子新有一腿？简直是在逗他们玩！

“寒少，我们已经知道错了，我们一定会删除所有的照片！我们保证不会再在你面前出现。”

几个记者根本不敢再问房间里刚才发生了什么事，手忙脚乱地删掉照片，扭头就跑。

文雅黛站在人群里，看见这样的场景，狠狠地咬牙，垂在身侧的手不甘心地握成拳头。

她计划得这么周详，只差最后一步。只要让记者看见年小慕跟陈子新共处一室，他们就是跳进黄河都洗不清了。为什么？为什么寒少会出现？她明明已经让部门里的同事将他困在了餐厅里。

文雅黛有再多的不甘也只能忍着。她见记者都逃命一样跑了，连忙从人群里走出去，佯装什么都不知道地走上前。

“寒少，刚才发生什么事了？为什么会突然有那么多记者过来？还有小陈总，他刚才不是喝醉了吗？”

文雅黛的疑问，也是在场所有人的疑问，她一开口，顿时所有人的注意力集中在陈子新他们几个人身上。

“不过几杯红酒，怎么可能真的喝醉？”陈子新整理了一下衣服，走上前说道。

他看了一眼门外的同事，又道：“我是特意约了寒少来谈下个季度的合作的，正巧年主管有事找他，就一起坐下来聊了一会儿，谁知道现在的记者这么猖狂，敲不开门，居然还敢撞门！”

陈子新简单地解释了一下刚才的情况就跟着部门里的同事下楼了。

聚餐继续。

大家一玩开心，就没有人再深究刚才的事情。只有年小慕，从楼上下来一直心不在焉，脑海里全是刚才她冲到阳台，准备跳下去时看见的一幕。就在记者和所有人堵在门口时，余越寒不知道什么时候进了隔壁的房间。颀长的身影融入在夜色中，如同暗夜的主宰。她当时还以为自己看错了，就连抢着要跳下去的陈子新都忘了说话，他呆呆地看着隔壁阳台上那抹幻觉一样的身影，然后就看见余越寒双臂抓住阳台边缘翻身跃过来……身手敏捷得让人来不及反应。

等她再回神的时候，他已经如神祇般站在她面前，霸道的气息笼罩着她，大手突然按住了她的脑袋，沉下声问道："怎么回事？"

她当时脑子里一片空白，完全不记得自己跟他说了什么，只听见他说了一声"笨蛋"之后，走到陈子新的面前，冷着脸跟陈子新交代了几句话，然后朝快要被踹开的房门走过去……

再然后，就是记者踹开门，被吓傻的表情。年小慕一想到这里就忍不住抬起头，偷偷瞥了一眼面前的男人。年小慕明明一肚子的疑问，可对上他的目光又𡒄得移开视线。

一晚上，余越寒站着，她不敢坐，余越寒坐下，她还是不敢坐。她只觉得时间都像停止了，每一秒钟都是煎熬。一直等到聚餐快结束了，他才站起身踱步往外走。余越寒经过她身边时，脚步突然一顿，回头冷冷地瞥了她一眼："还不走？"

年小慕嗖一下转过身，飞快地跟上他的脚步。

两个人一前一后地出了餐厅。

年小慕一抬头，就看见熟悉的房车已经停在路边。她正犹豫着要不要跟余越寒解释一下刚才发生的事情，一道熟悉的声音突然在身后响起："年主管！"

陈子新像是从里面跑出来的，喘着气。他看见她要走，清俊的脸庞上露出着急的神色，说道："我有些话想跟你说。"

年小慕的脑海里顿时浮现出他们被困在房间里时，陈子新毫无征兆的告白，她下意识地往后退了一步，刚一动，后背就撞上了一堵结实的胸膛。

她一怔，回过头。

余越寒不知道什么时候从车门前走了回来，就站在她身后。

余越寒见她要摔倒扶了她的肩膀一下，看起来，他就像从后面抱住了她。

陈子新的脸色微微一白，他清了清嗓子，勉强扯出一抹笑："寒少，我能不能跟年主管单独说几句话？"

余越寒没有回答陈子新，而是低头看了年小慕一眼，见她没拒绝，脸色一黑，他松开手，转身走到车前，用力地拉开车门坐进去。

深夜的路边，只剩下年小慕和陈子新。年小慕跟着他走到路边的一棵大树下。耳旁的风呼呼地刮着。

年小慕拢了拢外套，正犹豫着要怎么委婉地拒绝他，陈子新突然一步上前，将她抱到怀里。

“小陈总，你……”

“别怕，我只是想要一个拥抱，安慰自己还没开始就结束的暗恋，不会对你怎么样。”陈子新有些伤感地开口。眼前的画面仿佛还停留在刚才的休息室里：她在遇到危险时第一个想到的人，不是陪在她身边的自己；余越寒出现的那一刻，她的眼睛就像星星闪烁着璀璨的光；她看余越寒的眼神跟看其他人的完全不一样，可能连她自己都没有察觉到在她心里应该早就有一个人了。

陈子新脸上闪过一抹苦涩的笑，随即他轻轻地松开她。他对上她愣怔的目光，露出大大的笑容：“你放心，我不是放不下的人，不就是告白失败嘛，我不会缠着你的。不过要是将来，你喜欢的那个人对你不好，欢迎你随时来找我！”

年小慕站在那里，有些意外地看着他。

她原本是想跟他说清楚，可她还没有开口，陈子新就像已经知道她要说什么一样。

虽然她不太懂他刚才那句话是什么意思，什么喜欢的人？

“虽然追不到你，但是应该不影响我们做朋友吧？”陈子新蓦地往前一凑，笑着打趣道。

年小慕回过神，用力地点头：“当然！”

“好朋友有点儿冷，还想再要一个拥抱……”陈子新说着，作势朝年小慕扑过去，下一秒就见不远处的房车车门猛地被人推开了。

余越寒毫不犹豫地从房车上下来，他关车门的声音极大，像是要把门拆了。

陈子新动作一顿，眼底闪过一抹戏谑的光。他没有真的抱住年小慕，而是伸手拍了拍她的肩膀，意味深长地看了她一眼：“别忘了，要是他对你不好，记得找我！”

年小慕：“……”

没等她反应过来，陈子新已经离开了。

她正寻思着陈子新的话是什么意思，脊背突然感觉一股寒气袭来。她回过头，就瞥见余越寒清冷的身影站在她身后，冷笑着道：“人都走了，还要看多久？”

“……”

年小慕跟着他上车。

一路上，车里明明开着暖气，年小慕还是冷得直哆嗦。

她拼命往车门边靠，恨不得将自己缩起来。最后，她忍不住探出小脑袋，瞥了一眼像自动制冷机的男人：“寒少，你心情不好？”

“……”

“对了，我还没谢谢你今天晚上帮我解围，要不是你来得及时，今天这件事根本没那么好糊弄过去——”年小慕的话还没有说完，身旁的人蓦地扭头，瞪了她一眼，幽幽地启唇：“你若真知道害怕，就不应该跟陈子新单独在一起。”

“……”

“你喜欢他？”余越寒从牙缝里挤出这句话后，车厢里的气压顿时低了下来。

司机浑身一抖，连忙升起了前后座之间的隔板。

车后座只剩下他们两个人。

年小慕顾不上看司机做了什么，听见他的话，头摇得跟拨浪鼓一样。

“不是你想的那样。”她从包里翻出手机，递给他，“我是接到短信才上去的，没想到会被反锁在房间里。我没有故意私会小陈总！”

余越寒：“……”

他深邃的眼睛从她的手机上扫过。他听见她的解释，眼底的冷意退去。

刚才还紧张的车厢气氛瞬间变得轻松。

余越寒往车座上一靠，双手抱臂，挑眉睨她：“你就不会给我打电话？”

“我打了！打了好多个，可是打不通。”年小慕小声嘟哝道。

她刚准备将手机收起来，他的手突然伸到她面前将手机拿了过去。他先是查看了通话记录，看见她真的给他打了很多个电话，嘴角不自觉地扬起一丝不易察觉的弧度。他的目光落到引她进房间的短信上，眼底闪过一抹危险的光：“你确定短信不是陈子新发的？”如果当时不是他及时发现年小慕不见了而去找她，今天的事情就不是这么简单了！

“小陈总说他的手机丢了。”年小慕有问必答，一点儿要隐瞒的意思都没有。她顿了顿，又想到什么，继续道，“那些记者出现得也很快，我刚被人推进房间，他们就来了，像是有人安排好的。”

设计她的人连陈子新都算计进去了，这已经不是年小慕一个人的事情了。

提到这件事，年小慕一点儿都不含糊，往他身边挪了挪，将今晚的事情都跟他说了一遍。她说到最后，连她自己都没有注意到，为了看到他手里的手机屏幕，她都靠到了他怀里。一颗毛茸茸的脑袋不停地在余越寒眼前晃啊晃……

余越寒眼睛变得深邃，呼吸一紧。他一转身就将她按到了车座上，垂眸盯着她。

两人的距离很近，近到呼吸都纠缠在了一起。

她发怔的小脸、错愕的目光，全被他收入眼中。她长长的睫毛像一双蝴蝶翅膀在不安地扑扇着。半晌，她才问道："寒少，你在干什么？"

余越寒被她问得一怔。

他也不知道自己想做什么，只是看见她蹭在自己怀里，心里总有个声音让他做点儿什么。此刻，他对上她询问的目光，才像是找回了自己的神志。

余越寒薄唇一抿，撑在她身侧的双臂却没有移开，身体反而往下压，俊美邪魅的面庞缓缓地靠近她的唇……

年小慕没想到他突然这样，没来得及躲开，双手下意识地抵在他的胸口。他已经停住了，他鼻尖微微一动，像是在闻什么。然后，他扫了她一眼，薄唇微启："背着我偷偷喝酒了？"

年小慕："……"

他突然靠她那么近，就是为了闻她身上有没有酒味？

她还以为他想亲她……

年小慕意识到了自己在想什么，脸唰的一下就红了。她支支吾吾了半晌，才憋出一句："就偷喝了一点儿，我收到短信就上去了，一杯都没有喝完。"

后来的事情他也知道了，等记者散了之后，她就一直在担心他是不是生气了，生怕他会一气之下将她的脑袋按到红酒杯里，她哪里还敢喝，全程眼巴巴地看着他。

"乖。"余越寒收回目光，伸手拍了拍她的头顶，从容地坐回自己的位置。他看似没有变化的脸上，难得露出了一丝笑意，周身的寒意都开始退去。

窗外寒风凛冽，车里十分缓和。

年小慕摸了摸脑袋，都有点儿呆呆的了。

她怎么感觉他刚才的语气像是在哄一只小狗？

没等她想明白是怎么回事，他有磁性的声音已经在耳边响起：“今天的事情，我会查清楚，以后你离陈子新远一点儿。”

年小慕：“……”

他怀疑陈子新？

“寒少，小陈总不是那样的人，而且他的手机真的丢了，我在那个房间找过。”年小慕下意识地替陈子新解释。

如果真的是陈子新将她骗上去的，没道理他躺在床上呼呼大睡。要不是她赏了他两个大耳光，外加一杯“天寒地冻水”，估计他到现在还睡着。

发短信给她的人，明显是想让记者拍到她跟陈子新孤男寡女在一起的照片，如果真的是陈子新，他当时应该配合记者开门才对。

“你很相信他？”

余越寒瞥了她一眼，脸色沉了下去。

年小慕撇了撇嘴：“倒也不是信不信的问题，只是疏远一个人总需要理由吧？况且他还是我们的重要客户。”

闻言，余越寒眼珠一转，眼底闪过一抹冷意：“避嫌！”

他说得很有道理，她竟无法反驳。

年小慕乖乖地坐在车座上，托着腮，看着窗外的风景，脑海里却开始寻思今天晚上发生的事情。

之前王妙妙的事，她就怀疑过背后有人在针对自己，只是王妙妙突然离职，又搬家了，她找不到人，很多事情没有办法核实。今天又来了这么一出……

虽说陈子新是盛达科技的太子爷，新闻价值要比她一个小主管高，可是直觉告诉她，今天晚上发生的事情是冲着她来的。

可到底是谁居然会用这么阴毒的手段来对付她？还有当时在门口推了她一把的那个人，她怎么感觉像个女人？

餐厅里。

文雅黛送走了所有的同事，确定周围没有人注意自己，偷偷摸摸地进了洗手间。她从包里翻出一部男款手机，四下里看了一眼，最后用纸包好，丢进废纸篓。然后她把自己的手机拆开，从里面拿出那张临时买的电话卡，把卡抠出来，丢进马桶冲走。她做完这一切，才吐了一口气。

现在，谁也不会知道是她趁着所有人不注意的时候，偷偷拿了陈子新的手机，更加不会有人查到是她看准了时间，提前给记者通风报信的。只是可惜，她做了这么多，居然让年小慕躲过了一劫!

如果不是寒少出现在房间里，房门被踹开的那一刻就是年小慕身败名裂的时候！只要一想到这里，文雅黛眼神就变得阴鸷，妆容精致的脸因为愤怒变得扭曲。

良久，她才让自己冷静下来，走到洗手台前，从容地洗过手，然后把手擦干。她假装什么事都没有发生过，正准备离开时，她的手机短信提示音突然响了。

文雅黛扫了一眼短信的内容，眼神瞬间就变了。

第二天。

年小慕没等余越寒一起出门，一早就先走了。她到公司打卡的时候，公关部里一个人都没有。

她拎着包走到自己的座位，拉开椅子坐下。她没有急着开电脑，而是拿出手机给王妙妙打电话。

"您好，您所拨打的电话已关机……"

自从年小慕去过王妙妙租的公寓发现她搬走之后，王妙妙的手机一直处于关机状态。年小慕已经拨过很多次了，不管什么时候打过去，王妙妙的手机都是关机状态。王妙妙是换了电话号码，还是故意关机躲起来了？王妙妙跟昨天故意设计她的人会不会有关系？

年小慕坐在座位上，将所有的事情联系在一起。

可是，她怎么想都想不到自己到底得罪了什么人。

照理说，她空降到公关部，之前谁都不认识，不可能是旧恨。

唯一的可能就是她到公关部之后威胁到了什么人。

谢菁菁不在。

汪天丽被调走了。

王妙妙也已经离职。

还有谁？

如果王妙妙背后真的有人指使，这个人的职位应该不会比王妙妙的职位低，否则王妙妙这么珍惜这份工作，不会轻易冒险。

年小慕突然间若有所悟，缓缓地抬头，看向距离自己不远的经理办公室。

是她多心了吗？

她总觉得，王妙妙的事情中文雅黛的反应有些奇怪。

年小慕正在出神，身后突然传来一阵脚步声。

“年主管，你来得这么早？”一道声音蓦地在身后响起。

年小慕吓了一跳，站了起来，转过身，看见站在她身后的文雅黛，眸子一缩。

果然不能在背后说人，想也不行。

说曹操，曹操到！

“我是不是吓到你了？不好意思，不知道你在想事情，就突然跟你打招呼。你没事吧？”文雅黛抓住了她的肩膀，关心地问道。

年小慕回过神，扯出笑：“我没事。文经理早。”

“你怎么来得这么早，吃早餐了吗？”文雅黛见她真的没事，才松开手，拎着手里的早餐袋，在她面前晃了晃，笑着询问道。

文雅黛语气温柔，态度平易近人，没有丝毫的架子，有这样的上司，在很多人眼里是烧高香都求不来的。

“我不饿。”年小慕刚开口，就见文雅黛皱起眉，不认同地看了她一眼。

“不吃早餐可不行，不饿也得吃一点儿，正好我多买了一个三明治。”文雅黛说着，从袋子里拿出三明治，放到年小慕的桌子上。

“你现在是我们部门的骨干，很多工作都需要你帮我，别跟我客气。”

文雅黛说完，没给年小慕开口拒绝的机会，冲着她笑了笑，提步就进了经理办公室。

年小慕看着她的背影，又看了一眼桌子上的三明治，眼神变得复杂。

又是这种感觉。文雅黛给年小慕的感觉很怪，她对人很好，和她在一起是那种如沐春风的感觉，就算是一个陌生人，她都能温柔以待。她们第一次见面，文雅黛就对她没有敌意。她空降到公关部，文雅黛第一个接纳了她，并且委以重任。按理说，她不应该怀疑文雅黛。

可她就是觉得哪里不对劲，难道真的只是她多心了吗？

部门里的同事很快都来了。

“年主管，隆巴迪先生的合约已经全部整理好了，是要现在送去设计部吗？”

年小慕微微抬头：“对，后期的工作，让设计部跟进，但是相关的宣传工作是我们部门负责，所以我们还是要配合设计部盯着这个案子。”

年小慕的话音刚落下，她就见秘书着急地朝她走过来：“年主管，设计部刚刚传来消息，说隆巴迪先生的工作室好像出了问题，答应给我们的设计图到现在还没有传过来！”

“你说什么？”年小慕一怔。旋即，她转身走回自己的工位，拿起手机给隆巴迪打电话。电话通了，却没有人接。

“设计部那边的人有联系过隆巴迪先生吗？”年小慕挂了电话，沉稳地问道。隆巴迪先生是个很有时间观念的人，不会无缘无故到了时间不交设计稿，她现在担心出了什么意外。

“联系过，当时约定交稿的日期就是今天，但是不知道为什么，隆巴迪先生从昨天开始就一直联系不上。”秘书顿了顿，继续道，“直到今天已经过了交稿时间隆巴迪那边还是联系不上，设计部的同事才意识到可能出了问题。”

“昨天就联系不上……”年小慕抱着肩膀，沉吟片刻。

“现在是早上九点，距离今天结束还有很长一段时间，通知设计部的人再等等，我这边也会积极联系隆巴迪先生。”

“好的。”秘书很快离开。

年小慕折身快步走回自己的工位：“晓晓，给我调一份隆巴迪先生和他团队的详细资料。”

晓晓愣了愣，才下意识地回答：“年主管，隆巴迪团队的资料之前是王妙妙保管的。”

“那王妙妙离职之后，资料交给了什么人？”年小慕神色复杂地看向晓晓。

晓晓想了想，指向经理办公室：“应该是文经理。”

年小慕眯了眯双眼，走到经理办公室门前，敲门。然后，她推门进去。

文雅黛看见她，脸上没有露出丝毫惊讶，她面前还放了一份很厚的资料簿。

“是为了隆巴迪的事来的？”文雅黛看了她一眼，笑着问道，“这是王妙妙走之前交还给公司的资料，原本应该一早就交给你，可我忙忘了，希望你别介意。”

年小慕看着眼前的资料，没有接，而是突然问道：“王妙妙搬家了，就连电话都关机了，文经理你知道吗？”

“什么？”文雅黛没想到年小慕会突然这么问，有一瞬间的愣怔。只是一秒，文雅黛已经恢复了平静，说道，“她自己做错事，是应该接受惩罚的，我很痛心，所以她离职之后就没有跟她联系过。怎么，她搬家了吗？”

年小慕一时接不上话。

文雅黛的反应很正常。

年小慕觉得自己有些疑神疑鬼。

“我听部门里的同事说现在联系不上她，所以随口问问，不打扰文经理工作了。”年小慕说着，拿过她面前的资料，准备离开。

文雅黛突然站了起来：“对了，我听说隆巴迪先生那边现在联系不上，我已经让在意大利的朋友帮忙打听消息了，有什么情况会马上通知你。”

“谢谢文经理。”年小慕的眼珠转了转，然后她很快离开了文雅黛的办公室。

办公室门关上的那一刻，文雅黛满是笑意的脸瞬间冷了下来。她往玻璃墙上看过去，看着刚离开她办公室的年小慕，嘴角勾起阴狠的笑：“年小慕，你找吧，尽情地找吧。”

她昨天晚上就收到消息了，隆巴迪工作室的人因为集体食物中毒已经住院了。现在工作室那边应该是一团混乱，不会有人搭理年小慕，年小慕的好运已经到头了，这次连老天都不帮她了！

余氏集团一年一度的设计展示会就快到了，设计部那边已经提前向媒体透露，这次的展示会余氏集团将携手隆巴迪工作室给大家准备一场独一无二的设计盛宴。

如果这个时候出了纰漏，不用文雅黛做什么，年小慕都难辞其咎！

她等着看年小慕失败的那一天。

办公区里。

年小慕拿着隆巴迪的资料走回自己的位置。她低头开始研究隆巴迪和他工作室成员的资料，同时让人不断联系隆巴迪。

“年主管，还是一点儿消息都没有，我们现在该怎么办？”秘书走到年小慕身旁，着急地问道。

年小慕抬起头，看的时间太久，她的头有些晕。她按住眉心：“让大家都不要慌，继续联系，如果明天还联系不上，我会亲自飞一趟意大利。”

“年主管，你没事吧？”秘书见她脸色不好，询问道。

闻言，年小慕摇了摇头，继续翻看面前的资料。现在，只要她发现一个联系方式，就会让同事尝试联系，可仍旧一无所获。

看来，她真的要飞一趟意大利了……

桌子上的手机突然响了。

年小慕飞快地接起来。她刚想问是不是隆巴迪先生，就听见电话那头传来余越寒低沉的声音："今天早点儿下班，到停车场等我。"

"有什么事吗？"年小慕怔了怔。

"小六六今天第一天去幼儿园上课，陪我去接她。"余越寒淡漠地启唇，说完，又补充了一句，"小六六的意思。"

年小慕没来得及发表意见，余越寒就已经将电话挂了。

她看了一眼时间，收拾好东西，跟同事打完招呼才离开。她走到停车场，一抹颀长的身影已经站在车门前。长款的风衣衬得他很挺拔，黑色的短发随风飞扬，他侧目朝她看过来的深邃眼睛像是要吸人的灵魂。

年小慕连忙小跑着上前："我接到你的电话，就收拾东西下来了。"

是他太快，不是她迟到。

余越寒瞥了她一眼，拉开车门，让她上车。他等她坐好，自己绕到另外一边坐进车子。

车子开出一段距离，年小慕才后知后觉地反应过来，刚才是余越寒给她开的车门。他什么时候这么有绅士风度了？他贴心起来简直太帅了。而且一起去接孩子放学这种事，应该是孩子的爸爸妈妈该做的事情，他就这么带她去，不怕别人误会吗？

年小慕扭头偷偷看着他，她看着看着，突然想到什么，问道："你在意大利有没有认识的人？"

"嗯？"余越寒无意识地应了一声，看向她，似乎在想她问这个问题是不是发现了什么。

年小慕没注意他的表情，兀自说道："隆巴迪先生突然失联了，我看他的资料上有联系地址，想找人帮忙去看看。"

"失联？"余越寒有些意外地看着她。

年小慕连忙坐正，认真地将今天的情况跟他说了一遍："隆巴迪先生你也见过，他那么好的一个人，有什么事也会提前打招呼，不会无缘无故失踪，我担心出了什么事。"

"所以你想让我帮你？"余越寒接过了她的话，眼睛变得深邃。

年小慕顿时笑得像朵花儿一样，讨好地蹭到他身边。她学着小六六的样子卖萌："我知道这种事情劳驾你出手，有点儿大材小用。原本我是准备自己飞一趟意大利的，可是如果能找到人帮忙去打听一下，然后联系上隆巴迪先生，就不用这么麻烦了对不对？”

“……”

“现在不只是我们公关部，设计部的同事也在等消息，大家都是为了余氏集团，也是为了寒少鞠躬尽瘁。你忍心看大家担心吗？”

年小慕说完，眼巴巴地看着他。晓之以理，再动之以情，他应该会答应吧？

余越寒微微抬眼，看了她一眼：“这是你们的工作。”

“……”

“准确地说，是你的工作。你想让我越级帮你，就凭这两句话？”

“……”

说好的贴心暖男，说好的绅士风度呢？

果然，冰疙瘩是冷血的！

年小慕握了握拳，霍地抬头看着他：“那你要怎么样才愿意帮我？”

她这么干脆，反倒把余越寒问住了。他看着她干净的眼瞳，眼睛一敛，薄唇微启：“没想好，想到了再告诉你。”

“……”

他这句话的意思是答应帮她了？可万一他以后的条件是她做不到的事情怎么办？这种事情是不是应该先说清楚？

年小慕正要提醒他，余越寒已经拿出手机，不知道拨通了谁的电话，让人帮忙去查隆巴迪的下落。

她把到嘴边的话咽了回去。

其实，说不说清楚好像也没有那么重要。

反正是她欠他的。

没准儿时间久了他就忘了，或者她可以赖账……

怎么说主动权都在她这里！

年小慕的眼底闪过一抹狡黠的光，她笑得像只小狐狸。她一抬头就对上了一双锐利的眼睛，那眼睛像是一秒就看穿了她的心思。

她连忙坐直：“寒少，你脸色不是很好，是不是太累了？我不说话，你好好休息一下。”

余越寒揉了揉眉心：“是有点儿，你替我按按。”

年小慕：“……”

这算是刚才帮她的条件？

余越寒嘴角一勾："为了避免某人赖账，总要先收点儿利息。"

年小慕："……"

她撇了撇嘴，正准备给他揉揉太阳穴，余越寒就朝着她倒了过来。下一秒，他毫不避讳地躺在了她的大腿上，双眼微合，低沉的声音里透着一丝疲惫："就这样按吧，这样方便。"

年小慕："……"

他是方便了，可是她的便宜被他占光了！

而且他顶着这样一张好看的脸，就这样躺在她的大腿上，不是引人犯罪吗？

等会儿要是他睡着了，她没忍住，对他下手怎么办？

"嗯？"余越寒见她愣着不动，睁开眼，瞥了她一眼。

年小慕连忙按捺住乱蹦的心，手移到他的太阳穴轻轻地替他按摩。

"长时间劳累，刚按的时候可能会有点儿不舒服，你忍忍。"

她吐槽归吐槽，真替他按摩的时候，已经将他当成了自己护理的病人。她的动作很专业，语气很温柔。余越寒也很配合，不管她怎么按，都没有意见，闭上眼，仿佛已经睡着了。他睡着时那张祸国殃民的俊脸无声地透着诱惑。他只是一动不动地睡着，就让人移不开目光。

年小慕按着按着，不自觉地盯着他看，手指也从太阳穴移到了他的眉心……

"眉毛真好看。

"眼睛也好看。

"鼻子好看。

"嘴巴……"她说着，手指无意识地抚过他的薄唇，指尖下柔软的触感像一阵电流传到她的心脏。

年小慕想起他们曾经几次意外的亲吻，她的胸口一悸。她回过神，猛地反应过来自己做了什么，只觉得喉咙一阵干涩。她心虚地抬头看了一眼四周，确定司机没看见她做了什么，才吐了一口气。没想到刚一低头，她就对上了一双黑沉的眼睛……

年小慕："……"

他什么时候醒的？为什么一点儿声音都没有？她刚才对他上下其手，他知道吗？

年小慕的脑子里一秒钟闪过成千上万个疑问，每个问题都让她惊得几乎要从座位上蹦起来。最后，她只是憋出一句："寒、寒少，你醒了，好巧！"说完，她都想抽自己一个耳光。

她说了什么？

这跟做贼被发现，还问对方怎么来得那么巧一样。

尴尬。

车子终于停了。

余越寒见车子停了，坐回自己的位置。

年小慕见他坐起来朝窗外看了一眼，才发现他们上次来考察过的幼儿园到了。她二话不说推开车门立刻下车。

"又是撩完就跑，不负责？"余越寒缓缓坐正，整理了一下身上的衣服，长指抚过刚才让她留恋的薄唇，眼睛里沉淀着一种令人看不懂的情绪。良久，他才压下被她撩起来的火，迈步下车，往幼儿园里走。他刚走到幼儿园门口，年小慕已经抱着小六六出来了，身后还跟着送她们出来的老师。

"余太太放心，小六六很乖，也很可爱，班上的同学都很喜欢她。"老师正说着，扭头看见上前的余越寒，笑容更明显了。

"余先生这么疼爱余太太，连接孩子都陪你一起来，余太太一定很幸福。"

年小慕一怔："其实我不是余太太，我只是小六六的——"

"可以走了吗？"一道清冷的声音蓦地打断了她的话。

年小慕刚抬起头，余越寒已经走到她面前。他很自然地从她怀里将小六六抱过去。他微微侧过身，站在她身边，看起来，就是一个疼老婆爱女儿的居家好男人。

年小慕还来不及说话，一旁的老师一脸羡慕地笑着道："没事了没事了，两位慢走。"

年小慕："……"

看老师的表情，现在就算她说他们不是夫妻，老师应该也不会相信。

老师还用那种"有这么帅气又疼爱你的老公，你要好好珍惜"的眼神看着她，看得她鸡皮疙瘩都起来了。她连忙拉着余越寒就跑。她跑到车门边，才反应过来自己居然一路拉着他的手臂，尴尬地收回手，立刻钻进车里。一上车，她就主动抱过小六六，像抱着护身符一样死活不撒手。

"小小姐第一天上幼儿园居然没有哭，真的很棒！"司机看着笑眯眯的小六六忍不住夸奖道。

闻言，年小慕低头看了一眼怀里的小糯米团子。

小六六正捣鼓着什么，一路上都没有说话。

年小慕的注意力刚才都集中在余越寒身上，现在她才发现小六六今天格外安静，从接到小六六到现在她一句话没说。小六六不会是在幼儿园被人欺负了吧？年小慕一想到这里就心口一紧。

她正准备问问小六六今天上学的情况，就见一只白嫩的小手突然朝她的脸伸过来，啪的一下往她的脸上贴了什么东西。

她愣住了。

下一秒小六六从她怀里爬了出去，爬到余越寒身边，也抬手往他的脸上拍了一下。

年小慕看不见自己的，但是可以看见余越寒的：那是一朵红色的小花贴纸，很可爱，但是跟他有点儿不搭。

年小慕的手摸了摸自己的脸，看起来，她脸上的东西应该跟余越寒的一样。

小六六软糯糯的小身子坐在中间，她开心地拍着手："老师说，小六六乖，奖励两朵小花。余先生一朵，余太太一朵！"

她说完，还兴奋地在两个人中间爬来爬去，一会儿摸摸年小慕脸上的小花，一会儿摸摸余越寒脸上的小花。她忙得不亦乐乎，完全没有注意到年小慕已经愣在原地。半晌，年小慕都回不过神。

又是余太太……

她抬头瞄了一眼身旁的男人。

余越寒靠坐在椅背上，冷峻的面容没有太多的表情，宠溺地看着小六六，脸上被贴了花也没急着拿下来。他听见小六六喊出那声"余太太"，朝年小慕的方向瞥了一眼，却没有纠正。余越寒捏了捏小六六的小脸蛋，听她说着第一天上幼儿园发生的事情。

"今天有好多小朋友，跟小六六一样小。"

"老师说我的班级是小班，最小的班。"

"爸爸，我有想你哦！"

小六六奶声奶气地撒娇，一句话就把余越寒哄得服服帖帖，他得意地朝年小慕睨了一眼。

年小慕："……"

幼稚！

很快，小六六又爬回年小慕的怀里，搂住她的脖子，嘀咕："我刚才是哄爸爸的，小六六最想的人是漂亮姐姐！”

年小慕：“……”

她扭头一看，果然身边男人的脸已经黑了。

回到别墅，某人的脸色也没好转。小六六跟着管家到院子里玩，年小慕则被他叫到了书房。一路上她小心翼翼地跟在他身后，生怕他会因为忌妒，趁着没人的时候掐死她。

“派去的人有消息回复了。”余越寒走到书桌前，俊美的脸微微一抬。

年小慕一怔，旋即回过神来，冲上前，双手撑在他的书桌上：“你是说联系上隆巴迪先生了？”这么快？余越寒到底有多强的能力，真的是个谜。

“嗯。”余越寒瞥了她一眼，很满意她崇拜他的样子，觉得也不枉费他让人专门跑这一趟。

余越寒将外套随手丢到一旁，打开电脑，将收到的邮件打开，然后把电脑转到她面前。

“隆巴迪工作室的人因为吃错东西食物中毒，昨天下午集体入院了。”余越寒薄唇微启，眼睛里闪烁着诡谲的光。

“隆巴迪先生他们都还好吗？”年小慕听见他的话，脸色立刻变了。她说，“我就知道隆巴迪先生不会无缘无故爽约，他是个很看重承诺的人，如果不是很严重，他不会到现在都不跟我们联系！”

联系上隆巴迪，她的第一反应竟然不是问设计稿，而是担心隆巴迪和他工作室的人。

她真的很不一样。

“寒少，你既然能打听到隆巴迪食物中毒的事情，那你能打听到他们现在的情况吗？”年小慕一着急，抓住了他的胳膊，接着分析道，“一般的食物中毒，洗胃之后再休息一天，基本上都能恢复意识，不会一直失联，可隆巴迪到现在都没有让人联系我们，我担心情况不乐观。”

而且如果有人没中毒，就不应该到现在都不跟他们联系，要知道双方的合作是签了正式合约的，光违约金就是一个庞大的数字。

“……”

余越寒没有第一时间回答她的问题，而是盯着她的手，那只手正抓着他的胳膊。

她很紧张，很用力地抓着他的胳膊，像是将他当成了一种依靠。她的指尖像是带着一股电流，缓缓地传到他的心口，让他的心跳开始不受控制。他想拍拍她的脑袋，告诉她没事；想将她抱进怀里，让她不要担心害怕。

“寒少？寒少？”年小慕等不到他的回答，狐疑地抬起头看着他，注意到他的目光才发现自己一直抓着他的胳膊，顿时尴尬地把手缩了回去，“那个……我不是故意占你便宜，刚才情绪太激动了。”

余越寒只觉得胳膊上一轻，不悦地皱了皱眉，半晌，薄唇微启：“我已经让人去医院探望隆巴迪了，再等等应该就会有消息。”

余越寒说完，拉开椅子坐了下来，手无意识地按了按眉心，挑眉看着年小慕：“还愣着干吗？过来交利息。”

年小慕：“……”

万恶的资本家，果然吃人不吐骨头！

他一逮着机会就奴役她。

可隆巴迪那边还没有消息，她必须小心伺候他。

年小慕眼珠子转了一圈，她走到他身后，刚准备替他按摩太阳穴，手就被他抓住了。

他的手透着温热，大手轻易包裹住她的小手。从她的角度看过去，余越寒骨节分明的长指好看得让人舍不得眨眼。

年小慕愣住了，半晌，一直盯着那只抓着自己的手，喉咙发紧。她忍不住地咽口水，直到她看见余越寒将她的手放到了他的肩膀上才回过神。他道：“肩膀有点儿痛，替我捏捏。”

年小慕：“……”

捏肩就捏肩，没事干吗摸她的手！

女神的手是可以乱摸的吗？搞得她刚才差点儿没忍住问他是不是喜欢自己！

年小慕在心里默默地吐槽。

只有两个人的书房很安静。

清风拂过窗台，窗帘被掀起，洒进来一片余晖。

橘色的光正好打在他轮廓完美的脸庞上，勾勒出一道撩人的弧度。鼻尖投下的一片阴影，让他出众的五官更加立体。光影下浮起的绒毛，让人很想伸手摸一摸……

他闭着眼睛，很放松。他丝毫没有注意到，有个人已经盯着他忘记了自己在做什么。房间里只剩下两个人的呼吸声。

不知道过了多久，余越寒终于察觉到不对劲，睁开眼睛，侧目朝自己身后看去。四目相对，正在偷看的年小慕内心瞬间一阵兵荒马乱。

她一紧张，伸出手捂住了他的眼睛，等她反应过来自己做了什么后，又连忙松开手。她吓得往后退了一步，举起双手："我不是故意的……你刚才突然那样看我，我被你吓到了……"

余越寒："……"

他不过是看了她一眼，她做了什么心虚成这样？

余越寒狐疑地看着她。

突然响起的手机铃声打断了两人之间诡异的气氛。

年小慕听见手机铃声，往前凑了凑，道："寒少，是不是有隆巴迪的消息了？"

余越寒收回目光，接起电话，开了免提。

电话那头的人语气很恭敬："寒少，隆巴迪工作室集体中毒的事情已经见报，医院门口有不少记者。我好不容易才见到人，可得到的消息是，隆巴迪先生昨天就让人联系了余氏集团设计部的负责人，解释这次的突发情况。"

闻言，余越寒目光一沉，他看向年小慕。

年小慕立刻摇头："不可能，我们没有收到任何消息！"

如果设计部的人收到了消息，今天也不会这么着急地来找她。隆巴迪昨天就让人联系他们，可他们到现在都没有收到消息，这中间到底出了什么问题？

"隆巴迪先生的病情怎么样了？我能跟他说几句话吗？"年小慕一着急，抓住余越寒的手，将他手里的手机拉到自己面前。

年小慕纤细的手指紧紧地抓着他的手。

她的手有些凉，她专注地询问着隆巴迪的情况，并没有意识到她正抓着他的手。

余越寒的眼珠转了转，他没有动，任由她抓着。就连她越过他直接跟对面的人交流，他也没有阻止，眼神里是连他自己都没有发觉的宠溺和纵容。

负责打听消息的人没想到突然换了个人跟自己说话，那人迟疑了几秒，见余越寒没有反对，才道："我现在就去试试，看能不能让隆巴迪先生亲自接电话。"

"谢谢。"

年小慕抿了抿唇，着急地等着消息。

突然，一只大手按住了她的脑袋。

她怔了怔，抬起头对上余越寒深邃的眼睛，心里的烦躁瞬间就被抚平了。

“隆巴迪不会有事，不要怕。”他有磁性的声音一字一字地传到她的耳朵里。他的声音带着安抚，带着坚定，仿佛只要是他说的，都是对的。

“嗯。”年小慕点点头，听见他的话后，冷静了下来，静静地等着消息。

幸运的是隆巴迪很快就接电话了，他的语气有些虚弱：“我很抱歉，突然发生这样的意外，耽误了我们的合作。”

“你还好吗？”年小慕听出他的声音后，有些着急地问道。

闻言，隆巴迪感到意外地沉默了，半晌才笑着道：“我以为你会先关心来不及传给你们的设计稿。”

“稿子是很着急，但是我把你当成朋友，朋友的健康比我们的合作更重要，所以你可以先告诉我你现在的情况吗？”年小慕说着流利的意大利语，她抬头看了一眼余越寒，又补充了一句，“不只是我，我们总裁也很关心你和你的团队，这次去联系你的人就是他亲自派过去的，他现在就在我身边。”

隆巴迪听见她的话后更加意外了，感激地道：“很感谢你们的关心。这次食物中毒发现得早，大家都没事，就是昨天和今天工作室有些混乱。我已经第一时间让助手去通知你们，但是目前还不知道为什么消息没有传到你们那里，我会让人问清楚。”

隆巴迪说完，似乎又跟什么人说起了话，隔了将近半分钟，他才说道：“很抱歉，我的助手昨天忙着照顾食物中毒的其他同事，忘了我交代他的事情，让你们担心了。”也就是说，一切只是意外。

如今他们联系上了隆巴迪，那设计稿的问题就要尽快解决。

没等年小慕问，隆巴迪已经带着歉意和诚意开了口：“设计稿即将完成，能再给我一天的时间收尾吗？我明天会亲自发到你的邮箱里。”

年小慕抬头看了一眼余越寒，见他没有意见，干脆地点点头：“可以。”

两个人聊得很愉快，年小慕挂了电话，立刻抬起头：“终于解决了，寒少，这次真的要谢谢你！”

她说完，就扑到了余越寒的怀里，兴奋地抱住了他。

余越寒：“……”

怀里的人笑弯的眉眼纯粹、干净，开心得像个孩子。

她身上淡淡的馨香萦绕在他的鼻间。

第十五章

每一天都会多喜欢你一点儿

如果被撩了该是什么反应?

余越寒刚抬起手准备抱住年小慕，她突然从他怀里抬头，下一秒似乎想到了什么，往后退了一步，双手抓住他的胳膊：“对了，我忘了你听不懂意大利语。你知道吗？我刚才跟隆巴迪先生说了，你也很关心他。”

“……”

“隆巴迪先生让我谢谢你。”年小慕仰着脸，像个等待夸奖的孩子。

余越寒突然听她提到意大利语，心虚地轻轻嗯了一声。他的目光落在她的手上，那只手紧抓着他的胳膊，余越寒的眼神变得复杂。

她说错了。

他关心的不是隆巴迪，他关心的是她。

“年小慕——”

“对了，我要赶紧把这个好消息告诉大家！”年小慕松开手，刚要转身，听见他的声音，回头看了他一眼，“寒少，你刚才说什么？”

余越寒：“……”

他对上她灵动的眼睛，竟有一瞬间忘了自己想说什么。就像刚才那一声，他只是单纯地想确定站在他面前的人是她，这种感觉很奇怪。余越寒心里微微一动，他察觉到自己在走神，蹙起眉，淡淡地启唇：“没事。”

年小慕还在高兴，并没有把他的反应放在心上，见他没事，扭头就跑了。

余越寒看着她的背影，长指抚过她刚才抓过的地方，上面仿佛还残留着她的体温。她在他面前一直是有多远躲多远，这还是她第一次主动亲近他，只不过，她又是撩完就跑……

确定隆巴迪安危的第二天，年小慕一进公司，文雅黛就将她叫进了办公室。

"年主管，坐。"文雅黛亲自给年小慕冲了一杯咖啡，递到她面前，赞赏地笑着开口，"我听说你昨天已经联系上了隆巴迪先生，还跟他约好了今天就会拿到设计稿，对吗？"

年小慕接过咖啡："谢谢文经理。"

"不客气。"文雅黛走回自己的座位坐下，双手交叠轻轻地撑着下巴，问她是怎么回事。

年小慕也没有隐瞒，将事情的经过大概说了一遍，只是将余越寒帮她的部分省略了，她说是一个朋友帮忙找到了隆巴迪。

"既然这样，就太好了！"文雅黛的反应跟所有人一样，很高兴，她抓住年小慕的手，"这次真的是多亏你，我们才能及时联系上隆巴迪。"

"……"

"对了，既然隆巴迪先生说了会亲自将设计稿发给你，那就不用经过我这里了，你直接发给设计部的同事，配合他们尽快准备明天的记者发布会。"

文雅黛说着，将一张名片放在了年小慕的面前。说道："这上面有设计部经理的工作邮箱，你直接跟他联系。"

时间已经很紧了，明天下午就是设计部原定的召开记者发布会的时间，少一个环节，就能多争取一些时间，文雅黛的考虑也不是没有道理。

"好。"年小慕拿起面前的名片，扫了一眼，匆忙离开。

年小慕顺利地拿到了隆巴迪的设计稿，问题都已经迎刃而解。她收到邮件后，第一时间转给了设计部的经理，现在她只等着明天的记者发布会召开就行了。

年小慕关了电脑，很早就睡了。第二天，她是被闹钟吵醒的。她抓过手机看了一眼，发现已经八点了，揉了揉眼睛，翻身坐了起来。她认真地收拾了一下，换了一套职业套装，还化了个淡妆，然后拎着包出门。她抵达公司的时候，其他同事已经到了。

今天下午的记者发布会，公关部安排了一个小组的同事配合设计部进行宣传造势，跟媒体打交道的工作则是年小慕来安排。经过跟盛达科技的合作，年小慕现在处理这样的工作已经从容不迫。她将一切安排好，正准备出发前往记者发布会现场，就听有同事惊呼了一声。

“你们看新闻了吗？我们的竞争对手居然选在同一天召开记者发布会，他们是不知道我们跟隆巴迪工作室合作了吗？”

“真的假的？去年就是同一天，他们被虐成那样，今年居然还敢同一天？”

“你这么说就过分了啊，好歹人家这也是越挫越勇，我们要给予鼓励。”

“我也觉得他们进步了，起码知道我们下午的发布会很精彩，就提前在上午举办记者发布会……”

大家互相调侃着，围到一起看刚出来的新闻。

看着看着，大家的眼神就都变了。

“只有我觉得他们今年设计的作品很不错吗？”有人忍不住开口。

另一个人附和道：“何止不错，我觉得这是他们历年来最出彩的设计！我莫名有点儿危机感了。”

“我怎么觉得这个设计图的风格跟他们公司以往的风格不太像？”

“像不像有什么关系，受欢迎才是重点。你们看下面的评论，好评如潮，还有人提到我们了，说我们今年会被碾压……”

办公区里同事们都在讨论。

年小慕听见他们的话，下意识地拿出手机，打开了刚出来的新闻。她看见上面展示的设计图，脸色一下就变了。

如果她的记忆力没有出问题，网上的这些设计图正是她昨天晚上刚从隆巴迪那里拿到的，是余氏集团下午准备展示的设计图！

那些设计图怎么会被对手提前放出来？

年小慕的手蓦地一紧，没等她回过神，手机已经响了。年小慕一看是设计部经理打来的电话，立刻接起，电话那头传来设计部经理急切的声音：“年主管，有突发情况，你马上到我的办公室来一趟！”

“我也刚看见新闻，正准备联系你。”年小慕挂了电话，转身就往设计部跑。

设计部里，大家知道设计稿被泄露了，一个个都愁眉苦脸的。

年小慕刚走进去，还没有来得及说话，就看见文雅黛和设计部经理一起从办公室里走出来。文雅黛看见她，冷漠地道："这件事非同小可，我已经通知寒少召开内部会议找出内奸。"

"内奸？"年小慕听见她的话，微微一怔，不认同地皱起眉。

"我们的发布会即将召开，现在最重要的事情是先解决发布会的问题——"

"解决？你告诉我，现在设计稿被竞争对手提前发布了，你还能怎么解决？"文雅黛蓦地开口，打断了她的话。文雅黛走上前，居高临下地看着她，冷笑道，"年主管，我不过提出要调查，你这么紧张干什么？"

"你这话是什么意思？"年小慕错愕地抬头看着文雅黛。

"没什么意思，现在只有你跟林经理接触过设计稿，不管怎么说，你们两个都是最大的嫌疑人。我刚才已经让人检查过林经理的电脑，他从接到你给他发的邮件之后，没有给任何人发过邮件，电脑上也没有拷贝过的痕迹。"文雅黛当着其他同事的面故意提高了音量，一字一顿地道，"所以，目前来看，最有可能泄露设计稿的人就是你，年小慕！"

"我没有！"年小慕双手握拳，她想也不想地否认道。

文雅黛却对她的话置若罔闻，双手抱臂走到她面前，妆容精致的脸上是嘲讽的笑意："有没有你说了不算，等调查结果出来就知道了。"

她说完，越过年小慕朝总裁办公室走去。很快两个部门的同事都接到了开会的通知。偌大的会议室里，所有人安静地坐着，墙上的大屏幕循环播放着今天刚出来的新闻，上面展示的设计图跟隆巴迪给他们发过来的一模一样，两份设计稿放在一起几乎看不出区别。

余越寒坐在最前面的座位上。他把风衣脱了丢在一旁，身上只穿着一件白衬衫，领口的纽扣敞开了两颗。余越寒难得这么随性，但他的眼底却没有一丝暖意，冷峻的脸微微一抬，眼睛扫过在场的每一个人，长指一下下地敲击着桌面，带出来的节奏是骇人的声音。他薄唇微启："都有谁碰过这份设计稿？"

"设计部的林经理，还有年主管。"文雅黛听见他的话，飞快地回答。

闻言，余越寒眼珠一转："只有他们两个人？"

"是的。原本应该由我来保管设计图，可是隆巴迪先生提出要直接将邮件发给年主管，我看年主管办事稳妥就没有拒绝，让她直接跟林经理联系。早知道会出意外，我应该亲自负责的。”文雅黛懊悔地说着。她说完，林经理立刻站起来，解释自己从接到设计图后一直遵守保密原则，从头到尾都没有让任何人看过，说他的电脑记录和邮箱记录都能证明他的清白。

现在只剩下年小慕了……

余越寒朝她看过去。

“不是我！”

“做了这种事的人，当然不会承认！”文雅黛扭头看向她，痛心地道，“年主管，寒少这么信任你、看重你，你怎么能做出出卖公司的事情？”

文雅黛说完，会议室里的同事都倒吸了一口凉气，众人看向年小慕的目光都带着怀疑。要是年小慕拿不出证据来证明自己的清白，就算今天余越寒不将她开除，她也没脸继续留在余氏集团。

文雅黛将大家的反应收进眼里，心里窃喜。被冤枉偷东西的人，最难受的不是无法洗脱嫌疑，而是周围的人怀疑的目光。那种将你认定成罪犯的眼神，能够在无声无息中将一个人逼向死亡！

文雅黛要的就是这样的效果。

“既然你说不是你，那你有什么证据证明设计稿不是你泄露的？”文雅黛见气氛烘托得差不多了，咄咄逼人地问道。

“我没想过要做坏事，所以当时也想不到要留下什么证据证明自己是清白的。”年小慕盯着文雅黛缓缓地站了起来。她迎着文雅黛的目光，一字一顿地反问，“文经理一口一个‘内奸’，你又有什么证据可以证明是我？”

年小慕说完，底下的人一片骚动。大家开始窃窃私语。

“对呀，没有证据就指控别人，这样也不对吧。”

“我记得年主管之前工作都很出色，在余氏集团前景这么好，她为什么要当内奸？”

“可是文经理人也很好呀，平时跟人说话都不会大声，你看她这次这么生气，肯定是有原因的！”

“我看呀，八成就是年小慕干的，现在只有她碰过设计稿，她又没有证据证明自己是清白的……”

“安静。”余越寒淡淡地启唇，吐出了两个字，周围的声音立刻消失殆尽。他淡漠地看向文雅黛，“如果你没有证据，这件事我就会组织调查组来负责调查。”

“我当然有！”文雅黛迫不及待地开口，狠戾的目光跟她平时的为人截然不同。

她已经让年小慕躲过了那么多次，手里的得力干将一个个折在年小慕手里。

这一次，她绝对不会再给年小慕机会！

文雅黛朝身旁的秘书看了一眼，立刻有人拿着一份单据进来。

文雅黛拿起单据，在大家面前扬了扬："这是我刚刚请人从银行查到的汇款记录，在我们的竞争对手召开记者发布会的一个小时前，年小慕的账户收到了一笔一百万的巨额款项。"

简单的一句话瞬间让会议室里的人都惊呆了。

这么敏感的时候，年小慕收到一大笔汇款，要说里面没有猫腻，在场的人没有几个会相信。

如果年小慕解释不清楚这笔钱的来源，今天的事情她跳进黄河也洗不清了！

"年主管，你还有什么好说的？"文雅黛手一挥，将手上的单据丢到了年小慕面前。她横眉冷目，眼底闪着自信的光。

她既然亲自出手，就必须一击即中！

年小慕看清眼前的单据后，眸子猛地一缩："我从来没见过这笔钱，你是怎么查到的？"

她接触过设计稿，账户里又莫名其妙地多出一百万，光看这些表面证据，别说是其他人，就连年小慕都觉得自己嫌疑最大。可自己有没有泄露设计稿，她心里最清楚。她的账户不可能突然多出一笔钱，除非有人陷害她！

"现在你说什么都没有用了，证据就摆在眼前！"文雅黛敛起嘴角得意的笑，扭头看向余越寒，痛心疾首地道，"寒少，年小慕居然为了个人利益出卖公司，这样的人绝对不能再留在余氏集团！

"年小慕利用职务之便出卖公司机密，这是犯法的！"文雅黛说完，扭头看了一眼会议室里的其他同事。

大家都很安静，在确凿的证据面前已经没有人敢说话。

文雅黛见局势完全倒向她这边，眼底的得意再也藏不住了。她现在就等着余越寒开口将年小慕开除，然后顺便报警，让警方将年小慕带走调查。最好能治年小慕一个重罪，让她坐几年牢！

"说完了？"一道淡漠的声音缓缓地响起。这个声音跟文雅黛想象中的气愤不同，她微微一愣，扭头看向余越寒。

余越寒俊美的脸上表情冷淡，眼睛里闪着诡谲的光，他冷冷地扫了她一眼。

文雅黛心中一冷，他的目光好像在说她才是内奸。他是不是搞错了？他不会是要包庇年小慕吧？她绝不会让这样的事发生！

文雅黛眼睛一眯，挺直腰杆，说道："寒少，你向来是最公正的，这件事事态严重，如果不严肃处理，只怕以后很难保证不发生类似的事情。"

"不是她。"余越寒瞥了文雅黛一眼，幽幽地启唇。那笃定的语气，瞬间将会议室里的气氛扭转。

文雅黛吃了一惊，只当余越寒想袒护年小慕，不甘心地咬咬牙。她刚想再说什么，就听见余越寒又补了一句："昨天晚上，年小慕一整晚跟我在一起。"

这句话宛如一道惊雷，在每个人的耳边炸响。

会议室里的人都震惊了，众人吃惊地张着嘴，半晌都憋不出一句话。

一整晚……在一起……

这里面的内容，够他们脑补出无数带着粉红泡泡的画面！

一大碗的"狗粮"就这么冷冷地拍在了他们的脸上！

脸疼！

文雅黛完全没有想到会听见这样的话，僵在了原地，脑子里一片空白。

余越寒是出了名的不近女色。她一直以为自己是他最信任、最亲近的人，可谁来告诉她，他怎么会跟年小慕在一起？他们居然还一起过夜……

一想到两个人发生了什么，文雅黛就恨不得扑上去将年小慕撕成两半！

此时此刻，文雅黛终于意识到不对劲了。

年小慕从头到尾都很冷静，就连她拿出证据，指控年小慕泄露设计图、出卖商业机密这么严重的罪名时，年小慕的脸上都没有流露出一丝惊慌的表情。

原来，年小慕早就有时间证人！

这个人还是余越寒！

余氏集团的总裁成了她的时间证人！

"年主管，寒少昨晚跟你在一起，你怎么不早说？"有同事戏谑道。

"对呀，你早点儿说，大家就不会误会你了！"

年小慕之前被质疑都没有蒙，现在却久久回不过神，她的耳边仿佛还回响着余越寒刚才说的话。什么他们一整晚在一起？他们昨天明明没有睡在一起。

他就算要帮她澄清，也不能这么说话啊，别说其他人会误会，现在就连她自己都莫名觉得他们有那种……那种羞羞的关系。周围的人眼神都变了。

余越寒从来没有公开承认过哪个女人是他的女朋友，如今却说自己跟年小慕一整晚在一起，这不等于承认了年小慕的身份吗？

余氏集团未来的总裁夫人会缺一百万吗？

这事儿多半是误会！

“就算你们整晚在一起，也不能说明年小慕就是清白的，她可以是今天来公司的时候泄露了设计稿，或者是在来的路上！”文雅黛双手攥成拳头，指尖刺进掌心都感觉不到痛。她强迫自己冷静下来，咬牙切齿地道，“还有，她账户里的钱，谁会无缘无故地给她这么大一笔钱？年小慕交代不清楚这笔钱的来历，就无法洗脱嫌疑！”

文雅黛已经被余越寒刚才的那句话刺激得失去了理智，现在在她的心里只剩下一个念头：毁掉年小慕！

只要毁了年小慕，就不会有人再跟她抢余越寒。

余越寒是她的！

原本缓和了的气氛，因为文雅黛的这句话又迅速陷入了低沉。

找不到泄露设计稿的人，这件事就不会真正解决。

事情陷入了僵局，余越寒蓦地抬手朝身旁的助手示意。

助手立刻拿着一个电脑走上前，将电脑连上大屏幕，很快，屏幕上就出现了一个电脑桌面。在场的人都有些糊涂，不明白余越寒要做什么。

文雅黛也狐疑地皱眉，看见站在她对面的年小慕一脸平静，仿佛早已经知道了什么，心里突然弥漫起一股不好的预感。下一秒，文雅黛就认出了那是她的电脑桌面。

“寒少，你这是什么意思？你怀疑我？”文雅黛的脸色蓦地一变，双手用力地扶住桌子的边缘。

他竟然让人查了她的电脑记录……

这一定是年小慕蛊惑他做的！

她应该早点儿出手对付年小慕！

“是不是你，很快就会有答案。”余越寒说着，用眼神示意助手立即当着在场所有同事的面进入文雅黛的邮箱。

在高端的电脑技术面前，所有的操作有迹可循，更何况文雅黛压根儿没想到会有人怀疑她，她的电脑邮箱里还保留着原始邮件。她用的不是主邮箱，而是一个小号。余氏集团的高级技术员很快就查出了结果。

“总裁，已经可以确定，泄露的设计稿是从这台电脑上发出去的。”

闻言，余越寒眼睛一沉，他缓缓地抬起头，用森冷的目光扫向文雅黛：“你还有什么话可说？”

“不是的……不是我……一定是有人栽赃陷害！”文雅黛膝盖一软，如果她不是抓着桌子，此刻只怕已经摔在了地上。

她怎么都没有想到，刚刚怀疑的矛头还在年小慕身上，现在却对准了自己。她深吸一口气，让自己站直身体。

“就算邮件是用我的电脑发出去的，也不能证明是我做的，同事们都知道，我根本没有接触过设计稿！”文雅黛用力地吼出来，像是抓住了最后一根救命稻草，双眼狠狠地瞪着年小慕，“一定是她！一定是年小慕为了陷害我，故意用我的电脑发了邮件。你们也看见了，那根本不是我的邮箱，只是用我的电脑登录的！”

底下的同事面面相觑，都不知道应该相信谁。大家都知道文雅黛根本没有碰过设计稿，就算她想泄露都没有机会。这样看起来，倒是年小慕栽赃文雅黛的可能性更大。

一直沉默的年小慕缓缓地启唇：“原本我也想不通，设计稿是我接收的，我直接发给了林经理，这中间没有经过任何人，照理说不可能泄露，直到我接到隆巴迪先生的电话，我才知道是怎么回事。”

年小慕说着，将手机连接上了大屏幕，然后大屏幕上播放了一段视频，是她跟隆巴迪的通话视频截取片段。视频里，隆巴迪坐在办公桌前，而他的面前跪着一个人，是他的助手。

年小慕将画面定格、放大，指着上面的人，看向文雅黛，说道：“文经理对这个人应该不陌生吧？就是他，在我收到设计稿的同时将设计稿泄露给了你。”

“我不懂你在说什么，我根本不认识这个人！”文雅黛矢口否认。可是眼底的惊慌已经渐渐压不住了，她的身子晃了晃。

文雅黛完全没有想到，年小慕居然连这个人都查出来了……

年小慕听见文雅黛否认的话，踱步走到她面前。年小慕用大家都能听见的音量说道：“你很聪明，故意不接触设计稿，这样一来，不管发生什么事，都跟你无关。可聪明反被聪明误，你越是不愿意碰设计稿，就越让我觉得不对劲，所以我昨天拿到你给我的名片之后，就请寒少帮忙监控了公关部所有人的电脑，然后就截获了意大利那边给你发过来的邮件，顺带着揪出了隆巴迪身边的内奸。”

文雅黛一抖，错愕地瞪大了眼睛。她已经坚持不住，终于瘫坐在了椅子上。

年小慕继续说：“我当然知道，你不会轻易承认，所以今天这出好戏是专门替你准备的。”年小慕双手撑着桌子，微微俯身，靠近文雅黛，冷笑道，“不过，也要感谢文经理你这么配合，否则我都不知道，为了陷害我，你居然胆大到出卖公司的商业机密，还这么大方，往我的账户里打了一百万。不过可惜了，这种不义之财我无福消受！”

文雅黛怎么都没想到，终日猎鹰，今天竟被鹰啄了眼睛！

她以为终于可以将年小慕赶走，最好是让年小慕坐牢。

没想到，现在事情败露，倒霉的人成了自己！

人证、物证俱在，她再说什么都不会有人相信……

“你是什么时候开始怀疑我的？”文雅黛不甘心地仰起头，咬牙切齿地问道。

她精心布局这么久，公关部没有一个人看出异样。

年小慕在她面前也一直表现得很谦逊，完全看不出来居然已经开始提防她了。这一局她输得糊里糊涂！到现在文雅黛还是不知道自己哪里出了差错。

仅仅是因为一张名片吗？

“心里存了歪念头，就一定会露出马脚。”年小慕站直，嘴角的笑容变得讥讽意味十足，“还记得隆巴迪失联的时候，你跟我说过什么话吗？”

文雅黛皱了皱眉，她当然记得，当时她不仅安慰了年小慕，还说会帮年小慕找人解决这件事情。文雅黛作为年小慕的顶头上司，也有责任关心这个项目。文雅黛说的话很符合她一贯关心下属的风格。有什么问题？

“问题就出在这里，你一定想不到，我会因为担心隆巴迪出事去找寒少帮忙，意外得知了隆巴迪工作室集体食物中毒的事情。隆巴迪不是无名之辈，他中毒的事情在意大利早就见报了。这么大的事情，你口口声声说让在意大利的朋友帮忙打听，最后却一点儿消息都没有，只有一种可能，那就是你早就知道实情，却隐瞒了下来！”年小慕把每句话说得铿锵有力。

多行不义必自毙。

文雅黛输就输在太自负，以为大家都会被她玩弄于股掌之间，却不想她早就被自己的话出卖了。

后来联系上隆巴迪之后，年小慕找机会详细地问了食物中毒的事情，她当时就隐约觉得不对劲。中毒的时间太过巧合，让人不得不怀疑。

因此，她才会提醒隆巴迪，他的工作室内部可能出了问题。两个人悄无声息地联手演了一出好戏，就是为了引蛇出洞!

“你到现在都还不知道意大利那边给你传过来的设计稿是假的吧？”年小慕问。

“假的……竟然是假的……”文雅黛难以置信地抬起头，一双眼睛变得猩红。

她居然为了一份假的设计稿将自己搭了进去!

“年小慕——你居然敢算计我——”文雅黛嘶吼一声，不甘心地朝年小慕扑了过去。

结果，她还没有碰到年小慕的一根汗毛，就被余越寒身边的助手隔开了。

年小慕后退了一步，不紧不慢地挑眉看着她，一字一顿地道：“你错了！我只不过是在测试公司里的内奸，如果不是你出卖公司，今天你什么事都不会有。要怪就怪你自己！”

文雅黛身为公关部经理，为了一己私利居然可以出卖公司。

这样的人如果继续留在余氏集团，还不知道会让集团蒙受多大的损失!

“这些只是你的一面之词，你说我是内奸就是内奸？你亲眼看见我泄露公司的机密了吗？没准儿是有人偷用我的电脑做坏事。我是公关部经理，项目失败，对我有什么好处？”文雅黛还在垂死挣扎。

“这就要问你自己了。”年小慕从助手的身后走出来，冷冷地看着没有丝毫悔意的文雅黛。

“不过，如果你需要证人，我倒是可以给你提供一个。”年小慕说着，扭头示意助手帮忙将人带进来。会议室的门打开，早该消失的王妙妙重新出现在众人面前，大家的脸上都露出了诧异的表情。

文雅黛则瞬间瞪大了眼睛，吼了出来：“你来这里干什么？！”

王妙妙本就胆小，被她这么一吼，吓得后退了几步。王妙妙还没有开始说话，脸色就白了，扭头看见坐在主位的余越寒，整个人就开始哆嗦了。

余越寒的眼底闪着冷光，他冷冷地问：“你是自己说，还是等我把你送到警局再说？”

王妙妙神经一紧，她赶紧说道：“不、不关我的事，是文经理让我帮她做事，她说事成之后，她可以让我升职……后来失败了，她又给了我一大笔钱，让我不要再出现。”

“她让你做什么事？”余越寒眼睛一眯，清冷的声音透着让人觉得危险的气息。

“故意通知错接机时间，让年小慕迟到。后来还让我胡乱翻译，破坏余氏集团跟隆巴迪先生的合作，最好让隆巴迪讨厌年小慕，去告她的状……”

“你诬陷我！”文雅黛上去撕扯王妙妙。

没人拦着她，她很快就将王妙妙扑倒在地，两个人扭打在一起。

王妙妙根本不是文雅黛的对手，没几下就被文雅黛打得鼻青脸肿了。王妙妙爬到余越寒脚边，说道：“寒少，我说的都是真的！这些都是文雅黛指使我干的，不关我的事。她跟我说的话，我都有录音。还有，那些钱我还没有花完，只要一查，马上就会真相大白！不只是我，谢菁菁和汪天丽会跟年主管作对，也都是她挑拨的，我亲耳听见的！”

“……”

会议室里一片哗然。

所有人震惊了，谁都不敢相信公关部曾经最受人爱戴的文经理，背地里竟这么有心机，居然借刀杀人。

“不！不是的！我没有，是她冤枉我。”文雅黛爬起来，指着年小慕，“一定是这个女人将王妙妙找出来，买通她来冤枉我。我没有做过！”

砰！

文雅黛说完，余越寒手一扬，他将一个白色的塑胶袋丢到桌子上，袋子里放着一部男款手机。文雅黛一看见那部手机，眼神就变了。她张了张嘴，想说什么，却一句话都不敢说。

余越寒缓缓地站起来，走到她面前，低头看着她，问道：“这是陈子新那天丢的手机，需要我送去检验，看看上面有没有你的指纹吗？”

文雅黛怎么都没想到，她扔到洗手间垃圾桶里的手机，会在余越寒的手里。

他找到了她扔掉的手机，就意味着他已经知道那天设计陈子新和年小慕的人是她。

他什么都知道了……

文雅黛的身体不自觉地颤抖起来，眼眶一下子就红了，她却不敢抬头看他的眼睛，豆大的泪珠从眼眶里涌出……

“越寒，你相信我，我不是故意的。我一时鬼迷心窍，我只是忌妒你对年小慕另眼相看，我不是故意泄露公司的机密的。”文雅黛巍巍颤颤地抓住了他的衣角，楚楚可怜地说道，“我一直没有告诉你，我喜欢你，喜欢你很多年了。我只想留在你身边，你不要赶我走！

“你忘了吗？我们从小一起长大，你从来不让别人靠近你，只有我是例外。我知道，你对我是不一样的，我对你保证，我以后不会再乱吃醋了，我不会再惹你生气，你再给我一个机会！

“我学企业管理也是为了你。我以为我只要够努力，迟早有一天，你会发现我才是最适合你的人。是年小慕非要跟我抢，如果不是她，我也不会……”

“说够了没有？”余越寒的脸色没有任何变化，他冷冷地打断了她的话。

文雅黛一愣。

“任何理由都不是你伤害别人、损害公司利益的借口！”余越寒薄唇微启，他一字一顿地道。他手一挥，就将她的手挥开了，转身走到椅子前坐下，扭头看向助手，“出卖公司商业机密，你知道该怎么做吧？”

“是！”助手忙点头，从口袋里拿出手机准备报警。

文雅黛见状，脸色瞬间变得惨白，吓得跌坐在地上，双手死死地抓着地板，脸上的妆被泪水弄花了。哪里还有半点儿豪门千金的气质，脸上只剩下惊慌的表情……

她当初就是抱着要毁了年小慕的想法才设的这个局。她很清楚，涉及商业秘密罪，年小慕不只会被余氏集团开除，一旦证据确凿，就是触犯了刑法，要坐牢的！

可她怎么都没有想到，最后她会失败……

文雅黛仰起头，看向周围，各种各样的眼神都有，嫌恶、鄙夷、讥讽……是不是大家都觉得她罪有应得？觉得她活该？

曾经，她站在人群里是最光鲜靓丽的那个，高贵的出身、出色的能力、姣好的容貌，多少人羡慕她，可如今……

不！

她不能坐牢！

如果有了这个污点，她这辈子就彻底毁了！

文雅黛像是一瞬间清醒过来，猛地从地上爬起来，冲上前抓过助手的手机砸到了墙上。

“你做什么？”

助手刚回过神，没来得及阻止她，就见文雅黛已经跪在余越寒的脚边，泣不成声地道：“越寒，就算我求你，不要报警，我不想坐牢……我不能坐牢的！”

“你也知道怕，算计别人的时候怎么不想想后果！”余越寒冷着脸，不为所动地甩开她。

如果不是年小慕够聪明，现在被诬陷、被送到警局的人就是她！余越寒一想到这里，眼里就蹿动着戾气。

每个人都要为自己的行为负责，文雅黛是咎由自取！

她能砸掉一个手机，但她能把自己做过的坏事都擦掉吗？

余越寒一个眼神示意，助手准备出去打电话。

“不要——”文雅黛瞥见助手的举动，霍地站起来，双手抱着头沿着会议桌不停地往后退，突然又停了下来，抓起她面前的水杯，用力地砸在地上。在所有人都来不及反应的时候，她抓起一块玻璃片，抵在手腕上。

“余越寒，你说过，你欠我一条命，你会还我的！我不能坐牢，如果去坐牢，我这辈子就完了！”

与其等到那个时候被所有人看不起，不如现在死了算了……

文雅黛抬头，双目含泪地看着余越寒：“余氏集团是你的，只要你不追究，我就什么事都没有了，我求求你，不要让我去坐牢！”

文雅黛说着，抓着玻璃片的手一用力，她的手腕上立时浮现出一道血痕。鲜红的血液从血管里涌出，顺着她的手腕往下滴……

“啊！”胆小的女同事被这一幕吓得尖叫出声。

会议室里气氛瞬间变得凝重，所有人震惊地看着不要命的文雅黛，纷纷往后退。

“你疯了！”余越寒没想到她如此偏激，迅速站起身，想也不想地站到年小慕的身前，将年小慕保护起来。然后他才看向文雅黛，想拿走她手上的玻璃片。

“你不要过来！”文雅黛看见他靠近，忙往后退，抵到墙上，紧紧地贴着墙，双眼已经被鲜血映得发红，浑身颤抖。看样子过不了多久她就支撑不住了。

年小慕愣了很久才回过神。她看着眼前近乎发疯的文雅黛，脑海里一直回响的是她刚才听见的话。年小慕只知道文雅黛是余越寒的左膀右臂，余越寒对文雅黛还算客气，今天她才知道，原来他们是发小儿，文雅黛还救过他……

他们之间是不是还有很多外人不知道的小秘密？不知道为什么，她的胸口突然有些闷。余越寒背对着她，她看不见此刻他脸上阴郁的表情。

他仿佛回想起不愿回想的画面，眼睛里渗透出一抹黑色，黑得让人心惊。他死死地盯着文雅黛手腕上溢出来的鲜红的血，瞳孔微微一缩，薄唇微启，一字一顿地道："通知下去，开除文雅黛，永不录用！从今天起，不许她再踏进余氏集团半步！"

文雅黛手上的玻璃片从掌心滑落。

他这是永远都不想再见到她了……

对她而言，余越寒是她追逐了十几年的人，是光一样的存在。她什么都不怕，只怕不能再看见他，可是现在，她什么都没有了……

文雅黛整个人一软，彻底瘫在了地上。

她错了，真的错了……

一旁的助手看见文雅黛恍神，迅速上前，将她按住，扯下自己的领带替她缠住手腕上的伤口。文雅黛的伤口不是很深，很快就止住了血，她没有性命之虞。只是文雅黛的脸色却惨白得如同死人一般。

从听见余越寒的那句话起，她就像是没有灵魂的布偶，什么反应都没有，任由助手将她从地上拖了起来。助手示意两个保镖上前架着她离开。

被吓傻的王妙妙也一并被带走了。王妙妙做过的事，就算她不坐牢，在翻译行业也没有立足之地了！

会议室里陷入了死一般的沉寂。良久，众人才回过神。

设计部的林经理一步上前："寒少，既然人已经找出来了，那我们下午的记者发布会是不是如期举行？"

年小慕听见他的话，从余越寒的身后走出来，她从包里拿出一个U盘："这里面是隆巴迪工作室发过来的真正的设计稿。"

"好！好！"林经理确定设计稿没有被泄露，立刻松了一口气。竞争对手用了他们故意泄露出去的假稿子，以为这样就可以击败他们，结果没想到峰回路转。现在真正的设计稿在他们手上，对方反而被套路了，等下午发布会的时候，他们一定能狠狠地打对手的脸！

林经理似乎想到了什么，顿了顿，看向年小慕，眼神微微一变。

这一切是不是在她的计划之中？利用内奸放出假消息，不仅可以让心存恶意的人得到教训，还能为他们跟隆巴迪合作的项目保驾护航？如果真的是这样，那她的智商和谋略绝对不容小觑。

林经理捏紧了手里的U盘，沉吟片刻，才重新开口："寒少，文经理……文雅黛现在已经被开除，可是公关部还有很多项目需要人接手。"

"你想说什么？"余越寒凝眉看着他。

"年主管这次表现出色，加上她原本就是公关部的人，对公关部很了解，不如就让她来接任经理的职位？"林经理一口气说完，有些紧张地看着余越寒。

余越寒微微抬眸朝周围看过去。其他同事听见林经理的话，并没有人反对，相反，年小慕的能力大家有目共睹，很多公关部的同事都点头表示赞同。他收回目光，说道："从今天起，年小慕正式升任公关部经理。"

"恭喜年主管！"

"恭喜恭喜！"

"现在应该叫'年经理'了！"

年小慕听着耳边的恭喜声，有些蒙。

她才进余氏集团不久，余越寒真的让她当经理？

她猛地抬头朝他看过去，发现他的脸色有些不对劲，眼睛深沉，浑身都透着疏离的气息。

周围的同事相继出了会议室，年小慕正犹豫要不要也先出去，结果还没迈步，手腕就被人扣住了。

抓着她的人是余越寒，他很用力地抓着她的手，像个不安的孩子在攥着能给自己带来安全感的东西。

她有些疼，下意识地想抽回自己的手。没等她抽出来，就听见他低沉的声音响起："别走！"他的声音很急促，只有简单的两个字。

她微微一愣。

"余越寒，你没事吧？"年小慕刚一开口，就被他用力地抱到了怀里。

余越寒的这个举动吓得她顿时绷紧了身体，旋即她就感觉一颗脑袋压在了自己的肩膀上。

余越寒什么情况？一言不合就抱抱，这会让人误会的！

年小慕忙扭头看，发现其他人都走了，自动门已经关上，偌大的会议室里只剩下他们两个人，她暗暗松了口气。

好吧，没有别人可以误会。

可是她误会了……

“余越寒，你有什么话就好好说，我告诉你，女神不是你说抱就能抱的。”年小慕不安地动了动，正准备威胁他抱完得负责。

年小慕的话还没有说完，他的头突然埋进了她的长发，微凉的鼻尖蹭到了她的耳郭。

年小慕浑身一阵战栗，一种陌生的感觉瞬间穿透四肢百骸。她刚要推开他，就听见他压抑的声音在耳畔响起：“让我抱一会儿，就一会儿。”

年小慕：“……”

他这是怎么了？

年小慕怔了怔，正怀疑他是不是借机占她便宜，就发现他的气息很凌乱，像是在极力克制着什么。

余越寒浑身都透着冷漠、疏离和孤寂，就像全世界只剩下他一个人……

他这样是因为文雅黛吗？

原来，惩罚文雅黛对他来说是这么痛苦的事情。

那他刚才为什么不直接放过文雅黛？

年小慕的心口像是被什么东西压住了，有些发闷。

年小慕想到文雅黛说的那些话，他们从小一起长大，文雅黛还救过他……她心里更不舒服了。人一不舒服，就容易乱说话，而且还是停不下来的那种。

“如果你不放心文雅黛，可以去医院看她，不用憋着，她现在那么惨，已经受到惩罚了。对对对，我知道你们是发小儿，你心疼她我理解，想去就去，抱着我没用。

“你问我的意见？我肯定无所谓的，因为现在肯定没有公司要她了。电视剧里不是也经常会演吗，一般她这样品德败坏、名誉扫地的人，回到家里肯定也会被人嘲讽、挤对！估计以后有她受的。

“我这么聪明、机灵，她没有伤害到我，你给我点儿奖金当封口费，我可以当什么都不知道……”

年小慕还想再说什么，一只大手突然捂住了她的嘴。微凉的掌心让她哆嗦了一下，她顿时忘了自己要说什么，只是仰着头看着微微松开她的男人。旋即，她听见他清晰地说道：“我跟文雅黛不是发小儿。”

年小慕：“……”

她说了这么多，他就听见这句了？而且，他干吗这么正经地跟她解释？那么专注的眼神，害得她的心脏瞬间漏跳了半拍。既然不是因为文雅黛，那他怎么突然变得这么奇怪？

年小慕想问，可他的手还捂着她的嘴。余越寒对上她好奇的目光，他的眼睛黯了黯，良久，他才幽幽地启唇："我父母是出车祸死的，他们出事的时候我也在场。"他的声音低沉，仿佛在极力压抑着悲痛。他继续说道，"那时候我还小，他们拼命地护着我，我却只能眼睁睁地看着他们死在我面前。那天的血流了一地。我看着救护车来了，看着他们在我面前缓缓地闭上眼睛，任凭我怎么叫，他们都没有再睁开眼睛看我。等我在医院里醒来的时候，我就已经失去了父母。"

年小慕没想到他会跟自己说起他父母的事情。她想到他很小的时候亲眼看见了这样的悲剧，她的心脏跟着揪了起来。文雅黛救他的那次是他父母死的那天吗？是不是因为这样，当他看见文雅黛手上流的血，就想到了自己父母死时的样子……

她不应该问他的。瞥见余越寒绷紧的面容和眼底泛起的伤痛，年小慕蓦地扯下他的手，用力地抱住他。

"不想说就别说了！

"余越寒，都过去了，你现在不是一个人，你还有……有小六六！"

年小慕也不知道自己怎么了，刚才那句话差点儿就说成了还有她。

她定了定神，又补充道："不只小六六，你身边还有很多关心你的人，他们肯定都希望你能好好的。"

余越寒长身玉立，低头看着认真安慰他的年小慕。

她比他矮很多，站在他面前，踮着脚抱着他有些吃力。双手从他的腰身穿到后背，她一边说着，一边像哄孩子一样，有一下没一下地拍着他的后背。

余越寒眼睛里的冷意一点点退去，眼神不自觉地变得温柔。

他没有打断她的安慰，任由她主动抱着他，长臂一伸就圈住了她的腰，微微低头就能看见她小巧的耳垂、白皙的脖颈……

她抱着他的动作，因为两个人的身高差，看起来就像她依偎在他怀里。

他很满意，满意得很想揉揉她的脑袋。

年小慕等了好久，都没有等到面前的男人开口说话，她担心他还在难过，下意识地找话题，帮他分散注意力："你刚才说你跟文雅黛不是发小儿，是什么意思？你们不是一起长大的吗？"年小慕问完，又觉得这个问题好像有点儿八卦，搞不好他会以为她在吃醋，所以她又飞快地补充，“你要是不想说，可以不说，我就是好奇，随便问问。”

余越寒看了她一眼，将她脸上纠结的表情收入眼中，嘴角微微一扬：“我父母过世之后，我喜欢把自己关在房间里，奶奶担心我会自闭，所以将文雅黛接过来陪我。”

“那么大点儿，她就是你的玩伴。长大了，她还为了你去学企业管理，进了你的公司……”

年小慕越说越起劲，完全没有注意到自己是一种吃醋的语气。

他小的时候身边只有一个同样小的文雅黛，就像文雅黛说的那样，他谁都不理，只让她这个救命恩人靠近。他们一起长大，长大后还一起工作，默契十足。

“哎哟！”年小慕还没来得及幻想他们手牵手走进婚姻殿堂，脑门儿就被他狠狠地敲了一下。

他低沉的声音带着些许嘲讽：“想象力这么丰富，你怎么不去写小说？”

她这不是想象，是合理推测！

年小慕的合理推测，下一秒就被余越寒扼杀在摇篮里了：“我奶奶将她接来的第二天，她就被我赶走了。”

年小慕：“……”

他还是不是人？从小做事就这么不符合常理，难怪长大了是块冰疙瘩。

只不过她听见他毫不留情地将文雅黛赶走，心里还是有点儿高兴的……

“你骗人！你要是将她赶走了，她为什么还说你们一起长大？”年小慕想到了什么，狐疑地问道。

余越寒终是没忍住，按住她的脑袋。不过他不是温柔地揉，而是用力地按住，那力道能拧断她的脖子了。然后他又将她的头抬起来，让她看着他，咬牙切齿地道：“文雅黛的话能信？”

他说得那么有道理，显得她像个傻子。

还能不能好好聊天了？

余越寒用关爱傻子的眼神看了她一眼：“我没让她住在余家别墅，不过她每天都会打着看望奶奶的名号到我面前晃。”

那还叫没关系？骗子！

“后来为了避开她，我白天都不会去前院，一年里跟她见面的次数不超过三次，说过的话加起来不超过十个字，直到奶奶不让她来余家别墅。”

年小慕：“……”

她突然有点儿同情文雅黛。

文雅黛喜欢余越寒这样的男人真是脑子不清楚，正常人谁受得了？

年小慕觉得这个话题有点儿尴尬，不能继续聊了，然后她换了一个话题：“对了，我还没谢谢你帮我找到王妙妙的事儿，要不是你出手，我根本没办法找到王妙妙。”年小慕说着，又揪住了他的衣襟。

“不过，你之前那句话就过分了！虽然是为了帮我，但你怎么能当着这么多同事的面说我们……我们……”

“我们什么？”余越寒朝她的方向微微俯身，魅人的脸庞靠近她的鼻尖。他说话时，温热的气息喷在她的脸上，让年小慕感觉痒痒的。

年小慕一时忘了自己要说什么，人被他推到会议桌旁，她的后背抵着会议桌，身体有些往后仰。她害怕摔倒，本能地抓紧了他。

“我们昨天明明没有睡在一起！”

“嗯，那之前呢？”余越寒微微挑眉，薄唇微启。

年小慕红着脸：“那是因为小六六……我们是清白的……”根本不是大家想象中的那种睡在一起！

余越寒朝她低下头，道：“所以，你是在怪我当时没做点儿什么？”

余越寒说着，眼睛扫过她的唇，目光变得幽深，缓缓地靠近她。

他刚亲到她，年小慕就紧张得想往后躲，可他的手却比她的反应要快。他扣住她的后脑勺，不让她乱动。两人之间忽然多了一丝说不清道不明的感觉。

年小慕看着离她如此近的男人，脑子突然像烧坏了一样，戳了戳他的胸口，威胁道：“你快点儿让开，再不让开，我就要亲你了……唔！”

她的话还没有说完，就被人堵在了嘴里，她顿时瞪直了眼睛，看着眼前的人。

会议室的门突然被人打开。

“不是说人在里面吗？怎么一点儿声音都没有？”陈子新嘀咕的声音从门口传来。下一秒，他看见会议桌前抱在一起的两个人，像是触电一样，刚迈进会议室的脚瞬间又退了回去，“你……你们居然已经……”

年小慕一听见有人进来，想也不想地用力推开面前的人。她站直身子，飞快地捂住嘴，慌忙解释：“小陈总，你不要误会，不是你看见的那样——”

她刚准备解释，后衣领就被人揪了一下，被余越寒拎到了身后。

他站在她面前，身姿挺拔，就算被陈子新撞见这么尴尬的画面，他英俊的脸上依旧波澜不兴。余越寒挑眉朝陈子新冷冷地瞟了一眼，仿佛陈子新是个做了错事的人。陈子新要是识相一点儿，就该马上离开。

陈子新浑身抖了抖，他连忙解释："我是接到消息，听说你们找到了我的手机，还揪出了那天算计我的人，特意过来看看，不是故意坏你们好事的。我马上就走！"

陈子新麻利地转身，刚要迈出步子，又特别委屈地回头："那个……你们下次亲热的时候，麻烦锁上门，无辜的单身狗并不想看见这么辣眼睛的画面。"

"……"

年小慕看着陈子新火速消失的背影，刚准备将手机递给他的动作顿时僵住，脑子里只剩下一片空白。

她是谁？她在哪儿？刚才发生了什么？

年小慕走回公关部的路上，脑子像死机了一样，眼前不断地闪过余越寒突然亲她的那一幕，好不容易平静下来的心瞬间又心跳加速。她双手捂着脸，不让自己胡思乱想，一头冲进了公关部。

她刚在自己的位置上坐下，手机铃声就响了，是短信，上面只有简短的几个字："你跑什么？"发件人：冰疙瘩。

啊——被人撞见那么羞羞的画面，他居然还问她跑什么？

难不成陈子新走了之后，她还要留下来跟他讨论刚才那个没有完成的吻吗？

虽然是她主动挑衅，但她到底是个女孩子，很矜持的！

年小慕红着脸，双手捏着手机，一个字一个字地回复余越寒的短信。她憋了将近三分钟，才憋出一句："我现在工作很忙，有什么事晚点儿再说！"她点了发送，然后将手机丢进抽屉里，上锁。

她刚准备松一口气，突然发现周围的同事都围了过来。

"年经理，恭喜！"

砰的一声，彩带圆筒瞬间在她的头顶上炸响。

飘飞的彩带如同彩虹，划过上空，最后都落到了她身上。

"谢谢大家，等忙完这次隆巴迪工作室的项目，我请部门里的同事吃饭！"

年小慕回过神，连忙站起来。

被余越寒一刺激，她都忘了自己升任部门经理的事情了。

“有年经理带领我们，隆巴迪这个项目一定不会有问题的！”

……

大家都在互相开着玩笑，气氛很融洽。

年小慕的紧张情绪也跟着舒缓了一些。

下午的设计展举办得很成功。最后一次活动，隆巴迪和他的团队成员一起出席，瞬间就将新闻的热度炒到了最高，媒体几乎都在报道这次的项目。

公关部。

快要下班了，年小慕正准备去倒杯水，就听见部门里有人惊呼了一声：“梵氏集团要入驻H市了！”

年小慕脚步一顿，她只觉得这个名字很熟悉，一时却没反应过来。

倒是部门里的其他女同事已经先一步尖叫起来：“真的假的？我老公终于要将事业版图迁回国内了吗？”

“什么你老公，你昨天还说你这辈子只爱寒少一个！”

“梵羽是我小老公，不行啊？”

几个立志要当“余太太”的年轻女同事互相调侃着挤到前面。

梵羽？

什么人？

年小慕鬼使神差地走上前，看了一眼电脑上的国际新闻页面。全版面报道的新消息都是华人家族创办的梵氏集团正式宣布要逐步增加国内市场占有率。

报道上的照片上是一个看起来二十五六岁的年轻男子，他穿着一身白色西装，面容俊朗，脸上带笑，特别耐看，那笑容像是能浸透到人的心里，让人不自觉地想对他报以同样的微笑。他看起来好温柔……

年小慕正准备问这人是谁，就听见晓晓在喊她：“年经理，你的手机是不是放在抽屉里了，有电话。”

她一听见有电话，第一反应就是余越寒打来的，吓得手一哆嗦，差点儿拿不住水杯，扭头就往回跑。

年小慕刚准备接电话，就发现给她打电话的人不是余越寒，而是隆巴迪先生……而且，她刚准备接，那头就挂断了。

年小慕嘴角抽搐了两下，她将手机揣到兜里，走进洗手间，用力地拍了拍自己的脸。

她一定是中毒了。等冷静下来，她才提步往外走，打算给隆巴迪先生回电话。下一秒她就看见余越寒从她的座位上站了起来。

余越寒双手揣在口袋里，缓缓地抬眸看着她：“我来接你下班。”

年小慕从洗手间出来的时候，就一直觉得哪里不对劲：周围的同事莫名其妙地看着她，眼神都怪怪的。等她看见出现在她座位上的余越寒，别说公关部的同事，就是她自己都被吓了一跳。

年小慕听见他的话，身体比脑子反应更快——想也不想就往后倒退了两步。她瞪直双眼，眼神跟见鬼一样惊恐。

什么接她下班？

他是不是疯了？

这种话可以乱讲的吗？这里人这么多，玷污了女神的名誉，他是不是要负责？

他们就是亲了一下，而且都不算亲，就是嘴唇碰了一下，他干吗一副他们之间有了什么不可描述的关系一样的表情……

最关键的是她竟然心虚得说不出话！

下一秒她就见余越寒推开椅子踱步到她面前。他低头看了一眼她吓傻的脸，从容地启唇：“你没接到隆巴迪的电话？”

她能说她没来得及接隆巴迪的电话吗？

“他的工作室出了内奸，差点儿导致这次合作出现重大意外。隆巴迪亲自过来道歉，你也去。”余越寒将她的全部表情收入眼中，慢条斯理地解释。

年小慕：“……”

只是这样？

“你、你以后好好、好好说话！”

隆巴迪请他们吃饭就明说嘛，说什么接她下班。

部门里的同事不误会，她自己先误会了！

年小慕腹诽，小跑着回到自己的位置，收拾了一下东西，然后跟着他出了公关部。

他们一起进电梯，窄小的空间里只有他们两个人。

年小慕还在嘀咕着隆巴迪这次怎么先联系了余越寒，突然抬起头，就发现身旁的男人正盯着自己，黑黝黝的目光像饿狼盯着肉！

她的脑子里突然闪过之前两个人在会议室里亲吻的画面，她不安地咽了咽口水，往角落里缩了缩。她正准备找个话题缓解一下尴尬的气氛。

叮的一声，电梯已经到了。

年小慕如释重负，催促着站着不动的男人：“已经到了！”

快走呀！

他不走，她压根儿不敢走。

她总有一种要是她敢先下电梯，走到门口她就会被他一手按在门框上的错觉。

好在她的这种恐惧并没有持续太久，余越寒的助手已经迎上来：“寒少，隆巴迪先生到了，正在门口等候。”

余越寒收回目光，踱步出了电梯。

他们刚走到余氏集团的大楼出口处，就看见了一辆停在门口的车。他们出来后，车门就被推开了。

隆巴迪穿着灰色西装，戴着传统花纹的领结。

他已经是爷爷级别的人物，脸上的络腮胡让他笑起来总有几分慈祥和喜感。他一看见年小慕，立刻给了她一个热情的拥抱，用意大利语跟她说了一句：“噢，我很想你，我的姑娘！”

“我也是，没想到这么快就又见面了。”年小慕正准备再抱抱隆巴迪，一只手按住了她的肩膀。

余越寒不动声色地隔开了她跟隆巴迪。

余越寒朝隆巴迪礼貌地伸出手：“你好！”

虽然隆巴迪是地道的意大利人，可是简单的中文他还是听懂了。隆巴迪立刻热情地握住余越寒的手，学着他说了一句中文：“你好！”想了想，隆巴迪又加上一句，“对不起！”然后隆巴迪才用意大利语认真地解释了一遍这次的意外，最后代表他们工作室所有成员向余氏表达歉意。

隆巴迪说得很快，年小慕见余越寒一直没说话，以为他听不懂，连忙站到他身边，压低了声音替他翻译。

余越寒看了她一眼，没有阻止。

倒是隆巴迪看出她是在替余越寒翻译，有些疑惑地蹙眉，可终究没有说什么。简单的交谈过后，他们就准备上车，前往餐厅。

余越寒正打算说什么，年小慕已经快一步坐进了隆巴迪的车子，开心地朝他挥挥手：“寒少，我坐隆巴迪先生的车，路上正好可以陪他聊天。”她说完，果断地把车门关上了。

余越寒："……"

一路上，两辆车一前一后。以往余越寒上车，不是小憩就是处理工作，今天他却什么都不干，就靠在车窗上看着后视镜里跟在后面的那辆车。

偶尔遇上红灯，两辆车会有并排停下来的时候，隔着车窗，他能清晰地看见年小慕脸上的笑容；如果把车窗降下来，还能隐约听到另一辆车里的对话。年小慕和隆巴迪聊得火热，隆巴迪似乎很开心，爽朗的笑声不断传来……跟他这里的冷清形成了鲜明的对比！

"寒少，年经理好像很喜欢隆巴迪先生，看他们说说笑笑的，我都想去听听他们在说什么。"助手双手抓着方向盘，扭头看了一眼，笑着道。助手的话音刚落下，他突然觉得一股寒气从背后袭来，回过头就看见车后座的余越寒脸色阴沉、目光森冷地盯着停在他们旁边的车子。

助手立刻反应过来，往额头拍了一巴掌，飞快地解释："其实我觉得隆巴迪先生年纪这么大了，年经理应该只是把他当成长辈。尊老爱幼是中华民族的传统美德。"

"是吗？"余越寒薄唇微启，他冷笑着，眼底的寒意一点儿都没有少。

助手："……"

过了红灯，车子重新上路。车厢里的气压越来越低，空气里透着压迫人的气息。

助手压力大得快要抬不起头了，双手用力地抓着方向盘，害怕自己会忍不住弃车而逃。他好不容易活着扛到了餐厅！

他们一下车，跟在他们后面的车子也到了。

车门打开，年小慕先从车子里钻出来。助手瞥了一眼脸色不对劲的余越寒，正准备喊她，就见年小慕重新弯腰，抓住隆巴迪，扶着他下车。等隆巴迪站稳，年小慕还主动挽上了他的胳膊。

助手浑身一抖，他扭头看了一眼余越寒，果不其然，他家寒少的脸已经黑成了锅底。余越寒盯着隆巴迪的目光像是要将他那只手臂给剁了！

过了几秒，年小慕终于后知后觉地想起余越寒，一脸茫然地回头："寒少，位置已经订好了，你不进去吗？"

余越寒听见她的话，目光微闪，踱步朝着她走过去，脱下身上的外套，递给她："帮我拿着。"

"哦。"年小慕下意识地松开了挽着隆巴迪的手，双手接过外套，随即又皱起眉，"今天天气很冷，不穿外套会着凉的，你先穿着吧，进了餐厅再脱。”年小慕说着，也不管他同意不同意，重新让他穿上了外套，像照顾孩子一样顺便替他整理了一下衣领。直到替他整理好衣领，她才满意地后退，笑眯眯地拍了拍手：“好了。”

余越寒看见她眼角眉梢的笑，心里总算舒服了些。

隆巴迪站在一旁，将眼前的画面都收入眼中，笑着打趣道：“还是寒少有福气，能娶到这么好的妻子。”

他的话一出口，年小慕身体顿时僵住了，脸上瞬间闪过一抹慌乱。随即她想起余越寒说过他只会简单的问候语，心想他应该听不懂这句话，便松了一口气。她正准备跟隆巴迪解释，余越寒突然启唇：“替我翻译。”

“啊？”

“替我翻译隆巴迪刚才的话。”余越寒眼珠一转，他淡定且从容地重复道。

年小慕：“……”

她现在假装自己听不懂意大利语还来得及吗？

年小慕看余越寒的表情，好像她不翻译，他就不进去吃饭。

年小慕清了清嗓子，先佯装镇定地看了一眼隆巴迪，确定他的中文翻译不在身边，才放心地开口：“隆巴迪先生夸你长得好看，一看就是有福气的样子。”

“是吗？”余越寒挑眉。

那种看穿一切的眼神让年小慕突然有点儿心虚，她连忙补了一句：“他还说你将来一定会娶个好老婆。”

“哦？”余越寒冷峻的头微微一抬，嘴角弯起了弧度，似笑非笑，看起来像是相信了。

年小慕刚松了一口气，就听见他漫不经心地问道：“那他有没有告诉你，我老婆是谁？”

“咳咳——”年小慕硬生生地被自己的口水呛到了，头摇得跟拨浪鼓一样，“没有！”

“寒少，你肯定是在跟我开玩笑吧，隆巴迪先生怎么可能会知道你老婆是谁，他就是夸你。”年小慕说完，害怕他继续问，拽着他的手臂二话不说就往里走，“外面太冷了，有什么话我们到里面再说。”

余越寒嘴角微扬，他看着她脸红心虚的样子，便没有拆穿她，目光落到她抓着自己的手上，他的心情很愉悦。

几人一起进了餐厅。

隆巴迪是个很喜欢中华文化的人，不只是美食，对其他的东西也很感兴趣，所以他们订的并不是包间，而是外面有屏风的雅座。这种雅座既能保证他们不被打扰，又不影响隆巴迪用餐的兴致。

他们刚入座，年小慕就将菜单递给了隆巴迪，用意大利语给他介绍上面的菜肴的特色。

余越寒又被无视了，好不容易缓和了的面容有隐隐变冷的趋势。

助手在一旁看得心惊胆战。他只能一个劲地给年小慕使眼色：年经理，别光顾着隆巴迪呀，还有寒少……寒少！

“杨特助，你眼睛不舒服？”

助手：“……”

年经理，我救不了你了，你自求多福吧！

不知道过了多久，等隆巴迪先生点好菜，年小慕才像是想起什么，抬头朝自己身旁看了一眼。

只见坐在她旁边的男人正在慢条斯理地喝茶，平静的面容看不出情绪，眼睛幽深，只是眼神好像有点儿冷……

她猛地回过神，拿着菜单的手一紧。

要是现在才问他想吃什么，是不是不打自招，承认自己刚才把他给忘了？

可是不问他，直接将菜单给服务员会死得更惨！

怎么办？怎么办？

杨特助的提醒也太含蓄了，光给她个眼神，她能看出什么！

年小慕纠结了几秒，最后把心一横，抬手就喊服务员。

助手看见她的举动，吓得一抖。

他从来没有见过，有人敢在餐桌上直接忽略他家boss的意见就下单点菜。这是完全不将余越寒放在眼里，找死的节奏！

助手扭过头，清楚地看见他家boss的脸，已经黑沉得像暴风雨来临前夕的天空。

“除了上面写的这些，再加几道菜。”年小慕将菜单递给服务员。

“红烧肉不要太肥腻，最好是收汁久一点儿。再来一条野生石斑，清蒸的，保持鱼的鲜味。”年小慕又拿过服务员手里的菜单，“还有这个，这个也来一份……都是我们寒少爱吃的！”

随着她的话音落下，菜单上又加了三道菜。虽然不是名贵的菜，但是她见余越寒吃过，知道他就算不是很喜欢也不会反感。

她点完菜，一脸真诚地看向余越寒："寒少，你还有什么想补充的吗？"

余越寒听她准确地报出自己的喜好，脸色瞬间多云转晴。他将手里的茶杯放下，嘴角缓缓扬起一抹笑，薄唇微启："主随客便，我们主要听隆巴迪先生的。"

年小慕一愣。

他是主没错，可她不是。谁跟他是"我们"？

年小慕的脑子里又闪过隆巴迪之前的话，脸颊不自觉地变得红扑扑的。她连忙将菜单递给服务员，端起茶杯猛灌一口。

"小心烫！"余越寒的提醒已经晚了。

年小慕将一口茶都含到了嘴里，下一秒她就将茶喷了出来，正好是在她转头准备看他的时候……

第十六章
突如其来的告白

年小慕喝的一口茶全喷到了余越寒的胸口。

余越寒的白色衬衫瞬间就湿了，浸染上了发绿的茶色。

余越寒：“……”

年小慕：“……”

周围的空气像是凝固了。

就连隆巴迪都是一脸震惊，久久回不过神。

余越寒那张祸国殃民的俊脸一点点黑下来。

眼看他就要将年小慕直接捏死了……

年小慕忙站起身抽出纸巾，飞快地替他擦着：“寒少，我不是故意的……就是茶有点儿烫，然后你提醒晚了，所以才会……”年小慕语无伦次地解释着。

“怪我？”余越寒一字一顿地道。

年小慕看着他胸口上的水渍，心里莫名觉得有些庆幸。

还好他们有身高差，不然这口茶应该是喷到他的脸上，那他现在应该满脸都是她的口水。一想到这里，年小慕吓得浑身一哆嗦。

她一边吩咐服务员去拿条毛巾，一边手脚麻利地继续给他擦。她发现他的裤子上也有些水渍，刚准备往下擦，手腕就被余越寒扣住了。

她下意识地抬头，发现他的脸色有些不对劲，像生气又不像生气，就是有点儿红，耳根也有点儿红……

余越寒紧紧抓着她的手不放，过了几秒才幽幽地说道：“不用擦了，车上有衣服，我去换件衣服。”

他的声音有些暗哑，说完他就甩开她的手快步离开，那急匆匆的步伐像是生气了。助手跟了上去。

雅座里只剩下年小慕和隆巴迪。

年小慕看着他离开的身影，手还保持着被他甩开的姿势，眸色变得特别暗。

他好像真的生她的气了。

年小慕久久不见余越寒回来，心情变得低落。她跟隆巴迪聊了几句后就一直盯着餐厅的门口，她完全没有意识到，自己的姿势就像一块望夫石。

等她再回头的时候，隆巴迪看起了报纸。

年小慕怔了怔，疑惑地问：“你看得懂中文？”

“看不懂，我看的是照片，我认识这个人。”隆巴迪将报纸递给年小慕，指了指上面的照片。

年小慕好奇地看了一眼，认出上面的人就是今天在公司里引起一众女同事尖叫的年轻男子，好像叫梵羽。

年小慕往下看，果然在报纸上看见了他的名字。

“你们很熟吗？我听同事提起过这个人。”年小慕问道。

隆巴迪听见她的话，先是点头，随即又摇了摇头。隆巴迪的反应直接把年小慕弄蒙了。

“我见过他几次，有过合作，算得上认识，不过不算熟。”隆巴迪喝了一口茶才开口道。

“他很优秀，是少有的厉害角色。”

年小慕很好奇，能让隆巴迪亲口夸奖的人得有多厉害？

“如果说寒少是天生的商界帝王，那梵羽应该是我认识的人里面，唯一有资格跟他较量的人！”

这么高的评价让年小慕有些吃惊，她正准备问问隆巴迪，梵羽到底是个什么样的人，就见离开了很久的余越寒回来了。白色的衬衫已经脱掉，他的外套还在餐厅的椅子上，现在他只穿着一件单薄的黑色衬衫。

从白到黑，他身上的疏离气息更甚了，黑色还让他多了一份强势。

余越寒很快走回餐桌前，从容入座。

“在聊什么？”他扫了一眼表情格外乖巧的年小慕，心想，她吃错什么药了？

年小慕以为他生气了，没想到他这么快跟自己说话，连忙应道：“聊梵羽。”说完，她又好奇地问，“寒少，你认识梵羽吗？”

余越寒从她手上接过报纸，眼珠转了转：“你喜欢他？”

“当然不是！我又不认识他，怎么可能会喜欢一个陌生人？”年小慕想也不想地否认。

闻言，余越寒挑眉：“不认识就不能喜欢？很多不认识我的人都在喊我‘老公’。”

年小慕：“……”

寒少，如果你的迷妹知道你这么自恋，可能会“脱粉”！

余越寒将手里的报纸往旁边一放，刚准备说什么，正好服务员来上菜，打断了两个人的对话。

菜一上桌，年小慕又忙着招呼隆巴迪去了。

这顿饭隆巴迪吃得很开心，一直跟年小慕有说有笑的。倒是余越寒，看着某人为他点的菜心里还是很高兴的，可他没高兴三秒就发现自己又被无视了。

如果不是他听得懂意大利语，知道她跟隆巴迪聊的都是美食，他几乎要怀疑她是不是喜欢隆巴迪。

餐桌上全是两个人的声音。

隆巴迪突然问了一句：“听闻寒少洁身自好，身旁从来没有异性，我很好奇你们是怎么认识的。”

“……”

她最怕突然安静。

年小慕没想到隆巴迪先生把话题突然转到余越寒身上，一时接不上话，她小心翼翼地瞥了余越寒一眼。

隆巴迪倒没有意识到什么不对劲，说完，还笑着看了余越寒一眼。他端起手边的茶杯，用蹩脚的中文说了一句：“以茶代酒，先干为敬。”如果忽略隆巴迪的动作，几乎听不懂。

等余越寒跟他喝了一杯茶之后，他又用意大利语说道：“年经理刚才跟我说，在你们国家有以茶会友的说法，我们现在茶也喝了，算朋友了吗？”

“……”

“朋友很想知道你们是谁追的谁，又是谁先告白的？”隆巴迪的话还没有说完，年小慕就被菜噎住了。

她猛咳了几声，随后想喝茶。鉴于刚才被热茶水烫了，这一次她很小心地抿了一口，确定是温的，才放心地全喝了。

年小慕刚缓过神，放下茶杯，就听见一道凉飕飕的声音传来：“年经理，你刚喝的那杯茶是我的。”

年小慕看了一眼自己手里的茶杯，扭头看向桌子。

餐桌上属于她的那个茶杯正稳稳地放在原位。

而她手上这个……是余越寒的！

年小慕的手一紧，她攥着茶杯都石化了，半晌她才默默地将杯子放下。她正准备假装什么都没有发生而让服务员再拿一个干净的茶杯时，就听见隆巴迪调侃道：“两位的感情真的很好，连喝茶都用同一个杯子。”

“……”

没有最尴尬，只有更尴尬。

年小慕一紧张，差点儿打翻面前的茶杯，忙不迭地喊服务员。

没等服务员来，余越寒已经拿起她刚才喝过的茶杯又往里面倒了一杯茶，然后把茶杯放到她面前，淡淡地说道：“还要吗？”

“……”

这话要怎么接?

年小慕感觉这句话有坑。

她说不要，好像嫌弃是他的杯子，可她刚才已经喝过了。

她说要，又有点儿暧昧。

隆巴迪已经误会他们的关系了，她要是再用他的杯子喝茶，一会儿要怎么解释？而且两个人共用一个杯子算不算间接接吻?

啊——

她不能再想了，再想要中毒了！

不就是一杯茶吗，没准儿他根本没多想，就是给她倒杯茶而已。

余越寒听不懂意大利语，又不知道隆巴迪刚才说了什么。

他一定不是故意的。

年小慕定了定心神，从余越寒手里接过茶杯，握在手里不敢喝。她再抬头，隆巴迪明显误会得更深了，眼睛里闪烁着八卦的光：“我的姑娘，快告诉我，你们是怎么认识的？”

“就、就是之前我去医院看朋友，不小心被他撞到，然后就认识了。”年小慕端着茶杯，结结巴巴地说道。

她一边说着，一边小心翼翼地瞥向余越寒。

虽然她说的是实话，可是心里有点儿发虚是怎么回事？

她本来还想跟隆巴迪解释一下，他们不是那种关系。

可是余越寒突然又给她倒了一杯茶，弄得她现在完全不知道要怎么解释他们的关系……她如果说没关系，像是始乱终弃；可如果承认是情侣，又像自己在妄想他。

年小慕现在只是庆幸余越寒听不懂意大利语，心想，只要她能尽快打消隆巴迪的好奇心，等隆巴迪回了意大利，这事儿就能翻篇了！

“隆巴迪先生，你不是很喜欢中餐吗？我再给你介绍几道更好吃的菜。”年小慕抓起菜单，正要点菜，隆巴迪已经按住了她的手。

“不用了，菜已经够多了，我现在更感兴趣的是你们的故事。如果不觉得我冒犯的话，能不能跟我说说你们的爱情故事？”

“……”

“好的爱情故事可以激发设计灵感，更何况两位都这么优秀，郎才女貌。”

“……”

什么郎才女貌，隆巴迪先生，你肯定是看走眼了。你眼前的这位，分明是豺狼虎豹，一个眼神就能让人从夏天步入冬天。

年小慕心想反正余越寒听不懂，忍不住吐槽道：“他才没有你看见的那么好，脾气可臭了！”坐在她身旁的余越寒听见这句话，嘴角的笑容立刻僵住了。

年小慕没注意到他的表情变化，兀自说道：“不只脾气差，性格也不好，对人总是冷冰冰的，跟块冰疙瘩一样！我刚认识他的时候，每天想得最多的事情就是抱着煤气罐跟他同归于尽！”

隆巴迪静静地听着，前面他还噙着笑，听到后面，他看向余越寒的眼神已经有了同情。隆巴迪忍不住替余越寒解释了一句：“寒少看起来不像那样的人。”

隆巴迪的话年小慕没听进去：“那是你跟他不熟。不是我说，做生意他是个好伙伴，可是谈恋爱打死也别找他这样的，一言不合就被冷冻，谁受得了？”

年小慕说着，觉得口渴，还顺手将余越寒给她倒的茶杯端起来，一口饮尽。她将空杯子放下来，很自然地吩咐道：“还是有点儿渴，麻烦再给我一杯。”她扭头继续跟隆巴迪吐槽。

余越寒看着放到自己面前的空茶杯，脸色一沉，俊美无双的脸庞覆盖着一层寒霜，眼睛看向当着他的面说他坏话还敢使唤他的女人。

他还真看不出来，原来她一直想抱着煤气罐跟自己同归于尽。

还有那句，谈恋爱打死也别找他这样的……

余越寒拿起杯子的手突然重重放下，力道失控，杯子应声碎了。

余越寒的手指被划出了一道血痕……

余越寒突如其来的举动让所有人朝他看过去。

年小慕离他最近，被吓了一跳，立刻站了起来，瞥见他手上流出来的血，怔了怔：“寒、寒少，你怎么流血了……”

她回过神，顾不上多问，本能地抽纸巾想替他按住受伤的手。

她的手还没碰到他，余越寒已经抽回手，淡漠地起身，薄唇微启：“不小心摔碎了杯子，没什么大碍。如果隆巴迪先生没别的事，我还有事，就不奉陪了。”余越寒说着，越过年小慕，准备离开。

年小慕看着他还在流血的伤口，连忙跟着站起来，跟隆巴迪解释了两句，就追了出去。

余越寒走得很快，年小慕一路小跑追着他，追到车前，好不容易把人追上了。她挡住了车门，喘着气道：“你的手还在流血，不能不处理，你是不是忘了我曾经是护工，我可以先帮你止血……”

“我的事不用你管。”余越寒冷冷地睨了她一眼。

年小慕依旧不肯让开：“不行，不把伤口包扎好，我不让你走！”

“年小慕，你是我什么人，凭什么管我？”余越寒眼睛幽深，盯着她。

年小慕脱口而出：“就凭我关心你啊！不是真的关心你，谁管你的死活？这么凶！”年小慕冲着他吼了回去。

余越寒眼底的寒意因为她的这句话一下子消失殆尽，眼睛一眨不眨地盯着她，像是要看穿她的身体，看到她的心里。

年小慕见他愣着不动，撇了撇嘴，抓过他的手给他检查伤口。

“还好伤口不深。”她嘀咕了一句，先替他吹了两下，然后才轻轻地用纸巾擦掉上面的血。

她小心翼翼的动作，仿佛捧着一个易碎的宝贝，眼神专注，每个动作都透着温柔。余越寒刚才淤积在胸口的闷气也没了，不过她刚才跟隆巴迪说的话……

“好了，血止住了，不过伤口不要碰水，回去还得消毒。”年小慕的话还没有说完，他已经收回目光，冷漠地推开她，然后坐进车里吩咐助手开车。

“余越寒，你……”年小慕还想再叮嘱什么，车已经从她的面前驶离。

她气得直跳脚，当即恨恨地道：“阴晴不定的男人，痛死你算了！”

余氏集团。

快到年尾，公关部里一片欢乐的气氛。

秘书拿着一件礼服，穿过正在讨论今年年终奖会有多少的同事，径直走到经理办公室：“年经理，这是之前定制的礼服，刚刚送到，你要不要试一试合不合身？”

“礼服？”年小慕正在看文案，听见秘书的话疑惑地看着她。

她没有让人订过礼服。

秘书想起她进余氏集团不久，连忙解释：“是这样的，每年年底H市都会举办一场盛大的商业酒会，陪寒少出席的人都是公关部的经理。”

也就是说之前陪余越寒去的人都是文雅黛？

这件礼服看起来也不是她的尺码。

秘书看出她的疑虑，忙补充道：“礼服都是提前定制的，因为之前定制的时候文经理还在，所以礼服的尺码是她的。年经理穿如果不合身的话，我马上送回去修改。”

年小慕听见往年陪着余越寒出席酒会的都是文雅黛，心里突然泛起酸泡泡。她再一听这件礼服是为文雅黛定制的，连试都不想试了。

没准儿以前因为公关部的经理是文雅黛才有这条规矩的。

自从那天跟隆巴迪吃过饭之后，余越寒就再也没跟她说过话。他怎么可能会想让自己陪着出席酒会？等他想起来现在公关部的经理是她，估计马上就会要求换人。

她还试什么礼服……

年小慕正想着要不要让秘书先把礼服拿走，就看见她的办公室外多了一个人：“杨特助，你怎么来了？”

杨特助一听见年小慕的声音，笑着走了进去：“听说公关部取回来了今年为酒会定制的礼服，我特意过来通知一下。这件礼服不要了，总裁办那边已经另外定制了两件礼服，到时候会直接送过来。”

“另外定制了？”秘书愣了愣。

以往总裁办和公关部都是分开定制礼服，从来没有一起过。

文雅黛在的时候，曾经提出想跟余越寒一起定制，可是被拒绝了，没想到今年会破例！

闻言，年小慕抬头，有些错愕看向助手。

余越寒现在连话都不跟她说，竟然会让她陪他出席酒会？

而且她都没有给他报过自己的尺码，他怎么知道她穿多大的礼服？

年小慕看了一眼自己的胸口，脑海里闪过的是自己好几次意外在他怀里睡醒的画面。该不会他那样就能测出来吧……臭流氓！

秘书一听见礼服不要了，忙将礼服拿走。

助手通知完也很快离开了。

经理办公室里只剩下年小慕一个人，她重新坐到自己的办公桌前，文案上的字却一个都看不进去，眼前不断闪过余越寒的脸。她完全猜不透他这样忽冷忽热是什么意思……

酒会当天。

年小慕刚吃过午饭回到办公室，杨特助就来了。

“年经理，我来接你去试礼服。”

“试礼服？你之前不是说会直接给我送过来吗？”年小慕怔了怔，疑惑地问道。

杨特助眼珠转了转，他解释道：“礼服刚刚做好，因为赶工太急，担心有不合适的地方，到店里试，方便修改。”

听见他这么说，年小慕没多想，她拎着包就跟着助手往外走。一路上她一直跟助手打听试礼服的店在哪里，等她走到停车场，认出眼前熟悉的房车后，她的脚步一下子就停住了。

车门打开，车后座上余越寒稳稳地坐在上面。他看见她姗姗来迟，眼睛微抬，从她身上扫过。他的目光像是带着电流一样让年小慕抖了抖，她一脸惊恐地看向杨特助。

她以为就她一个人去试礼服，怎么没人告诉她是跟冰疙瘩一起去？

早知道她就应该多穿一件外套了。

她怕冷！

“年经理，时间不早了，上车吧。”杨特助在一旁催促。

年小慕只能硬着头皮钻到车里。她刚准备坐到离他最远的位置，突然看见余越寒扭头朝她看了一眼，他冷冷地说道：“怕我吃了你？”

年小慕顿时浑身一哆嗦，她一屁股坐到他身边，恨不得直接贴在他身上，用行动回答他，她不怕！

余越寒瞥见她的动作，身上的寒意渐退，人却依旧没说话，他枕着椅背闭目养神。

安静的车厢里只有轻浅的呼吸声。

跟他的平静相比，年小慕的内心已经掀起了惊涛骇浪。

她刚才太着急，几乎挨到了余越寒的身上，说是靠在他身上都不为过。可是身体的重量又不敢压到他身上，这个姿势导致她非常累。她坚持了一会儿，已经快僵了。她想挪一下，又怕吵到他休息，可不动，她的老腰快要坚持不住了……

她咬咬牙，刚决定挪一下位置，车子突然震了一下，她绷到极限的身体猝不及防地栽向了余越寒。

没等他有反应，年小慕已经飞快地爬起来解释：“这次也是意外，我不是故意占你便宜的！”她也不知道自己怎么了。

她一看见他就忍不住紧张。知道他在生气，越是想哄他，越是容易出错。说是意外，可她自己都不信。

电视里经常这么演：别有用心的女人想接近帅气多金的男主都会故意摔倒，然后扑进男主的怀里，希望能来一次亲密接触，或者给男主留下深刻的印象，一来二去就能成功勾搭上男主。

想想自己三番五次主动往他怀里扑，他会不会怀疑她居心不良？

年小慕偷偷地瞥了他一眼，果不其然，他的脸色不太好，比她刚上车的时候还难看。他幽幽地说道：“等你什么时候往我怀里扑不是意外时再跟我解释。”

年小慕：“……”

车子抵达目的地。

余越寒率先下车，没等年小慕就迈着大长腿往前走。年小慕小跑着才能跟上他的脚步。他们一前一后地进了一家礼服店。

“寒少，你要的礼服准备好了，就在那里。”服务员一看见余越寒，立时恭敬地迎上来。

年小慕听见服务员的话，从余越寒身后探出头。

她往前一看，一件光彩夺目的裙子就挂在她面前的架子上。

礼服是轻纱料子，渐变的颜色突出层次感，主打天蓝色；设计师又在裙摆飘逸的轻纱处叠加了紫、粉、白几种颜色，一层一层地变化着，颜色晕染得十分梦幻；裙子的前面和裙摆处缝制了精致的小花，花心镶了钻，小花逼真得仿佛下一秒就能引来蝴蝶……

“这是全手工定制的礼服，全球只有这一件！”服务员一脸自豪地介绍道。

年小慕看着眼前的裙子，眼前一亮，忍不住上前摸了摸。

“寒少的西装在这边，我们为了搭配裙子做了特别的设计。”服务员说着，转身就往另外一个方向走去。

年小慕正准备跟上去看看，余越寒按住了她的头：“去换裙子。”

他说完朝另外一个服务员看了一眼，立刻有人上来带着年小慕去换衣服。

这家礼服店有独立的造型间，除了礼服，还能提供全面的造型服务。

造型师很快替年小慕穿好裙子，笑道：“年小姐真的很漂亮，几乎不需要化妆来修饰就把这件礼服撑起来了。”

简单地化了妆，然后造型师将一双镶钻的高跟鞋拿到她面前。等年小慕换好鞋，造型师才带着她往外走。

余越寒不用化妆，早已经换好了衣服，此刻他正坐在外面的会客沙发上。

余越寒无可挑剔的俊脸搭配着一身定制西装，他只是安静地坐着就十分吸引眼球。他听见更衣室的方向有脚步声，合上手里的财经杂志，微微抬头。

余越寒看清眼前人的那一刻，眸子猛地一缩，眼底是遮掩不住的惊艳。

这件礼服很适合她，适合得他有点儿后悔让她穿这件礼服了。

盛大的酒会在H市的国际会展中心举办，出席酒会的都是商界有头有脸的人物。酒会还没有开始，会场外已经停满了车，长长的红地毯直通会场大门。

会场内耀目的水晶吊灯将每个角落照得熠熠生辉。会场里有高高的香槟塔、香醇的红酒，还有丰盛的点心……

觥筹交错间，酒会的气氛变得越来越热闹。

往年这个时候余越寒已经来了，可是今年他一直没有出现，不少人都朝门口看。

此时，一辆房车低调地停在入口处。车门打开，余越寒先迈步下车，他并没有像之前那样自己先走，而是很绅士地伸手牵住了年小慕的手。然后他扶着她下车后才微微地抬起手臂朝她示意，让她挽着自己的手臂一起朝会场里走。

两个人一出现，就立刻引爆了会场内的气氛。

所有人的目光不约而同地朝他们的方向看过来。

“跟着我，不用紧张。”他淡淡地启唇。

“我没紧张！”

“那你抖什么？”

年小慕：“……”

身边站着冰疙瘩，她冷行不行？

年小慕跟他斗了两句嘴，不知不觉间紧张感减轻了不少。

她完全没意识到自己惊艳了全场，量身打造的礼服将她原本就出众的五官、凹凸有致的身材完全衬托了出来，出尘的气质，那双干净的眼睛瞬间激起了男人的占有欲。

余越寒瞥见场内男人变化的眼神，面色一沉。他再看看根本不知道自己已经引起什么样轰动效果的年小慕，眼睛一眯，蓦地放下被她挽着的手臂。在她没来得及反应的瞬间，他牵住了她的手。

周围瞬间爆发出一阵倒吸气的声音，所有人在想：向来不近女色的寒少居然会主动牵一个女人的手……

很快就有人发现，两个人今天的礼服似乎是情侣款。

虽然余越寒穿的是黑色西装，可是他的西装上别了一朵小花。小花颜色缤纷，跟年小慕裙子上的小花一模一样。

年小慕没注意到两个人的礼服有这样的设计，倒是余越寒突然牵她的手让她愣了一下。她扭头看他，正准备问他怎么了，就听见他凉薄的声音响起：“怕你没见过大场面，一激动摔个狗吃屎，牵着你安全点儿。”

年小慕：“……”

她的内心有一句脏话不知当讲不当讲！

他们穿过红毯区。好不容易走到香槟塔前，年小慕一心急着松开某人的手，可余越寒依旧紧紧地牵着她的手不放，仿佛担心自己一松手，她就会像撒欢的小野猫一样一溜烟跑没影了。

年小慕刚想抗议，突然瞥见有不少人端着酒杯上前跟余越寒打招呼。

她到嘴边的话只能咽回去，乖乖地站在他身边，脸上挂着从容得体的微笑。她听着商场上互相客套的话，百无聊赖地四处打量，下一秒就看见一抹俊逸的身影从会场外踱步而入，耳边不知道谁惊呼了一声："梵羽来了！"

正式的商业酒会，出席者大部分都是商界人士。大家都很重视跟同行交流合作的机会，所以几乎都端着酒杯，不停地在人群里穿梭打招呼。

人气最旺的莫过于余越寒，从他走进会场开始，就没有挪过位置，尊贵的身影从容而立，上前给他敬酒、跟他打招呼的人络绎不绝。

年小慕实在插不上话，只能到处乱看，没想到会看见从外面走进来的梵羽，那个隆巴迪口中唯一有资格成为余越寒对手的男人。

酒会现场随着那声惊呼，几乎所有人朝入口的方向看了过去。还有不少名媛淑女，看见有人冲上去让梵羽签名，沉不住气了，一窝蜂拥上前。一眨眼的工夫，刚走进会场的梵羽就被一层层的人给围住了，吸睛程度仅次于余越寒。

"没想到梵氏集团会突然宣布入驻H市。听说这个梵少在国外可是个做生意的天才，可我怎么觉得他更像娱乐圈里的人气偶像？"正在跟余越寒打招呼的几个人中，一人看见被围在女孩子堆里的梵羽忍不住调侃道。

闻言，余越寒嘴角轻扬，他端着红酒杯轻啜一口，不予置评。下一秒他就发现身边的某人正拼命地踮着脚朝梵羽的方向看，如果不是他牵着她的手，看样子她也会成为众多围着梵羽的女人之一。

"很好看？"余越寒微微低头，薄唇微启。

"太远了，前面的人都挡着了，看不清呀，等我一会儿看清了告诉你啊！"年小慕头都没回，本能地回答道，然后又嘀咕道，"虽然看不清脸，不过看身形和气质应该不差。而且你看呀，那么多人围着他，他居然都没有生气，还一直挂着微笑，肯定是个脾气特别好的人。"

余越寒："……"

她观察得倒是很仔细！

她连梵羽的脸都没有看清就知道他的脾气特别好！

余越寒脸一黑，没等他再说什么，年小慕突然兴奋地抓着他的手臂喊道："呀呀呀！他过来了，他过来了！他现在是往我们这边走吗？"

"……"

“看清脸了！比杂志上帅呀！难怪那么多人喜欢他……”年小慕的话还没有说完，嘴已经被一只大手捂住了。

余越寒黑着脸，冷冷地道：“你嚷嚷得我耳朵疼。”

“……”

“不就是长得好看一点儿吗，没见过帅哥？”余越寒挑眉，妖魅的脸往她面前凑了凑，脸上就差写上几个字：最帅的人已经在她面前。

年小慕盯着他的脸，男人霸道的气息笼罩着她，吃醋的语气让她胸口一悸。年小慕脑子一抽，脱口而出：“这不一样，家花不如野花香这个道理，你懂不懂？”

“……”

所以，他是家花？

年小慕没注意他的表情，摸着下巴沉思片刻，一本正经地道：“其实算起来，你们的颜值不分伯仲，可能你还略胜一筹。如果不是你脾气太差，没人敢靠近你，刚才你也会被堵在门口！”

余越寒忍无可忍，一把按住她的脑袋，将她的脸转向自己，一字一顿地道：“我脾气很差？”

“不是我说的啊，你看看你现在这副表情，谁见了不害怕？”年小慕瑟缩了下，见他愣住，小手捏住了他冷冰冰的俊脸微微往旁边扯了扯，愣是在他脸上扯出一抹弧度，嘟哝着，“果然，笑起来更帅！”

“……”

“我说真的，你笑起来比那个什么梵羽帅多了！”

年小慕的声音不大，只有两个人能听见。

旁边正在跟余越寒打招呼的人听不清他们说了什么，只看见有个女人竟然敢在众目睽睽之下捏余越寒的脸。众人纷纷替她捏了一把冷汗。他们再抬头，却发现余越寒的脸上连半点儿怒意都没有，反而一脸宠溺，任由年小慕在他面前胡闹，一副“自己的女人，就得自己宠着”的好男人架势。

众人惊得一句话都说不出来。

“这里还有其他人，别闹。”余越寒突然伸手揉了揉她的头发，温柔地启唇。那宠溺的语气像是在哄小六六。

年小慕正担心他会不会生气，听见他的话微微怔了怔，仿佛有一阵电流穿过身体，浑身都酥麻了一下。

啊，温柔起来的余越寒简直让人腿软！

年小慕正准备夸他，就听见身后传来一道温润的声音。

“寒少，好久不见！”

年小慕身体一僵，她站在余越寒面前背对着来人，可是她总觉得周围有无数道目光注视着她。她正狐疑着，声音的主人该不会是梵羽吧，便看见余越寒的手越过她的身体跟后面那个人握了握。余越寒漫不经心地说道：“梵少客气了。”

年小慕听见那个称呼，刚要扭头，余越寒突然搂住了她的腰，将她往他怀里一带。年小慕错愕地抬头看着他，捶了一下他的胸口：“余越寒，你干什么？快放手！”

她好不容易才能近距离看一眼梵羽，他捣什么乱啊。

年小慕想扭头，后脑勺也被人扣住了。

随即余越寒薄唇贴到了她的耳旁，有磁性的声音幽幽地响起：“年小慕，没人告诉你，路边的野花不要采？”

年小慕：“……”

等她从余越寒的怀里挣脱出来，梵羽又被一群人围在了中间，只能看见一个后脑勺。

他很高，也很瘦，却不让人觉得单薄。他站在人群里，远远看过去也是最引人注目的那一个。

哎呀，好气呀！她刚才差点儿就能近距离地看见他了，没准儿还能说上两句话，现在机会全没了。难得有熟悉竞争对手的机会，居然泡汤了！

“余越寒，君子动口不动手！”

年小慕气得鼓起腮帮子，狠狠地瞪了一眼余越寒。

余越寒则给了她一个“有本事你来咬我”的眼神。

年小慕：“……”

酒会并没有因为几个小插曲而受到影响，反而因为两大男神同时出现而高潮迭起。来跟余越寒打招呼的人络绎不绝，年小慕站在他身后，刚准备端起一杯红酒，手就被他按住了。他后脑勺像长了眼睛，二话不说就将她手里的红酒拿走了，同时将一杯果汁递给她。他伸手拍了拍她的脑袋，旋即才重新回过身，继续跟来打招呼的人交谈。

她又不是小学生，为什么来参加酒会要喝果汁这种东西？

年小慕嫌弃地撇了撇嘴，灵动的双眼转了一圈，将果汁放下，挣脱了余越寒的手，对上他不悦的目光，小声嘟哝道：“人有三急，你慢慢聊，我去去就回！”说完，她不等余越寒说什么，扭头往女洗手间跑。

她是真的内急，不过没人规定，她上完洗手间就要马上回余越寒身边。年小慕回到酒会，避开人多的地方，四处打量了一眼，目光落到会场一处僻静的落地窗。那里放着几个多余的大花瓶，她躲在后面，肯定没人能看见。

年小慕偷偷摸摸地端着一杯红酒，避开可能被余越寒发现的路线朝落地窗走过去。她刚上前，就看见一抹俊逸的身影已经倚在落地窗边上。

那人穿着一身白色的西装，让他浑身都透着温和从容；手上拿着一杯红酒，但他只是轻轻地摇晃着高脚杯，没有喝；目光似乎在看着窗外的月光，背影无声地透出几分孤寂和落寞。

那人是梵羽。

年小慕没想到他竟然会躲在这里。

她四下里看了一眼，并没人发现他在这里。

年小慕正犹豫着要不要过去打招呼，梵羽像是察觉到身后有人，突然转身朝她看过来。

四目相对，空气中有一瞬间的静谧。

年小慕有些尴尬地解释："抱歉，我不是故意打扰你……"

砰——

她的话还没有说完，梵羽手里的红酒杯就掉到了地上，酒杯应声而碎，洒出来的红酒溅在他的裤腿上，他却一点儿反应都没有。他那温润俊朗的面容有些苍白，眼睛里是掩饰不住的震惊。

他的薄唇翕动了一下，像是想说什么，最后却一个字都没有说。他像是害怕自己一开口，眼前的一切就会变成幻觉。

"你没事吧？"年小慕见他脸色不对劲，将他从有碎酒杯的地方拉开，低头看了一眼他的小腿，"应该没受伤，不过你的裤子脏了，得去换一件。"

年小慕抬头朝周围看了一眼，询问道："需要我帮你叫人吗？"

年小慕刚想转身，手腕就被人抓住了。

她错愕地回头，看着眼前很不对劲的梵羽。

不知道为什么，她好像在他的眼底看见了泪光。

下一秒，他却笑了，笑得很温柔，薄唇轻启："六六……"

"什么？"他的声音很低，像是喃喃自语，年小慕没有听清，有些疑惑地问道。

她想到他可能不认识自己，连忙开口自我介绍："我叫年小慕。我没有别的意思，只是担心你不换裤子的话，一会儿让人看见可能不太好。”

“年小慕？”

梵羽听见她的名字，微微一愣，脸上惊喜的表情瞬间变得复杂，深褐色的眸子一点点黯了下去。

他正要问什么，就听见不远处传来一声低喝：“放开她！”

梵羽还没来得及抬头，余越寒已经走到他们面前。

余越寒黑着脸，看着两人牵着的手后，一把拉过年小慕，将人拉到自己怀里。他警惕地看着站在他面前的梵羽，目光扫过地上的碎酒杯，蹙了蹙眉，又垂眸看了一眼年小慕：“有没有伤到哪里？”

他的语气里是掩饰不住的担忧。

年小慕飞快地摇头：“不是我，我的红酒杯好好端着呢，是梵少的红酒杯不小心掉了。”

余越寒这才发现她的手里确实端着一个红酒杯，刚才被他一扯，杯里的红酒差点儿洒了，她正着急地护着。

她偷喝酒的事情一会儿再说，倒是梵羽……

余越寒眼睛微微一眯，他将她护在身后，淡淡地启唇：“梵少真是好兴致，这么多人都在等着跟你谈生意，你却一个人躲在这里赏月喝酒。”

梵羽从余越寒出现的那一刻，就已经把眼底的情绪收敛起来，俊朗的面容上是温和的笑，笑容却不达眼底。那笑容明明很温柔，却让人感觉到一股说不出的孤寂。他嘴角轻扯出一抹弧度：“应酬累了，找个安静的地方喝杯酒。”

他说完，目光又下意识地看向年小慕。他看见护在她身前的余越寒，目光微闪，像是在猜测她跟余越寒的关系。

过了几秒，他才笑着道：“年小姐似乎跟我一样，也喜欢躲到没人的地方喝酒，下次我会镇定一点儿，免得摔碎杯子，破坏气氛。”

他这句话成功地让余越寒的脸黑了。余越寒冷冷地看了梵羽一眼，牵着年小慕转身就走。他的脚步很快，周身是掩不住的怒气，他的手紧紧地攥着她的手腕，像是担心自己一松手，她就会消失。

“余越寒，你走慢点儿，我跟不上……”

年小慕吼了一声，正打算问他发什么神经，突然发现余越寒将她拉到了会场外的走廊。周围很安静，只有冷风刮过的声音。他颀长的背影挺得很直，垂在身侧的手握成了拳头，手背暴起青筋，像是在忍耐着什么。

年小慕连忙将手里的红酒杯放下，小心翼翼地道：“那个，我不是故意偷偷躲起来喝酒的，我就是上完洗手间，有些口渴，就想喝一点儿，怕你生气，所以……”

她的话还没有说完，余越寒突然将她按到墙上，低头吻住了她的唇。

炙热的吻跟以往每次的意外碰触都不一样。

他的双手按着她的肩，霸道的气息笼罩着她，浑身透着浓浓的占有欲。

年小慕错愕地瞪大眼睛，忘了自己该有什么反应。她想推开他，却完全推不动。她眼睁睁地看着他将她肺里的空气一点点榨干……

在她快要断气的时候，他终于餍足，松开了她。他的额头抵着她的额头，眼睛里是她看不懂的光，却令她愣住了。

她的脑子一片空白，只剩下一个念头：她今天没有挑衅他，他怎么又亲她了？！

她茫然地看着他，像是怀疑刚才发生的一切是她的幻觉，她好不容易喘过气，心跳的节奏却乱了。她想问什么，好几次张开嘴，却发不出声音。

良久，她才憋出一句：“余、余越寒，我跟你说，随随便便亲女神，换成别人，你是要挨揍的！”

她原本以为，她说完这句话，余越寒至少会心虚一下，或者跟她解释他刚才的行为。没想到，下一秒他头一偏，薄唇又准确地在她的唇上亲了一口。

他有磁性的声音透着一丝嘶哑：“那你揍我。”

年小慕：“……”

哎哟！这年头，连耍流氓都这么理直气壮？

没等年小慕发作，他突然捏住她的下巴，强迫她看着他，一字一顿地道：“年小慕，我不会道歉。”

她身体一僵，对上他深邃的眼睛，总觉得他这句话背后还有别的意思：感觉像……像告白。

年小慕被自己的想法吓到了，差点儿咬到舌头。

“余越寒，你好好说话，你这样，我会以为你喜欢我。”

“嗯。”他轻吐了一个字，成功地让年小慕把接下来的话都噎回了喉咙。

年小慕一双眼睛瞪得跟铜铃一样大。

谁来掐她一下或者告诉她，她刚才没有幻听。

冰疙瘩跟她告白了……

他说，他喜欢她。

他是不是喝多了？

年小慕神经一抽，她往他面前凑了凑，像只小狗一样在他身上闻了闻。

他身上的酒味很淡，专注的目光也不像喝醉的样子。

那她今天晚上看见的可能是假的余越寒……

接下来的时间，年小慕就像是没有灵魂的提线木偶，完全不知道自己是怎么离开酒会、怎么回到余家别墅的。

车子停下，她总算回过神，不敢抬头看坐在她身旁的余越寒，手忙脚乱地推开车门就往别墅里走。

小六六已经睡了。

她好不容易走到自己的房间，突然察觉到身后有人跟着。她回过头，看见没有上楼而是跟着她来到她房间门口的余越寒，吓得直接贴到了门板上，一脸惊慌："我、我还没有答应你，你不能跟我一起睡！"

余越寒束手而立，光打在他的身上，将他颀长的身影勾勒得尊贵无比。他听见她的话，一步上前，单手撑在她的身侧，嘴角一勾："我只是想跟你说晚安。"

年小慕："……"

这就尴尬了。

"晚安！"年小慕说完，正准备回房，手被他拉住了，回头茫然地看着他。

余越寒盯着她紧张的小脸，长指朝自己的俊脸指了指："还差一个晚安吻。"

年小慕："……"

没等她反应，他已经低头在她的唇上亲了一口。然后他站直身，拍了拍她的头，满意地离开。

久久回不过神的年小慕不知道在门口站了多久，她摸了摸被他亲过的嘴唇。骗子！他指着脸，却亲她的嘴！

年小慕羞愤地捂着脸，冲进房间，用力地关上门。

第二天一早，趁着所有人没有醒，年小慕悄悄溜出了余家别墅，拦了一辆计程车去了公司。她坐在办公室里，对着电脑上的文案却一个字都看不进去。她脑子里都是昨天在酒会上的那个吻，还有他突如其来的告白。

这一切就像一场梦，她到现在都无法相信是真的。

年小慕不知道发呆了多久，公关部的同事陆陆续续地来了。

年小慕刚走出办公室，准备交代工作，部门里的同事就不约而同地围了过来："年经理，我们听说昨天梵羽也去参加酒会了，是真的吗？"

"嗯。"

年小慕的脑海里立刻闪过他一个人倚在窗边看月亮的背影。

昨天她突然被余越寒拉走，加上后来发生的事情，让她完全忘了梵羽这回事。也不知道他有没有去换裤子，她想。

年小慕眨了眨眼睛，总觉得昨天梵羽第一眼看见她时眼神有些奇怪。没等她多想，几个女同事已经开始尖叫。

"啊！我小老公居然真的出席酒会了！年经理，求私家照片！"

"同求！"

"跪求！"

年小慕看见这一幕，很快想起梵羽昨天在酒会上出现的时候。

他不管走到哪里，似乎都很受欢迎。

"喂喂，你们几个收敛一点儿，年经理是去谈工作的，别以为跟你们一样去当花痴。再说了，梵羽是很帅，可是你们别忘了，梵氏集团入驻H市，将来可是我们最大的竞争对手。"有人提醒道。

H市的市场份额有限，现在大部分掌控在余氏集团手里，梵羽如果想立足，除了开拓新市场，最快的办法就是跟余氏集团抢市场占有率。余氏集团将来肯定少不了跟他们交手！

这句话刚说完，秘书就拿着一份资料走了过来。

"年经理，刚刚收到消息，梵氏集团的人今晚会约见一直跟我们合作的重要客户。"他们正说着，梵羽就来挖墙脚了！

年小慕接过秘书手上的名单，扫了一眼，皱起眉："我记得罗总跟我们合作六年了，算是老客户，不可能随随便便就反悔。约见他的人是谁？"

闻言，秘书回答："是梵羽。"

年小慕一愣，他亲自去了？

秘书指了指年小慕手里的名单："听说是在一家高级的日料店里碰面，地址我写在上面了。"

年小慕扫了一眼名单上的地址。

她现在是公关部经理，不能眼睁睁地看着梵氏集团挖走他们的重要客户。

"知道了。继续盯着梵氏集团的人，有什么消息马上通知我。"年小慕跟秘书叮嘱了几声就进了办公室。

下班时间一到，她拎着包离开公司。她按照秘书给的地址，径直打车到了一家日料店，不想刚下车，她就犯愁了。

一般重要的商业会谈，大家都会选择在包间里谈。她根本不知道梵羽跟罗总在哪个包间，这里看起来很大，总不能一间一间地找吧？

年小慕刚走进餐厅，服务员就客气地询问："您好，几位？"

"我找人。"年小慕扭头在外面的回转台上看了一眼，没有看见任何熟悉的身影。下一秒，她就瞥见了门口放着梵羽当封面的杂志，眼睛一亮。

她抓过杂志，递给了服务员："这是我朋友，只是我跟他联系不上了。我知道他在这里吃饭，不知道在哪个包间，能麻烦你给我带路吗？"

梵羽那张脸，她很肯定，见过他的人一定不会忘记。

果然，服务员听见她的话，立刻笑意盈盈地道："原来是梵先生的朋友。他没在包间，而是坐在那边的隔间，不过他交代了，不让别人去打扰。"

年小慕扭头看去，只见回转台旁边有不少用仿真竹子做的隔间。那些隔间靠着窗边，看起来很有特色。只是那种位置虽然有一定的私密性，可终究不如包间安全。他们怎么会坐在那里？

年小慕虽然疑惑，不过确定梵羽的位置后，她立刻朝服务员说了声谢谢，然后提步朝他们的座位走过去。她刚走到附近，果然透过竹子间的缝隙，看见了坐在隔间里的两个人。

年小慕脚步顿了顿，她低头整理了一下自己的仪容，提步上前，佯装路过不小心看见两人："罗总，你也来这里吃饭？"

罗总没想到会在这里遇见年小慕，脸上有瞬间的愣怔。罗总很快站起来跟她握手，然后向一旁的梵羽介绍："梵少，你刚回国，可能不知道，这是余氏集团公关部的年经理。"

罗总说完，又扭头帮年小慕介绍道："年经理，这是梵少，上次酒会你应该见过他。"

年小慕笑眯眯地打招呼，像只无害的小白兔。

"有幸见过一面，不过没想到会在这里再遇见，既然大家那么有缘，不如一起吃？"

年小慕说完，很主动地拉开椅子，坐了下来。她的脸上一直挂着甜甜的笑，灵动的眼里狡黠的光一闪而过。

梵羽不是想挖走他们的重要客户吗？那好呀，她就不走了，她坐在这里，看他一会儿当着她的面怎么抢他们的客户！

气氛有一瞬间的凝固。

罗总正准备说什么，就听见梵羽温润的声音响起："能跟年经理一起用餐，是我的荣幸。"

他同意了？年小慕脸上闪过诧异的表情，不过很快她就把它藏了起来。

她抬起头，第一次认真打量眼前的男人。

俊朗的面容，不如余越寒那般妖魅，却也是顶级的帅哥；深褐色的眸子，看着别人的时候，眼里的温柔总让人有种随时会溺毙在里面的错觉；白色西装像是为他量身打造的，温润又不失贵气。

她刚才故意试探他，他的脸上却没有流露出半点儿怒意。

这个人的温柔像是从骨子里透出来的。

梵羽被人打量了这么久，不可能没有察觉，他合上菜单，嘴角扬起："年经理似乎对我很感兴趣？"

偷窥被抓包，这种时候，当然是假装什么都没听见。

年小慕抓过面前的菜单，手忙脚乱地翻开，开始点餐。有吃的，年小慕可以将自己的存在感降到最低，他们聊他们的，她吃她的，大家两不耽误。

只不过一顿饭吃下来，她发现梵羽跟罗总似乎是老相识，两人认识的时间至少比她跟罗总认识的时间长。他们聊的话题也跟合作无关，只是朋友闲聊。

是因为有她在吗？年小慕想想也对，罗总可是他们的客户，梵羽就算真的要抢人，也不能当着她的面抢。梵羽一定是在故意演戏，让她放松警惕！

吃完饭，年小慕立时抢先开口："罗总开车了吗？不如我送你回去吧？"

她坚决不能让对手单独接触客户，要将所有的可能扼杀在摇篮里！

闻言，罗总怔了怔，开口道："没有，我坐梵少的车来的。"

几个人说话间，已经出了餐厅。梵羽的车就停在前面几步路的位置，看样子他还准备送罗总回去，难怪刚才吃饭的时候不着急谈生意，果然留了后着！

天色已经暗了，寒冷的风呼啸着。

年小慕站在那里，看着已经坐到梵羽车上的罗总，急得像热锅上的蚂蚁。下一秒，她想也不想地拉开副驾驶座的门，一屁股坐了进去。

没等梵羽说什么，她已经摆出一副柔弱无比的表情，可怜巴巴地看着他："外面天寒地冻，天又黑了，我一个女孩子打车不太安全，梵少不介意送我一程吧？"

"不介意。"梵羽深褐色的眸子闪了闪，眼底掠过一丝纵容，他从容地坐到驾驶座。

年小慕等了一会儿，见梵羽没有开车，正准备问他怎么了，他的手臂突然朝她的方向伸过来。在她没来得及反应的时候，梵羽替她拉过安全带，准备系上。

两个人的距离很近，她甚至能听到他的呼吸声，闻到他身上青草般清冽的气息。

"我可以自己来。"年小慕很快回过神，二话不说自己系好安全带，往椅背一缩，拉开两人之间的距离。

梵羽收回目光，并没有说什么，随即启动车子。

一路上，气氛很融洽。

罗总的住所很快就到了。

"罗总慢走！我们改天有机会再聚。"年小慕趴在车窗上，热情地朝罗总挥手，直到他的身影消失不见，她才坐回车子。

年小慕刚才还笑嘻嘻的小脸瞬间变得面无表情，她扭头瞪向梵羽："我不管你有什么打算，罗总是我的重要客户，你休想打他的主意！"

商场如战场。

她早在听到梵氏集团入驻H市时就知道迟早会与梵羽过招，所以在酒会上她看见梵羽的时候，才想认识他。她想提前了解一下他的为人，也好见招拆招。可她是看见了梵羽，却看不透他。梵羽对谁都很温和，像是根本没有脾气一样，可他的温和中又透着疏离，似乎谁都可以接近他，但是谁都无法窥视到他在想什么。

年小慕说完，就准备推开车门下车，她的手刚伸出去，车门就落锁了。

她愣了愣，错愕地看向梵羽。她原本以为他听见她刚才说的话会恼羞成怒，可他的嘴角还噙着淡淡的笑容，似乎一点儿都不介意她刚才冲着他吼。

年小慕顿时有一种一拳打在棉花上的感觉，憋屈得说不出话。

梵羽扭头看着她，眼神很温柔，语气带着几分揶揄："外面天寒地冻，天又黑了，你一个女孩子打车不太安全，我不介意送你一程。"

年小慕："……"

这句话是她刚才想赖着上他车的时候胡扯出来的，没想到这么快就被他还回来了。她刚想说不用了，梵羽又道：“既然你是因为我而跑的这一趟，我就有义务将你安全地送回去。告诉我地址。”

虽然他的语气平和，可是年小慕听出了里面隐藏的一丝霸道，她撇了撇嘴，没再多说什么。

车子重新上路。

一路上，年小慕都没有开口说话，倒是梵羽多说了一句：“我跟罗总在国外有过几次合作，今天碰面，不过是叙旧。”

他的话像是解释，又有点儿不像。

说完，他只是淡淡地看了年小慕一眼，继续安静地开车。

一直到将车子开到余家大门外，认出这里是余越寒的别墅，梵羽一直平静的面容终于起了一丝变化，眼里隐隐透出冷光。

他扭头看向解开安全带要下车的年小慕，按住她的手：“你现在跟余越寒住在一起？”他的语气有点儿急，话一出口，他似乎意识到了自己的失礼，轻轻地咳了一声，说道，“我只是好奇，外界传言余越寒不近女色，从来没有女人能靠近他，所以……我有些意外。”

年小慕拍掉他的手，解开安全带：“什么以前、现在的，我一直住在这里，有什么好奇怪的？不过，我们不是你想的那种关系。咦，我干吗跟你解释？”

年小慕回过神，推开车门下去，站在门边。

“谢谢你今天送我回来，不过，如果你想抢我的客户，我还是不会对你客气！”她说完，径直往余家别墅里走去。

她的身影很快就消失了，别墅大门外只剩下梵羽的车子还停在原地。

梵羽看着她一步步走出他的视线，双手用力地抓着方向盘，指尖发白，像是努力克制着自己。

梵羽英俊的脸有些苍白，眼底是掩不住的黯然：“六六，会是你吗？”

余家别墅里。

年小慕从下车就一直在寻思要怎么防止大客户被挖走，浑然不觉自己已经走到了主别墅区。

一抹颀长的身影正斜倚着门框，眼睛在夜幕中发着光，一瞬不瞬地盯着她，周身那凛冽的气息比冬日里的冷风更冷。

“怎么突然降温了？”年小慕嘀咕了一句，下一秒她霍地抬起头，对上余越寒的眼睛，他昨天晚上将她按在墙上说的话，一瞬间全涌进了她的脑子。

年小慕脚步一顿，她想扭头跑，可是又不敢。她站在原地，隔着不远不近的距离看着眼前的人。

下一秒，就见斜倚着门框的余越寒微微站直身，踱步朝她走过来。他见她缩了缩脖子，脱下外套披到她身上，将她往怀里带。

他衣服上的气息让她心跳加速。

她不安地动了动，余越寒没有松开她，索性抱得更紧了，淡淡地启唇：“想好要跟我说什么了？”

“……”

没想好。

她从来没有想过，有一天会跟自己的大boss谈恋爱，那个人还是余越寒。

这种感觉就像平时总欺负你、让你恨得牙痒痒又拿他没办法的人，突然对你温柔体贴起来。你在发蒙的同时，脑子里还会想这货是不是又有什么阴谋诡计，而且总觉得哪里不对……

“嗯？”余越寒见她一直不吭声，目光冷了下来，“年小慕，说话！”

年小慕被他吼得浑身抖了抖，裹着外套就往后退：“哪哪哪，你这个态度就不对！”

“……”

“哪儿有人告白弄得跟打家劫舍一样？我跟你说，胆子小的妹子早就被你吓死了！”

余越寒一怔，挑眉睨向她。

她不是活得很好？还知道躲他了？她躲了他整整一天！

“是是是，我胆子是大了一点儿，跟普通的妹子不一样，可是总不能你一告白，我就答应吧，那显得多不矜持？而且，你那个连告白都算不上，一句正经的喜欢都没有说！”年小慕低着小脑袋，盯着自己的脚尖，竹筒倒豆子般吐槽。

余越寒眼睛一眯：“说了喜欢，你就会答应？”

年小慕：“……”她是这个意思吗？

余越寒盯着她茫然的小脸，收回目光，揉了揉她的小脑袋，宠溺地道：“我知道了。”

年小慕：“……”

他知道什么了？为什么她不知道？

为什么跟余越寒聊天，会让她开始怀疑自己的高智商？

年小慕的手机突然响了，她下意识地拿出来看了一眼，是个陌生号码发来的短信，只有一句话：这是我的电话。

简单的几个字，透着一种很温和的感觉，让年小慕一瞬间就想到了刚刚送她回来的梵羽。会是他吗？他刚准备抢她的客户，这会儿还给她发短信，是不是太嚣张了？而且他怎么知道她的电话号码？

一系列的问题从年小慕的脑子里闪过，最后憋到嘴边的话就成了："伪君子！"

"什么？"余越寒的手停在她的脑袋上，眼睛幽幽地往下移，他看了她一眼，对自己莫名其妙被骂表示不满。

年小慕浑身一激灵，她连忙扯下他的手，解释："我不是说你，我骂梵羽呢！"

"梵羽？"

余越寒挑眉，注意力却放在她抓着他的手上，白皙的小手很软，像是没有骨头一样。她紧张地跟他解释的样子很可爱；她鼓着腮帮子生气的样子也很可爱；她长得也很可爱。他第一次看着一个人不想移开眼睛。

"外面太冷，先进去再说。"年小慕不知道自己成了饿狼眼里的"小可爱"，想到今天发生的事情，她的心里只有一股火，她抓着余越寒的手就往别墅客厅走。

他们刚走进客厅，余越寒就停住了脚步，将她拉到自己面前，俊脸阴沉，问道："你今天见过梵羽？"

"不提这个还好，一提这个我就来气，你不知道，这个梵羽看着温文尔雅，心思可坏了！他居然把主意打到我的头上来——"年小慕的话还没有说完，余越寒眼底已经泛起冷意。下一秒，余越寒就听见她继续骂，"你说，他抢哪个部门的客户不好，非要抢我们公关部的客户？我当然不会让他得逞！"

抢客户？余越寒很快想起今天助手跟他提过，梵氏集团急于在H市立足，正在跟他们竞争客户。不过，目前梵羽没有占到什么便宜，也没有要跟他交手的意思。梵羽来H市好像另有目的。

"余越寒，你到底有没有听我说话？"年小慕絮絮叨叨了半天，突然发现眼前的男人正在出神，握拳捶向他的胸口。她捶了一下不解气，刚要捶第二下，手就被人抓住了。

“你之前不是还很喜欢梵羽，说他脾气好、气质好的吗？”余越寒凉飕飕地说道，然后拉着她在沙发上坐下来，随后拍了拍她的脑袋，“年轻总是容易犯错，我原谅你。”

年小慕：“……”

为什么她感觉自己突然变成了红杏出墙的小媳妇?

而且，她什么时候坐到余越寒怀里的？为什么自己都不知道？她对上男人充满掠夺意味的眼睛，神经一紧。

她刚准备跑，他已经将她按到沙发的靠背上，双手撑在她的身侧：“继续骂他，我听着。”

“骂、骂完了。我要回去睡觉。”年小慕对上他逼近的俊脸，紧张得直结巴。

他嘴角一勾：“那正好，我也困了。”

年小慕：“……”

他这话是什么意思？该不会是想跟她一起睡吧?

流氓!

年小慕吓得一把推开他，飞快地往自己的房间跑，然后砰的一声用力关上门。

所谓知己知彼，百战不殆。

年小慕第二天一进公司，就开始调查梵羽。他在国外成名，很年轻就进入商界，并且创下了很多的奇迹。国外的媒体对他赞不绝口，有关他的资料却很少，只知道在他十几岁的时候，他家里发生过一些变动，搬离了原来住的地方，后来，他提前接管了家族企业，一步步成为商界不容小觑的人物。

这些都是网上的报道，没有什么特别的。关于他的喜好倒是罗列得很清楚：喜欢白色，喜欢红酒……就连他曾经在一个采访节目里说自己喜欢看月亮，都被网友截图发了出来。

年小慕双手托腮，她查了一上午的资料，结果一无所获。

好在梵羽现在也没什么动作，她可以慢慢打听。

一连几天，年小慕的注意力都在梵羽上，可她提防了几天，什么都没有发生。

“年经理，这是今天的工作安排。”秘书拿着文件进来，然后把文件放到年小慕的办公桌上。

她刚准备走，年小慕就叫住了她："梵氏集团那边还有人盯着吗？"

"有，据说他们还在私下联系我们集团的大客户，不过这几天，我们部门的客户他们倒是一个都没有联系。"秘书庆幸地道。

梵氏集团这段时间肯定会有动作，可只要不是针对公关部，他们就会比其他部门轻松一些。

听见梵羽没再挖她的客户，年小慕也松了口气："你去忙吧。"

秘书离开后，办公室里只剩下年小慕一个人。年小慕刚翻开文件准备看，就见刚出去的秘书又急匆匆地走了进来，她有点儿惊慌地道："年经理，刚收到消息，梵羽约了盛达科技的陈总见面！"

"你说谁？"年小慕霍地站了起来。

盛达科技的陈总跟文雅黛有很深的交情，据说陈家跟文家是世交。之前的合作项目就是文雅黛出面才拿下来的，后来她虽然接手了项目，也完成得很漂亮，可是难保这个陈总听说文雅黛离职的事情后会对她有什么不满。

她原本还想着，等谈下季度合作的时候再好好跟陈总聊聊，没想到梵羽会在这个时候找上陈总。

"他们在哪里见面？"年小慕说着话，伸手去拿外套。

"我们查不到。"

"什么？"年小慕有些错愕。

秘书一脸为难地道："经过上次的事情，梵氏集团对我们好像也有了提防，尤其梵羽的行踪，越来越难查了。"

"……"

这不怪他们。

梵羽的身份，除非他不想隐瞒，否则怎么会轻易让人跟踪他？

如果他今天约的是别人，年小慕可能没办法，不过陈总的话……

年小慕嘴角扬起自信的笑容，她拨通了一个电话。

第十七章
遇到对的人，空气都是甜的

总裁办公室。

偌大的空间有些安静，只有纸张翻动的沙沙声。

余越寒坐在办公桌前，一目十行地看着手里的资料，脸色一点点地沉了下来……

一旁的助手顿时紧张地咽了咽口水："寒少，能查到的资料只有这么多。梵家一直定居国外，很少涉及国内的业务，这次突然入驻H市，有内部消息称是梵羽一个人的决定。"

"理由。"余越寒合上手上的资料，淡漠地启唇。

梵氏集团不管是成立的初衷还是后来的发展，一直都以国外市场为主，也一直经营得很好。他们突然冒险回来，有点儿说不通。

他不是第一天认识梵羽。

年小慕有句话说对了，梵羽看起来温文尔雅，对任何人都很客气，可真正跟他有过接触的人都知道，他的客气只是客套，冷漠和疏离才是这个人真正的性格。

"梵羽说服集团董事的理由是为了拓展集团版图，所以他亲自带人回国，国外的市场留给了副总。"助手顿了顿，迟疑了几秒，才补充道，"我查过，梵羽从去年开始似乎就很喜欢往外跑，不停地开拓新市场。之前在意大利，他还跟隆巴迪的工作室有过接触，这次突然回国，其实有迹可循！”

“继续说下去。”余越寒眼睛敛起，薄唇微启。

“有人说，梵羽做这么多，其实是在找人。”助手将自己打听到的小道消息说了出来。

余越寒一怔：“找人？”

“是的。有人在国外见过梵羽在大街上认错人，好像还很失落，所以猜测他可能是在找人。”助手恭敬地回话。

“只是这样？”余越寒蹙眉。在街上认错一个人能说明什么？不过能让梵羽看起来很失落，那他要找的人应该对他很重要。

“能查到他在找什么人吗？”他问。

“查不到。梵羽向来对人友好，跟他关系好的人很多，可是真正的知己却几乎没有，根本无从打听。而且这些也只是大家的猜测，或许只是空穴来风。”商场上尔虞我诈、云谲波诡的事不可胜数，有些消息即使查到了也无法判断真伪。

“将这些资料交给各部门的经理，让他们自行安排本部门的工作。”余越寒将面前的文件递给助手，同时吩咐道，“另外，通知下去，召开股东大会，讨论开拓国外市场事宜。”

梵羽回国，不管是不是看中了国内市场，他的离开势必会对梵氏集团的国外市场有所影响。正好，梵羽来抢他的地盘，他总要给梵羽送份见面礼，才算礼尚往来！

“是！”助手接过文件，飞快地离开。

余越寒坐在座位上，抬起手腕，扫了一眼时间，已经快十二点了，该吃饭了。

他的脑海里不自觉地浮现出年小慕娇俏的小脸，嘴角勾起一抹宠溺的笑。他按下内线：“通知公关部，让年经理把他们这个月的报表给我送上来。”

另一侧。

年小慕从陈子新那里打听到了梵羽跟陈总吃饭的地方，顶着寒风出了余氏集团。她拦了辆车，赶往餐厅。

等她赶到餐厅，陈子新已经在那里等她了。陈子新看见她下车，快步朝她走过去。

“我问过了，梵羽今天跟我爸约的地方就是这里。他们在八号包间，刚进去不久，我们现在进去还来得及！”他说着，率先走在前面。

两个人一起进了餐厅，他们根本没费太大功夫就找到了刚到包间的陈总。

“爸！”

陈子新推开门走进去，看见坐在陈总对面的梵羽，没等年小慕开口说话，他的脸色已经沉了下来。

“爸，我说过，我不同意更换合作对象。年经理是我的好朋友，她很有能力，有她在，我们的合作只会越来越好！”

陈子新虽然年轻，却是个很有主见的人，从他回国之后，盛达科技的很多项目都是他在经手，他开口反对，就是陈总也得慎重考虑，这就是年小慕请他过来的原因。陈总因为文雅黛的事情可能对她有些偏见，她的话陈总未必听得进去，但是自己儿子的话他一定会听。只要能争取到商量的机会，她就有把握说服陈总，让他相信余氏集团才是盛达科技最好的合作伙伴。

“浑小子，我平时就是这么教你的？有客人在，你胡说八道什么！”陈总憨厚的脸微微一沉，他呵斥道。他的目光落到跟在陈子新身后进来的年小慕身上时，眼睛一眯，脸上的表情有些丰富，他怔了怔，瞪了一眼陈子新。

过了几秒，他才尴尬地看向坐在他身旁的梵羽：“我教子无方，让梵少看笑话了。”

梵羽穿着一身笔挺的西装，坐在座位上慢条斯理地品着茶：“小陈总很有陈总的风范，虎父无犬子，我怎么会见笑？”

他神色平静，目光温和，看不出半点儿不悦。他挑眉看向年小慕和陈子新：“既然两位也来了，不如就赏个脸，一起吃顿午饭？”

“梵少，这样会不会不太好……”陈总刚要拒绝，陈子新二话不说地拉着年小慕走上前。

“那我们就不客气了！”他拉开椅子，大咧咧地坐下来。他拿过杯子，给年小慕倒了一杯茶，“外面太冷了，你快喝杯热茶暖暖身子。你放心，我爸说了不算，除了余氏集团，我不会跟别的公司合作。”陈子新一边将茶杯放到她面前，一边故意大声说道。

闻言，陈总的脸顿时黑了：“浑小子，我还没死呢！”

陈子新正色地道：“爸，我知道你因为跟文家的交情现在有点儿为难，可是人情归人情，生意归生意。我们跟余氏集团的合作那么顺利，你说换人就换人，那之前为了项目辛苦奔波的同事，你要怎么跟他们交代？再说了，如果当初没有年经理，你能请到上心代言吗？过河拆桥可不是我们陈家的作风。”

陈子新说完，陈总的脸上闪过一丝难堪的神色，他看着坐在面前的年小慕，一时说不上话。

倒是梵羽的反应出乎所有人的意料，他的样子似乎并不在意这笔生意能不能谈成，因为，哪儿有人眼看着快到手的合作就要黄了，还能平心静气地品茶?

不过梵羽想什么，陈子新也不在乎，他拿过菜单，打开后看向年小慕：“你想吃什么？你要是不知道想吃什么，我可以给你推荐这家店的招牌菜，味道还不错！”

陈子新说着，主动替她点了几个菜，然后又替陈总点了几个，最后，他才慢悠悠地将菜单递到梵羽面前：“我跟梵少不熟，不太清楚你的喜好，只能辛苦你自己点菜了。”

梵羽原本冷静的脸在瞥见陈子新给年小慕献殷勤的举动时，眼眸微微一冷。似乎是看出了陈子新对年小慕的不同，梵羽蹙起眉，脸上露出一丝不悦的神色。他没有说什么，接过菜单，随意点了几个菜，就交给了服务员。

菜很快上来了。

这顿饭大家各有心思，气氛有些尴尬。

吃完后，陈总立刻拉着陈子新离开。

陈子新也知道必须回去说服他爸，才能真正解除双方合作的后顾之忧，因此，他并没有多说什么，跟年小慕打了个招呼，就跟着陈总走了。

包间里顿时空了下来。

砰——年小慕站起来，一甩手就将手里的茶杯重重地放到桌子上，凶悍地瞪向梵羽：“你故意针对我？”小白兔变成了母老虎。

梵羽深褐色的眸子闪过一抹光，他勾起嘴角：“做生意而已。”

年小慕没那么容易被他糊弄：“你做生意只盯着一家？先不说梵氏集团跟余氏集团抢客户的事儿，就说你两次亲自出面，都挑了我的重要客户，你觉得合适吗？”

一个集团的总裁不好好待在办公室，竟然出来抢客户。这也算了，余氏集团的重要客户那么多，他次次都挑她的客户，就太过分了吧。亏她见他消停了几天，还以为他良心发现了，没想到他在闷不吭声地憋大招！

“不是没抢到吗？”梵羽说道。他瞥了一眼她气呼呼的样子，她鼓起的腮帮子让她原本极为出众的面容，又多了几分率真，这跟他记忆中的人很像……

梵羽双手揣进口袋，他转身往外走，走到门口，又停下脚步，回头看着她："我开了车来，要不要送你？"

鬼才想坐他的车！

年小慕赏了他一个白眼，越过他，径直往包间外走去。

她走过他身旁的时候，他突然开口："就算我接下来要去见苏总，你也不去？"

年小慕："……"

他又想挖她的客户！是可忍孰不可忍！

年小慕转身走回桌子前，拿起一把叉子，闷头往门外走。

梵羽追上她："你要做什么？"

年小慕脚步一顿，她将叉子往他面前一伸："扎爆你的车胎！你要是敢拦我，我就划花你的脸泄愤！"

她凶悍的语气，认真的脸，没有半点儿开玩笑的意思。

梵羽怔了怔，看着近在眼前的叉子，呆滞了几秒才反应过来。他被人威胁了，心里却没有半点儿怒意，反而宠溺地挑眉："算我输了，我可以答应你，不再约你的客户吃饭。现在可以让我送你回去了？"

梵羽说着，伸手去拿她手上的叉子，笑道："女孩子家家的，不要这么粗鲁。"

年小慕没想到他这么好说话，一下子愣住了，手上的叉子猝不及防地被梵羽拿走了。没等她问他说的是不是真的，梵羽已经越过她，走向停车场，然后拉开车门，坐到驾驶座上。

年小慕二话不说，跟着钻进了车子，扭头看着他："你刚才说的话，再说一遍，我要录音当证据！"

"……"

他在她心里的信誉这么差？

如果换作他的六六，一定不会怀疑他对她说的任何话。

梵羽若有所思，眼底的暖意渐渐消失，薄唇抿着，不发一语地开车。

年小慕刚准备说她不回别墅要先回公司，就发现梵羽将车子停了下来。他把车子熄了火，淡淡地启唇："我想买架钢琴，你帮我看看，给点儿意见。"

他说着，已经推开车门走了下去。

年小慕只能跟着他下车，抬头看了一眼路边的大琴行，撇了撇嘴："我对乐器没什么研究，怕是帮不上忙。"

她说完，明显感觉到自己面前的人情绪似乎很低落。那种孤寂的气息又开始在他身上出现，他像是被全世界遗弃了……

年小慕清了清嗓子："算了算了。我是真的不太在行，你要是不介意，我就帮你看看好了。"

她说着，没等他，径直走进店里。她扫了一圈店里的钢琴，原以为自己看不出个所以然，可真正看见那些钢琴时，她忍不住走上前，葱白的手指不自觉地摸上黑白键，轻轻地按出了一首试音的曲子。悦耳的钢琴声缓缓地在耳畔响起，那种熟悉的感觉就像她第一次在余家宴会上弹起那首曲子的时候。她明明没有太多记忆，手指却习惯性地弹了起来……

"这位小姐眼光真好，一挑就挑中了我们店里数一数二的好琴！"售货员走上前，笑着道。

年小慕听见说话声，手一顿，她回过神，正准备问梵羽这架钢琴怎么样，一回头，看见梵羽愣在钢琴店的门口，双眼一瞬不瞬地盯着自己，眼底流露出来的光充满了震惊。

年小慕正要问他怎么了，他已经冲到她面前，抓住她的肩膀。

"你刚才说，你不擅长钢琴，那刚才那首曲子是谁教你的？"他很用力地抓着她的手，像是怕他一松手她就会消失不见。

年小慕想推开他的手，可根本推不开："只是一首普通的试音曲，又不是什么高难度的曲子。"

闻言，梵羽像是被当头棒喝一般，身体有一瞬间的僵硬。

"这首试音曲不一样……"

这首曲子是六六刚开始学钢琴的时候，他手把手教她的，他是第一个听见她弹钢琴的人，哪怕这首曲子简单，对他来说都是不一样的。他相信，对六六来说也一定是不一样的，可她怎么会说这只是一首普通的试音曲?

年小慕的手机突然响了。

她见梵羽没回神，径直推开他，从包里翻出手机，看见上面的来电显示，想也不想地接起来。

"去哪儿了？"余越寒低沉的声音从电话那头传来。

年小慕哪怕看不见，也能想象出他此刻斜靠在办公椅上，皱着眉说话的样子。她抱着手机往旁边走了两步，才开口：“你好好说话，别莫名其妙发脾气。还有，不要一说话就皱眉，老得快！”

电话那头的人足足有三秒钟接不上话，只隐约传来磨牙的声音，听起来是又爱又恨。

年小慕也没搭理他怎么了，兀自说道：“我在外面呢，正准备回公司……你问我上午出来干吗？秘书没有告诉你吗？我约了陈子新出来办事。

“什么假公济私？我是那种人吗？我要是喜欢一个人，铁定把他拉到公司当面约会！

“对对对，就是陈总……他爸爸的事不找他难不成找你？

“我没说你不行……我错了！”

梵羽不知道过了多长时间才让自己冷静下来。等他抬起头，就看见年小慕正拿着手机，耷拉着小脑袋，一直在跟谁讲电话。

她一开始还有些凶巴巴的，后来不知道电话那头的人说了什么，她的态度突然变得温顺起来，乖乖地认错，哄着对方，左脚习惯性地踢着面前的墙。好像终于把人哄好了，踢墙的脚停了下来，她嘟哝了一句：“哪儿有让妹子哄男朋友的？活该你单身这么多年……没有，我刚才什么都没有说！”

她在哄谁？余越寒？她这么紧张这些客户，到底是为了工作还是为了余越寒？

梵羽双手缓缓地放进口袋，深褐色的眸子更暗了。

这不是他的六六，他的六六从一出生就高贵如女王，他从来没有看见过她这么耐心地哄一个人。

梵羽收回目光，心中涌起复杂的情绪。下一秒，他见年小慕挂了电话，眼神又恢复了温润，看着她走向自己。

“你没事了？”年小慕将手机揣进包里，上下打量了一眼情绪不像刚才那么激动的梵羽，努了努嘴，“钢琴我已经给你选了，你要是不喜欢我也不勉强，不过我现在有事，要先回公司了。”

年小慕说完，看了一眼时间，转身就往外走，丝毫没有给梵羽拦她的机会。她一路小跑到路边，拦了一辆计程车，钻了进去，很快离开。

梵羽看着她的身影消失，周身的疏离气息又变得浓厚。他朝着她说的那架钢琴走过去，缓缓地伸出手，将她刚才弹的那首曲子又弹了一遍。

修长的手指弹着弹着就停在了黑白琴键上，他的眼前仿佛出现了一抹娇小的身影：小姑娘听着他给她弹琴，听着听着，开始不耐烦地捣乱，最后，他只能抓着她的手教她弹最简单的试音曲；他看着她，从什么都不会到能跟他四手联弹……

他比她大，学什么都比她早，理所当然是她的半个老师。他也总是喜欢像个大人一样提醒她要注意这个，注意那个，却忘了那个时候他其实也是个少年，一个情窦初开却不知道要怎么表达自己感情的少年。后来……他们之间空白了将近十年……

当——梵羽的手一抖，钢琴发出刺耳的声音。

他猛地回过神，看着眼前的钢琴，眼前闪过年小慕的脸，这张脸跟他记忆中的那张脸像又不像。或许真的是他认错了？

"这位先生，你没事吧？"售货员走上前，忍不住问道。

闻言，梵羽收回手，从容地站起身，掩下眼底的情绪。转身的瞬间，他淡淡地启唇："这架钢琴我要了。"

余氏集团。

年小慕一下车就火急火燎地往里跑，一口气冲到了总裁办公室。她赶在余越寒规定的最后一分钟推开门冲了进去，想也不想地吼出声："余越寒，我没迟到，你不能扣我工资！"

等她吼完，抬起头就看见几个部门经理站在总裁办公桌前，正在给余越寒汇报工作，他们听见她的声音后齐刷刷地回头看着她，都一脸错愕……

年小慕："……"

她能现在出去假装刚才什么都没有发生过吗？

办公桌前，余越寒斜靠在椅子上，手上还拿着一份报告。看见她冲进来，他将报告合上了。

"今天的汇报先到这里，没说完的明天再来。"他说着将报告丢到桌子上。

几个经理面面相觑，没人敢多嘴，他们抱着自己的报告默默地退出了总裁办公室。临走前，他们看年小慕的眼神就像在看古代祸害皇帝不上早朝的妖姬……

"心虚什么？你刚才在电话里不是还说要是有喜欢的人，就拉到公司当面约会？"余越寒站起身，解开西装的扣子，走到她面前，低头看着她红扑扑的小脸。

他看得出来，她是一路跑回来的，人还有点儿喘，鼓着腮帮子，似乎在懊恼自己刚才丢人的举动。

“我这不叫心虚，叫害羞，你懂不懂？”年小慕听见他的话，抬起头反驳。她说完，对上他含笑的眼睛，才意识到自己上当了，“谁、谁说我喜欢你了？我刚才那句话就是打个比方！”

“……”

“对了，你急急忙忙地把我喊回来，是不是公司出什么事了？”年小慕原本只想转移话题，问出来之后，倒是认真了。

闻言，余越寒将她逼到门后面，双手撑在她身侧：“公司没事，我有事。”

年小慕上下瞄了他一眼，试探性地问：“你不舒服？”

“嗯。”余越寒微微颔首，俊脸朝她压低，温热的气息喷在她的脸上。

两个人的气息纠缠在一起，他的唇仿佛下一秒就会吻上她。

年小慕忙抵住他的胸口，开口问道：“你哪里不舒服？我、我帮你看看。”

她话音未落，余越寒已经勾起嘴角，道：“心里。”

“……”

“怎么，你看不了？”

“……”

废话！

她只是护工，充其量帮他处理一下简单的外伤。

他要看心脏得去医院挂心胸肺科。等等！

年小慕蓦地抬起头。

他说心里不舒服……

哎哟，这是吃醋了啊。

年小慕突然笑了，甜甜的笑容就像偷吃糖的孩子。她伸手戳了戳他的脸，一脸得意地道：“以前都是你气我，没想到你也有今天！”

“……”

“别怪我没提醒你，女神很抢手的，你要是再动不动就凶我，我就跟人跑了——”

年小慕还没有说完，嘴就被堵住了。

他的吻带着浓浓的惩罚意味。他将她按在门板上，他的手不自觉地从她的衣摆滑了进去……

年小慕瞬间瞪大了眼睛，这大白天的，还是在办公室里，他想做什么？

臭流氓！

她还没答应他的告白呢，他就动手动脚！

“余越寒，你快放手，你再不放手，我咬你了！”年小慕好不容易喘口气，忙不迭地吼道。

下一秒，面前的男人挑眉问道：“咬哪里？”

年小慕：“……”

人不要脸，天下无敌！

余越寒盯着她呆滞的小脸，平复了一下呼吸，才将心里的冲动压下去。他捏住她的下巴，指腹摩挲着她的脸颊，细腻的肌肤让人爱不释手。

他低沉的声音染上一抹沙哑：“年小慕，你要是敢跟人跑，我就打断你的腿！”

年小慕：“……”

果然，冰疙瘩嘴里是说不出哄人的情话的。

不过看他阴沉的脸好像真的很生气。是因为她让陈子新帮忙了？

年小慕灵动的眸子眨巴眨巴，她突然踮起脚在他的侧脸上亲了一口。

猝不及防的亲吻让余越寒一愣，棱角分明的俊脸上表情有一瞬间的凝固，眼睛里的寒气一点点地消失，长指抚过被她亲过的地方，眼神变得温柔。他垂眸看着她，似是不敢相信她会主动亲他。

年小慕瞅了他一眼，见他抿着唇不说话，以为他还在生气，连忙解释：“我跟小陈总没什么，他现在只把我当成朋友，我们见面是为了公事。”

余越寒：“嗯。”

年小慕：“……”

这个反应是什么意思？

他是生气还是不生气？

年小慕狐疑地瞄了他一眼，就见余越寒长指朝着自己的薄唇点了点：“亲这里，我就原谅你。”

年小慕：“……”

余越寒，你的脸呢？

她眼前的一定是假余越寒。

城市套路深，她要回家！

年小慕刚准备跑，人就被他拎到了怀里，他在她的唇上亲了一口。她瞥见他发黑的眸子，连忙问道："你喊我回来就是为了问我这个？"

余越寒："……"

一个陈子新不够，又来一个梵羽凑热闹，他这么做不应该？不过看她的表情似乎不接受这种解释。

余越寒挑眉扫了一眼时间，意犹未尽地松开她，薄唇微启："陪我去接小六六。"

幼儿园门口。

余越寒挺拔尊贵的身影一出现，立刻成为众人关注的焦点。不只大人，就是小孩子都会多看他两眼。

年小慕跟在他身后，嘀咕："自己明明更招蜂引蝶，还说我。"

"年小慕，你声音太大，我听见了。"余越寒回头，幽幽地盯着她，眼底没有怒气，反而透着戏谑。

小野猫会护食了。

他见她憋红了脸，扣住她的手，将她拉到身旁，让她站在跟他并排的位置："这么介意别人盯着我看，就要懂得宣示主权。"

"谁、谁说我介意了？我就是随口说说，吐槽一下。"年小慕梗着脖子反驳。

余越寒嘴角一扬："嗯，你不介意，我介意，所以，记得离陈子新远一点儿。哦，对了，梵羽也一样。"

年小慕："……"

余越寒这个小气的男人！

余家是靠卖醋发家的吧！

他们出现在幼儿园，前后也就几分钟的时间，老师就将小六六带出来了。

"爸爸！"小六六背着小书包，一看见他们立马开心地迈着小短腿跑过来，粉雕玉琢的小脸，吹了风，红扑扑的。小六六看见年小慕，果断地抛弃了余越寒，扑到她怀里。

"漂亮姐姐抱抱！"小六六被抱起来，小脑袋蹭到年小慕的脖子上，奶声奶气地撒娇，"小六六可想漂亮姐姐了。"

"我也想你。"年小慕抱着小六六软乎乎的小身子，心软得一塌糊涂。她低头在小六六的小脸上亲了一口，见外面风大，连忙抱着小六六上车。

余越寒被彻底忽视了，女儿没有抱到，他的女人也走了。他黑着脸，自己上车。他坐到车上，故意咳了两声，依旧没人理他。

小六六刚开始上幼儿园，正是觉得新鲜的时候，她坐在年小慕的怀里，开始给年小慕看自己的小书包。小六六学着老师上课的样子给年小慕讲故事。小六六讲到最后，开心地在她怀里打滚，银铃般的笑声跟余越寒阴沉的脸形成了鲜明的对比。

“小六六，来爸爸这里。”余越寒清了清嗓子朝小六六伸出手。

以往这个时候，小六六一定会开心地扑到他怀里，黏在他身上不肯下来。可是今天，小六六却没有动，趴在年小慕的胸口，仰起小脸像哄孩子一样哄他：“爸爸，我跟漂亮姐姐忙着呢，你自己先玩一会儿。”

余越寒：“……”

都说女儿是爸爸上辈子的情人，现在他上辈子的情人爱上了他这辈子的情人，她们手牵着手一起把他抛弃了？

余越寒的脸色彻底黑成了锅底。

车子抵达余家别墅。

管家已经将晚饭都准备好了，看见车门打开，连忙上前打招呼。

小六六还趴在年小慕的怀里。年小慕抱着小六六，有些不好下车，她下意识地看向余越寒。

以往这个时候，他都会上来抱小六六，可是今天，她等了好一会儿，站在车外面的男人依旧一动不动。她忍不住喊了一声：“余越寒，你帮我抱抱小六六。”

“不帮。”车门前的男人淡漠地启唇，冷峻的眉峰微微一挑。

年小慕迷糊：这又是怎么了？

他是不是忘了，这是他的女儿？

年小慕正狐疑着，怀里的小六六已经从她怀里滑了下去，自己挪着小屁股蹭到了车门边，然后迈着小短腿下去了。

年小慕怕她摔倒，连忙扶了她一把。年小慕看着小六六下车后开心地朝管家跑过去，仰着头要好吃的，然后跟着管家去了餐厅……

年小慕最后一个下车，心里正纳闷儿谁又惹余越寒不高兴了，抬起头就看见他还站着不动，下意识地问：“你不进去吃饭？”

她的话还没有说完，跟前的人已经朝她走来。下一秒他伸手扣住她的后脑勺，在她没来得及反应的时候将她按到他的胸口。

她温软的身子抱起来很舒服，天然的馨香让他紧绷的神经一瞬间放松下来。余越寒低头埋进她的长发，鼻尖蹭了蹭她小巧的耳垂，刚才被她忽略的郁闷总算是消散了些。

“痒……”年小慕没想到他会突然抱自己，嘟哝了一声，想避开。

余越寒的手臂却抱得更紧，眼睛变得深邃，他准确地吻上她的唇。

年小慕刚准备骂他流氓，就听见客厅里传来一阵脚步声，同时响起的还有小六六兴奋的声音：“爸爸、漂亮姐姐，吃饭饭了。”

年小慕一听见小六六的声音，浑身一激灵，想也不想就推开了余越寒。她惊慌地转过身，擦了擦自己的嘴，看向小六六。

年小慕见小六六软糯糯的小身子已经顿在了门口，一双漂亮的大眼睛睁得大大的，精致的小脸蛋上表情有些茫然。

“小六六，你听我说——”年小慕刚想解释，就见小六六小脑袋一歪，笑弯了眉眼：“爸爸不吃饭饭，在跟漂亮姐姐玩亲亲！”

年小慕：“……”

余越寒，看你干的好事！

她扭头狠狠地瞪了一眼身后的男人。

余越寒一脸从容，没有半点儿被撞破的尴尬。他踱步上前，站在她身后，下巴抵上她的肩膀，看起来他像是从身后抱着她：“连小六六都已经看出来了，我想吃了你，你打算什么时候让我吃？”

年小慕：“……”

餐厅里。

年小慕坐在餐桌前，双手抱着水杯拼命地喝水。

她一想到余越寒刚才那句话，就觉得一股热气往脑子里冲，人口干舌燥的。她偷偷地抬头瞥了一眼坐在她身旁的男人，又飞快地移开目光，连带着小屁股也不安地往旁边挪了挪。她害怕自己会忍不住，没等他扑过来自己就先扑过去了。

小六六坐在儿童椅上，小胖手正抓着勺子努力地往小嘴里塞吃的。她看见一直在喝水的年小慕，好奇地嘟着嘴：“漂亮姐姐，你为什么不吃饭饭？”

“……”

“我知道了，你一定跟爸爸一样，不想吃饭饭就想玩亲亲！”

砰！

年小慕刚挪到椅子边缘，听到小六六的话一慌，差点儿摔下去。她勉强抓住餐桌，杯子里的水却洒了出来，溅到了衣服上，她手忙脚乱地抖着水渍。她刚准备去抽纸，一只大手已经拿着纸伸到她面前。

余越寒从容地站起来，俊美如斯的脸庞噙着笑。他瞥了她一眼，眼神里带着些许揶揄。在她准备接过纸巾的时候，他的手微微一抬，避开了她的手："笨手笨脚的，我替你擦。"

他说着，已经替她擦掉了衣摆上的水渍，嘴角一勾，凑到她面前，用只有他们两个人能听见的声音低语："乖，小六六还在，等会儿吃完饭，我让你随便亲。"

年小慕："……"

谁、谁要亲他了？

年小慕给了他一个白眼，坐回自己的位置，闷头吃饭。她将余越寒当成饭桌上的菜，用力地嚼着，恨不得将他生吞活剥，结果一顿饭撑得她差点儿站不起来。

年小慕瞥见小六六吃饱了正要从椅子上下来，连忙站起身去抱小六六："小六六，我今天到你的房间陪你睡。"

有小六六在，看余越寒怎么乱来！

她的话音落下，没等小六六开口，余越寒已经慢条斯理地走到她面前。他扫了一眼以为拿到免死金牌的年小慕，双手揣进口袋里："正好，今天有点儿冷，可以三个人一起睡。"

"不用了，我一个人带小六六就可以。"年小慕说着，低头看向怀里的小六六，等着小六六开口答应。

余越寒倒是没说话，不过，转身拎起了他刚让人买回来的卡通造型的巧克力——那是小六六的最爱。

糖衣炮弹！

小六六精致的小脸蛋立马变得纠结起来。她瞅了一眼年小慕，又瞅了瞅余越寒手里的巧克力，软糯糯的小身子从年小慕的怀里滑了下去，拔腿就往外面跑。她一口气跑到客厅里，然后爬到沙发上。

年小慕跟余越寒几乎同时跟着她去了客厅。

他们正疑惑她怎么了，就见小六六指着沙发上并排放着的小猪玩偶一家，开心地仰起小脑袋："猪爸爸跟猪妈妈睡，小六六跟小猪猪睡，爸爸跟漂亮姐姐睡！"

小六六说完，一把抱起自己的小猪猪，从沙发上滑下去。小六六见管家要带她回房间，还不忘扭头叮嘱：“你们要乖乖的，不许吵架哦！”

年小慕：“……”

这跟她想的不一样。

小六六，我们不一样……

年小慕看着在眼前消失的小六六，余光瞥见站在自己身侧的男人，连忙往后退了几步。她一脸警惕地抬头：“小六六还小，她说的话不能当真。”

余越寒单手揣进口袋里，他踱步走到她面前，邪邪地一笑：“可是我当真了，怎么办？”

“余越寒，我跟你说，女神不是你想睡就能睡的，你要是敢乱来，我就对你不客气！”年小慕威胁道。可惜她的话没啥底气，所以没有什么效果。

她见形势对自己不利，扭头就想跑。她刚迈出步子，腰上已经缠上了一只手臂，那只手臂微微一用力就将她捞进了一个宽阔的胸膛。

男人霸道的气息萦绕在鼻子周围，低沉的声音带着一抹性感：“小六六说了，让我们一起睡。”

“我、我现在还不困！我要去院子里散步！”年小慕挣脱不开他的手臂，着急地吼道。

外面天寒地冻，别说是散步，就是往外走一步都需要很大的勇气，余越寒肯定不想去。那她正好可以一个人去散步，散步回来趁着他不注意的时候，溜进房间，锁上门!

年小慕心里想得美滋滋的，她见他愣住，拍掉他的手，扭头往外走，恨不得跑起来。

外面下雪了，地上积了一层厚厚的雪。余家别墅的院子很大，用人来不及打扫的地方雪积得很厚。

年小慕裹紧了身上的厚外套，深一脚浅一脚地走在雪地里。她一不小心踩到了坑里，身体一歪，一只强健的手臂蓦地搂住了她的肩膀，将她往怀里带。

年小慕侧过头才发现余越寒居然跟着她出来了。

她的小脸冻得发红，他摘下围巾，围住了她的下巴和脸，只露出一双眼睛。他牵着她的手，十指紧扣，放进自己外套的口袋里，继续往前走。

细碎的雪花在空中飞舞，沾在他的黑发上。年小慕踮着脚替他擦掉，他却顺势低头亲吻她的额头。

年小慕：“……”

啊，他又犯规！

她举起的手蓦地在半空中定格，小脸立刻红了，心里庆幸着，还好脸上有围巾，余越寒看不见她现在的表情。下一秒余越寒突然用围巾遮住了她的眼睛："站着别动，等我一会儿。"

年小慕眼前变得一片漆黑，如果不是耳边还能听见声音，只怕她已经忍不住摘掉围巾了。

她想，他在做什么？听声音他好像是在堆雪人？他堆雪人不是应该喊她一起吗？她等了好一会儿，就在她心里开始不安的时候，突然听见他低沉的声音响起："年小慕，这是送给你的！"

送给她的？什么东西？

年小慕很快扯掉了挡着眼睛的围巾。她的眼睛被蒙了一会儿，刚睁开的时候有些模糊，随后她看见一个雪人立在她面前，她再多看一眼，这个雪人有点儿眼熟……

年小慕眨巴了一下眼睛，很快认出来余越寒堆的是他自己。

他堆了一个自己造型的雪人送给她……

这是把他送给她的意思吗？

臭流氓！

谁稀罕他！

年小慕在心里吐槽，心却不受控制地加速跳起来。她攥紧了手心，翕动了一下唇瓣，刚想问他是什么意思，昏暗的雪地里蓦地亮起一盏灯光。

她怔了怔，紧接着亮起了第二盏、第三盏……最后，所有的灯光围成了一个圈，而她的位置就是圈子的中心。

她仔细一看，每盏灯里都有一朵红玫瑰。随着灯光亮起，红色的玫瑰的影子映在白色的雪地上，红与白的视觉冲击就像是冰与火……庄严而炽热！

年小慕数了数，一共五十二盏灯，也就是五十二朵玫瑰。

五十二，这个数字的含义……

年小慕抿着唇，一双眼睛已经不敢看余越寒，脑海里闪过他们曾经的对话——

"是是是，我胆子是大了一点儿，跟普通的妹子不一样，可是总不能你一告白，我就答应了，那显得多不矜持？而且，你那个连告白都算不上，一句正经的喜欢都没有说！"

"说了喜欢，你就会答应？"

"……"

"我知道了。"

他当时说的"我知道了"，她一直没明白是什么意思，现在她终于明白了，原来他刚才说什么一起睡都是唬她的。今天这一出，其实是他早就准备好的吧？不然雪地里哪来这么多盏灯？还一个个都藏着红玫瑰！

就她刚才闭眼那一会儿工夫，就够堆一个雪人的，说装五十二盏灯，鬼才信！

话说，他这算是……正式告白？

年小慕抓着围巾的手一直没有放下。

她害怕自己放下手，就会露出已经红得快要滴出血的脸。

她一直觉得余越寒是块冰疙瘩，从来没有想过他浪漫起来简直让人喘不过气。

她明明站在冰天雪地里，浑身却春意盎然，心如小鹿乱撞……

她想跑！

她刚挪动脚，站在雪人旁边的余越寒已经踱步朝她走过来。他站到她面前，眼睛一瞬不瞬地盯着她："年小慕，你就没有什么话想跟我说？"

"……"

说、说什么？

她答应他的告白吗？

年小慕没来得及开口，一只手臂已经将她扯进怀里。余越寒从容地抱住她。

他温热的身躯让她不安地动了动："余越寒，外面有点儿冷，要不然我们先进去再说……嗯！"

她的话被彻底堵在了嘴里。

雪，又开始下，周围的一切仿佛都消失了，只剩下两个人站在一片火红色的灯光里静静地拥吻……

年小慕不知道自己是怎么回到房间的，双脚踩在地上就像踩在棉花上，浑身轻飘飘的。

她的唇有些红润，脸颊也是绯红一片。从院子里到房间门口，只有短短的一段路，她也记不清被余越寒亲了几下，脑子里都是他告白的画面。

如果不是残存的理智，还有作为女神的骄傲，她刚才一定已经把持不住，在雪地里就把他给扑了！

啊……

年小慕想起刚才雪地里的那一幕，扑进被窝里，扯过被子，用力地捂住脑袋。不能再想了，要流鼻血了！

余越寒怎么能这么撩？他居然照着自己的样子给她堆了一个雪人，简直犯规！年小慕想到什么，霍地从被窝里爬出来。她抓过手机，翻开里面的照片，看见相册里的雪人，抱着手机笑得像个傻子。

还好她聪明，临走前还记得留证据。

余越寒真的跟她告白了。

这不是一场梦呢……

年小慕自己傻乐了一会儿，又有些紧张地咬住唇，打开聊天框，将刚拍的雪人照片发给了谭崩崩。年小慕还来不及编辑文字，已经收到了她的回复："大晚上不睡觉，你去堆雪人找童真了？"

呸呸呸！

堆雪人的不是她，是余越寒！

年小慕飞快地给她回了一句，还顺带着跟谭崩崩说了一遍，今天晚上发生的惊天动地的告白事件。最后，年小慕才可怜兮兮地问："亲爱的，我可以答应他吗？"

谭崩崩突然没声了。隔了十几秒，就像是隔了几个世纪，就在年小慕已经沉不住气，准备给她打电话的时候，又收到了谭崩崩的信息："你不喜欢他？"

看见这几个字，年小慕想也不想地摇头，等意识到自己在做什么，又红了脸。她抱着手机倒进被窝，暗自庆幸谭崩崩看不见她傻里傻气的举动，否则一定要笑死她了。

什么时候喜欢上余越寒的，她也不知道。等她发现的时候，好像已经很喜欢了。可是她一想到要跟他在一起，又会紧张，不知所措……

"这么久不回答，就是喜欢了。

"单身、长得帅，又多金，除了有个女儿，没有别的毛病。

"所以，你在纠结什么？"

年小慕看着手机上接连收到的三条短信，她竟无法反驳。

这么看来，她不只不应该拒绝，还应该马上冲到余越寒的房间。她趁着他脑子还不清醒，没打算反悔的时候，先下手为强，先推倒，然后扑上去。最后她趁着他来不及反抗，来个法式热吻。等她亲得他晕晕乎乎，就可以顺理成章地吃干抹净……

年小慕抱着手机想入非非，不经意间拨通了谭崩崩的电话："不行呀，不行呀，余越寒身手很好的，我怎么扑倒他！"

话一出口，她才意识到自己说了什么，身体蓦地一僵。

下一秒，她就听见谭崩崩戏谑的声音从电话那头传来："年小慕，你出息了，人家刚告白，你就想着怎么扑倒人家了。"

年小慕立刻红了脸。

刚才那个不是她。

谭崩崩："想扑就去扑，不用憋着，不过我好心提醒一句，悠着点儿，别搞出人命！"

年小慕撇嘴："我就想想，你别危言耸听。"

"我这叫善意的提醒。"谭崩崩说完，见她不说话，才将电话挂了。

年小慕抱着手机，看着屏幕黑掉，脑海里又闪过余越寒那张充满禁欲感的脸，还有谭崩崩的话……

啊，什么搞出人命，谭崩崩今天晚上存心不让她睡了！

第二天，年小慕顶着一双熊猫眼，一边打着哈欠，一边拎着包往外走。她看起来真的跟干了一晚上坏事一样。

管家站在客厅里，正等着余越寒下楼，看见她，忍不住多打量了两眼。他刚准备开口询问，就听见楼梯口的位置传来脚步声。

应该是余越寒下楼了，年小慕神经一紧，目光落到楼梯的拐角那里，眼前闪过的是昨晚某人将她压在护栏上亲吻的画面。

一股热气从脚底直蹿脑门儿，她的脸颊嗖一下红了，双手捂着脸，她左右看了一眼，都没有找到能躲的地方。她脑子一热，直接拎着包冲出了别墅。

去公司的路上，年小慕一路都在懊恼。不就是一个吻吗，都过去将近十个小时了，她居然吓得掉头就跑，这胆子还怎么去扑倒余越寒?

要是管家将刚才的事情告诉余越寒，指不定他现在笑成什么样。

年小慕越想越心塞，最后抱着手机一直在戳屏幕。

想起她昨天跟谭崩崩说的豪言壮语，年小慕重新打开对话框，给谭崩崩发了一条信息："这个世界为什么要对女神有那么多的要求？才貌双全还不够，还要矜持！"

谭崩崩很快回复："说人话。"

年小慕："我昨天想扑倒余越寒没扑成，今天早上还没看见他，莫名心虚，吓得掉头就跑。"后面跟了三个"捂脸"的表情。

足足隔了三十秒，谭崩崩才回信息："你恋爱了。"

年小慕："……"

是是是，她承认，昨天余越寒亲手堆了自己模样的雪人送给她，那个样子真的太帅了，帅得她腿软！

她以前也不是没见过男人表白，可是从来没有人像余越寒这样，闷不吭声就放了一个大招！

她昨天一直在想，要是她不出去散步，他准备怎么办？后来她仔细想了想，以他腹黑的程度，只怕根本不存在这种问题，估计到最后，他会直接揪着她的衣领将她拎到雪地里……

一想到那个画面，年小慕又不淡定了，捂着脸，不让自己继续想。车一到公司，她连忙推开车门往外跑。

"年经理，早。"年小慕一进公关部，秘书就恭敬地打招呼。

她微微颔首，进了自己的办公室。到了工作环境，年小慕混乱的思绪总算平复下来。她打开面前的文件，扫了一眼，就按下内线让秘书进来。

"梵氏集团方面有没有什么新消息？"

"没有，梵氏集团目前没有要挖我们客户的意思。但是我听说，我们部门的有些客户正在私底下寻求跟梵氏集团合作的机会。"秘书迟疑了一下，才开口说道。

余氏集团是H市第一集团，不管是规模还是涉及的行业，都十分惊人，不少客户都是依靠着余氏集团这棵大树才能在行业里立足的。但如今，他们看见更大的利益摆在眼前，起了异心。

"有确定的消息吗？"年小慕双手交叠放在桌子上，眼神冷了下来。

秘书指了指她面前的一份合约："TS公司的苏总，就是最典型的一个。"

"苏总？"年小慕微微一怔，有些不解地蹙眉。

这份合约她刚看过，是苏总发过来的，新季度的合作合约。

只是TS公司已经主动找他们续约了，怎么会有异心？

"年经理刚到我们部门，有个消息可能还不知道。TS公司从去年就在研发新产品，预计在下个季度发布，可是他们现在发过来的合约依旧跟上个季度一样。"

秘书的话没有说完，年小慕已经明白了："也就是说，他们的新产品选择了别的合作对象？"TS公司占着余氏集团重要客户的资源，却在背地里联系他们的竞争对手，将有竞争力的新产品交给别人来代理，这样的行为跟背叛没有太大的区别！

"不只我们部门这边的苏总，其他部门我也打听过，都有这样的情况，可是因为涉及的合作商比较多，反而不好处理。"秘书一脸担忧地说道。

法不责众，似乎成了大家默认的规矩，哪怕明明知道这件事可能不对。其他部门的经理只怕也在头疼这件事。

"一味防守，解决不了问题。"年小慕往椅背上一靠，目光扫过桌面上放着的一排合约。

这些都是公关部重要客户的合约。从她知道梵羽在抢她的客户之后，她就一直在想要怎么解决这个问题。前两次到餐厅阻止，只不过是想弄清楚梵羽到底想做什么，现在她倒是有个想法……

年小慕嘴角一扬，她将TS公司的合约拿起来丢到秘书面前："通知苏总，余氏集团将全面中止跟TS公司的合作，所有未完成的项目，我们愿意赔付违约金！"

秘书一愣。

"不只这样，你再帮我做件事，找几个靠谱的人把消息放出去，让所有人知道，余氏集团跟TS解约是因为发现了他们私底下跟梵氏集团联系。"

秘书脸色顿时大变："年经理，你这样做不等于将苏总往梵氏集团那边推吗？"TS跟余氏集团撕破脸，一定会投奔梵羽的阵营。

"你真以为梵氏集团刚刚入驻H市，给他的好处能比余氏集团多？"年小慕冷笑。

如果真有这么好的条件，苏总又何必跟余氏集团续约？

所有人以为她会忍，偏偏她反其道而行之。这一招叫杀鸡吓猴！

"我要让所有人知道，对余氏集团有异心的人，我们不要！"

秘书愣了愣，很快明白了她话里的意思。

他们只是处理一个苏总，并不处置其他合作商。可是这么强势的做法，等于同时警告了其他人，要是再三心二意，后果自负！

秘书变得激动，这阵子憋着的气仿佛一下子就顺了。她看向年小慕的眼神都变得不一样了。他们当初都因为年小慕是"空降兵"，怀疑过她的能力，是年小慕一次次成功拿下项目，让他们臣服。可完成项目跟管理一个部门不一样，大家虽然都没有说，可是前几次梵氏集团来抢客户的事情，他们心里多少有些担忧，他们害怕年小慕新官上任，镇不住那些老客户。

如今秘书看见她的手腕和气魄，心里最后的一点儿担忧都消失了。

秘书将桌子上的文件抱起来，恭敬地俯身："我马上就去安排！"

接下来，年小慕也没闲着。清除有异心的客户，不过是震慑的手段，真正要做生意，看的还是实实在在的利润。要想客户的心向着他们，就要拿出让人心动的合作方案。互利共赢才是长久之计！

年小慕按下内线："晓晓，你帮我联系安总，告诉他，合约已经准备好了，问他什么时候方便，我亲自过去跟他谈。"

年小慕挂了电话，简单收拾了一下，出了办公室。

晓晓那边已经传来消息："安总今天约了朋友打高尔夫，说是中午有时间，让年经理直接过去就可以了。"晓晓说着，将一个地址给了年小慕。

年小慕扫了一眼，认得这个地方："我现在就过去。"

她说完，秘书已经将合约准备好，拿过来给她，恭敬地询问："年经理，需要我跟你一起去吗？"

年小慕摇头："不用，我不是第一次跟安总打交道，自己可以搞定，你去做我交代的其他事。"

年小慕说完，拍了拍秘书的肩，拿着合约就离开了公司。

安总去的是有名的高尔夫会所，不少商界名流都喜欢来这里打高尔夫放松。年小慕刚接手公关部的时候，研究过重要客户的喜好，对这个地方还算熟悉。这里环境好，保密性强，服务更是全面。

她刚下车，就有人迎上前询问："请问你有预约吗？"

"我叫年小慕，找安总，麻烦你帮忙通报一声。"年小慕说完，见门卫去打电话，扭头打量起周围的景色。庄园式的高尔夫球场，视野很开阔，风景宜人。

她扫了一眼，正准备询问门卫自己是不是能进去了，转身的瞬间，突然瞥见前面的车里坐着一个熟悉的人影。她怔了怔，重新回头看，车已经开进了会所。是她看错了吗？

年小慕正出神，门卫已经走到她身边："年小姐，很抱歉让您久等了，安总已经到了，他请您进去。"

她回过神，没再多想，径直拎着包往里走。

远远地，她就看见站在休息区门口等她的安总。

余越寒接手余氏集团后，安总就一直跟他们合作，论辈分，安总还是余越寒的长辈。不过他这个人向来在商言商，不端架子，此刻，安总听说年小慕亲自过来找他谈合约，早早地站在门口等她。他认出年小慕，主动走上前：“年经理，我约了朋友在这儿聚会，实在走不开，辛苦你跑一趟！”

“安总客气，你请我吃饭，怎么算都是我赚了。”年小慕跟他握了握手，笑着打招呼。

你来我往，大家都很客气，气氛融洽。涉及商业合作，安总单独订了一个包间。

年小慕向来干脆，一入座就将合约递给安总：“合约跟之前的没有太多不同，只不过在利益分配上，我做了一些调整，安总看看有没有意见。”

闻言，安总打开了合约，扫了一眼她说的改动，嘴角动了动。

“多分一成的利润给我？”

足足一成利润呀！

按照一个季度的盈利算下来，那可不是一笔小数目。就这么让给他了？

安总像是怀疑自己看错了，反复看了好几遍，上面的数字都没有变化。他推了推鼻梁上的镜框，看向年小慕：“这事，寒少知道吗？”

“不知道。”年小慕回答得很干脆。

安总一怔，合上合约，摆了摆手：“那不成，要是真按这个签了，我怕改天寒少还得让我吐出来！”

余越寒的腹黑，在商界那是出了名的。

“安总放心，绝对不会。”年小慕笑着道，又将合约递给他。甜甜的笑容，年小慕看上去就像一只无害的小白兔，眼底却藏着狡黠。

换作别人，不一定看得出来，可是安总也是在商场摸爬滚打几十年的人，他很快就反应过来：“有条件？”

“跟安总这样的聪明人谈生意就是愉快。条件没有，只是有个小忙想辛苦一下安总。”年小慕笑眯眯地开口。

处理苏总是为了杀鸡吓猴；让利给安总，则是安抚人心，让别人知道，像安总这样一心一意跟余氏集团合作的人，最后一定是双赢。刚柔并济才不会让人觉得他们霸道。

安总也是个老江湖了，听完她的话，爽朗地笑出声来：“年经理不愧是寒少一手提拔的人才，眼界跟气魄半点儿不输男人，要不是你已经在余氏集团，我都忍不住想要挖人了！”

年小慕眼睛一亮："这么说，安总是答应我的要求了？"

"不就是人前帮你们说几句漂亮话吗，我可是赚了！"安总拿出笔，在合约上签完字，递给年小慕。

"合作愉快！"

"合作愉快！"

谈好工作，午饭的气氛更加融洽，到年小慕准备走的时候，安总亲自送她出包间。年小慕刚走出去，迎面就撞到了一个人，她稳住身体。看清眼前的人后，她一怔："梵羽，你怎么会在这里？"他该不会又想来抢她的客户吧？！

随即，她扬起笑容："不好意思，你下手晚了，我刚刚跟安总签了约。"

梵羽穿着一身白色西装，单手微微插在裤袋里，俊朗的面容上噙着淡淡的笑意，一如既往地温润，让人如沐春风。

他听见年小慕的话，眼眸微微一动，扭头看了安总一眼，表情有一瞬间的愣怔，很快又恢复平静。他正要说什么，身后相邻的包间突然走出来一个人，那人看见梵羽，脸色一变："梵少，你不是走了吗？是不是合作的事情还有什么问题？"

"肖总……"年小慕认出眼前的人是H市另外一个公司的负责人，也愣住了，她的目光在两个人之间来回打量。她对上梵羽戏谑的眼神，一瞬间明白过来了，小脸一红。

倒是她身边的安总看见肖总过来，连忙打招呼："我这边谈好了，你那边怎么回事？"

两个人是约着一起来打高尔夫的，因为临时都有事，就约定分开吃午餐了，没想到这会儿两拨人会撞到一起。

年小慕意识到是她误会了，连忙跟他们解释："没事，什么事都没有，我现在就送梵少出去，不耽误两位的聚会。"

她说完，正打算问梵羽要不要一起走，就见梵羽微微挑眉："刚跟肖总聊得有点儿久，这会儿口渴，想先喝杯咖啡。"

那他自己喝吧，她不奉陪了！年小慕刚要走，梵羽的声音又漫不经心地响起："年经理刚才误会了我，难道不打算请我喝杯咖啡再走？"

年小慕扭头看了一眼还没有离开的安总和肖总，又想到她刚才确实误会了梵羽——要是这会儿当着客户的面，两个人起了争执，反而影响不好——她扬起笑容，看向梵羽："当然不是，梵少要喝咖啡，我当然奉陪。"

年小慕跟着梵羽走到了一旁的雅座坐了下来。

服务员很快上前问道："两位要喝点儿什么？"

"一杯苦咖啡。"梵羽点完，抬头看了她一眼。

年小慕却没有看他，一直观察着安总和肖总走了没有。她听见服务员的询问，抿了抿嘴："给我来一杯白开水就可以。"

她的话音还没有落下，就听见梵羽又点了一杯咖啡，还让服务员加糖、加奶。

年小慕："……"

他这是给她点的，还是准备自己喝两杯？

"我记得自从上次答应你过后，我就没有再抢余氏集团公关部的客户。你对我的敌意似乎还是很大。"梵羽解开西装外套的扣子，一只手臂随意地搭在椅子的扶手上，薄唇微启。

"你不抢公关部的客户，可你依旧是我的竞争对手。你有没有听过一句话？"

"什么？"梵羽被她眼底闪烁的光吸引，迟了一秒问道。

年小慕笑得很甜，笑容里透着狐狸一般的狡黠，一字一顿地道："对敌人仁慈就是对自己残忍！"

梵羽蓦地一怔，瞳仁里闪过一抹幽光。这句话，对他而言太熟悉了，曾经，他也这样教过他的六六，在商场上不能优柔寡断，对敌人仁慈就是对自己残忍。

哪怕他心里不断地提醒自己，如果她就是六六，她不可能不记得他，是他认错了。可每当他要说服自己，她的一句话又会将他带回过去……

"两位的咖啡。"服务员端着托盘上来，恭敬地俯身将咖啡放下，然后离开。

谈话被打断，年小慕并不在意。她正准备将面前的咖啡推给他，就听见他淡淡地道："那杯是替你点的，加了糖和奶，不会苦。"

年小慕端起咖啡的手一下子顿住了，黛眉微微蹙起。这个人好像很喜欢自作主张，而且总是一副很了解她的样子……

"年经理是H市人？有什么爱好吗？"梵羽端起咖啡，轻啜一口，轻声问道。他的语气很自然，仿佛只是闲聊。

虽然年小慕不想跟他聊天，不过安总跟肖总不知道在看什么，这个时候还没走，她只能耐着性子，回答他的问题："算是吧。"

梵羽目光微闪："那你的家人呢？我是说，你怎么会住在余家别墅？"

年小慕没喝咖啡，端起水杯，喝了一口水，刚要说什么，忽然眼睛一亮。

梵羽正等着她的回答，面前的人突然站起身，拍了拍衣角准备离开。

他眯起眼睛，往身后扫了一眼，安总跟肖总刚走。

她就这么不想跟他待在一起？

"你就不想知道余氏集团里我最想抢的人是谁吗？"梵羽蓦地启唇。

闻言，年小慕脚步一顿，她回过头来看着他。

梵羽对上她的目光，从容一笑："是你。"

余氏集团，总裁办公室。

助手急匆匆地从外面走了进来，脸色有些古怪，说道："寒少，你吩咐我的事情，我没有办好。"

余越寒坐在办公桌前，正在查看文件，听见他的话微微挑眉："怎么回事？"

助手抬起头，脸上的表情看起来像惊喜，又有点儿纠结："寒少吩咐我的事情已经有人做了。"

梵氏集团这么大动作抢客户，余越寒身为总裁不可能不知道。不少客户私底下偷偷联系梵氏集团，各部门经理都很头疼，却没有人敢处理，担心牵一发而动全身，因此，余越寒才吩咐助手，准备挑一个典型，杀一儆百。可他的命令刚传下去……

余越寒怔了怔，眼睛一眯："是谁？"

"是年经理。"助手将刚收到的消息汇报上来，"年经理中止了跟TS公司的所有合作，还让人放出消息说，但凡对余氏集团有异心的人，我们不要。"

就是在余氏集团待了十几年的部门经理都没有这样的魄力，年小慕一个新人却说得掷地有声。

余越寒嘴角一勾，眼底浮起一抹宠溺。对余氏集团有异心的人，他们不要……他的女人，果然向着他，手段都跟他不谋而合。

余越寒的手机响了，有信息。

他心情正好，随手点开，梵羽跟年小慕坐在一起喝咖啡的照片瞬间映入眼帘。照片上，两个人坐得很近，梵羽脸上一直噙着淡淡的笑意，仔细看就能发现，他看年小慕的眼神透着浓郁的兴趣。

照片只拍到了年小慕的侧脸，看不出来她是什么表情，不过从嘴角扬起的弧度来看，她应该也在笑。

余越寒眸色变暗，脸色立刻变黑了。

她不是出去跟安总谈续约的事情了吗？为什么会跟梵羽坐在一起？

他的手机又响了。

余越寒点开新信息："寒少，年经理不愧是你一手栽培的人才，连我老人家都算计进去了。不过，这一成利润，我收得很开心，事情一定会给你办好！"

一成利润？

余越寒眯了眯眼睛，薄唇抿紧。

他现在关心的不是生意，而是年小慕跟梵羽是怎么回事！

没等他问，安总的消息又来了："年经理这样才貌双全的美女，君子好逑。刚才的照片你也看见了，我看梵少倒是很主动，这么多年的交情，我可是第一时间就提醒你了！"

安总的消息后面还跟着一个地址。

余越寒扫了一眼，霍地站起来，拿过外套，提步往外走。

"寒少，你要去哪里？"助手刚想跟着，余越寒的身影已经出了总裁办公室。等助手追上去，只看见车库里绝尘而去的跑车！

安总常去的那家会所，余越寒知道。他一路风驰电掣，硬是将时间缩短了一半，很快，他抵达了会所大门口。

门卫刚要上前询问有没有预约，认出坐在驾驶座的人是余越寒，忙不迭地吩咐同事放行。

跑车毫无阻拦地进了会所，稳稳地停在休息区外的车位上。

余越寒推开车门，扫了周围一眼。

没有看见给他通风报信的安总，他收回目光，根据照片上的信息踱步往里走。

他来过这里，知道咖啡厅的位置。他刚走到二楼，就看见了坐在窗边的梵羽。余越寒看见他面前放着一杯咖啡，看起来那杯咖啡没喝几口；年小慕就坐在他的对面，用小勺搅着杯子里的咖啡，脸上没什么表情。窗外的阳光透进去，洒在两个人的身上，郎才女貌，说不出地和谐。

余越寒面色阴沉，他踱步上前，刚走近就听见梵羽的声音响起：“只要你肯来梵氏集团，余越寒给你的条件，我都能给你。如果你还有别的要求，我也会答应你。”

梵羽费了那么大的功夫就是为了挖他的人？

余越寒俊脸一沉，锐利的目光扫向坐在梵羽对面的年小慕。他压制着胸口的怒气，等着她的回答。她敢答应试试！

余越寒等了几秒，见她还没有说话，年小慕似乎在考虑，他的脸色越发难看。

她不马上拒绝梵羽还在犹豫什么？留着过年吗？

余越寒刚准备上前将她拎走，就听见她轻浅的声音响起：“为什么是我？”

很好！

她还真跟梵羽商量起来了！

余越寒扯了扯领带，让自己透口气，免得自己忍不住上去掐死她！

第十八章

有你的未来，更值得期待

“寒少！”有服务员认出余越寒，连忙恭敬地打招呼。这一声招呼，让不远处的两个人都听见了。

年小慕霍地抬起头，看见近在眼前的余越寒，大眼睛眨巴眨巴像是怀疑自己看错了。

下一秒余越寒已经走到她面前。他从容地解开外套的纽扣，拉开椅子坐到她身边的位置。余越寒挑眉，嘴角勾起一抹似笑非笑的弧度。

“梵少想挖我的人，是不是该问问我的意思？”余越寒一出现，天气瞬间就变了，刚才还阳光灿烂，一秒就阴云密布，隐隐透着寒气。年小慕浑身一哆嗦，她往旁边缩了缩，恨不得将自己变成透明的。

余越寒端起她面前的咖啡轻啜一口，皱眉道：“怎么这么甜？你喜欢？”

年小慕没想到他会喝自己的咖啡，呆呆地摇头：“我没喝。”

“乖！”余越寒拍了拍她的脑袋，顺势将她的手握到掌心里。

两个人亲密的举动，明眼人一眼就能看出来是怎么回事。

梵羽眯了眯眼，眼底闪过一抹冷光，随即他轻笑出声：“商场上的竞争向来是尔虞我诈。年经理的能力有目共睹，我就是想挖人也不奇怪，更何况，余氏集团能给她的条件我都能给，甚至更好，为什么不试试？”他在假装没看出他们的关系。

不肯死心是吗？余越寒收回目光，嘴角的笑意变得充满邪气，眼里闪烁着令人害怕的光。

年小慕瞥见他的脸色，害怕他冲动之下做出什么出格的事情，连忙说道："我不会离开余氏集团，我要的条件你给不了！"

她说着，站起来，拉着余越寒就想离开。

梵羽跟着站起来，扣住了她的手腕："只要你说，什么条件我都答应！"

年小慕一愣。她刚才其实就是随口找个理由拒绝他，没仔细想过为什么非要留在余氏集团。

她迟疑了一秒，余越寒已经挥开梵羽的手，将她拉到怀里，邪魅地一笑。余越寒那张原本就祸国殃民的俊脸，顿时变得魅人，眼底蹿起的冷光让人心惊。

他对上梵羽的目光，拦腰抱住年小慕，低头吻住了她的唇。吻只蜻蜓点水般的一下，他抱着她的手却没有松开。

他睨了梵羽一眼，嘴角一勾："我可是卖身才把人留住的，梵少给的条件，真没法跟我比！"

梵羽："……"

年小慕："……"

余越寒看着脸色难看的梵羽，搂着久久回不过神的年小慕转身就往外走。他走过前台的时候，还不忘丢下一句："那两杯咖啡挂我账上。"

年小慕一直到坐到车上，脑子还是一片空白，耳边循环回响着他刚才的那句话："卖身才把人留住的"。

他卖身……

年小慕瞥了一眼身边的男人，只觉得一股热气直冲大脑。旋即，她想到了什么，说道："你胡说，什么卖身，我们之间明明清清白白！"

他这么说，不知道的人指不定怎么想呢。

她明明什么便宜都没有占到，怎么突然就变成了潜规则大boss的大魔头？

唰——车子猛地在路边停了下来。

余越寒单手抓着方向盘，侧脸的轮廓堪称完美，只是身上隐约透着一丝寒意。他微微扭头朝她看过来，眼眸幽深，薄唇微启："跟我清清白白，那跟梵羽呢？”

“……”

“年小慕，你是不是应该先跟我解释一下，为什么你会跟梵羽坐在一起喝咖啡，还谈起了跳槽？”

“……”

她刚才为什么要开口说话？她安安静静地坐车回家不好吗？活着不好吗？

“我没想跳槽！”年小慕挑了重点的问题澄清。

她会问梵羽那些条件，不过是想知道梵氏集团能开出什么条件来挖人，知己知彼，她回去才好预防。梵羽挖不到她，可能会挖余氏集团的其他部门经理。

“可你们坐在一起喝咖啡了，你还冲着他笑！”余越寒咬牙切齿地强调。

鬼知道他收到照片的时候，多想掐死梵羽，再掐死她！

他说过，让她离梵羽远一点儿，她倒好，把他的话当耳边风。

“余越寒，你在吃醋？”年小慕抿了抿唇。

闻言，余越寒一怔。旋即他看向她，四目相对，空气仿佛凝固了。

等回过神，他解开安全带，越过车子的挡位，单手撑在了她的座位上方。他垂眸睨着她，将她小狐狸般狡黠的笑容全部收入眼中。

是，他吃醋了。

他的胸口就像是被人放了一把火，顷刻之间将他的理智烧得干干净净。

他头一低，攫住了她的唇，这个吻跟刚才的浅尝辄止不同，充满了掠夺的意味。他将她按在车座里，她根本没有动弹的余地。如果不是地点不对，他只怕不会停下来。

一吻毕，年小慕缩在副驾驶座上，被冰疙瘩冻得瑟瑟发抖。

他今天都亲她好几次了，怎么还黑着脸？

她小脑袋飞快地转着：要用什么办法才能将他哄好？她还没想到，车子已经抵达了余家别墅。

他率先下车，看都没有看她，径直进了别墅。

真生气了？年小慕在车上愣了好一会儿，才慢吞吞地下去。她走到客厅，就看见余越寒一个人坐在沙发上，正在喝闷酒。他看见她进来，俊脸微微一抬，瞥了她一眼，又移开，淡漠的眼神像是没看见她。

年小慕愣住了，正想回房间，就看见他端起一杯红酒，一口饮尽，他重重地将杯子放下来，发出清脆的声响。

年小慕脚步一顿，她总有种感觉，要是她就这么走了，下一秒他就要摔杯子了。

年小慕眼睛一转，她走到酒柜前，然后从里面拿出一个高脚杯，坐到他对面的沙发上，没等他有反应，给自己倒了一杯酒。

“一个人喝闷酒多无聊，要不我陪你喝一杯？”她说着，端着红酒碰了碰他的杯子，没给他拒绝的机会，先干为敬。

等她喝完才发现余越寒仍旧没有动。

还不消气？

“要不，我再自罚一杯？”年小慕说完，他终于有了动作，不过不像以往那样不让她喝酒，而是拿起酒瓶给她满上。

年小慕原本就喜欢红酒，余越寒珍藏的红酒，味道非常醇厚，口感格外好。

她一喝就有些停不下来。到最后，余越寒没给她倒，她自己都喝高了，一杯接着一杯……她也忘了要敬余越寒，就自己喝。

酒劲上来，年小慕的小脸变得红扑扑，她挺直了身板，坐在沙发上，像个被老师教训的学生，嘟哝道：“我都要喝醉了，你还生……生气吗？”

她说完，打了一个酒嗝，灵动的眸子，此刻有些憨。她一句话说完，就懒懒地倒在沙发上，也顾不上余越寒还坐在她面前，一手抓过抱枕就放在怀里掐，像是把抱枕当成余越寒撒气。

余越寒看着她，端着一杯红酒，轻轻地摇晃着，却没有喝。跟已经有些迷糊的年小慕相比，他眼神清明，根本没有喝多少。他将手里的酒杯放到茶几上，刚要站起身，靠在沙发上的年小慕先他一步爬了起来大吼一声：“你别动！”

“……”

“我都哄你一晚上了，你要是不消气，就不许走！”

酒壮屃人胆，年小慕本就是个天不怕地不怕的人，这会儿喝多了，人也变得横起来。她将怀里的抱枕一丢，踉跄着走到他面前，伸手攥住他的衣服。整个人就像无尾熊一样挂到他身上。

她前一秒还很凶悍，下一秒委屈地噘起嘴：“余越寒，谈恋爱不带你这样的，总是让女神哄你，你会失去女神的。”

她一句话说完，漂亮的大眼睛眨巴眨巴，泛起水光。因为喝多了，有些发红的眼睛，此刻让她看起来越发柔弱了，一副被他欺负惨了的样子。她见他不说话，小脑袋还往他的胸口蹭了蹭，学小六六的样子撒娇。

毛茸茸的脑袋在他怀里一蹭，余越寒的气没消，倒是被她蹭出一股火。

余越寒站着不动，任由她在他身上为所欲为。他瞥见她失落的小脸，微微启唇："你这就叫哄我？"

他一开口，年小慕眼睛一亮，他终于肯理她了！

她都哄他这么久了，他居然没感觉到。难道是因为没有亲他？

年小慕歪着头看了他一会儿，突然踮起脚在他的脸上亲了一口，红着脸，搂着他的脖子，将脑袋埋到了他的怀里。她闻到他身上霸道的气息，脑海里顿时闪过之前想扑倒他的念头。他现在喝了酒，力气肯定没有平时大，而且她也喝酒了，要是事后他生气，她还可以将责任都推给这瓶酒。

天时地利人和……

年小慕意识到自己在想什么后，身体蓦地一僵。

她推开他，扭头就跑。她刚迈出步子，一只强健的手臂已经扯住了她的衣领，将她拎了回来。

"又是撩完就跑？"余越寒面色一沉。

他的瞳孔微微放大，抓着她的手无声地收紧，神情明显被克制着。

"你先放开我，你这样勒着我，喘、喘不过气了……"年小慕在他面前转了个身，挥开他的手，一边松着衣服领口，一边抱怨。

"你都卖身给我了，调戏一下，都、都不行？"红酒后劲大，年小慕的脑子已经有些糊涂，说话开始大舌头，小手指戳了戳他结实的胸膛，说道，"你自己跟梵羽说的，说出口的话不能不作数的，我拿小本记下来了。"

她越说越来劲，索性抱着他的腰，继续吐槽："你说，你现在是不是我的？不要以为你长得帅，就可以任性。女神也很抢手的，你要是再凶、凶我，我就被别人抢走了。不过，你长得真好看，是我见过的最好看的男、男人……"

她说着，手已经不规矩地摸上了他的脸。她仰着头，色眯眯地盯着他的俊脸，一副快要流口水的样子，最后，却对着他打了一个酒嗝。

余越寒："……"

他正要说什么，眼前的人又干出了事，她扯着他的领带，拉着他往她的房间方向走，嘴里还念念有词："反正都被误会了，不扑倒有点儿吃亏！"

余越寒：“……”

所以，她决定扑倒他的理由是不让自己吃亏？

正好，他也不想让她吃亏。

余越寒抬眸，扫了一眼她房间的方向，漫不经心地道：“你的床太小，可能不太方便，不如去我的房间？”

闻言，年小慕脚步一顿，她眯着眼睛，仔细地打量他，像是在研究什么，将他上下左右都看了一遍。

余越寒腰杆微微挺直，他收回目光，面无表情，只有垂在身侧紧握成拳的双手透露了他的情绪。

“你让我去你房间，我就去你房间，显得我多好骗？”年小慕突然凑到他面前，双手捧住他的脸，鼓起腮帮子，摇头，“不去！就要回自己的房间！”

“你的房间也行。”余越寒从善如流。

床小一点儿也可以，他不挑，伸手将怀里的人抱住，带着她往房间走。

她是真的喝醉了，一张小脸红扑扑的，眼神也开始透着迷惘。她几乎挂到了他身上，时不时地踮起脚亲他。她亲完还以为他没发现，自己偷偷捂着嘴傻笑。

余越寒身体绷紧，自制力已经达到极限。他将她抱起来，大步走到她的房间门口。他刚推开房门，她突然从他身上蹦下来，扒住门框，说什么都不肯进去。

余越寒黑着脸：“年小慕，下来！”

“就不，不下！”年小慕听见他的话，直接贴到了门框上，像是要嵌进门框里。她仰着小脸，冲着他傻笑，“除非你亲我一下，亲我一下，我就听你的。”

余越寒：“……”

幸福来得太突然，他怀疑自己是不是听错了。

他突然觉得她现在耍无赖的样子像极了小六六。他走上前，气场全开，这一片空间被他的气息覆盖，气压都跟着低了下来。他很配合地问她：“亲哪里？”

“亲这里！”年小慕毫不犹豫地指了指自己的脸。她见他真的低头亲了自己，满足得像个孩子，笑弯了眉眼。随即她又耍无赖般继续扒着门框，“亲一下不够！”她说着，就已经嘟起了小嘴，主动往余越寒面前凑，勾住他的脖子，偷亲了一口。

她刚把他的火撩起来，就松开了他，转身往外走：“不回我的房间了，你说……说得对，我们去你的房间，你的房间大！”她往前走了几步，见余越寒愣在原地，又回过头踉跄着走到他面前，重新抓住他的手，拽着他就走，嘴里还大喊着，“既然卖身给我了，就是我的人，今晚除了爷这里，你哪儿也别想跑！”

余越寒：“……”

这又是哪里蹦出来的台词？

电视剧看多了？

没等他回神，年小慕已经轻车熟路地拉着他上了二楼，停在他的房门前，回过头看着他。

余越寒眯了眯眼睛，正想着她该不会又反悔了，想回自己的房间吧，就见她一步上前，拍了拍他的俊脸：“放心，爷很温柔的，今晚会好好疼你！”

余越寒：“……”

她还真的演上瘾了！

很好，他等着看，她准备怎么好好疼他。

余越寒提着她，推开房门，将她抱进房间。

他刚将她放到床上，年小慕就一激灵爬了起来，飞快地爬下床。

“不对不对！今天是我做主，你要听我的！”

余越寒：“……”

年小慕，好好活着不好吗？

余越寒的耐心被耗尽，他将领带扯掉随手丢到一旁，外套也脱了，被他丢到沙发上。他踱步走到她面前，将她纤细的身子逼到墙边，双臂撑在她的身侧，垂眸睨着她绯红的脸：“那你想让我怎么样？”

他身上只穿着一件白衬衫，最上面的两颗纽扣解开了，露出结实的胸膛。

年小慕用力地咽了咽口水，一双眼睛都瞪直了。

美、美男计！

啊——

他这样问她，她要怎么回答？他乖乖站着不动，让她推倒？

年小慕还没想好，余越寒已经弯腰将她抱了起来。

房间里温度越来越高……

早晨的第一道阳光穿过大地。周末正是睡懒觉的时候，余家别墅里，今天也比平时安静很多。不知道过了多久，儿童房的门才打开。

小六六抱着小猪玩偶，揉着迷糊的大眼睛，从房间里出来，拔腿就朝年小慕的房间跑过去，想叫她起床。她跑到年小慕的房间，发现房门开着，房间里却没有人。小六六精致的小脸蛋上流露出茫然的表情。

“漂亮姐姐不见了……”下一秒，她迈着小短腿就往楼上跑。

她要去告诉爸爸，漂亮姐姐不见了。

她刚爬上楼梯，一旁蹲守的管家连忙上前将她抱了下来。

小六六眨巴着大眼睛，又爬了上去。她一边爬，还一边着急地喊道：“管家爷爷，漂亮姐姐不见了，肯定是被坏人拐跑了，小六六要去告诉爸爸！”

管家：“……”

小小姐，拐走你漂亮姐姐的人就是你爸爸。

你这样骂自己的亲爸合适吗?

管家的脸色有些古怪。管家将她软糯糯的小身子抱进怀里，做了一个嘘的手势。他纠结了几秒才开口：“小小姐喜不喜欢你的漂亮姐姐？”

“喜欢！”小六六点头如捣蒜。

管家清了清嗓子，又问：“那你想不想漂亮姐姐一直留在余家别墅陪你？”

“想！”小六六乖巧地回答。

管家松了一口气，抱着她站起来：“那就听管家爷爷的，我们先去吃饭。”

管家说着，抬头看了一眼楼上。

他昨天亲眼看见年小慕喝多了，拽着他家寒少上楼。

他从来没在寒少脸上见过那种奇怪的表情，是那种看着猎物一点点掉进陷阱的得意的表情。这一晚上都没人再下来，不用问，他也能想象昨晚发生了什么。这个时候，要是让小小姐上去，指不定会看见儿童不宜的画面。

管家想到这里，连忙抱着小六六离开。

二楼，主卧室里。

窗帘紧闭，透不进一丝光。光线昏暗的房间里，大床上鼓起了一大片包。

年小慕一觉睡得很香。她还做了一个美梦，梦见自己扑倒了余越寒，他乖乖地躺在床上，她为所欲为。她开心地咯咯笑出声，在梦里都笑醒了。

她刚准备翻身，浑身陌生的酸痛让她一瞬间僵住了。她按了按发涨的脑袋，在心里嘀咕：现在做梦的感觉都这么真实吗？她伸手往床头摸了摸，没有摸到手机，却发现周围的环境好像有点儿不对劲……

这好像不是她的房间，她身边似乎还有一个人。意识到这一点，年小慕就想坐起来。她刚一动，就发现自己的腰上缠着一只强健的手臂。

她错愕地抬起头，看见近在咫尺的余越寒，脑子里就像炸开了一枚炸弹，一瞬间，人就傻了。她呆滞了足足三十秒，才想起什么，低头看了一眼自己，自己什么都没穿……他们、他们该不会……

年小慕瞪直了眼睛，此刻已经不知道自己该是什么反应，脑子里不断闪过她梦境里的画面。所以，这一切其实不是梦？她昨天晚上喝多了，真的把他给、给睡了？

年小慕用力地咽了咽口水。她一时冲动将自己的大boss给睡了，该怎么办？虽说他跟她告白了，可是谭崩崩说得对，人家刚告白，她就想着扑倒他，会不会太快？更何况，她现在不是想，是真的把余越寒给扑倒了。

三十六计，走为上计？

对，就这么办！

年小慕屏住呼吸，顾不上身体的不适，小心翼翼地挪开他的手臂。她从地上捡起一件余越寒的白衬衫，手忙脚乱地往身上套。她刚要迈出步子，身后突然响起一道有磁性的声音：“你要去哪儿？”

年小慕：“……”

她把他吃干抹净，准备偷溜，却被抓了个现行，要怎么解释？

她回过头，看着床上刚睡醒正揉着眉心的余越寒。

他俊美的脸上看不出什么表情，只是看着她的眼神有些冷：“年小慕，你把我睡了，就没有什么话想跟我说？”

年小慕：“……”

这句话不是女方的台词吗？

怎么从他嘴里说出来，一点儿违和感都没有！

这个时候她该接什么？

大家都是成年人了，逢场作戏，不用太认真？如果她这么说，估计她会被打死。

那个……你都已经卖身给我了，我就验验货？这个回答可能下场也不会好到哪里去。

年小慕脑子里一团乱麻。

她还没有消化掉眼前发生的事，于是，面对余越寒的质问，她脑子一抽："对不起，我错了！"

在两个人发生关系之后说出这句话，等同于说"不好意思，我睡错了"！

余越寒的脸色一下就黑了："你说什么？"

他掀开被子，从容地下床，身上只披了一件松垮的睡袍。他踱步走到她面前，捏住她的下巴，强迫她抬起头看着他，一字一顿地道："年小慕，你要始乱终弃？"

"……"

她刚才说什么了？

她根本什么都不记得了，什么始乱终弃，充其量是酒后乱性。

可对上他受伤的目光，她突然觉得自己很过分，怎么说也是自己强迫余越寒的。余越寒是余氏集团的总裁，只怕活这么大也没有受过这种待遇，他居然被一个醉鬼给睡了，醉鬼睡完之后还准备跑。

年小慕咬了咬唇，小心翼翼地问："要不，我对你负责？"

"好。"余越寒薄唇微启，他应得很快，快得让年小慕连反应的时间都没有，一度以为自己幻听了。

余越寒瞥见她震惊的表情，嘴角一勾，目光充满揶揄。他慢条斯理地启唇："我记得，昨天是某人非要拉着我回房间睡觉，还赖在门口，非要我亲亲抱抱才肯松手。"

年小慕身体僵硬地坐在床上，脑海里依稀闪过几个画面，似乎就是她拽着余越寒的领带非要拉着他回房间。

她目光闪了闪，余光瞥见掉在地上的领带，浑身一哆嗦，双手捂住脸，恨不得挖个洞将自己埋进去。一失足成千古恨，以后谁再让她喝酒，她就跟谁急!

年小慕还在出神，余越寒已经将她抱起来走到沙发前坐下。

有些事情，今天之前，他会去查。可是现在，他不想查了，如果真的有什么想知道的，他希望她亲口告诉他。

"你有什么话就说，别用这种眼神看着我，我害怕。"年小慕被他抱着，虽然是坐在沙发上，还是不安地动了动。

她想自己坐到一旁，余越寒却不放手，非要抱着她。

他的指尖正好按着她腹部的那道疤痕，隔着薄薄的布料，依稀能感觉到疤痕的存在。

“肚子上的疤是怎么回事？”他说着，掀起了她的衣摆，低头看了一眼。看起来像是烧伤，可是疤痕的位置又有些奇怪。

年小慕按住他的手，嘀咕：“你问话就问话，别动手动脚。”

年小慕说着，将衣服扯下来盖住了肚子，才撇了撇嘴：“忘了。”

“嗯？”余越寒挑眉。

他们都这样了，她还要瞒着他？

年小慕一看他的表情，就知道他误会了，连忙解释：“我没骗你，我真的不记得了，醒来的时候就有了。具体的我想不起来，我经常做梦，梦见一场大火，可能是当时烧伤的。”

年小慕说着，挽起袖子，露出了另外一处颜色很浅的疤痕。白皙的肌肤吹弹可破，如果不仔细看根本看不出来疤痕。

“喏，这里也有，不过已经好了。就是肚子上的伤口深一点儿，所以能看出来。”

她说这些话时的样子不像说谎，却让余越寒眉心皱了起来，他抱着她的手臂无声地收紧。他突然想到另外一个可能，便问道：“你说‘忘了’是什么意思？只是忘了自己怎么受伤，还是什么都忘了？”

年小慕道：“咦，我没有跟你说过，我是在医院外面被谭崩崩捡到的吗？醒来之后，很多事情我都不记得了。”

“……”

“肯定是你成天冷冰冰的，又喜欢黑着脸，所以我都不爱跟你聊天。”

余越寒：“……”

所以，是他的错？

余越寒还没回过神，倒是他怀里的年小慕似乎想起了什么重要的事情，在他怀里翻了一下身。她眼巴巴地看着他说道：“余越寒，虽然昨天的事情是个意外，但是不管怎么说，我们现在也是正经的男女朋友关系了，有些事情是不是要先约法三章？”

余越寒：“……”

男人的直觉告诉他，一般女朋友说要约法三章的时候，肯定都不是什么好事。

余越寒盯着她看了好一会儿，薄唇微启：“我可以拒绝的吧？”

“不行！”年小慕立马急了，捧着他的脸，鼓着腮帮子瞪他，“你要是不答应，马上就会变回单身狗！”

余越寒：“……”

“你放心，我不是那种娇滴滴喜欢无理取闹的女人，我很讲道理的。”年小慕坐在他怀里，见他没意见，径直靠向他的胸口，舒服地蹭了蹭。

她扶着自己酸痛的腰，开口道：“约法三章第一条：虽然我们是男女朋友，可是这种羞羞的事情，要尊重两个人的意愿，我要是不答应，你不许碰我！”

什么禁欲系男神，什么高冷范儿，经过昨晚她算明白了，男人到了床上都是一个德行！

余越寒：“……”

第一条他就不想答应，他现在可以假装没听见吗？他好不容易把人拐到手，刚尝了点儿甜头就要到头了？

“你继续说。”

“第二条：每天至少对我笑三次。”年小慕说着，扭头看了一眼他俊美的脸，嫌弃地嘟哝着，“白长了这么好看的脸，天天冷冰冰的，我看着害怕，不利于身心健康。”

余越寒：“……”

她刚剥夺完他的合理权利，现在是进入了批判环节？

年小慕没注意到他眼神的变化，捏了捏他的脸，硬是在他的俊脸上扯出一抹微笑的弧度，满意地笑出声：“这样多好看，我男朋友天下第一帅！”

余越寒：“……”

他眼底刚升腾起来的不满，随着她没心没肺的笑声消失殆尽。

余越寒宠溺地揉了揉她的头发，他挑眉：“最后一条是什么？”

“给你一个行使男朋友权利的机会。”年小慕笑眯眯地道。

闻言，余越寒眼睛一亮。

很好，算她有良心。

他的脑子里已经开始想象各种“幸福”的条件……

下一秒，他却听见她说：“给女朋友制造惊喜。你应该知道怎么做吧？”

余越寒：“……”

她说的行使男朋友权利是指这个？

床上的惊喜算不算？

“好了，我今天就想到三条，以后有新的想法再补充！”

余越寒：“……”

没有以后了！

他将她按在怀里，低头堵住她的嘴，直到将怀里的人亲得发晕才放开。

他紧紧地抱着她，不松手：“你就没有想过，自己为什么会一个人出现在医院？还有你的家人……”

“我找过。”年小慕耷拉下小脑袋，抵在他的胸口上，声音闷闷的，“醒来之后，我试过很多办法，可是最后都找不到。”

“……”

“后来一个人久了，就习惯了。”她的语气已经变得释然。

四目相对，余越寒捧着她的脸：“你以后不再是一个人，你还有我。”

他手臂一收，温柔地将她抱紧，下巴抵在她的头顶，眼睛微闪。

以前的事都不重要，重要的是她出现在了他的生命里。

以后，他就是她的家人，她的依靠。

余越寒蓦地启唇：“年小慕，以后我不在的时候，不许你沾一滴酒！”

两个人不知道在沙发上腻了多久，直到年小慕饿得肚子咕咕叫，余越寒才放过她。他将人打横一抱，踱步下楼。

管家不在。

年小慕还穿着余越寒的衣服，她想回自己房间，他却不让。他抱着她，径直进了餐厅，吩咐厨房准备吃的。

年小慕前一天还在犹豫要不要接受他的告白，才过了一晚，他们的关系就有了质的飞跃。她一想到自己是借着酒劲将他扑倒，拆吃入腹，就莫名有些心虚。连带着她也害怕别人发现他们的关系。

“余越寒，你放我下来，我可以自己吃饭！”余越寒一坐下来，年小慕就不安地想从他的怀里爬出去。

余越寒不让。

早餐很快就端了上来。

年小慕饿了，真的已经没力气抗议了。她端过粥碗，舀起一勺粥，刚打算往自己嘴里送，就看见身旁的人缓缓地启唇：“喂我。”

年小慕认真地看了他一眼，确定他有手有脚，且没病没痛，毫不犹豫地将粥喂到自己嘴里。她嚼两下咽下去，然后挑衅地看着他：就是不喂！

余越寒眼睛一眯，他刚倾身上前准备亲她，余光瞥见什么，动作微微一滞。

年小慕正好奇他怎么了，就看见一抹软糯糯的小身影从外面跑进来。粉扑扑的小脸蛋，有些激动，小六六径直朝年小慕跑过来，扑进她的怀里。

“漂亮姐姐，抱抱！”小六六说着，小胳膊小短腿已经爬到了她身上。

于是，他们三个人就像叠罗汉一样。

余越寒抱着她，她抱着小六六……

而带着小六六进来的管家愣在了门口。

管家看见穿着余越寒衣服的年小慕，像是证实了自己的猜测，张着嘴，惊得说不出话。他想上前将小六六抱走，小六六却不肯，委屈地道：“漂亮姐姐不见了，小六六怕。”

小六六说着，小身子在年小慕的怀里一转，搂住年小慕的脖子：“漂亮姐姐昨天晚上不乖，没有在自己的房间睡觉觉！”

“……”

年小慕身体一僵。

彻夜不回房间这种事情被人发现了，真的是一件很尴尬的事情，尤其她还趁着月黑风高扑倒了余越寒。现在要怎么跟小六六解释？

没等年小慕想好，她怀里的小六六突然歪了歪小脑袋，嘟哝道：“为什么漂亮姐姐的衣服跟爸爸的一样？”

年小慕：“……”

余越寒突然伸手将小六六拎起来，放到旁边的椅子上。然后，他从容地抱住小六六，淡定地启唇：“漂亮姐姐没有不见，爸爸怕黑，她陪爸爸一起睡。”

年小慕：“……”

小六六：“……”

管家：“……”

“我今天还有事，带小六六去小院陪陪她太奶奶。”余越寒说完，管家忙不迭地上前，将椅子上的小六六抱起来，扭头就跑。

小六六的身影消失，餐厅里顿时安静了下来。

余越寒神色如常，他慢条斯理地继续喝粥。

只剩下年小慕还在出神的状态。她回过神，刚要开口说话，他已经舀了一口粥递到她嘴边，将她的话堵了回去。

年小慕瞥了他一眼，麻利地抱着自己的粥碗挪到旁边。

怀里一空，余越寒眉心一皱，随即他想到了什么，没有发作。他一边喝粥，一边看着手机，眉心渐渐拧紧。

年小慕好奇地瞅了他一眼，刚凑近，余越寒就将手机屏幕移开了，她什么也没看见。

“吃你的饭。”余越寒抬头，拍了拍她不安分的脑袋，手一翻，手机屏幕上偌大的标题清晰地写着：女朋友最喜欢的“惊喜”良心总结！

约法三章的第一条和第二条他是做不到了，不过第三条倒是可以试试。他没有谈恋爱的经验，不过为了年小慕他愿意学。

余越寒将网友给的建议都截图保存，他侧目看了一眼正埋头吃饭的年小慕，脑海里闪过她之前说的话。

一个人不可能平白无故地出现在医院门口，而且她当时身上还有伤……

余越寒收回目光，他编辑了一条短信，让助手联系谭崩崩，他想亲自见见这个人。

年小慕不知道他在做什么，一心扑在美食上。她吃饱喝足后，正准备回房补觉，人就被余越寒抱了起来。身体一腾空，她被吓得连忙搂住了他的脖子，疑惑地看着他。

“换衣服。”

“嗯？”

“出去约会！”

年小慕糊里糊涂，还来不及消化昨天晚上的事情，就被他带着离开了余家别墅。

她坐上车之后总算找回了一点儿神志。她困得直打哈欠，扭头看向身边的人：“我们现在去哪里？”

余越寒将她的表情收入眼中，将她抱到怀里，让她靠着他的胸口，宠溺地道：“先睡一会儿，到了我叫你。”

年小慕也不矫情，在他怀里睡了过去，等她睡醒才发现他们的车子停在一家电影院前。这家电影院是他们上次来过的那家。

今天是周末，所以人很多。电影院外到处都是人，售票窗口前有很多对情侣在排队买票。

“你在网上买票了吗？会不会没票了？”年小慕从他怀里探出头，有些担心地问道。

“不会。”余越寒笃定地启唇。他见她醒了，推开车门，牵着她下车。

这是他们确定关系之后，第一次正式约会。他们走在人群中，余越寒紧紧地抓着她的手。他什么大场面都见过，如今只是陪女朋友来看场电影，却突然有点儿紧张，尤其想到一会儿要做的事情……

余越寒轻咳一声，压下自己的情绪。他若无其事地牵着她的手往电影院里走去。

“寒少！”贵宾观影厅前，两个检票员看见余越寒，恭敬地问候。

年小慕愣了愣，有些意外地扭头看着他。这是余氏集团旗下的电影院?

余越寒察觉到她的异样，清了清嗓子：“电影快开始了，我们进去吧。”他说完后，没给她开口说话的机会，拉着她越过检票处，踱步往里走。

他们一走进放映厅，光线就暗了下来。

年小慕看不清路，便抓着余越寒：“电影还没有开始，怎么不开灯？”而且她怎么看不见其他人？偌大的放映厅里似乎只有他们两个人。

就在她疑惑的时候，放映厅的两边终于亮起了夜行灯。天花板上突然闪着荧光，那光就像夏天的萤火虫发出的，随着灯光的转动，不断地在放映厅里闪烁……

荧光掠过余越寒俊美的脸庞，将他原本就立体的五官衬托得越发妖魅。

他站在她身旁，一只手随意地插在口袋里，另一只手紧紧地牵着她的手。他瞥见她脸上惊讶的表情，嘴角微微一勾。

看来网友给的建议很好，包场看电影既浪漫又方便占便宜。

现在只是刚刚开始。

他选了一部催泪感人的爱情电影，一会儿看到精彩部分的时候，他再制造一点儿小浪漫，她肯定会感动得一塌糊涂，然后扑进他怀里。

余越寒打定主意后，毫不迟疑地带着年小慕走到最中间的位置。电影是他在来的路上选好的。这是余氏集团旗下的电影院，他一早吩咐过，所以该准备的都已经准备好了，现在就差时间……

“咦，还有点心可以吃？”年小慕一坐下来，注意力就被椅子扶手旁的点心吸引了。她完全没有注意到身旁的男人在盘算什么。

电影很快开始播放。

影片的开头很搞笑，可是结尾却充满遗憾，这样反差的剧情很容易带动观众的情绪。

另一侧的余家别墅。

别院里，小六六跟着管家走进客厅，一看见坐在摇椅上的余老夫人，立马挣脱了管家的手，迈着小短腿就往里跑。

“太奶奶！”软糯糯的小身子扑到余老夫人的怀里，小六六仰着粉雕玉琢的小脸蛋喊道。

她的小脸皱成了包子。

“小六六的漂亮姐姐被抢走了！”

余老夫人正在看报纸，看见自己的小心肝，连忙将报纸放下抱起她。

“谁惹我的小宝贝生气了？告诉太奶奶，太奶奶给你做主！”

“爸爸！”小六六委屈地吸了吸小鼻子，歪着小脑袋告状，“爸爸带漂亮姐姐去看电影，都不带小六六！”

“你说什么？”

余老夫人一脸震惊，将老花镜摘了下来。

下一秒，余老夫人就听见小六六稚嫩的声音响起：“爸爸昨天还偷偷跟漂亮姐姐睡觉觉。他们穿一样的衣服哦！”

管家察觉到不妙，刚要阻止，可小六六已经说完了，那些话收都收不回来了。

余越寒跟年小慕一起睡觉？他们还穿一样的衣服？

这、这……

余老夫人顿时激动地抱着小六六站了起来，她担心小六六年纪小怕误会了，深吸一口气，才看向管家：“到底是怎么回事？你快给我一五一十说清楚！”

管家：“……”

“他们两个真的约会去了？

“昨天晚上真的睡在一起？

“到底是啥时候好上的？你们居然瞒得这么严实……”

余老夫人一着急，问题一个接着一个往外蹦。她见管家不说话，脸色一沉：“你要敢有一个字隐瞒，不用等越寒回来，我老太婆就能做主把你开除了！”

管家：“……”

余老夫人虽然年纪大了，可也是经历过大风大浪的人。她严肃起来，气场十分强大，管家根本扛不住，一会儿的工夫，就把自己知道的全说了。

余老夫人听到最后，嘴巴微张：“真在一起了？”尤其当她听见年小慕第二天是穿着余越寒的衣服，而且还是被余越寒抱着下楼的时，眼里是掩不住的兴奋。

臭小子，总算开窍了！

电影院里。

剧情渐渐进入高潮，余越寒的手紧了紧，他提前坐直，手边连纸巾都准备好了。只等她忍不住开始哭，他就给她递上纸巾，然后顺势将人抱到怀里。

在年小慕为剧中男女分离而哭得死去活来的时候，全场的灯光就会亮起来。这时他就抱着一束玫瑰花温柔地递给她，深情款款地说：“我们跟电影不一样，我这辈子都不会放开你的手！”

余越寒扫了一眼网上的攻略，攻略底下好评如潮——

“博主厉害，这一招是个女人都抵挡不了！”

“要是有个男人能为我制造这样的浪漫，我肯定感动死了！”

“只有我想着这样的好男人得赶紧领回家以身相许吗？”

“同上！”

以身相许……余越寒看到这条评论，嘴角微微上扬。

他已经开始期待她一会儿惊喜地往他怀里扑，感动得痛哭流涕还不忘抱着他亲的画面。

电影终于到了余越寒等待的环节，为了让自己的举动不那么刻意，他没有看她，而是竖起耳朵仔细地听着身旁的动静，想着，只要一听见她抽泣的声音就可以行动。

时间一秒一秒地过去……

他没想到他身边的人一直没有动静。

余越寒蹙起眉，心想她的泪点可能比较高，或许要再等等。

时间一眨眼就过去了，眼看电影快结束了，年小慕似乎一点儿情绪波动都没有。余越寒想到了什么，霍地扭头朝她看了过去。

电影院里光线有些暗，银幕上的光打在她精致的五官上，为她出众的五官平添了一抹柔美；紧闭的双眼少了平时的灵动，却多了恬静；胸口微弱地起伏着，呼吸均匀绵长——她正在呼呼大睡。

余越寒：“……”

谁来告诉他，制造浪漫的时候，女朋友睡着了该怎么办？

余越寒脸色一黑，他一想到自己的安排就准备摇醒她。可看见她恬静的睡颜，他又舍不得。他脱下外套，盖到她身上，然后单手撑着头，侧目看着她，周围的一切仿佛已经消失，他的眼里只剩下她。

他见她像是梦见什么不开心的事情，皱起了眉，他便替她抚平眉心，温柔地启唇："睡吧，有我在。"年小慕像是感应到什么，真的放松下来。

一直等到电影结束，片尾曲响起时，年小慕终于睁开眼睛，一边打着哈欠，一边茫然地看着四周。她发现自己身上有余越寒的外套，怔了怔。下一秒她就看见了坐在她身边、脸色有点儿难看的男人。

她抿了抿嘴，问道："你怎么了，电影不好看？"

余越寒："……"

计划好的浪漫泡汤了，跟电影没关系！

余越寒率先站起来，牵着她就往电影院外走。

他们走出电影院，迎面吹来的风有点儿凉。

余越寒脚步一顿，他本能地回身将她搂进怀里。旋即他想起网上的攻略，据说这个举动男友力爆棚，绝对能让女朋友感动。

他满怀期待地看了一眼怀里的人，却发现她脸上的表情淡淡的，眼睛看着不远处。她看见别的小情侣在买花，眼睛变得亮晶晶的："好浪漫啊！"

余越寒："……"

年小慕，这就叫浪漫？

如果刚才她没睡着，她估计会被浪漫哭！

天气很冷，年小慕故意将自己冰凉的手伸进他的衣服，想看他抓狂的样子。可下一秒，他却紧紧地握住她的手，让她的掌心紧紧地贴在他的腹肌上取暖，蹙起眉："手怎么这么冷？是不是着凉了？"

他说着，大手摸了摸她的额头，用自己的外套将她裹得严严实实。只是一个简单的动作，她的心口蓦地一暖。

年小慕仰起头，看着他的下颌以及完美的脸部轮廓，每个棱角都挑不出毛病。

年小慕看着看着，心里微微一动，她不自觉地踮起脚，在他的脸上亲了一下。

余越寒微微一怔，有些意外地低头看着她。

对上他深邃的眼睛，她才意识到自己刚才做了什么，一张俏脸顿时变得红扑扑的。

她刚想跑，余越寒已经重新将她搂到怀里，目光灼灼地看着她红透的脸，薄唇微启："年小慕，你亲了我一下，我是不是要亲回来才公平？"

年小慕困惑：这种事需要讲究公平吗？

没等她开口，余越寒的头已经低下来，他的嘴贴住了她的唇。

这里是大街上，年小慕没想过他会当着这么多人的面就这样亲她。周围有不少刚看完电影出来的人，看见俊男美女在外面拥吻，都忍不住驻足观看，甚至还有人起哄让他们再来一个……

年小慕的脸已经红得快要滴血了，她看见有人拿出手机想拍照，神经一紧，抓住余越寒扭头就跑。

两个人不知道跑了多久，一直到身边已经没人才停下来。

年小慕喘着气，扭头看向身旁的男人，她见余越寒黑着一张脸，不悦地睨着她。他幽幽地启唇："年小慕，你跑什么？我见不得人？"

年小慕："……"

这跟见不得人有什么关系？当着这么多人的面做这种羞羞的事情多难为情！而且她是替他着想，要是堂堂余氏集团的总裁被人拍了照片放到网上，还是当街热吻这种照片，明天的娱乐版头条就是他们！

可是冰疙瘩生气了，她得想个法子哄哄他。

"年小慕，哑巴了？"余越寒将她拎到跟前，见她不说话像是默认了他的话，脸色更难看了。

约会第一天就被女朋友嫌弃要怎么办？在线等，很急！

年小慕被他吼得一愣，蓦地扑到他的怀里，抱住他健硕的腰，说道："谁说你见不得人？我是担心你长得太好看了，那些女人一直盯着你看！"

"……"

"我舍不得我男朋友给别人看，不行吗？"

余越寒黑沉的脸色瞬间多云转晴，嘴角勾起得意的笑，他戏谑地道："年小慕，终于知道我抢手了？放心，有你在，我看不见其他人。"

二人回到别墅时，已经很晚了。

夜深人静，甜蜜的约会刚结束，此刻又只有两个人，气氛渐渐变了。

就在他们即将擦枪走火的时候，年小慕余光瞥见了什么，身体一僵，她伸手就想推开他："余越寒，你等等！"

"等不了。"余越寒想也不想地拒绝。他将人打横一抱，就准备回房间。

他转身，在看见客厅里的场景后，脚步一顿，棱角分明的俊脸上一瞬间闪过各种表情，最后变得面无表情。

只见，偌大的客厅里，余老夫人拄着拐棍儿端庄、严肃地坐在沙发上，像是被吓傻了。半晌她都没反应，瞪直了眼睛看着将年小慕按在门框上占便宜的余越寒，惊愕的目光像是怀疑自己是不是在做梦。

余老夫人身边的小六六乖巧地坐着，白嫩的小胖手捂着眼睛，指缝却张得大大的，她正在美滋滋地偷看。下一秒，小六六见余越寒和年小慕进来，麻利地扑到年小慕的怀里。

年小慕将她抱起来，一脸尴尬地看着余老夫人。他们刚谈恋爱就不小心滚了床单，紧接着被家长发现……这要怎么解释？而且看余老夫人的表情似乎惊讶多过高兴，该不会余老太太现在不赞成她跟余越寒在一起吧？

年小慕正在胡思乱想，余越寒已经牵起她的手朝余老夫人走过去。他恭敬地开口问候道："奶奶，你怎么这个时候过来了？"

他的声音很平静，虽然是疑问句，可是话里却没有一丝惊讶。

他没等余老夫人说话，侧目看向身旁的年小慕，从容地提醒："怎么不叫人？"

年小慕愣住了。

叫人？怎么叫？

他们刚在一起，要是她现在就跟着他一起喊"奶奶"，会不会显得太轻浮？

年小慕抿了抿唇，刚准备喊"老夫人"，一直坐在沙发上的余老夫人突然站了起来，一把抓住她的手，脸上是掩饰不住的激动，说道："还愣着做什么？快喊一声'奶奶'给我听听！"

余老夫人像是从震惊中回过神，笑意藏都藏不住："我就知道，从第一眼看见你，我就觉得你跟越寒有缘，没想到真骗到手了啊。小慕慕，你放心，虽然余家规矩多，但是奶奶不是那种古板的人。家世背景不重要，只要你们两个互相喜欢，我什么意见都没有！"余老夫人说着，抬手就打了余越寒一下，然后换成了教训的语气，"臭小子，这么大的事，你居然瞒着我！你说说你，都把人睡……欺负了，怎么能不负责？这事不能就这么算了！"

余老夫人的手往茶几上一拍，她拿出了余家长辈的气势。她牵着年小慕的那只手一直没有松开，仿佛害怕自己一松手，到手的孙媳妇眨眼就飞了……

负责？一听见这两个字，年小慕的脑海里顿时想起余越寒之前一脸正经地问她是不是要始乱终弃的画面，她忙红着脸解释："老夫人，我们不是你想的那样，其实我不需要——”

年小慕的话还没有说完，余老夫人就已经打断了她：“你不用说，我懂，我都懂！女孩子总是比较害羞，不过，有奶奶在，奶奶一定会替你做主，不会让这浑小子占了你便宜又不负责的！”

年小慕：“……”

“我看择日不如撞日，就今天，正好大家都在，我们就把你们两个的终身大事定一下。马上结婚太仓促，可以先订婚。”余老夫人说着，扭头吩咐管家让人去准备请柬。

年小慕：“……”

什么情况？

订、订婚？

年小慕神经一紧，她着急地看向余越寒。

余越寒平静从容地站在那里，一语不发，一副完全听从长辈安排的架势。他对上年小慕的目光，大手按在她的脑袋上，问她：“你不需要我负责？”

年小慕：“……”

现在的重点不是这个呀！

“没关系，我需要你负责就好。”他慢悠悠地补充道。说完，他从她怀里抱过小六六，递给管家，让管家带小六六去睡觉。接着，他又对余老夫人说道，“奶奶，时间不早了，订婚的事情明天再安排也来得及，该睡了。”

闻言，余老夫人顿时笑开了花，捂着嘴偷笑：“好好好，我不打扰你们二人世界了。你悠着点儿，别让小慕慕太累了。”

年小慕：“……”

老夫人，你以前不是这样的，你刚才还说不会让他欺负我。

客厅眨眼就空了。

年小慕刚想说什么，余越寒已经要牵着她上楼。

“余越寒，我们刚开始谈恋爱，马上就要订婚会不会太快了？”年小慕进了房间，立刻眼巴巴地看着他。

余越寒走上前，倒了一杯水递给她，见她乖巧地喝了一口，才淡淡地启唇：“我们的节奏本来就跟其他人不一样，谈恋爱没几天你就把我睡了。”

噗——

年小慕把刚喝进去的水径直喷了出来。她憋红了脸，然后将水杯塞进他手里，转身钻进了被窝。谁都不要跟她说话，她已经没脸见人了！以后谁再让她喝酒，谁就是她的仇人！

手机突然响了。

年小慕翻身坐起来，从口袋里翻出手机接听。

“喂？”

她等了好几秒，对方都没有说话。她疑惑地挪开手机，看了一眼，发现是梵羽给她打过来的电话，重新将手机贴到耳边，里面还是什么声音都没有。

他这么晚给她打电话，却一句话都不说，是什么意思？

余越寒突然走到她身边，淡淡地启唇：“谁的电话？”

他说完，低头在她的脸上亲了一口，眼里寒意满满。

年小慕没注意他的眼神变化，刚想告诉他，是梵羽，就发现梵羽把电话挂了。

另一侧的梵家别墅。

偌大的书房，安静得仿佛这里的时空都被冻住了。

梵羽拿着手机，站在视野开阔的落地窗前。他看着手机屏幕黑掉，俊朗的面容变得有些苍白。他静静地站在那里，浑身都散发着落寞、孤寂的气息。

他的脑海里不断地闪过他之前看见的画面。哪怕余越寒故意在他面前宣示主权，他都不相信他们已经在一起了。她被余越寒带走，他原本还想着或许她有苦衷，或许是他误会了什么。

他想去余家别墅找她问清楚，可没想到，他看见的只是她跟余越寒一起离开了余家别墅。

他们在约会，在看电影，在街上拥吻……她甚至还主动踮起脚亲了余越寒，那样甜蜜的画面，如同锋利的匕首一下一下地刺在他的心上。

他不死心，非要打这个电话，结果证实了他们已经睡在了一起。任凭他再怎么自欺欺人，也必须承认年小慕喜欢的人是余越寒。

砰——梵羽蓦地挥手，拳头砸在落地窗上，整个窗户猛地一震。

他不信！

他不信他的六六会喜欢上其他人。

他拨通助手的电话，深褐色的瞳孔散发着冷光：“去调查年小慕的背景，我要知道她所有的事情！”他挂了电话，双手撑在落地窗上，看着窗外的白月光，看了很久很久：年小慕，你到底是不是六六？

第十九章

念念不忘，必有回响

第二天，年小慕是被一阵电话铃声吵醒的，她伸手去摸手机，却发现不是她的电话。下一秒，她就看见身旁的人起身拿着手机朝阳台走去。余越寒利落的动作像是担心电话铃声会吵到她。

她心里一暖，盯着他的背影想到了什么，又偷偷摸摸地穿好衣服，飞快地离开了房间。

余越寒站在阳台上察觉到了什么。

他看向房间里，发现年小慕已经不见了。

他蹙了蹙眉，电话那头的助手还在汇报。

“寒少，谭崩崩出国进行学术交流，前几天就走了，目前归期未定。”

闻言，余越寒眉心拧得更紧，薄唇微启：“再去查查她的背景，不要放过任何可疑之处。”

“是。”助手很快挂了电话。

余越寒走回来，扫了一眼空荡荡的房间。他披了一件睡袍出了房间。他刚走到楼下就看见沙发上抱在一起的一大一小。

门外，管家匆忙地走进来：“寒少，老夫人来了，带了一堆东西，说是给年小姐的聘礼。”

聘礼?

这是真的要给他们订婚？

年小慕吓得直接站了起来，眼巴巴地看着他。

余越寒走到她身边，牵住她的手，无声地给她力量，让她先别慌。

余老夫人很快带着人进了客厅。

小六六一看见余老夫人，立刻迈着小短腿跑过去，软糯糯地撒娇："太奶奶。"

余老夫人今天穿着一件经典款式的旗袍，头发梳了起来，一丝不苟，即便她老了，那种雍容的气度依旧让人心生敬意。这样的长辈放在豪门电视剧里，该是千方百计阻止自己的孙子娶年小慕这样的普通人才对，余老夫人却正好相反，第一次见年小慕就急着将余越寒往她身边推。H市第一贵公子，千万女性暗恋的男神，到了余老夫人这里，竟然成了推销不出去的便宜货，这说出去都没有人信！

年小慕跟在余越寒身后，紧张得不行，随后就见跟在老夫人身边的人将几个盒子放在客厅的茶几上。

真是送聘礼来了？

她刚想说什么，余越寒已经拉着她走到余老夫人面前："奶奶。"

他的手轻轻一用力就将没有防备的年小慕带到了前面。

年小慕："……"

说好的有他在让她别慌呢？

一眨眼她就被他卖了。骗子！

年小慕局促地抓着自己的衣摆，抿了抿唇，乖巧地开口："老夫人好。"

余老夫人立刻皱起眉："什么老夫人？你都跟越寒在一起了，就是一家人，要跟着他叫'奶奶'！"

余老夫人说着，将小六六放到沙发上，抓住年小慕的手，让她坐到自己的身边，笑眯眯地道："来奶奶这里，看看我给你带的礼物。"

年小慕被按到沙发上，数了数，茶几上一共放着四个盒子，每个盒子都很精致。她一时也猜不出来里面放着什么。

余老夫人也不卖关子，拿起一个盒子就在她面前打开了，里面是一个通透的翡翠手镯。透亮的手镯散发着柔和的光芒，黑色打底的绒布越发衬托出翡翠的光泽。

年小慕只是看了一眼，就微微眯起了眼睛。

不用问，她也能看出来，这个翡翠手镯价值不菲，而且这么好的翡翠现在已经很难找到了。

如果仅仅只是翡翠的价值高倒也罢了，可是她刚才留意到，余老夫人打开盒子的时候余越寒的眼神变了变。

这个手镯应该有什么故事吧？

余越寒捕捉到她的目光，薄唇微启："这是奶奶嫁给爷爷时，从娘家带过来的嫁妆，这么多年一直没舍得戴。"

年小慕伸到一半的手，连忙缩了回来："老夫人，这么贵重的礼物我不能收！"

"给你就拿着，再好的东西等人死了都用不上了。好在越寒争气，在我闭眼之前，给我找了个满意的孙媳妇，奶奶高兴！"余老夫人说着，硬是将手镯戴到了年小慕的手上，轻轻地拍着她的手背，"我就知道肯定适合你，你这个丫头，虽然不是富贵人家出身，可是一身的高雅气质，半点儿不输给我见过的那些豪门千金。"

余老夫人说完，又伸手拿起另外一个盒子。

第一件礼物就这么贵重，年小慕此刻已经不敢说话了。

等老夫人将第二件礼物递到她面前时，她看见只是一个精致小巧的银猪吊坠，蓦地松了一口气，很开心地接了过来。

"好可爱，不过这个应该是小孩子很小的时候佩戴的饰品，是小六六的吗？"年小慕打量着手里的小银猪吊坠，疑惑地问道。

这个吊坠看款式好像是旧款，可是又确实是孩子的饰品，除了小六六，余家别墅也没小的孩子了。

余越寒闻言，咳了两声。

余老夫人笑开了："哈哈，不是小六六，是越寒小时候戴的！"

年小慕："……"

她再扭头看余越寒，他已经伸手从她手里将小银猪吊坠拿走，随手放进了口袋。

年小慕神经一紧。

他想毁尸灭迹？

晚了！

年小慕终于找到了可以挤对他的机会，二话不说就扑上前掏他的口袋："这是老夫人给我的，你还给我！"

“这是我的……年小慕，你别乱摸！”余越寒脸色微赧，按住她乱动的手。

她的手在他的大腿上一顿乱摸，余越寒的身体无声地绷紧。

年小慕抢东西抢红了眼，脱口而出：“什么乱摸，我看准了才摸的！”

一句话让客厅里的气氛都变了。

等年小慕后知后觉地反应过来，一张脸顿时红得像秋天的苹果。她缩回手，一屁股坐到沙发上，双手捂住脸。

她现在跳进黄河都洗不清了……

“别闹了，快把吊坠给我，这可是我特意留给我孙媳妇的。”余老夫人回过神，连忙上前从余越寒的手里拿回了吊坠，拉过年小慕的手，放进她的掌心里。余老夫人知道她害羞，忍着没有提刚才的事情。余老夫人想了想，又安慰了年小慕一句，“没事，奶奶是过来人，你们年轻气盛，是比较容易冲动。再说了，人都是你的了，摸摸也不打紧！”

年小慕：“……”

相比害羞的年小慕，余老夫人淡定无比，从容地拿起桌子上的第三个盒子，递给她：“喏，这次让你自己看。”

年小慕对上余老夫人的眼神，总觉得哪里不对。她打开盒子，发现里面是一条开裆裤。

该不会也是余越寒小时候……

“这可是奶奶当年特意留下来的，想着将来送给我孙媳妇当见面礼！要是以后越寒敢欺负你，你就拿这个治他，把他小时候穿的开裆裤曝光给媒体。”

年小慕忙将盒子里的小裤子拎出来，一想到余越寒小时候就是穿着这条开裆裤在余家别墅里跑来跑去，脑海里就衍生出很多画面，她莫名地觉得……很想笑。

她看见余越寒朝她走过来，立马将手里的开裆裤塞回盒子里藏到身后。

余越寒没想到余老夫人会留这种东西，耳根有些发红，他朝她伸出手：“年小慕，把东西给我。”

“不给！”

“这是我的裤子。”他深吸了一口气，讲道理。

年小慕不理他，抱紧盒子：“现在是我的了！”

“……”

“你要是敢跟我抢，我现在就拍了照片发给记者，让大家都能看见寒少小时候穿的开裆裤，没准儿还能有人找出你穿开裆裤的照片。”

年小慕随口一说，一旁的余老夫人很快接话：“照片我那里就有。”

闻言，余越寒的脸彻底黑了，他清了清嗓子，喊了一声：“奶奶！”

余老夫人：“小慕慕是自己人，看看没关系。”

余越寒：“……”

茶几上剩下最后一个盒子。

年小慕一想到余越寒的吊坠和开裆裤就忍俊不禁。

这次她没等余老夫人开口，抱起剩下的那个盒子就打开了，等看见里面放着的东西时，蓦地一怔。

这是……

没等她开口说话，余老夫人已经走上前，将盒子里的遗嘱取出来，放到她手里。

“奶奶年纪大了，也不知道还能活多少年，这辈子唯一的愿望就是想亲眼看见越寒娶媳妇。”

余老夫人说着，暗暗在自己的大腿上掐了一把，硬是掐出了一眼眶的泪水：“小慕慕，你是个孝顺的孩子，一定会答应奶奶的，对不对？”

话题转得太快，年小慕一时反应不过来。

等回过神，年小慕还是半晌说不出话，求救地看向余越寒。

余越寒倒是了解自己的奶奶，伸手将年小慕搂到怀里，淡定地启唇：“奶奶，你这样太快了，容易吓到她。”

他话音一落，顿时被余老夫人瞪了一眼。

臭小子，也不看看她是在帮谁，居然敢拆她的台！

余越寒被余老夫人瞪了后，依旧很平静，目光扫过余老夫人带来的礼物，眼睛里闪着淡淡的光。

别的事情可以让别人代劳，可是求婚他想自己来。

这些礼物虽然贵重，却少了一枚戒指。

“时间不早了，奶奶今天就留在这里一起吃饭。”余越寒揭过了这个话题，扭头朝管家吩咐。

余老夫人看着很满意，暗暗盘算着，他们谈他们的恋爱，订婚的事情他们不着急也没关系，她可以偷偷准备着……

这顿饭大家都吃得很开心。

余老夫人临走的时候，还拉着年小慕的手不停地叮嘱：“要是越寒敢欺负你，你就来告诉奶奶，奶奶一定替你出气！我听说你的家人找不到了，没关系，等你嫁进余家，这里就是你的家，你可以慢慢找自己的亲人。对了，还有……”

余老夫人说了很多。年小慕很久没有这种被长辈关心的感觉了，乖巧地听着。倒是她身旁的余越寒看时间越来越晚，余老夫人还是没有停下来的意思，蹙了蹙眉，走上前，一把将年小慕搂到怀里。

“奶奶，时间不早了。”他一句话说完，余老夫人蓦地笑出了声。

余老夫人爽朗的笑声顿时让年小慕红了脸。年小慕伸手就往他胸口捶了一拳。

九点都没到，他就开始猴儿急，这话她都听不下去了……

亏得余老夫人脾气好，不怒反乐：“好好，奶奶不说了，我先走了。”

余老夫人往门外走了几步，又停了下来，好心地询问：“小六六现在在你们这里是不是不太方便？要不，接到我那里住一阵？”

年小慕：“……”

她的脸都被余越寒丢光了，捡都捡不起来了。

虽然年小慕针对梵氏集团入驻H市做了一系列的防范措施，但她还是没有掉以轻心。

秘书汇报完工作，年小慕问了下梵氏集团的动向，秘书回道：“梵氏集团那边，我们一直有人盯着，听说这几天梵羽都没有去公司。”

闻言，年小慕目光闪了闪，她将水杯放下：“知道他在做什么吗？”

知己知彼，百战不殆，虽然她相信自己做好了防范措施，可是依旧不能轻敌。梵羽这个人，几次接触下来，她总觉得他有些奇怪：他看似笑脸迎人，可是他的笑容，不知道为什么她总感觉有几分落寞；隔着一张笑脸，根本看不见他内心真实的情绪；他的身上总有一股若有若无的孤寂气息……

他一直在针对余氏集团，可仔细想想，他其实什么都没有做。他当初一直约见她的客户，最后都是无疾而终，换作一般集团的总裁，几番吃瘪，业务开展受到阻碍，应该早就着急了，可是他倒好，连公司都不去了，仿佛根本就不在意。这样的对手真是让人摸不透。

秘书摇头：“已经让人去打听了，不过还没有消息。”

“那就不用管了，做好该做的事情。”年小慕刚说完，办公室的门就响了。

“年经理，有你的快递，要你亲自签收。”闻言，年小慕朝秘书示意，随即她站起身，提步往外走。她走到公关部门口，看见快递员手里抱着一大捧鲜艳的红玫瑰花，还有一盒巧克力。

快递员看见她，连忙迎上前：“年小姐，这是你的快递，请签收。”

年小慕有些发怔，她没有买东西，这是谁送的？

年小慕刚把花和巧克力签收了，周围的同事八卦地围上来。

“是谁送的？有情况！”

“看年经理的表情，好像也不知道。快看看，花上面有没有卡片！”

“这么好看的花，不用看也知道肯定是爱慕者送的！”

年小慕把花和巧克力都找了一遍，没有卡片，倒是她的手机收到了一条短信。她打开一看，是余越寒发来的，上面只有简短的一句：“身体好点儿了吗？”

这会儿知道关心她了？昨晚她喊停的时候，他怎么就不知道收敛一点儿？

哼，假惺惺！

年小慕瞥了一眼，气鼓鼓地将手机塞回口袋。她再看怀里的玫瑰花和巧克力，都变得不顺眼了。她抱着花束回到办公室，一进门就把花丢进了垃圾桶，过了几分钟，她又沉不住气，走上前将花捡了回来，拿瓶子装好。

她坐到办公桌前，看着热烈绽开的红色玫瑰花，幸福地眯起眼睛。她再拿一块巧克力放到嘴里，腰仿佛都没那么酸了。她拿起手机准备回余越寒的短信，想了想又把手机放下来，决定晾晾他，以示告诫。

在公司忙了一天，下午又出去谈了一个合作，年小慕很晚才回到余家别墅。

管家一看见她，立刻提醒：“年小姐，寒少回来了，正在客厅里。”

年小慕往里走，刚走进客厅就看见了坐在真皮沙发上的男人。

他挺拔的身躯斜靠在沙发上，修长的双腿慵懒地交叠着，单手支着头在看杂志。他的侧颜帅气逼人，衬衫的前两颗纽扣解开，露出蜜色的结实胸膛，几道被指甲抓出来的红痕若隐若现……

年小慕的脸颊飘上一抹红晕，脑海里闪过一些儿童不宜的画面，腰隐隐作痛。她想到在公司，他让人给她送的礼物，一束红色玫瑰花、一盒巧克力就想将他欺负她的事情翻篇，他想得美！

年小慕的眼珠转了转，她提步走上前，坐到他面前，学着他的样子跷起二郎腿靠到沙发上，等着他开口解释。可是她等了一会儿，余越寒只是看着她，没有要开口的意思，反而朝她伸出手想抱她。

年小慕想也不想地推开他的手臂，然后一字一顿地道："以前觉得红色的玫瑰花真好看，现在看着觉得特别丑，我已经丢了！"

余越寒怔了怔，抬眸看着她，神色有些一言难尽。

他的薄唇张了张，准备说什么，年小慕又抢在他前面更加大声地说道："巧克力还行吧，不过我不是很喜欢，所以送给同事吃了。"

"……"

"不要以为随便在网上搜点儿攻略就能哄好我，女神不是那么好哄的！"年小慕说完，双手抱臂往沙发里蹭了蹭，挺直了腰杆瞪着他。

男人不能宠，一天不教训就要上房揭瓦！

客厅里突然安静下来。

两个人面对面坐着，谁都没有说话，像是在比谁的耐性更好……

不对，他的脸色怎么有点儿难看？

年小慕被他盯着，脊背忽然有点儿发凉。她底气不足地质问："余越寒，你就没有什么想跟我解释的吗？"

"有。"余越寒薄唇翕动，他缓缓地吐出一句，"我今天没给你送过花和巧克力。"

她最怕突然安静。

年小慕愣了，半晌都维持着同样的姿势，一双眼瞪得跟铜铃一样大，仿佛在怀疑自己是不是幻听了。

他说他没有给她送过花和巧克力，那、那些东西是谁送的？

年小慕瞥了一眼坐在她对面的余越寒，显然他也在思考这个问题，俊美的脸庞已经覆盖上了一层寒霜。

他看着她的眼神，就像看给他戴了绿帽子还敢回来嘚瑟的小媳妇……

年小慕现在恨不得抽自己两个嘴巴子。

她原本想以礼物不满意为借口，争取今天晚上自己睡。

现在可怎么办？

她眼珠子转了两圈，眼底闪过一抹狡黠的光，脸色也跟着沉了下来。

"余越寒，花跟巧克力真的不是你送的？"

余越寒没说话，只是黑沉的脸色流露出来的信息已经说明了一切。

年小慕小脸一垮，她委屈地撇嘴："你明知道我生气了，都没来哄我！"

"……"

"一束花都不肯送给我，一块巧克力都不给我买！"

"……"

"余越寒，你还是我男朋友吗？"年小慕一口气吼完，抓过抱枕用力地捏着，鼓起腮帮子假装生气。

"我给你发信息了，你没回。"余越寒淡漠地启唇。

简单的一句话，对他而言已经是难得的解释了。他有哄她，只是她没回他信息。

年小慕："……"

她当时故意晾着他，最后忙着处理工作，忘了。

"嘴上关心两句谁不会？你压根儿就没有花心思哄我！"她要先发制人。

她先生气了，余越寒就不会记得有人挖他墙脚的事了。

她太机智了！

年小慕心里想着，脸上却努力地装出委屈的样子，等着他开口哄她。

余越寒瞥了一眼年小慕，眼睛里的冷光并没有散去，修长的腿放下来，双手放到膝盖上，他的上身微微前倾靠近她。

他一字一顿地道："所以，你就给我戴绿帽子？"

年小慕："……"

寒少，为什么你的逻辑跟别人不一样？

现在不是应该先哄女朋友吗？

年小慕被他盯得浑身发冷："我没有！"

余越寒收回目光，从口袋里拿出手机拨通了助手的电话："去年经理的办公室，将里面的玫瑰花和巧克力都丢了！"

年小慕："……"

她怎么感觉有股杀气？仿佛即将被丢进垃圾桶的是她！

年小慕浑身一激灵，见他挂了电话，没等他开口问她的意见就忙不迭地附和："对！早该丢了，那些玩意儿我一点儿都不喜欢，要不是以为是你送的我舍不得，早被我丢了！"她说着，乖巧地举起手保证，"我真的以为是你送的才会留下来，我发誓！"

一句话能解释清楚的事情，就不要让对方去猜，感情的事情最容不得误会。

闻言，余越寒眼底的寒意退尽，他眼神复杂地问她："所以，我送的花就很丑？我送的巧克力也一般？我——"

年小慕没等他发作，忙扑到他怀里，抱住他健硕的腰，像只无尾熊一样挂到他身上。她在他怀里仰起头，在他下巴上亲了一口。她见他依旧黑着脸，又在他脸上亲了一口。

"误会误会，我刚才就是跟你开个玩笑，别说送礼物，你就是随便哄我两句，我都高兴！"年小慕说着，学小六六撒娇，小脑袋在他怀里蹭了蹭。

年小慕卖萌耍赖的样子让人忍俊不禁。余越寒眸色变深，性感的喉结上下滚动。他明知道不该索求无度，可他向来引以为傲的自制力一到她面前就变得不堪一击。他将她抱起来转身往楼上走。

摩天大厦的顶层，简洁大气的办公室里，梵羽端着一杯红酒站在落地窗前，深褐色的眸子幽幽地望着窗外的月色，俊朗的面容上没有太多的表情。

他甚至没有喝杯里的酒，只是端着酒杯望着窗外，周身透着落寞，仿佛他被全世界抛弃了，只剩下这一轮明月……

他的脑海里浮现的是曾经那个喜欢喊他"梵羽哥哥"、跟他分享心事的人。

他们分别的时候，她明明红了眼眶，却没有哭，而是指着天上的月亮，笑着对他说："梵羽哥哥，以后想我的时候就抬头看看月亮，不管我们距离多远，都会像在一起一样。"

梵羽捏紧了手里的酒杯。

月色依旧，只是没有她在身边，再好看的月色都没有了欣赏的意义。

办公室的门被人推开，助手从外面走了进来，带来了年小慕的履历。

助手将手里仅有的资料递给梵羽："我们打听到，年小慕之前读过护理课程，完成学业后因缘际会到余家别墅做了护工。她后来是怎么进入余氏集团，又怎么当上公关部经理的，余氏集团那边口风很紧，打听不到，只听说是余越寒赏识她的能力，一手提拔。"

年小慕的工作能力确实有目共睹，连梵羽这个外人都能看出年小慕的不同，更不用说余越寒了。

"那她的家人呢？她之前有没有在别的地方待过？"梵羽走到办公桌

前，拉开椅子坐下。

他不想知道年小慕跟余越寒是怎么认识的，他只想知道她是不是他的六六。

为什么她看见他会一点儿反应都没有?

“这些都打听不到，余越寒将她保护得很好。”助手一脸为难地道。

有余越寒在，他们想打听年小慕的消息太难了。

闻言，梵羽眯了眯眼。

余越寒是在防着他吗?

“玫瑰花和巧克力给她送过去了吗？”梵羽拿起面前的资料，淡漠地启唇。

助手连忙点头：“送过去了，听说年小姐很开心，应该是很喜欢那些礼物。”

梵羽嘴角微微上扬，眼神也变得温暖。她还是跟小时候一样，明明什么都有，可是每次他送她礼物，她都会很开心。

余家别墅。

主卧室的窗帘紧紧拉着，室内光线有些昏暗。

年小慕睡得迷迷糊糊的，感觉到余越寒从身后抱住自己，便翻过身蹭到他怀里，准备继续睡。

她的依赖让余越寒露出宠溺的表情，大手揉了揉她的头发，薄唇吻了吻她的耳郭。余越寒刚睡醒，慵懒地说道：“起床陪我吃早餐。”

“还早，让我再睡一会儿！”年小慕吸了吸鼻子，将脸都埋进他的胸口，像个赖床的孩子。

余越寒一把将她抱起来，坐起来，不容分说地将她抱进了浴室。余越寒将年小慕放到洗手台上，给她挤牙膏，接了水。

年小慕的眼睛睁开一条缝，她瞥了一眼他递到面前的牙刷，刚想拒绝，就听见他问道：“想让我帮你?”

“……”

年小慕总觉得这句话是个坑。

她犹豫了几秒，还是乖乖地接过牙刷自己刷牙。

等她刷好牙，他已经拧好了热毛巾，替她擦脸。余越寒熟稔的动作像是在心里演练了千万遍，丝毫没有少爷的架子。他给她收拾好，又抱着她回房间换衣服。

年小慕看见他要脱她衣服的时候，忙护住胸口："这个不用了，我可以自己来。"要是真的让他帮忙，估计早餐没有吃到，她就要被他吃了。

余越寒松开手，让她自己动手。身形一转，他从衣柜里拿出一套西装从容地换上，最后却将领带递给她："替我系上。"

都说丈夫出门前，妻子帮忙系领带是在提醒他已经被自己套牢，要记得回家。年小慕看着眼前的领带，怕被他看出来自己在想什么，咳嗽两声，假装不在意地接过领带。

年小慕明明不矮，但站在他面前，还是能拉开一个最萌身高差，她要给他系领带，就要踮起脚。她的身体刚晃了一下，他温热的手掌已经扶住了她的腰肢，将她微微往怀里一带。

年小慕靠在他身上，闻着他身上清冽的气息，身体有些发软。她强忍住占他便宜的念头，飞快地系好领带，随即后退两步："系好了，我们下去吃早饭吧。"她说完，没等余越寒开口就自己先跑了。

她进了餐厅，管家已经将早餐准备好了。

年小慕一开始还以为是自己太累了才会一直犯困，不经意间瞥了一眼时间，发现真的还早，还没到上班的时间。

她狐疑地看向慢她一步下楼的余越寒。

余越寒一边整理衬衫的袖口，一边往里走，拉开椅子坐到她身边，淡淡地启唇："今天有个财经杂志的专访，我中午有会议腾不出时间，所以专访提前到早上。"

"男的女的？"年小慕眼巴巴地瞅着他，一脸提防地问道。

"什么？"余越寒一愣。

年小慕只当他在转移话题，放下餐具，抓住他的手臂："今天要采访你的记者是男的还是女的？"

余越寒一愣，随即眼角微微上挑，戏谑地笑着说道："你猜。"

年小慕："……"

完了！

这个时候，一般男人说"你猜"，就代表他不想回答，或者他心虚，在逃避！

年小慕小脸一垮，她嘟了嘟嘴："余越寒，你应该记得你有女朋友吧？有女朋友的人是不是应该跟其他异性保持距离？"

“这是工作。”余越寒挑眉。

“打着工作的旗号拈花惹草更可耻！”年小慕用认真的语气重重地强调。她见他不说话，手偷偷地在桌子底下掐了自己一把，硬是掐得自己红了眼眶。她认真的表情忽然一变，变得可怜兮兮的。

“都说男人一得手就会不珍惜，你看看你，你就是典型的例子。昨天晚上还说这辈子有我就够了，一穿上衣服立马翻脸不认人，你个渣男！”年小慕说着，假装抹眼泪，擦了擦眼角。不知情的人看见这一幕还真会以为余越寒出轨了。

余越寒汗颜。他连女记者的影子都还没见到，怎么就成渣男了？

年小慕没理会他错愕的表情，径直坐到他的大腿上，扯住他的领带替他脱衣服。

余越寒：“你做什么？”

“这身西装太帅了，我刚才替你系领带的时候就看得腿软，差点儿忍不住亲你。我想了想，为安全起见，不能让别的女人看见！你赶紧换一套丑点儿的，反正就是文字报道，又不用出镜，穿这么帅干什么？”年小慕理所当然地说道。

余越寒看见她吃醋的样子，忍俊不禁。

她的一举一动在他眼里都是那么率真坦诚，喜欢就是喜欢，自己的，别说别人要抢，就是看都不许多看一眼。这样的她让他爱不释手，他恨不得变出一个叮当口袋，走哪里都能将她揣到口袋里。

余越寒蓦地伸手，宠溺地捏了捏她的脸颊：“男记者也换？”

“别跟我说话，先把这身衣服脱了……”年小慕话说到一半，愣住了，她茫然地抬起头，看着他。

他刚才说什么？

男记者……男的！

年小慕半晌都保持着同一个姿势，呆呆地看着他，完全不知道该怎么接话。

她刚对男朋友无理取闹了一顿，结果发现是乌龙，该怎么办？

这个时候认错是不是有损女神形象？

年小慕尴尬地摸了摸鼻子，重新替他系好领带，就连被她弄皱的西装领口也贴心地替他压好。灵动的眼睛一眨巴，她佯装没听见他说了什么，轻咳两声，大气地道：“我想想还是算了，你既然有眼光看上我，肯定看不上外面那些妖艳货色，穿什么都一样！”

“……”

“我认真的啊，你不用安慰我，我是那么小气的人吗？不就是一套西装嘛，你穿得帅气一点儿也好，尊重来采访你的工作人员嘛！我理解的！”

年小慕说着，重新坐回自己的椅子上，抓过一块面包就往嘴里塞。她装出一副自己正在吃东西，没空说话的样子。

早餐吃完后，余越寒站起来，从容地接过管家递过来的风衣外套。暗色系的风衣将他颀长的身形勾勒得格外英挺迷人，尊贵的气质中带着一抹生人勿近的疏离感。

年小慕坐在椅子上，歪着脑袋看着眼前的余越寒，在心里低咒了一声“妖孽啊”。

还好这个妖孽被她收了，要不然不知道得祸害多少无知少女呢。

等他穿好衣服，她陪着他往外走。

余越寒快上车的时候，停住脚步，侧目看着她。眼睛里透着邪气，他也不说话，就是看着她。

年小慕一下子就读懂了他的意思，踮起脚，在他的薄唇上亲了一口，霸气地叮嘱：“盖了我的印章，就是我的人了，外面的野花别说摘，就是看都不能多看一眼！”

“这样怎么够？”余越寒嘴角一勾，将她搂进怀里加深了这个吻。

余越寒走了。

小六六还没醒。

年小慕看着安静下来的余家别墅，突然觉得有些冷清。她索性上楼换衣服，提前去公司上班。她没有麻烦司机，而是自己到路边拦了一辆计程车。

她起得太早，一上车就有些犯困。她靠在车后座休息了一会儿，感觉快到了才睁开眼睛。车子一停，她下意识地推开车门下车，没留意路边一辆逆向行驶的摩托车正飞快地朝她开过来，等发现的时候已经来不及避开……

“小心——”一道惊呼声在年小慕的身后响起，电光石火间，一道身影将年小慕扑倒在地。

跟她摔倒的声音同时响起的还有衣服被划破的声音。

年小慕完全没有想到，梵羽会在这个时候出现，还救了她一命。她愣住了，脸色白得可怕，脑子一遍遍闪过的都是刚才那辆摩托车朝她冲过来时她脑海里出现的画面。

那是跟摩托车车身一样的红色，红得像一团火。

对，就是火！她被火光围在中间，熊熊的烈火，眼看就要将她吞没。最危急的时刻，也是像刚才那样，有个人挡在了她面前冲着她喊快跑。

年小慕头痛欲裂，双手按着太阳穴，她努力地想看清画面里的人，可是怎么都看不清。倒是她身边的梵羽见她一直惨白着脸不发一语，不停地喊着她的名字。

“年小慕，你没事吧？你说句话！”梵羽单手撑在地上，从她身上起来，同时他也将倒在地上的年小慕拉了起来。

年小慕终于回过神，对上他的目光，她张了张嘴，想说什么，喉咙却干涩得说不出一句话。直到她发现梵羽的手臂受了伤，一道长长的口子正在不停地流血。

“你受伤了……”年小慕终于憋出一句话，紧跟着神志回笼，她手忙脚乱地想替梵羽止血。

撞人的摩托车司机也倒在地上，看起来摔得不轻。停在路边的计程车师傅连忙叫了救护车，还报了警，很快就有人过来处理后续事宜。

年小慕脸色还是很差，她替梵羽止血后，一直维持着一个姿势没有再动。

梵羽皱了皱眉，刚准备说什么，就发现她的目光一直盯着他受伤的手臂。他的伤口不是很深，可也流了不少血，此刻虽然做了简单处理，可是干掉的血有些让人害怕。

“痛吗？”她小心翼翼地指了指他的手臂。

梵羽见她脸色缓和，跟着松了一口气：“小伤而已。你没事吧？你脸色很差。”

年小慕摇摇头，神情依旧有些木讷。脑子里总是出现一些陌生的画面，她想看清，却怎么也看不清，越想头越疼。她索性先不去想，抬头看向梵羽：“我没事，刚才谢谢你。”

刚才如果不是梵羽挡在她面前，现在受伤的人应该是她。她一想到之前将梵羽当成竞争对手，现在被他所救，心里就有些愧疚。他刚才不顾一切扑到她前面的那一幕，现在还一直在她眼前晃。

她抿了抿嘴：“那个，你手上的伤口还是要包扎一下，我陪你去医院吧。”

梵羽看了她一眼，捕捉到她眼底的关心，目光微动，没有拒绝。

年小慕学过护理，以前又经常到医院找谭崩崩，对医院也很熟悉。她轻车熟路地办好手续。

护士在给梵羽包扎伤口的时候，她一直伸着脖子看着，叮嘱轻一点儿，那样子像是恨不得自己上。

“伤口不深，不需要缝针，但是日常还是要注意些。尽量少碰水……”护士包扎完，叮嘱了几句后才看向年小慕，将一张药方递给她。

“取药的窗口就在隔壁，拿着单子就可以去替你男朋友取药了。”

“我们不是——”年小慕刚想解释，护士已经转身离开。

她撇了撇嘴，心想一个陌生人，误会就误会了，如果自己硬上去解释，反而显得奇怪。

年小慕扭头看了梵羽一眼，他听见护士的话，居然一点儿反应都没有，脸上温柔的神情，像是一点儿都不介意被人误会。他见她看着自己，微微一笑。

“不用这么麻烦，一起去吧。”他说着，率先站起身，接过她手里的药方，踱步往外走，浑身的气息好像跟之前不一样了。他见她没有跟上，停下脚步，回头等她。

年小慕连忙跟上去。

排队取药的人很多，年小慕一直以为像梵羽这种身份的人应该有私人医生，或者私立医院的贵宾卡之类的。

可他就这么平静地站在人群里耐心地排队，没有流露出一丝不耐烦的神情，出众的气质引得周围不少年轻的女孩偷偷拿手机拍照。

他发现了只是从容地一笑。

这一笑如春风拂面。

“啊！好帅呀！”

“我第一次觉得来医院也不是坏事，起码这种极品帅哥外面看不到！”

“他冲我笑了，扶我一下，我腿软……”

“他明明是冲着我笑的！”

年小慕看着快要引起骚动的男人，取完药后，连忙拽着他离开。他们刚走出医院，她就发现他的脚步停住了。

她下意识地回头，发现他正盯着她的手，这才想起来，自己刚才一着急，一直拽着他的衣袖。她忙松开手，开口解释：“刚才人太多，所以我——”

“我有点儿头晕，能不能找个地方休息一下？”梵羽蓦地打断了她的话，按了按受伤的手臂。刚包扎好的伤口渗出了一点儿血水，纱布上透着淡粉色。

年小慕猛地一拍额头。

她怎么忘了，他刚才流了不少血，又站了那么久，一口水都没有喝，难怪会不舒服。

“旁边就有一家咖啡厅，我们可以到那里去坐一会儿。”年小慕说着，见他脸色发白，主动扶了他一把。

梵羽看着她紧张的样子，温润的眸子闪过一抹笑意。眼前的人仿佛又变成了他的六六，那个一看见他不舒服就格外紧张的女孩……

他不自觉地问道：“年小慕，你真的不认识我吗？”

“什么？”年小慕没听清，扭头看他。

梵羽看着她，眼神格外复杂。他意识到自己刚才说了什么后，轻轻地扯出一抹笑容：“没什么。”

两个人说着，进了咖啡厅。

年小慕拉开椅子，坐到靠窗的位置。她点好了咖啡，歪头看着他：“对了，你刚才怎么会在余氏集团外面？”

闻言，梵羽目光轻闪，薄唇微启：“跟合作商约好的餐厅在附近，正好路过。”

他说完，收回目光，掩饰住了脸上心虚的表情。他并没有告诉她，从她离开余家别墅他就一直跟着她。他没想到后来会看见那么惊险的一幕，所幸她没事……

“谢谢！”年小慕诚恳地道。不管怎么说，今天都是他救了她。

“不必，换作其他人，我也会救。”梵羽端起水杯喝了一口，见她依旧很在意的样子，顺势开口，“如果你真的很想报答我，就回答我几个问题。”

梵羽不等她说话就说：“其实也没什么，只是觉得你很特别，不免有些好奇，你的家人都是什么样的人。”

“我没有家人。”年小慕干脆地应道。

年小慕坦率的回答让梵羽一下子就愣住了：没有家人？什么意思？

许是梵羽刚救过她，而且梵氏集团在她手里也没捞着什么好处，年小慕对梵羽的敌意少了很多，见他表情很吃惊，又补了一句：“我以前是一个人，不过现在有男朋友了。”

一想起余越寒，她不自觉地笑了。甜甜的笑，眉眼弯弯，让她原本就出众的五官变得更加娇俏迷人了。那种有了喜欢的人、恨不得告诉全世界的喜悦，让她浑身发光。

梵羽：“……”

他不用问都知道她提到的人是谁，桌子下的手紧紧地握成拳头。

他强忍着胸口的疼痛和不甘，继续问：“你是H市人吗？有没有去过其他地方？”

她的背景资料都查不到，很有可能，她之前并不是生活在这里。只要她说不是，那她是六六的可能性就会大很多！

年小慕瞥了他一眼，虽然不是很想聊这个话题，但是一想到他刚才救了自己，还是耐心地开口：“我不知道，其实有很多事情我已经——”

她的话还没有说完，咖啡厅的入口处突然出现了一道熟悉的身影。像是一种磁场的吸引，从余越寒出现的那一刻她就感觉到了。

同样，站在门口的余越寒也一眼就锁定了她的位置。他提步走向她，眼睛里只有她，眼底藏着担忧，手一伸就将她从椅子上拉了起来。他从头到尾地检查了一遍，确定她没事，猛地将人按进怀里，用力地抱着她。

年小慕闷在他的胸口，感觉到他的不安，嘀咕：“我不是给你发信息说没事了吗，你怎么这么快就过来了？”

余越寒手臂一紧，瞥了一眼坐在她对面的梵羽，幽幽地启唇：“为什么不接电话？”

年小慕翻了一下包，掏出手机，发现手机开了静音，手机屏幕上显示的几十个未接来电，全是她给余越寒发了短信之后他打过来的。

年小慕干巴巴地笑了一声，想起坐在对面的梵羽，为了维护女神形象，她连忙机智地转移话题：“刚才是梵羽救了我，他受伤了，我急着送他来医院，还要配合警方做笔录，没注意到有电话。”

年小慕不提还好，一提这茬，余越寒的脸色更黑了。他自责没有保护好她，又郁闷为什么救她的人是梵羽。

余越寒薄唇微微翕动，他刚要开口，身旁的人已经挽上他的手臂，笑眯眯地扭头看向梵羽：“这就是我刚才跟你说的，我男朋友，余越寒。”

余越寒胸口的郁闷瞬间消失殆尽。有什么比听见自己的女朋友用一副“这是我家亲爱的”的语气，给别人介绍自己时更让人心里舒服的呢？

她语气里的小骄傲又是怎么回事？像是自己捡到了宝贝，一点儿都不矜持。不过没关系，他就喜欢她这个样子！

余越寒手臂轻轻搂住她的腰，他从容地朝梵羽伸出手：“还没来得及谢谢梵少出手相救，这次的事情算我欠你，将来有机会一定会还上。”

他这句话是在宣示主权。

梵羽的脸色有些难看，温润的目光微动，他握住余越寒的手：“寒少一言九鼎，不过我救的人不是你，这份恩情自然也不敢受。”

两个出类拔萃的男人，挺拔的身躯相对而立。两个人站在那里，气场全开，让人不敢靠近。他们握在一起的手在暗中较劲。

年小慕陪着站了一会儿就坐了下来，端着水杯嘟哝：“两个男人握手也能握这么久，别是看对眼了吧，那我就要没男朋友了……”

她说完，两个男人同时松了手，互相嫌弃地看了对方一眼，同时拉开椅子坐下来。有余越寒在，梵羽想问什么都不会有答案。

一杯咖啡的时间结束，梵羽看了一下腕表：“我公司里还有事，先失陪了。”

“你的药！”年小慕连忙将手里的袋子递给他，下意识地叮嘱，“伤口需要几天才能愈合，医生让你少碰水，还要忌口，海鲜和酒都少碰，咖啡能少喝还是少喝点儿吧。对了，换药的时候要注意，别太用力，免得重新撕开伤口。还有……”

年小慕还没有说完，一只大手已经按住了她的脑袋。

余越寒冷冷地扫了她一眼，接过话：“梵少不是小孩子了，你这么啰唆会让人怀疑他的智商。”

年小慕：“……”

余越寒挑眉看向梵羽：“我女朋友心地善良，对待一只小猫小狗都很好，梵少不要在意。”

“不会，我很喜欢。”梵羽一语双关地说道。

见余越寒的脸色阴沉下来，梵羽嘴角勾起满意的笑容，提步离开。

咖啡厅里只剩下他们两个人。

年小慕回过神，抿了抿嘴，小心翼翼地扯了扯他的衣袖：“那个……我刚才就是职业病犯了。”

“我不生气。”余越寒垂眸看着眼前的小脑袋，凉凉地道。

年小慕感觉他说不生气的时候比生气还可怕。

年小慕正犹豫着要不要再哄哄他，余越寒已经扣住她的后脑勺，将她按进胸口。

他的头微微低下来，年小慕能感觉到，他亲了一下自己的头发。然后，他将头埋进她的脖颈里，声音有些喑哑："还好你没事。"

年小慕心口一震，一股无言的悸动瞬间穿透全身。

他没有多说什么，可是她听懂了，听懂了他的担忧、他的心疼，还有他在极力忍耐的醋意。

她心里一暖，这么好的余越寒怎么就被她给捡到了呢?

年小慕蹭到他怀里，刚想仰起头亲他，他的身形往后一退，她扑了个空。

从他们离开咖啡厅，年小慕的手就一直被余越寒牵着。

两个人坐在车里，气压越来越低。

年小慕坐在他身边，只听见他一直在打电话，他吩咐助手给她安排了四个保镖，两班倒二十四小时跟着她。

年小慕耷拉着脑袋，偷偷给自己的闺密发短信。

年小慕："突然感觉自己的命好值钱，虽然我依旧是个穷光蛋。"

谭崩崩："寒少决定包养你了？"

年小慕："呸！女神是可以随便包养的吗？他刚包养了四个保镖保护我。"

谭崩崩："那你高兴什么？你连保镖都不如。"

年小慕："……"

友尽!

"在给谁发信息？"余越寒一挂电话，就看见身边的人正鼓着腮帮子瞪着手机。

听见他的声音，年小慕连忙将手机藏起来，心虚地抬起头："没什么，就是随便看看。"

"对了，你的采访结束了吗？"年小慕原本只是想转移话题，结果一想到这茬，立时兴致勃勃地翻出手机看网上的新闻。

果然，余越寒独家专访的新闻已经出了预告，虽然只有文字报道，可是依旧有一大堆的"老婆粉"在网络上疯狂替他加油!

"有什么好看的？"蓦地，余越寒伸手挡住了她的手机屏幕，准备将她的手机拿走。

年小慕本能地护着自己的手机，下一秒，她瞥见了什么，猛地瞪大了眼睛。

“等一下！你给我撒手！”她一把按住余越寒的手，从他手里拽出自己的手机，然后将网页从上翻到下，最后指着最下面的照片，瞬间愤怒了。

余越寒只露了一个模糊的背影，可是坐在他对面采访的女记者是全脸。女记者衣着时尚，妆容精致，她坐在余越寒身边，一脸的爱慕连瞎子都能看出来！

他还敢跟自己说采访他的是个男记者。

骗子！

哼！

年小慕恶狠狠地关掉网页，将手机塞到包里，双手抱着自己坐到离他最远的位置，扭头看向窗外。

“年小慕。”

年小慕不吭声。

说谎的男人不配喊女神的名字！

车子一抵达余家别墅，年小慕就推开车门，气呼呼地往里走。她刚走到客厅，余越寒的手就抓住了她的肩膀。

年小慕正在气头上，直接扯过他的手臂就是一个过肩摔。

换作一般人肯定来不及反应，可余越寒只是愣了一秒，身体往前靠，在她把自己摔出去之前抱着她一起倒进了沙发。余越寒高大的身躯一翻就将她按到怀里，薄唇微启：“年小慕，你家暴？”

年小慕愣了愣，像是意识到自己刚才做了什么，表情是有些呆呆的。脑海里闪过之前被梵羽扑倒前脑海里出现的画面，她咬了咬唇。

“余越寒，我好像想起以前的事情了……”

余越寒一愣，旋即抱着她坐起来，双手捧着她呆滞的脸：“你说什么？”

年小慕沉默了很久，又轻轻地摇了摇头：“我也说不上来。我今天差点儿被摩托车撞到的时候，突然想起一些很陌生的画面，虽然我不记得了，但是总有一种熟悉的感觉，好像那是曾经发生过的事情。”

年小慕蹭进他怀里，有些茫然地靠在他的胸口。她努力回忆，可除了想起大火，什么都想不起来……她一用力想，头就会疼。

那种要被大火吞噬的感觉让她浑身发抖。

“想不起来就算了，都过去了。”余越寒看着她发白的脸色，声音一沉。他用力地抱着她。

“或许，只是你受到惊吓产生了幻觉。”余越寒下巴抵在她的头顶，自责地抱着她。他想等她情绪稳定后，抱她回房间。

年小慕突然用力地将他推开，翻过身，骑到了他身上，双手抓过一个抱枕压在了他的胸口：“别以为哄我两句，我就会忘记女记者的事！”

余越寒嘴角微微抽搐。

刚才靠在他怀里撒娇的女朋友呢？现在这个怕是假的吧？

“临时换了工作人员，我连她的样子都没看清。”

这个答案满分。

年小慕狐疑地看着他，在怀疑他的话是不是真的。

余越寒慢条斯理地将手枕到脑后，幽幽地启唇：“我比不上别人，有英雄救美的机会。”

年小慕：“……”

“还能一起喝咖啡。”余越寒又慢悠悠地补上一句。

年小慕：“……”

“就连要走了，还有人满眼心疼地看着，千叮咛万嘱咐——”余越寒的话还没有说完，年小慕已经捂住了他的嘴，笑得一脸心虚：“过去的事就让它过去吧，我这么美丽大方，怎么会跟一个女记者斤斤计较！再说了，喜欢你的女人那么多，我一个个吃醋也吃不过来，我刚才就是随口说说。”

“是吗？”余越寒挑眉。

年小慕点头如捣蒜：“对，我相信你。我没有吃醋！”

闻言，余越寒蓦地抓住她的肩膀，从沙发上坐起来，定定地看着她。他一字一顿地道：“可是我吃醋了。”

“……”

“年小慕，哄我。”

“……”

有后悔药吗？请给她来一打！

年小慕沉思很久，抬起头主动亲了他一下。

情侣间没有一个吻解决不了的问题，如果有，那就再加一个吻！

年小慕刚想多亲一下，突然被他伸手挡住了。她的小脑袋被推开，她双眼茫然地看着他。完了，这是真的生大气了啊？连亲亲都不管用了？

“年小慕，女孩子要矜持。”

年小慕：“……”

余越寒朝管家招了招手，管家立刻拿着一个礼盒上前，停在年小慕面前。

余越寒朝她示意，让她自己打开。

年小慕刚掀开盒子，指尖就摸到了凉凉的绸缎，她浑身一抖。

他该不会一怒之下赐一条白绫，让她自己了断吧？

年小慕的小心脏颤了颤，她咬咬牙，将面前的盒子完全掀开。她看见放在里面的小礼服后，微微一怔，扭头看向余越寒。这礼服是给她的？

年小慕得到余越寒肯定的目光后，将礼服拎了起来。黑色的礼服很有质感，设计得也很有特点，摸着就让人觉得很舒服。只是，平白无故他干吗送她礼服？

“明晚有一场重要的慈善拍卖会，你陪我出席。”余越寒走上前，伸手将她搂到怀里。

他早说呀，害得她胆战心惊了这么久。

年小慕正庆幸自己逃过一劫，就听见眼前的人幽幽地道：“正事说完了，你现在可以哄我了。”

年小慕：“……”

她刚才不是哄过了吗？

余越寒将她的表情收入眼中，眉峰微微一挑，他的表情分明写着：你太天真了！

盛大的慈善拍卖会在H市的国际会展中心举行。出席的嘉宾都是商界名流，还有不少以女伴身份出席的名媛和豪门千金。

慈善拍卖会的现场美轮美奂，灯光打下来亮如白昼。

一辆黑色的车子低调地停在会场的入口，车门打开，余越寒从容地从车里下来。他看着准备下车的年小慕，一弯腰就将她从车里抱了出来。

年小慕吓了一跳，连忙搂住了他的脖子。

“时间还早，先到休息室。”余越寒解释了一句，抱着她就往休息室走去。

一路上，年小慕还在思考，为什么别人吃醋有男朋友哄，她吃醋到最后却被余越寒折腾得骨头都快散架了……

这会儿听见他的话，她抬头就在他的下巴上咬了一口。

余越寒闷哼一声，垂眸睨着她：“别咬脸，要见人。”

“不怕，反正丢人的又不是我。”年小慕冷哼。

余越寒看着她淘气的样子，宠溺地抱紧她，大步进了休息室。

助手慢了一步，拿着一个礼盒跟了进去，恭敬地递给余越寒。

“这是什么？”年小慕好奇地从他怀里探出脑袋，看了一眼，黑色的绒盒像是首饰盒子。

她的好奇心刚起来，余越寒已经打开了盒子。

璀璨的钻石项链，散发着迷人的光泽。余越寒将项链从盒子里取出来，走到她的身后，长指撩起她的头发，他替她戴上。然后他将她的身体转过来，低头看着她。

黑色的小礼服，不仅勾勒出她姣好的身段，还让她身上的气质变得高贵典雅。原本隐藏在身体深处的女王气息，隐隐有压制不住的趋势，再配上这条钻石项链，周围的一切就会在她面前黯然失色。

他一直都知道，他看中的女人是个宝，可是从来不知道，她的每一面都能给他惊喜。这样高贵美丽的她，让他不自觉眯了眯眼睛，眼神变得深邃无比。

“余越寒，你看够了没有？”年小慕不自在地动了动肩膀。

她看不见自己现在的样子，只觉得他的眼神像是一根火炬，正在一寸寸地灼烧她的皮肤，让她浑身的汗毛都竖了起来。她忍不住想捂住他的眼睛。

“可能这辈子都看不够了。”余越寒眼眸深邃，嘴角勾起宠溺的笑。他牵着她走到休息室的镜子前。

她出众的五官，绝美的脸庞，在钻石项链的映衬下散发着贵族气息。项链又跟身上的黑色小礼服相得益彰。

年小慕自己也愣住了，这样陌生的自己，一瞬间让她都有些说不出话。她呆滞了几秒，下意识地去摘脖子上的钻石项链：“太贵重了，我不能收……”

项链还没有解下来，余越寒已经按住了她的手，眼眸含笑，长指捏了捏她认真的小脸：“一会儿参加慈善拍卖会的捐赠品，你不戴，难不成我戴？”

年小慕一愣。

原来不是送给她的……

年小慕蓦地松了一口气。

做善事，她当然不会推辞，只不过，放松过后，心里又有些失落，她扭头瞥了一眼余越寒。他就没有想过送她什么礼物？说好的男朋友约法三章，要时不时给女朋友制造惊喜呢？

“别急，会有的。”余越寒像是看出她在想什么，薄唇微启。

年小慕刚想问他是什么意思，助手已经上前提醒：“寒少，拍卖会就要开始了，该进场了。”

余越寒从容地抬起手臂让她挽着自己。他带着她离开了休息室。

出席慈善拍卖会的宾客此刻都在宴会厅里寒暄。

余越寒在众人的瞩目下踱步而入。黑色的西装将他棱角分明的俊脸衬托得邪魅无比，飞扬的短发根根清晰，微微仰起的下巴、眼睛里散发的锐利让人不禁心生怯意。

他一走进来，不管是场内的名媛淑女，还是豪门千金，不约而同地看向他并朝他的方向移动。

刚才还井然有序的场面一瞬间变得热闹沸腾。

余越寒没有看周围的人，眼睛盈满深情，一直看着身旁的年小慕，紧紧地牵着她的手，十指相扣。他直接带着她进了慈善拍卖场。

两个人的位置在最前排，紧挨在一起。余越寒的手一直握着年小慕的手。那种一秒钟都不愿意分开的感觉，让周围不少人都在偷看。众人想八卦，又不敢上前打扰。

要知道，余越寒不近女色是出了名的，从来没有女人能靠近他身边。从前，也就只有一个文雅黛能时常在他跟前走动而没有让他厌恶。可如今，文雅黛被赶出余氏集团，销声匿迹。余越寒身边却多出了一个年小慕，他还当宝贝似的宠着……

余越寒抓着年小慕的手，旁若无人地把玩。

不知道说到什么，他的头还微微一侧，靠到了她的耳边，随即年小慕就红了脸，捶了他的胸口一拳，打情骂俏的画面让人脸红心跳。

后面的人看不见，但是在第一排的人几乎都看见了那些画面，全是一副见鬼的样子。大家突然觉得今天晚上的慈善拍卖会已经变成了发“狗粮”大会！

好在，主持人很快走到拍卖台上，宣布拍卖会开始。

“感谢各位贵宾的到来，让我们今晚的慈善拍卖会蓬荜生辉。接下来，我们将陆续展出今晚收到的捐赠品，不管拍出多少钱，我们都将全部用来做慈善，为慈善助力！”

主持人说完，现场响起一阵热烈的掌声。

年小慕正好奇地四处打量，疑惑这样盛大的慈善拍卖会梵羽怎么没有出现，该不会是因为手臂上的伤口还没有好吧？

她正出神，身旁的男人突然往她身边靠了靠："在想什么？"

想梵羽。

不过，这句话只能烂到肚子里，年小慕绝对不敢说出来。

年小慕忙挺直腰杆，支支吾吾："没什么，我就是想我们都出来了，小六六会不会乖乖听管家的话，按时睡觉。"

余越寒听见她提起自己的小公主，眼神变得温柔。他宠溺地揉了揉她的小脑袋："放心，小六六比你乖。"

年小慕接不上话。

夸小六六就夸小六六，还要顺带挤对她一下，他是不想要女朋友了吗？

年小慕舌尖顶了一下上腭，她刚要鼓起腮帮子，又听见他低沉的声音在耳边响起："看中什么就拍，当作我送你的礼物。"

没诚意！哪儿有男朋友送礼物让女朋友自己选的？

虽然年小慕在心里吐槽，可还是觉得美滋滋的，起码，他还知道哄她，对冰疙瘩不能要求太高！

余越寒见她笑了，才收回目光，将她的手抓起来一直握在手心。他看似在漫无目的地玩着她的手指头，可仔细一看，他的长指一直在她的左手无名指上来回滑动，像是在测量她无名指的尺寸。

年小慕没注意他的动作，一直看着眼前的拍卖台。眼前突然闪过一些陌生的画面，耳边又响起余越寒刚才跟她说的话，感觉好像曾经也有人这么跟她说过，可是她不记得了……

年小慕按住额头，脑子有一瞬间的空白。没等她回过神，拍卖台上已经开始了新一轮的拍卖。

年小慕甩甩头，让自己冷静下来，不再想那些有的没的，径直抬起头，正好看见主持人将最新的拍品拿上来。那是一枚别致的宝石胸针，祖母绿的颜色，看起来很有韵味和年代感。

这个胸针给年轻人不合适，不过给上了年纪的老人佩戴，却是不错的选择。当年小慕看出镶嵌在胸针上的宝石成色极好时，她忍不住拿起了竞价牌，报了一个价格。

周围的人听见年小慕报价一瞬间都安静了下来。众人纷纷猜测，这是余越寒想要，还是她自己想要，一时之间竟没有人敢跟她抢。

余越寒见她一直不说话，以为她对拍卖会不感兴趣，突然见她举牌，也忍不住侧目看向她。

这枚胸针不适合她。

“给你奶奶的。”年小慕对上他的眼睛，扬起嘴角，笑弯了眉眼，甜甜的笑容能甜到人的心里去。

余越寒胸口一悸，眼睛里散发着耀目的光芒。他握着她的手，薄唇微启：“也是你奶奶。”

年小慕：“你、你……你好好说话！”

这里人这么多，他突然说情话，万一她忍不住亲他怎么办？

年小慕脸红了，她掐了自己的大腿一把，让自己清醒一点儿。

她是女神，女神的形象不能崩！

年小慕一恍神，没注意到有人加了价，等她回过神，胸针已经被人拍走了。她气恼地瞪了余越寒一眼：“都怪你！”

余越寒听见她的话，眼里闪着诡谲的光，身体微微往她的方向靠，不顾在场还有其他人，俊脸朝她压低。余越寒嘴角一勾，他状似好心地提醒道：“奶奶不缺胸针，缺孙媳妇。”

年小慕一口气哽在胸口。

一言不合就调戏她，简直不能好好玩耍！

年小慕对上他认真的眼睛，不争气地红了脸，霍地站起来：“我、我去上个洗手间，你别跟着我！”

年小慕说着，扭头就跑。她一口气冲进洗手间，关上门才靠在门板上喘气。

“奶奶”“孙媳妇”，一想到他刚才的话，年小慕就忍不住捧着脸，差点儿尖叫出声。

啊——太撩了，哪儿有人这样告白的，连奶奶都不放过！

可是这样腹黑的余越寒，简直让人无法抵抗，要是她不跑出来，只怕会控制不住自己，将他就地正法……

年小慕在洗手间待了好一会儿，好不容易才平复好心情出去。

她走到门口，看见倚靠在门边的人，有些意外地抬头：“梵羽？”

她以为他今天不会来了。

怎么这个时候出现在这里？

他手臂上的伤好点儿了吗？

年小慕把目光下意识地转到他的手臂上。

他穿着白色的西装，温润的气质加上贵族的优雅，让他看起来无时无刻不像个王子。他的嘴角噙着一抹弧度，似笑非笑，眼神里透着让人忍不住想要靠近的温暖……

他见年小慕一直看着他的手臂，嘴角轻扬："伤口没有大碍，就是我自己不方便换药，缠纱布的时候，好像没有缠好。"

他说话的时候，刻意低下头，跟她平视，身上淡淡的青草香跟他绅士的举止一样让人觉得很舒服。

梵羽到底是因为她受的伤。

"那个……我学过护理，需不需要我帮你重新缠一下？"年小慕试探地问道。

年小慕说完，就见梵羽笑了，温和的笑容暖暖的，让人顷刻间就会对他卸下防备。

梵羽听见她的话，很主动地走到她面前，脱掉了外套，挽起衬衣的袖子，二话不说就拆掉了自己之前缠的纱布，露出伤口。已经开始愈合的伤口不像之前那么触目惊心，可是看着还是令人心里隐隐作痛。

年小慕忍不住提醒："你慢点儿，慢点儿！"

职业的本能让她按住了梵羽的手，指尖碰到他的时候，她被冷得微微颤了颤。她错愕地抬眸看着他，像是不敢相信有人体温这么低，如同冬眠的动物。

她回过神，接过纱布，重新给他缠上，一圈一圈。她的动作很温柔，她很专注……

梵羽站在她面前，高大的身形像是能将她包裹起来，鼻间淡淡的馨香让他眼底的光越发温柔："上次我问你的问题，你还没有回答我。"

"什么？"年小慕正在做事，心不在焉地应了一句。

梵羽对上她有些呆萌的眼神，心里微微一动。什么都忘了问，他极力克制着自己，才没有将她拥进怀里。

"缠好了。你刚才要跟我说什么——"年小慕话没说完，余光就瞥见站在不远处像是过来找她的余越寒。余越寒见她的手放在梵羽身上，那张祸国殃民的脸以肉眼可见的速度一点点地黑了下来。

年小慕吓得一下子就将手缩了回去，她转身进洗手间，拧开水龙头，洗了一下手。她出来后对上梵羽茫然的眼神，尴尬地解释："那个……手刚才好像碰到伤口，沾了血。"

梵羽："……"

他的伤口已经结痂了，哪里有血?

像是感应到了什么，梵羽转过身，看见正踱步朝他们走过来的余越寒，眼底闪过了然的光芒。

梵羽若有所思，嘴角扬起温和的笑，他主动打招呼："看来，寒少对今晚的拍卖会很有兴趣。"

"能让梵少这种大忙人都亲自过来一趟，可见今晚的拍卖会确实很特别。"余越寒不动声色，淡淡地启唇，目光却越过梵羽看向年小慕。

年小慕听着他们两个人互相恭维的话，一句都没有听懂。

她感觉自己的智商有问题!

梵羽看见她懵懂的模样，想跟她说什么，可是见余越寒在，最后一句话没说，打了一声招呼，提步走向拍卖场。

梵羽俊逸的身影一消失，一股无形的压力就朝着年小慕压过来。

她连忙甩了甩手上的水珠，连手都没擦，就急急巴巴地跑到他面前，像个犯错的孩子，诚恳地解释："刚才出了一点儿状况……"

她刚开口，余越寒就皱起了眉头。

她以为余越寒生气了，没想到余越寒突然伸手从旁边的台子上抽了两张纸巾，握住她湿漉漉的小手，温柔地替她擦拭。他将她的每一根手指都仔细地擦了一遍。随后他满意地握住她的柔荑，手一扬将纸团丢进了垃圾桶。

余越寒干脆利落的动作像是将她跟梵羽的接触都丢得一干二净了，看得年小慕浑身一颤。她连忙转移话题："拍卖会是不是快结束了?我们赶紧回去吧!"

余越寒挺拔的身躯一动不动。

他束手而立，黑色的身影与周围清冷的环境像是融在了一起，眼睛流转着蛊惑人心的光。他一字一顿地道："年小慕，我帽子绿了。"

年小慕嘴角一抽："哪儿来的帽子，你别胡说!我跟梵羽就是偶然遇见了，纯属意外!"

余越寒："牵手也是意外?"

年小慕："呸!哪里是牵手，我只是替他包扎了一下伤口。是你说的，你有个善良、对一只小猫小狗都格外好的女朋友!"

余越寒："你的手碰了他的手臂。"

这次罪证确凿了，他亲眼看见的。

年小慕听见他的话，顿时扬起手，笑眯眯地凑到他跟前："刚洗过了，香喷喷的，你要不要闻闻？上面全是你的味道，打了你的专属标签，喜欢吗？”

余越寒：“……”

她狡黠的模样让他心里的醋意一瞬间消失。他情不自禁地将她按到怀里，低头就堵住了她的嘴，好好地厮磨了一番，才心不甘情不愿地松开她。

他盯着她绯红的脸颊，恶狠狠地磨牙：“一分钟不盯着，就给我惹事，真想把你吃进肚子！”

年小慕撇了撇嘴：“你舍不得的，吃了你就没有女朋友了。”

傲娇的小脸让她像只小狐狸。

余越寒眼神充满宠溺，长指穿过她的头发，将人往自己怀里按了些。薄唇吻上她的耳郭，他用只有她能听见的声音道：“女朋友，我怕冷，晚上一起睡？”

年小慕：“……”

臭流氓！

等他们回到自己的座位，就发现身旁一直空着的位置多了个人。

她扭头一看，梵羽俊朗的脸上，没有露出一丝诧异，仿佛他早就知道，他们的座位连在一起。梵羽对上她错愕的目光，嘴角一扬，露出从容的笑意，算是打招呼。

年小慕看着他的笑容，神经一紧。她再看向余越寒，果然，某人刚才还因为占了她的便宜而春风得意的脸又黑了！

余越寒刚准备让年小慕跟他换位置，就听见主持人宣布，今晚的最后一件拍品即将展出。

余越寒的目光微微一变，他没有再说话，径直在自己的位置坐下来。

他一瞬间认真的态度，让年小慕有些意外。到底是什么东西让他这么紧张？而且她刚才离开的时间有点儿久，她脖子上的钻石项链还没有摘下来拍卖，怎么就到最后一件拍品了？难不成……

年小慕想到什么，霍地抬头看向余越寒。

他又骗她！

“这条项链你戴着好看，突然舍不得捐了，让人换了一条。”余越寒对上她的目光，宠溺地捏了捏她的小脸。

年小慕感觉自己又被调戏了。

工作人员拿着最后一件物品走上拍卖展台的时候，全场静了下来，那种肃穆的气氛，跟之前的喧闹形成了巨大的反差。

年小慕忍不住多看了两眼，好奇最后一件拍卖品是什么。

“最后一件拍卖品是一枚戒指。”梵羽温润的声音在她耳边缓缓响起。看见她吃惊的样子，他将手上的一份简报递给她。

那是放在拍卖座位前的简报，年小慕刚才就看见了，只是一直没有注意。如今她听见梵羽的话，翻开简报，只见一枚精致奢华的戒指印在简报最显眼的位置上。

不是普通的钻戒，而是一款看起来很古老的宝石戒指，上面的图案很别致，是个权杖，似乎是某种图腾。这枚戒指奢华，透着无法言喻的高贵之气。

年小慕一眼就被简报上的戒指吸引住了，手指不自觉地伸过去，抚过简报上的照片，指尖不受控制地轻颤。那种熟悉的感觉就像见到了自己的老朋友，可是她不记得，她见过这枚戒指。

“这枚戒指，叫‘女王戒’，据说以前是某位女王的心爱之物。后来不知道为什么，传到了民间，被商贾买下，之后辗转多年，换了好几个主人，直到——”梵羽停了下来，侧目看向她，眼神变得灼灼发烫。

直到，他的六六看见，她觉得这枚戒指很适合自己，出高价买了下来。

她一直戴在手上，从不离身。

直到她失踪的那天，这枚戒指才跟着她失去了踪迹。

这是六六的戒指。

梵羽原本对拍卖会不感兴趣，可一听见女王戒出现，几乎是一路疯狂赶过来。他希望能拿到这枚戒指，进而找到戒指主人的下落，就算找不到她，他也要将她喜欢的东西保管好，等她回来！

“这枚戒指还有一个很美的爱情传说。”梵羽看向年小慕，见她一直盯着戒指，薄唇微启。

闻言，年小慕下意识地扭头看着他，眼神里透着好奇。

她很喜欢这枚戒指，很喜欢。

她很少会有这种强烈想要一件东西的感觉，连带着，她迫切地想知道与这枚戒指相关的一切。

“女王戒并不像它的名字这么霸道，从宫廷里传出来的时候，其实是一枚象征爱情的戒指。据说，是女王心爱之人为她打造的权杖之戒，除了象征她至高无上的地位，也隐藏着打造者的心思。”梵羽的声音带着磁性。

一个很遥远的故事，从他嘴里说出来仿佛都带着画面感。

“女王戒这个名字，是打造这枚戒指的人起的，寓意着将你奉为我的女王，一生守护！”

年小慕的胸口猛地一震，同样的声音一遍遍地在脑海里响起。

“将你奉为我的女王，一生守护……”

为什么这句话这么熟悉？她好像在哪里听过？不，她一定听过！

梵羽还想再说什么，余越寒的手已经按住了年小慕的脑袋。他将她的脸扭向自己，定定地看着她，压低声音说道：“年小慕，你当我死了？”

当着他的面，就敢跟梵羽说悄悄话！

年小慕对上他深邃的目光，耳边又响起梵羽刚才说的那句话。

余越寒带她来参加这个拍卖会也是因为这枚戒指吗？看他的样子，也是很在意这枚戒指。照理说，今晚的拍卖会他只要把礼物捐出去，其实就可以先离场，根本不用坐到现在，可余越寒这么不喜欢应酬交际的人居然有耐心等到最后。

他是不是在等这枚戒指？

他也知道这枚戒指的寓意吗？

年小慕的心跳突然加快，快得像是心随时要从胸口蹦出来。她紧张地抿了抿唇，对上他不悦的目光，鬼使神差地抬起头，亲了他一口。

余越寒猝不及防被亲了一口，眼里闪过一抹亮光，长指抚过被她亲过的薄唇，脸上的笑意直达眼底。他刚要亲她，年小慕已经缩了回去。

她双手捂着脸羞得没脸见人。

啊——

她竟然当着这么多人的面亲了余越寒，脸都丢光了！

还好拍卖场内，灯光都集中在展台上，宾客席的光线反而没有那么亮，后面的人应该看不清她对余越寒做了什么。可她忘了，后面的人看不见，坐在她身边的梵羽却看得一清二楚！

他脸上神情落寞，深褐色的眸子里闪烁着危险的光芒。

他原本还打算用女王戒试探一下年小慕，没想到，她听见女王戒的故事之后，突然去亲余越寒。绯红的脸颊、满是俏皮的双眼……她动情了。可她动情的对象不是他，而是余越寒。

梵羽的脸色变得很难看。

“现在就为大家揭开今晚最后一件拍品的真面目……”主持人的声音将现场所有人的注意力都吸引到了展台上。最后一件展品盖着蒙了黑布的玻璃罩子，黑布慢慢地被揭开，镶嵌着红色宝石的女王戒，设计精妙，一瞬间就抓住了所有人的眼球。

场内爆发出一阵吸气的声音。

主持人刚报出底价，立刻就有人举牌加价。

短短半分钟，竞拍价就翻了一倍。

余越寒举牌的动作，明明很低调，可还是瞬间引起了所有人的注意。

拍卖场内，响起一阵倒吸气的声音。随即，场内又陷入极致的安静。虽说女王戒确实好看，可余越寒一直等到现在才出手，明眼人都看得出来，他是志在必得，这个时候再竞价，就是明着跟余越寒抢。想到这一层，不少人都退缩了，纷纷放下竞价牌，且不说得罪余越寒划不来，就是拼实力，在场的人谁的身家拼得过余越寒?

就在所有人都默认这枚戒指的归属时，姗姗来迟又一直沉默不语的梵羽举起了手里的竞价牌。

轰的一声，在场的人又是一阵惊呼。今天这场拍卖会真是高潮迭起，心脏不好的人只怕早就受不了了！跟众人吃惊的反应相比，余越寒像是早就料到梵羽会跟他抢。余越寒听见梵羽的报价，只是微微扬眉，继续往上加价。

梵羽也不甘示弱。

年小慕夹在两个男人中间，听着耳边的数字，用力地咽了咽口水。哪怕她很喜欢这枚戒指，可是这么多钱，够她买一屋子戒指玩了。

年小慕连忙扯了扯余越寒的衣袖：“亏了亏了！”

余越寒垂眸看了她一眼，蓦地低头，宠溺地在她额头上落下一吻。在她愣住的瞬间，他又加了价。

年小慕吓得立马低头看向自己的手指，这么贵的戒指戴在手上，她就是晚上睡觉都不敢把手指露在外面了!

疯了疯了，这两个人疯了!

梵羽也没有想到，余越寒想要这枚戒指的心思似乎比他还要强烈。

从商人的角度来看，他们再竞争下去，不管最后谁得手都是两败俱伤。如果换作其他东西，梵羽或许会放手，可是这枚戒指对他的意义不一样。他已经弄丢了六六，不能再连她喜欢的东西都守不住!

梵羽心一横，他握紧了手里的竞价牌，刚要举起，身旁的年小慕突然拽了拽他的胳膊。

年小慕见他还要加价，一脸惊恐，她将刚才提醒余越寒的话，也提醒了梵羽一遍："再加价你就亏惨了，真的，我不骗你！"

梵羽刚要举起的手顿了顿，他侧目看她，捕捉到她眼里担忧的光芒，眼神不自觉地温柔下来，胸口淌过一抹暖意。

或许是太思念记忆中的那个人，哪怕还不确定眼前的人是不是他的六六，只是看着她极为相似的脸，他就不忍心拒绝她的要求，甚至，舍不得将目光从她的脸上移开……

梵羽一恍神，主持人已经挥起小槌子，重重地敲下第三下："成交！"

梵羽眉心一皱。

木已成舟，他就是后悔也来不及了。

主持人宣布女王戒属于余越寒的时候，余越寒牵起年小慕的手，亲了亲她的手背。宠溺的举动，引得在场的人又是一阵惊呼。

今天这场拍卖会，不知道是来竞拍的还是来吃"狗粮"的。

"承让了。"余越寒从容地站起身，扣上西装外套的扣子，踱步走到梵羽面前。

梵羽的表情有些复杂，他看了一眼展台上的女王戒，又看了一眼站在余越寒身旁的年小慕，或许，这枚戒指注定是她的。

梵羽收起失落的表情，深深地看了她一眼，转身离开。他落寞的背影，还有离开前最后那个眼神，让周围的气氛仿佛都跟着低落下来。

年小慕的目光忍不住朝他离开的方向多看了两眼。下一秒，她的脑袋就被一只大手扳了回来："都已经走远了，还看？"

年小慕："……"

大醋桶。

看看都生气！

拍卖会结束，年小慕都来不及看看那枚戒指，余越寒就让人拿走了。

她眼巴巴地看着助手拿着戒指离开，心里却美滋滋的。

他买一枚象征爱情的戒指，是打算送给她的吧？

年小慕本来还想问问，可是一想到他可能要给自己一个惊喜，硬是忍住没问。

不能问，不能问，女神不能表现得太想嫁人。要是他真的拿着那枚戒指求婚，她还得好好考虑一下要不要嫁！

第二十章

往后余生，都是你

年小慕做了个梦，梦见余越寒穿着黑色的西装，手里拿着那枚女王戒，单膝下跪，深情款款地向她求婚……

她还没有来得及答应，一阵电话铃声就把她吵醒了。

她迷迷糊糊地抓过手机，接了起来。电话那头传来一道熟悉的声音："年小慕，你知道寒少为什么喜欢你吗？"

什么鬼？

年小慕眼睛睁开一条缝，她确定自己不是在做梦，低头看了一眼来电显示。她看见是文雅黛的电话，皱了皱眉。文雅黛消失了这么久，要不是这个电话，她几乎都要忘了这个人。

年小慕想到她刚才说的话，微微坐起身："你今天打电话来，是为了挑拨我跟余越寒的关系？"

"算是吧。"文雅黛承认得很干脆。没等年小慕说什么，她又兀自说道，"我知道，我有今天的下场都是咎由自取。是我自己沉溺在臆想出来的爱情里，无法自拔，导致自己一错再错。你们肯念在过去的情分上给我一个改过自新的机会，我已经很感激——"

年小慕皱了皱眉。

文雅黛大半夜不睡觉，就是因为良心发现特意打电话来向她忏悔？

“可是，我还有一点儿不甘心，一点儿忌妒，所以，我给你打了这个电话。”文雅黛轻笑了两声，那样的笑声在寂静的夜里有些瘆人，“年小慕，你难道不好奇，为什么这么多年，寒少身边都没有一个女人能接近他，偏偏你一出现，他就喜欢上你了吗？”

余越寒的洁身自好是出了名的，年小慕不是没想过，他有那么多选择，为什么偏偏选择自己。她握紧手机：“我不想听你废话，你想说什么，一次说完。”

“你天天照顾小六六，就没有好奇过，她的妈妈是谁吗？所有人都说寒少突然多了一个女儿，可是以寒少的身份地位，要是他不喜欢的女人，别说替他生儿育女，就是碰他一下，都不可能！”

年小慕的心口一紧。

她天天待在余越寒身边，知道他的防卫确实滴水不漏。

小六六是怎么来的？

“我实话告诉你，寒少深爱的女人一直都是小六六的妈妈。就算那个女人离开了，他的心里也从来没有其他人的位置。而你，应该只是因为长得跟那个女人相似，所以被当成了替身而已。”

年小慕眉心一拧。

文雅黛的话像是一根刺，刺进了年小慕的心里。哪怕年小慕知道，文雅黛是故意挑拨，可她听见“替身”那两个字的时候，心里还是有一种喘不过气的感觉。

文雅黛也知道年小慕不会轻易相信自己的话，又道：“寒少书桌最下面的一个抽屉里放着一幅画，那幅画，就是小六六妈妈的画像，只要你看了，你就知道，你跟小六六的妈妈有多像。”

文雅黛把想说的话说完，径直挂了电话。

文雅黛虚脱地靠在床边，微微侧过头，眼泪就流了下来。她另一只手里拿着一份签了字的认罪书……

众叛亲离的时候，文雅黛终于明白自己曾经错得多离谱，也终于有勇气去面对自己犯过的错。

这个电话是她最后的私心。

现在，都结束了。

手机屏幕暗下去的时候，年小慕愣了愣，旋即毫不在意地将手机一丢，重新钻进被窝。她再睡醒时，已经是中午了。混沌的脑子越睡越沉，她抱着被子在床上打滚……

难得不用去公司，可以在家里休息，还被余越寒虐得下不来床，她要去申请工伤！

年小慕想到这里，才想起来，前一次醒的时候，余越寒就不在了。

他去哪里了？

房门从外面被人推开，一抹颀长的身影踱步而入。

余越寒看见还赖在被窝里的人，嘴角一勾，走上前，将她捞进怀里，低头就是一个吻："睡醒了？"

"没醒！"年小慕睁着眼睛说瞎话，又缩回了被子里。

"中午了，先起来吃饭，吃饱了再睡。"余越寒说着，宠溺地捏了捏她的鼻子。

年小慕却不领情地拍掉他的手："少猫哭耗子，我起不来还不是因为你？"

年小慕恼羞成怒，余越寒却是一脸满足跟坦然，重新将她从被窝里捞出来，揉了揉她的脑袋，薄唇微启："乖乖起来吃饭，我送你一件礼物。"

礼物？！

年小慕一听见这两个字，脑子里顿时蹦出那枚戒指。

她从来没有那么喜欢一枚戒指。

不只是因为戒指好看，而是一想到余越寒会拿着女王戒跟她求婚，她的心跳就控制不住地加速。她刚才心里的不满都变成了兴奋的泡泡。她任由他抱着自己起床，任由他替她梳洗，最后年小慕还精心地从衣柜里挑了一条比较正式的裙子换上，才跟着他下楼。

他们进餐厅的时候，管家已经将午餐准备好了。

前一秒还以为自己会兴奋得不想吃饭的年小慕，看见满桌好吃的，哪里还记得什么礼物？

这个时候，先填五脏庙最重要。她从余越寒的怀里爬出来，坐到餐桌前，就开始大快朵颐。她吃了两碗米饭、好几碟菜，最后还喝了一大碗汤……

她撑得靠在椅子上，连动动手指的力气都没有，只能用眼神暗示余越寒：说好的礼物呢？

余越寒也不卖关子，见她吃饱了，扭头吩咐管家把东西拿过来。

年小慕看见管家真的拿着一个绒盒从外面走进来，刚才还懒洋洋的，一个激灵坐直了。她紧张地扯了扯余越寒的衣袖："那个……要不要换个地方？这里好像不太合适……"

哪儿有人在一堆还没收拾的碗碟前面求婚的？这不是在暗示自己娶了一个吃货吗？

余越寒听见她的话后，站起来，牵着她的手踱步出了餐厅。

年小慕向来天不怕地不怕，可是被求婚这种事情，实在淡定不了。

余越寒见她如临大敌，轻笑出声："你紧张什么？"他伸手点了点她的鼻尖，从管家手里接过盒子，放到她的手里，"自己看。"

年小慕抱着首饰盒，心口一阵小鹿乱撞，用力地咽了咽口水。在自己的心脏快要跳出嗓子眼儿的时候，她终于鼓起勇气打开了盒子。她看清里面的东西后，眸子蓦地一缩。

她拎起里面放着的胸针，一脸错愕地道："你说送给我的礼物，就是这个？"

她看起来像缺胸针的人吗？

他搞这么大阵仗，弄了这么大的悬念，最后就给她看这个？！

等等！

年小慕突然反应过来，又瞅了一眼手里的胸针。

这个款式、这个颜色，适合上了年纪的长辈用。他该不会是……

"你不是想给奶奶送礼物嘛，这款胸针是她喜欢的风格。"

拍卖会上，她看中的那款胸针被人买走了，可是她想孝顺奶奶的心思，他替她记下来了。

余越寒将她所有的表情收入眼中，眼眸变得戏谑，薄唇微启："年小慕，你刚才以为盒子里装的是什么？"

年小慕："……"

啊——

他一定是故意的！

年小慕为自己刚才的害羞和紧张感到深深的耻辱！

给我等着！

要是再有下一次，就是他抱着戒指跪地求婚，她也一定会无比淡定！

今天不用去公司。

年小慕吃饱喝足，正准备重新钻回被窝补觉，却被余越寒抱到了书房。

他加班，她就坐在他的大腿上看着。

年小慕当然不满这样的安排，当即就要从他的大腿上起来，刚一动，就听见他低沉的声音在耳畔响起："别乱动，否则我不用工作，你也不用睡了。"

算他狠!

一句威胁，年小慕真的乖乖地缩在他的怀里，一动也不敢动。

年小慕刚睡醒，本来就不困，这会儿她百无聊赖，索性歪着头，跟他一起看电脑上的文件。他偶尔低下头看着她，发现她看得认真，会随口问一句她的意见，年小慕也不拘着，心里想什么就说什么。

两个人契合得像是知道彼此内心的想法，每提一个想法都能得到对方的认可。

余越寒看着谈起工作就像变了一个人的年小慕，眼睛变得深邃。

"我不看了！"年小慕回过神，发现自己帮他看文件太吃亏，就靠在他的胸口，盯着他帅气的脸。阳光从窗外透进来，洒在偌大的书房里，一室温暖。

年小慕看着看着，就忍不住伸出手摸上他的脸，见他没有反应，又故意捏了捏。她发现他的皮肤手感特别好，又不服输地捏捏自己的，然后才心满意足地道："还是我的嫩一点儿。"

她嘚瑟完，发现刚才还在看文件的男人，这会儿已经低着头欣赏她自恋的样子，嘴角噙着一抹似笑非笑的弧度，像是在研究，她的脸皮哪里去了……

年小慕的脸顿时变得红扑扑的，她扭头扑进他的胸口，说什么都不肯抬头。

余越寒抱着她，只觉得胸口被什么东西填满了，空白了二十几年的心脏都变得充实。他宠溺地揉了揉她的头，听见手机铃声响起，接了起来。他听了两句，垂眸看了一眼窝在他怀里的年小慕，微微松手，让她自己先坐好，然后他拿着手机往外走，挺拔的身影转眼在书房门口消失了。

谁的电话？他怎么神神秘秘的？年小慕坐在椅子上，等了一会儿，没看见余越寒回来，她就趴在桌子前，看他电脑上的文件。余光瞥见他电脑旁边的相框，她伸手就拿了起来。他真的很疼爱小六六，他主卧室的床头，还有书桌上，放的都是小六六的照片。粉雕玉琢的小糯米团子，精致的五官像极了余越寒，倒是看不出来她妈妈长得怎么样。

小六六的妈妈……

年小慕的脑海里突然响起文雅黛电话里说的话。

什么替身不替身的，她不信。

可是她一直很好奇，小六六的妈妈是什么样的人。

为什么放着这么可爱的女儿不闻不问?

年小慕坐在书桌前，目光却不自觉地移到了文雅黛所说的那个抽屉上。她盯着看了一会儿，又移开目光，决定等余越寒回来直接问他。

可等她将一份文件看完，余越寒还是没有回来……

年小慕实在无聊，又忍不住将目光挪到了最下面一层的抽屉上。

很普通的抽屉，没有上锁，看起来也不像是收藏重要东西的地方。

不过，她转念一想，余家别墅不是什么人都可以进来的，更不用说余越寒的书房。

这里全是余氏集团的重要文件，没有余越寒的允许，只怕一只苍蝇都飞不进来，他的抽屉确实不用上锁。

“你天天照顾小六六，就没有好奇过，她的妈妈是谁吗?

“以寒少的身份地位，要是他不喜欢的女人，别说替他生儿育女，就是碰他一下，都不可能!

“而你，应该只是因为长得跟那个女人相似，所以被当成了替身而已……”

文雅黛的话一遍遍在年小慕耳边响起。

虽然她不信，但是心里也会好奇那个替余越寒生下女儿的女人。她的手不自觉地伸出去，将最后一格的抽屉打开。她看见最上面放着的是小六六的照片，她紧绷的神经一瞬间就放松了。她再往下翻也全是小六六的照片。

她暗暗骂了文雅黛一声。

果然，那个女人嘴里没一句真话!

年小慕刚要关上抽屉，就看见最里面的角落里，好像还有一张薄薄的纸被压着。她怔了怔，抽了出来，发现是一张素描。她看清上面的人后，眸子猛地一缩。

铅笔勾画的素描，上面是一个妙龄少女。少女穿着一身华丽的连衣裙，高贵俏丽，只是一个侧脸就美得让人移不开眼睛。真正让年小慕吃惊的是，少女手上戴的戒指。

上面权杖的花纹和红色如血的宝石，她昨天刚刚见过，不可能认错，是女王戒。画上的少女戴着女王戒!

如果她就是小六六的妈妈，那余越寒将那枚戒指买回来的目的……

年小慕的脸色瞬间发白，她咬着唇，让自己冷静下来。

她不能凭一幅画就认定他将自己当成替身。

他买回那枚戒指也不代表就是忘不了小六六的妈妈。

感情最需要的就是两个人的信任。

年小慕压住胡思乱想，拿着画就往门外走。

她要去问他，听他亲口解释。

年小慕走到门口，看见了站在楼道接电话的余越寒，他挺拔的身躯靠在墙上，头微微上仰，后脑抵着墙；单手插在裤袋里，俊美得有些邪气的脸庞逆着光，可以看见一层细细的绒毛，脸部的每一根线条，都透着放松和愉悦。

这样浑身透着温暖的余越寒，让她微微一怔。他们的距离有点儿远，她听不清电话那边说了什么，只是看着他有些出神。

余越寒没注意到自己正被人看着，听着助手在电话里的汇报，淡淡地启唇："地址都查好了？"

"整个H市适合求婚的地方都已经查过了，各种风格的都有，具体的方案我马上整理好发给您。"助手毕恭毕敬地回话。他们是第一次见余越寒动情，也是第一次见他如此费尽心思，谁敢不上心？

"不用，你安排一下，我亲自过去。"余越寒收回目光，眼底漾开一抹温柔。

电话那头的助手明显愣住了。

这种小事什么时候轮到他们寒少亲自出马了？

看来，寒少是真的爱惨了年经理啊！

等他回过神，又想起了什么，正了正色："寒少，还有另外一件事。今天去查小小姐妈妈的人回来了，他们发现了一些蛛丝马迹，要继续查吗？"

闻言，余越寒的脸色变得阴沉，脑海里顿时闪过两年前小六六抱着他的大腿喊"爸爸"的画面。一个这么小的奶娃娃，不可能会自己过来找爸爸，他不把背后的人找出来，谁都无法保证将来小六六不会因为她的亲生妈妈受到伤害。更重要的是，他无法忍受自己被一个来路不明的女人算计，却还不知道对方是什么人，有什么目的……

余越寒周身的气息变得凛冽："继续找，不惜一切代价，都要找到小六六的妈妈！"

他的话让刚走出房门的年小慕瞬间愣住了，她错愕地抬起头，看着眼前的男人。

他刚才说，不惜一切代价都要找到小六六的妈妈。

年小慕如遭雷劈，愣在原地，等回过神，仓皇地退回了书房。她重新坐到椅子上，脑子里都是他刚才的那句话。她以为的情有独钟，原来不过是因为那个女人走了……

那他对她的好又算什么？真的只是将她当成替身吗？

年小慕攥紧了手里的画，重新将画展开，目光死死地盯着画上的少女。寥寥数笔勾画的脸颊，看起来跟她是有几分相似，可是只有一个侧脸，她看不出来有多像。唯独少女手上戴着的那枚戒指，因为上面的权杖花纹实在太别致，所以稍稍一留心就能认出来。

他带她去拍卖会。

他买了戒指。

她一直以为这些都是给她准备的。

可如今，这幅画，还有他不惜一切代价都要找到小六六妈妈的话，都让她笃定，她的期望变成了笑话。

门外传来熟悉的脚步声。

年小慕从震惊中回过神，忽然就没有了质问他的勇气。她手忙脚乱地将画塞回抽屉，然后关上抽屉。她刚抬起头，就对上了正从外面走进来的余越寒的目光。

“怎么了，脸色这么难看？”余越寒将手机丢到书桌上，绕到办公桌后，将她抱起来。宠溺的话语、眼底的关心，瞬间就让年小慕心里的委屈涌了上来。这么好的余越寒，是真的喜欢她吗？仔细想想，她似乎从来没有听他说过一句正式的告白，一句完整的他喜欢她。

“余越寒，你为什么喜欢我？”年小慕从他怀里仰起头，像是自我怀疑的孩子，想要得到别人的肯定。

闻言，余越寒轻笑出声，只当她自恋的毛病又犯了，长指点了点她的鼻尖。他戏谑地道：“谁告诉你，我喜欢你的？”

年小慕心尖一颤，她又不甘心地问：“既然你不喜欢我，又有那么多人喜欢你，你干吗跟我在一起？”

“现在可以退货？”余越寒挑眉，认真地问道。

年小慕气得捶了一下他的胸口：“你做梦！你惹上了老娘，要是敢始乱终弃，我就把你五马分尸，丢到乱葬岗子！”

“嗯，那不就结了？”余越寒从善如流地道。那架势，听起来真像是为了不当负心汉才勉强跟她在一起的。

年小慕顿时被噎得说不出话来，心里更委屈了。她趴在他的胸口，张嘴就咬了他一口。她明明是为了泄愤，可是咬着咬着，眼眶就红了。

抽屉里的那幅画，纸张颜色都已经泛黄，他应该保存了很多年。是不是每次想念小六六妈妈的时候都会拿出来看看，睹物思人？他这么放不下，还让人不惜一切代价把小六六的妈妈找回来，那他有没有想过，如果真的把人找回来了，她怎么办？自动离开吗？那她拥有他的时间，岂不是就剩下一点儿了……

年小慕想到这里，手臂蓦地收紧，紧紧地抱着他。

余越寒察觉到她的不安，怔了怔，有些意外地垂眸看着她：“怎么了？是不是发生什么事了？”他只是出去接了个电话，她在害怕什么？

余越寒捏住她的下巴，强迫她抬起头。他瞥见她发红的眼眶，刚要追问，年小慕突然吻上了他的唇。

她的主动让余越寒愣了几秒，他刚想问清楚她是怎么回事，年小慕的舌尖就蹭过他的薄唇。她的动作很生涩，却让余越寒身体瞬间绷紧。

该死的！

她居然勾引他……

年小慕亲完他之后，还把莹润的唇紧张地抿了抿，可怜的小模样让他的理智顷刻丧失。余越寒将人抱到书桌上，加深了这个吻……

从书房到卧室，等一切平息的时候，年小慕已经累得昏沉，靠在他的怀里很快就睡着了。

余越寒抱着她，心满意足地亲了亲她绯红的脸颊，长指拨开她额际被汗水打湿的头发，又在她的额头上亲了亲。

她睡着了，只是睡得不安稳，眉心一直紧紧地皱着。

她是在生气他今天送给她的礼物不是戒指而是胸针吗？

小笨蛋。

戒指刚拿到手，肯定要先送去保养。而且哪儿有人求婚不准备，随随便便就把戒指给对方的？不让她失望几次，哪儿来的惊喜？

余越寒抱着她，眼底流动着宠溺的光芒。

年小慕醒来的时候已经是下午了。

她难得在工作日休息一天，居然都在床上度过了。她扭头没有看见余越寒，心口微微紧了一下。她将衣服穿好，就往书房走，发现他不在书房，正打算下楼问管家，管家就匆匆从楼下上来。

“年小姐，刚刚接到幼儿园的电话，说小小姐打人了，让家长马上过去一趟，可是寒少有事，刚才去公司了！”

年小慕听见小六六打架了，二话不说连忙回房间拿外套，然后下楼。

“要现在通知寒少吗？”管家跟在年小慕的身后，恭敬地问道。

“不用，我先过去看看。”年小慕想了想，摇头道。

余越寒今天说了休息，突然去公司，应该是有急事，没必要让他担心。

司机已经在门口候着了。年小慕走出去，拉开车门，坐到车里。

时间已经是午后，临近放学的时间，幼儿园门口全是来接孩子的家长，车子刚靠近幼儿园的街道就变得寸步难行。

“还有多久能到？”年小慕扫了一眼时间，蹙起眉头。

距离老师打电话到余家别墅，已经过去半个多小时了，虽说老师只是在电话里说小六六打人，并没有说她被人打，可是年小慕还是着急。小六六一直都很乖，鬼精灵的小丫头，平时只会撒娇卖萌，好端端的怎么会打人？

“年小姐，前面堵车，照这情形看，起码还要好一会儿。”司机一脸无奈地说道。

平时这里也没有这么堵，毕竟是办学条件一流的幼儿园，各方面条件都很好。可是这几天附近正好修路，车流量都往这边来了，到了高峰时间，任凭你多贵的车，在这段路都只能开成蜗牛的速度。

年小慕听见司机的话，心里更着急了。眼看着只有一小段距离，车子拐个弯就能进幼儿园，偏偏在这个路口堵死了。她咬咬牙：“车子靠边停，我先下车！”

司机听见她的吩咐，连忙将车子停在路边。

年小慕拿起外套下车，步行往前走。冬天很冷，呼出来的气都能看见，年小慕套上外套，搓了搓手，因为着急，小跑了起来。她跑到幼儿园门口，已经出了一身汗。

“年小姐，你怎么是一个人来的？”门口负责接送孩子的老师，认出年小慕，上前打招呼。

年小慕顾不上喘气，连忙抓住她的手问：“小六六呢？”

“他们班还没有下课，应该都在班里，你进去就能看见。”

闻言，年小慕跟老师打过招呼，快步往里走。

这家幼儿园，从一开始就是她陪着余越寒来选的。为了让小六六有个正常的成长环境，余越寒并没有让人知道小六六的身份，小六六在这里跟普通家庭的孩子一样。

年小慕出示了家属证明，刚走到教室门口，就听见教室里传来一个女人的怒骂声："今天的事情，你们幼儿园必须给我一个合理的解释！

"好好的孩子放在你们幼儿园，你们居然都看不住，让他挨了打是怎么回事？我告诉你们，这件事我绝对不接受调解，哪个小蹄子打了我儿子，就让我儿子打回去！

"误会？什么误会，我儿子脸上的伤你看不见？头都撞破了，你来给我说说，这是什么误会！我在你脑袋上开个洞再跟你说误会行不行？"

老师刚开口解释了两句，女人的怒火就转移到了老师身上，把年轻的女老师骂得快哭了。

年小慕皱起了眉，往里走，她在教室里看了一圈都没有看见小六六。

她又仔细找了一遍，才看见小六六软糯糯的小身子正蹲在桌子旁边，害怕得缩成一团。粉雕玉琢的小脸蛋红扑扑的，一双晶莹的大眼睛也含着眼泪，她紧紧地咬着小唇瓣，不让自己哭出来，可怜得像是被全世界抛弃了……

年小慕的心脏一瞬间揪了起来。

年小慕刚要上去抱小六六，就听见老师的声音响起："小六六很乖的，她平时从来没有动手打过小朋友。今天是因为罗强一直扯她的头发，捏她的脸，还怂恿班上的几个小男生一起说小六六没有妈妈，是个没人爱的小可怜。"

老师的话让年小慕的脚步一顿，心口莫名地发疼。

下一秒，年小慕就听见罗强的妈妈更加嘲讽的声音传来："我儿子愿意碰她，那是看得起她！我当是哪里来的小蹄子，居然敢打我儿子，原来是个有娘生没娘教的野种！"

哇——小六六终于忍不住，哭出声来："小六六不是野种，小六六有妈妈，不许你骂我妈妈！"

"你有妈妈，那你倒是让她出来，给大家看看！"那个叫罗强的小男孩跑出来，冲着小六六做了个鬼脸，"叫不出来了吧？你就是个没有妈妈的小野种！"

年小慕气得攥紧了拳头，一个箭步上前将小六六抱起来，冷冷地启唇：

“谁说她没有妈妈，我就是她妈妈！”

一句话掷地有声，教室里顿时安静了下来。就连刚才嘲讽小六六的罗强都被震慑住了，他往后退了两步，钻到他妈妈的怀里。

“小六六乖，你不是没人要的小可怜，你是我跟你爸爸的宝贝！”年小慕温柔地替小六六擦掉了小脸上的泪水，见她哭得浑身发抖，心疼得无以复加。

那个女人没想到年小慕会突然杀出来，骂得正起劲，突然被打脸，脸有些扭曲。随即她冷哼了一声：“有妈妈又怎么样？你就是余六六的妈妈是吗？你来得正好，你女儿打了我儿子，这件事，你总要给我一个合理的解释吧！”

女人说完，上下打量了一眼年小慕：长得漂亮有什么用？穿的是什么牌子的衣服都看不出来；妆都没有化，额头上全是汗水，像是走路过来的；浑身上下也没有一件值钱的东西，不用问就知道不是有身份的人。

一想到对方是个穷鬼，女人顿时趾高气扬地道：“我告诉你，我儿子可是罗家三代单传，他伤成这样，肯定是要做各种检查的，光是医药费只怕就不是一笔小数目。”

小六六抽噎着，听见女人的质问，从年小慕的怀里抬起头，搂住她的脖子哭诉：“小六六没有打人，是他坏蛋，欺负小六六……自己摔倒了……”

豆大的眼泪把年小慕心疼坏了，她在心里庆幸，还好今天来的人是她，要是换作余越寒，只怕在听见小六六被人骂“野种”的时候，就已经气得要杀人了。

年小慕察觉到自己又在想他，目光变得黯淡。她抱着小六六看向那个女人：“你听见了，我女儿说她没有打人，现在是你儿子欺负人，该道歉的人是你们。”

女人愣了愣，冷笑道：“她打了人当然不会承认，不过这里这么多人都看见了，我儿子是在你女儿面前摔倒才撞到头的，不是她推的，打死我都不信！你们要是识相，最好现在就给我跪下赔礼道歉，否则，就等着赔钱吧！”

女人说完，以为会看见年小慕惊慌失措的样子，再不然也该露出害怕的表情。可她等了半天，对方不仅没有被她吓到，反而给了她一个轻蔑的眼神。

年小慕都没有正眼看她，就径直走到老师面前：“我相信小六六不会说谎，教室里应该有监控，麻烦老师调取监控，还原一下事情的真相。”

小六六这样乖巧的宝宝，也是老师的心头爱。老师听见年小慕的要求，很快接话：“我已经让同事去调取监控了。”

说完，就见另外一个老师拿着监控录影带走进教室。

监控画面显示的是罗强一直捏小六六的脸，小六六推开他的手，他又不停地扯小六六的头发。最后，他还拉着班上的几个小男生，一起围在小六六身边，欺负小六六。

小六六被惹得生气了，突然站起来，看样子她是准备喊老师。谁知道几个小男生心虚，一哄而散。罗强自己不小心绊到桌子腿，摔在地上，脑袋还磕到了椅子上，磕掉了一块皮。说白了就是他自己作的！

亏这对母子还有脸恶人先告状！

年小慕看完视频，眼神变得凌厉，她冷冷地扫了女人一眼："罗太太，现在是你该道歉！"

被点到名的罗太太，脸色一阵青一阵紫。她一想到对方是个无权无势的普通人，不比罗家小有资产，态度又变得蛮横起来："就算不是你女儿推的，我儿子也是因为她才摔倒的！小小年纪就是一副狐媚相，长大了还不是个狐狸精！"

"你说什么？有胆子你给我再说一遍！"年小慕眼神一沉，她将小六六放下来，一步上前，伸手就揪住女人的衣领。

要不是因为小六六年纪还小，不想影响小六六的家教，照年小慕的脾气，这时候，早一个耳光甩上去，好好教教这个女人如何做人了！

"你……你想做什么？我告诉你，我老公可是罗氏企业的老总，罗氏是跟余氏集团都有合作的大企业，你要是敢动我，他一定告到你倾家荡产！"

"罗家？"年小慕眯了眯眼睛。

"对！就是罗家，知道害怕了吧？我警告你，快点儿给我下跪道歉，否则我一定让园长开除你女儿，让她连幼儿园都没的上！"

罗太太说完，瞥见正急匆匆从外面进来的园长，眼睛顿时一亮。

"园长，我在这里！你快让人把这个疯女人给我拉开……"

园长来得正好，肯定是收到消息知道她儿子被人欺负，过来给他们撑腰了。这下，看这对母女还不吓死！

她美滋滋地想着，推开年小慕的手臂，就冲到园长面前，叫嚣道："园长，这对母女大的不讲理，小的满口谎言，歪曲事实，你快把她们都赶出去！一定要开除！"

她说完，园长脸色一变。

别人不知道余六六的身世，他这个园长却是一清二楚。先不说别的，光是今天的事情，错不在余六六，人家受害者都没要求开除罗强，罗太太倒恶人先告状了。

园长冷着脸看向罗太太："罗太太，监控视频我已经看过了。这件事，错在罗强，麻烦你跟余六六和她的家长道歉，否则，我们将保留追究你影响教学秩序的责任！"

罗太太一脸蒙，指着年小慕，盛气凌人地道："园长，你是不是说反了？你不是该帮我把她们都开除吗？"

"我现在要开除的是你儿子！蛮不讲理，还仗势欺人，严重影响了我们幼儿园的优良风气。我现在就正式通知你，你儿子被开除了，请你们马上离开！"园长说完，扭头就让校警将她请出去。他快步走到年小慕面前，"年小姐，今天的事情是我们幼儿园的疏忽，我一定好好反省，绝不会再让类似的事情发生第二次！"

年小慕眯了眯眼睛，沉声道："这件事，我不会再追究，但是我希望小六六以后不会因为身世的问题，再被别的同学区别对待。"

每个孩子的童年都应该是单纯、快乐的。

"是是，这是肯定的！"

年小慕得到园长的答复，没有再说什么，抱着小六六就往外走。

小六六受了委屈，一直窝在她怀里，不吭声，一双晶莹的大眼睛都哭肿了。

司机已经将车子开到校门口，年小慕抱着她上车，轻轻地哄她："没事了，漂亮姐姐以后都不会让人欺负你！"

"不是漂亮妈妈吗？"小六六从她怀里仰起小脑袋，撇着小嘴问。

年小慕一怔，小六六把软糯糯的小身子重新蹭到她怀里，奶声奶气地撒娇："小六六怕怕，要漂亮妈妈抱抱！"

年小慕看她这个样子，应该是没事了，可是这称呼……

刚才情况特殊，她也是一时冲动才会冒充小六六的妈妈。

她现在能跟小六六解释什么叫权宜之计吗？

年小慕想到书房里的那幅画，还有余越寒的那个电话，她的情绪有些低落。她看着依赖她的小六六，忍不住问道："小六六，你就不想你的妈妈吗？"

小六六听见她的话，黑漆漆的大眼睛盯着她看了一会儿，小脑袋一歪，忽然伸手抱住年小慕："我只要你这个漂亮妈妈！"

年小慕蓦地一震，一股无言的悸动充斥在胸口，眼眶一瞬间就红了。年小慕强忍着眼泪，将小六六软乎乎的身子紧紧地抱进怀里。年小慕的下巴抵在小六六的小脑袋上，嘴角扯出一抹苦笑："如果你爸爸也这么想就好了。"

她们回到余家别墅，余越寒还没有回来。年小慕担心幼儿园发生的事情会给小六六留下阴影，一直陪着她，直到小六六抱着自己最喜欢的小猪玩偶睡着了才离开。

年小慕亲了亲小六六的小脸，刚准备起身，就发现小六六的手紧紧地攥着她的衣角。像是察觉到她要走，小身子一趴，小六六嘟哝道："漂亮妈妈……"

"我在这里。"年小慕毫无抵抗力地又躺了回去，伸手将她抱进怀里。年小慕看着小六六酷似余越寒的小脸，忍不住感慨，"父女俩都这么会耍无赖，是亲生的没错了。"

她想起余越寒，心口又是一阵刺痛。

她跟小六六挤在一张床上，她强迫自己闭上眼睛，眼前却一直浮现出那张棱角分明的脸。

外人能看见的只有他的高冷强势，她看见的是一个有血有肉的余越寒，他会生气，会吃醋，会耍无赖，会用各种手段哄她。她一直以为在他心里，她是特别的，却不知道，他的那份"特别"，早就给了另外一个女人……

黑暗总会让人的神经变得敏感。年小慕擦掉眼角的泪，不让自己再胡思乱想，抱着小六六沉沉地睡去。

第二天睡醒，年小慕简单收拾过后，就去了公司。

"年经理，我昨天发到你邮箱的日程表，你看了吗？"秘书一看见年小慕，忙迎上前询问。

年小慕一怔，旋即走进办公室，打开邮箱，邮箱里果然躺着一封邮件。

她昨天陪着小六六，很早就睡了，就连后来被余越寒抱回主卧室都不知道，根本没注意邮箱里有新邮件。

她点开一看，是公司安排的体检通知。余氏集团每年都会安排员工进行体检，年小慕进入余氏集团的时间不长，所以不知道员工体检的时间。

秘书站在她身旁提醒："其他的员工我已经发了通知。年经理是现在去医院吗？我马上帮你预约。"

年小慕往常的体检都是谭崩崩安排的。

她是第一次参加这种公司体检，听见秘书的话，抬起头："你正常安排吧，我都可以。"

"是。"秘书很快下去安排。

不到一个小时，年小慕就到了医院。跟其他的员工不同，年小慕是经理级别，公司有特别的优待，她不需要排队，体检的项目也更全面。

年小慕没吃早餐，先做了抽血检查，然后按序进行其他项目的体检。

"先坐吧。"年小慕刚做完妇科检查，回到医生的办公室，医生就指了指她面前的椅子。

年小慕坐了下来，看不出医生的表情是什么意思，紧张地问道："是我的身体有什么问题吗？"

"不用紧张，就是常规的询问。"给年小慕体检的是个老到的专家。医生五十岁上下，戴着一副金边眼镜，先是认真地看了一遍她的体检报告，然后才开口。医生一连问了好几个问题，年小慕都据实回答。

她见医生停了一会儿没说话，以为检查已经结束，正要站起来，就见医生抬头，问道："一胎是什么时候生的？这两年打不打算要二胎？"

"什么？"年小慕瞬间僵住了，错愕地看着医生。

什么一胎二胎，她怎么都听不懂？

"你生过孩子，自己都不知道吗？"医生见她的反应不对劲，扶了扶鼻梁上的眼镜，皱起眉，看着年小慕的眼神就像在看一个不良少女。

年小慕确定自己没听错，连忙解释："我没生过孩子！"

"胡说，我在妇产科工作了几十年，生没生过孩子我能看错吗？你剖宫产的疤都还在肚子上，你自己好好看看。"

年小慕听见医生的话，呆呆地掀开衣服，盯着肚子上的那道疤，声音都开始颤抖："这不是烧伤留下来的疤吗？"

谭崩崩一直是这么告诉她的……

"表面看起来是像烧伤，可是你的检验报告我看了，你确实生过孩子，照刀口的恢复程度，少说也有两三年了。至于为什么疤痕会变成那样，应该是剖宫产的疤被火烧过。"医生解释完，又提醒道，"你那块疤的周围应该也有烧伤，只是后期做了去疤修复。"

医生的话像是一道雷劈在了年小慕的脑子里，她的脸一下就白了。

她忘了以前的事情，根本不记得自己生过孩子，也从来没有想过自己会有孩子。如果医生说的是真的，那她的孩子呢？

谭崩崩救她的时候，有没有看见她的孩子？为什么谭崩崩从来没有提过这件事情，甚至没有告诉她，她肚子上的这道疤根本不是烧伤，而是剖宫产留下的疤！

“你没事吧？”医生见她的脸色不对劲，多问了一句。

闻言，年小慕猛地回过神，霍地站起来，走到医生面前，将所有的检查结果拿起来，转身就准备离开。想到什么，脚步顿了顿，她回头：“很抱歉，能不能请你不要将今天的事情告诉任何人？”

年小慕见医生点头，才拿着检查结果离开了医院。

一上车，她就给谭崩崩打电话，可是她打了很多遍，谭崩崩的手机都是关机状态。

她很快想起来，谭崩崩出国进修了。算算谭崩崩跟她说过的时间，这个时候，谭崩崩很可能在回来的飞机上。

年小慕失魂落魄地回到余家别墅。她一想到自己有过一个孩子，心脏就像是被人掐着。

她迫切地想知道，这到底是怎么回事。

谭崩崩说过，她捡到年小慕的时候，年小慕已经只剩一口气了。

那她的孩子，还活着吗？现在又在哪里？

医生说根据她的身体恢复情况，那个孩子应该有两三岁了。那应该跟小六六差不多大。

一想到小六六昨天在幼儿园遇到的情况，年小慕就变得六神无主。

她昨天还在想，小六六的妈妈怎么能这么狠心，丢下这么小的孩子就离开了。可如今，她也做了同样的事情。

如果那个孩子还活着，是不是也会遇到跟小六六一样的情况？是不是也会因为没有妈妈被别人歧视？被别人欺负？

只要想到这里，年小慕就坐立不安。她瞥见客厅里放着的余越寒的外套，猛地一怔，想到了一个被自己忽略的问题：她现在跟余越寒在一起，他会不会介意自己有过一个孩子？

可不管他介不介意，她都不想瞒着他。

小六六是余家的小公主，都会因为没有妈妈而被人欺负，那她的孩子又会有多可怜？如果那个孩子还活着，她一定要找到自己的孩子……

“年小姐，你回来了？”管家现在已经将年小慕当作余家别墅的女主人了，看见她从外面回来，礼貌地问候。

年小慕问："余越寒呢？"

"寒少刚从外面回来，好像有急事，去书房了。"

年小慕听见管家的话，才想起来，他这几天好像很忙。

她昨天睡得早，他几点回来的都不知道。

等她睡醒，他已经走了。

年小慕让自己冷静下来，提步往楼上走，一路上她都在想，如果他知道她生过一个孩子会是什么反应？他会嫌弃她吗？还是愿意陪着她一起去找那个孩子？

直到这个时候，年小慕才意识到，她根本舍不得离开他。越是深爱，越是害怕，她害怕他的嫌恶，害怕让他们分开的各种因素。

可是她没有选择，那是她的孩子，她不能当作什么都没有发生过。

年小慕看着近在眼前的书房，深吸了一口气，鼓起勇气走上前。她刚走到门口，就听见书房里传出余越寒有磁性的声音："你是说找到了？不用，我马上亲自过去！"

他在打电话，语气里的着急是年小慕从来没有听过的。

他找到什么了？让他这么高兴？

年小慕的脑海里突然闪过他之前让人一定要找到小六六妈妈的话……

她垂在身侧的手蓦地握紧，心口一阵钝痛。

没等她回过神，余越寒已经挂了电话，从书房里脚步匆匆地走出来。他看见站在门口的年小慕，脚步一顿，脸上闪过一抹诧异，旋即，又有些紧张："你什么时候来的？"

他试探的语气让她的瞳孔微微缩紧。

他就这么害怕让她知道，他在找小六六的妈妈吗？

年小慕深呼吸："你现在有时间吗？我有事想跟你说……"

"我现在有急事，得出去一趟，有什么事，等我回来再说，有惊喜给你。"余越寒宠溺地揉了揉她的头，没给她开口的机会便提步离开。

年小慕愣在原地，看着他的背影越走越远，仿佛两个人之间的距离也越来越远。她突然笑了。看，他们两个多般配，他孩子的妈妈不是她，她的孩子生死未卜、下落不明。这样的他们要怎么继续在一起？

年小慕笑着笑着，突然笑出了眼泪。她站不住，蹲到地上，双手抱着膝盖，像个被全世界抛弃的孩子，只能自己抱着自己……

"漂亮妈妈！"一道稚嫩的声音从楼梯口的位置传来。

年小慕发现有人上楼，手忙脚乱地擦掉眼泪。她一抬头，就看见小六六软糯糯的小身子正抓着楼梯的扶手，一步一步地往上爬。小六六一看见年小慕，立马开心地咧开小嘴笑，笑弯的眉眼让人恨不得马上将她抱到怀里。小六六一爬上楼，立马迈开小短腿，飞快地朝年小慕冲过来，一下子扑到她身上。

年小慕将小六六抱了个满怀，心口缺失的那一角仿佛被补上了。她回过神，连忙伸手摸了摸小六六的小额头。小六六昨晚睡觉蹬被子，早上起来的时候有点儿发烧，所以留在家里，没有去幼儿园。现在烧退了，她又开始活蹦乱跳。

小六六看见年小慕发红的眼眶，忙凑上前："漂亮妈妈不开心吗？小六六亲亲就开心了哦！"说完，吧唧一声，小六六在她的脸上亲了一口。

年小慕心口一暖。她想纠正小六六的称呼，不过话到了嘴边，却怎么都说不出口。她将小六六抱起来，下楼。她一边陪小六六做家庭作业，一边等余越寒回来。

"这是爸爸。

"这是漂亮妈妈。

"还有小六六……"

小六六在画画，老师让他们画的是一家人。

小六六很聪明，不像别的孩子一样，只是随便涂鸦。

她很认真地掰着手指头在数自己家庭的成员。她想了想，又在画上添了一个人头，小嘴还嘟哝着："这是太奶奶。太奶奶最疼小六六了，要画得好看一点儿……"

年小慕看着古灵精怪的小六六，突然又想起了那份体检报告。

她还不知道自己生的孩子是儿子还是女儿。如果是女儿的话，会不会像小六六这么可爱？一定会的！

她经常听见余家别墅里的用人们私底下说，虽然小六六长得像余越寒，性格却很像她，所以跟她投缘。

小六六不是她的女儿，都这么像她，如果是她生的孩子，性格一定跟她一模一样，讨人喜欢。

想到这里，年小慕又想到另外一件事：余越寒的脾气那么臭，小六六的性格肯定不像他，那小六六像的人就是她的亲生妈妈……

"我实话告诉你，寒少深爱的女人一直都是小六六的亲生妈妈。就算那个女人离开了，他的心里也从来没有其他人的位置，而你，应该只是因为长得跟那个女人相似，所以被当成了替身而已。”

文雅黛的声音重新在耳边响起。

年小慕的身体一寸寸变得僵硬。

余越寒会选择她，不仅因为她长得跟那个女人有几分相似，还因为她们的性格也很像吧？

年小慕咬住唇，提醒自己不要再想了。她刚抬起头，就看见满面春风、正从外面进来的余老夫人：“你们都不用扶我，我老太婆今天高兴，就是绕着余家别墅跑两圈都没事！”

余老夫人推开前面的人，急匆匆地往里走，看见年小慕，立时开心地招呼道：“我的小慕慕，你快来，来奶奶这里！”

年小慕回过神，连忙站起身：“老夫人，外面这么冷，你怎么过来了？”

“什么老夫人，都纠正多少遍了，还改不过来，要叫‘奶奶’！”余老夫人跟献宝似的从身后变出一个红色的首饰盒，“我今天过来，是给你带好东西的！”

余老夫人说着，打开了盒子。一对精致的龙凤镯，散发着金灿灿的光芒，格外好看。

余老夫人一把抓住年小慕的手，给她戴上，然后拉着她左看右看，越看越满意。

“奶奶，这礼物我……”

“嘘！越寒不知道这事儿，我偷偷准备的。”余老夫人笑得跟只老狐狸一样，拉着年小慕的手就吐槽，“他喜欢搞神秘，什么都不告诉我。奶奶也不知道你们的订婚宴要中式还是西式，就按照老规矩先给你备着，你要是不喜欢，咱们再换啊！”

“奶奶……”

年小慕看着疼爱她的余老夫人，突然红了眼眶。老人家这么开心地替他们准备订婚宴，应该是听说了拍卖会的事情。可余老夫人应该还不知道，余越寒买的那枚戒指并不是给她的，等他把小六六的妈妈找回来，他们就是圆满的一家三口，她这个替身也该识相地自己离开了。

老夫人给她准备的这对龙凤镯，她应该用不上了……

“傻孩子，这么开心的事，你哭什么？要是让越寒看见，还以为我老太婆欺负你呢！”余老夫人哄着她，吩咐管家将龙凤镯收好。

年小慕刚要再说什么，手机响了。

是秘书打来的电话，询问她体检报告的事情。

“在我这里，我已经拿回来了。”年小慕解释了一句，挂了电话。因为秘书的提醒，她忽然想到什么，微微垂眸。

“奶奶，我有事想出去一趟，你能不能帮我照顾一下小六六？”

“是不是越寒喊你约会呢？快去吧，别让他等急了，小心肝就放心地交给我吧！”余老夫人高兴地催促道。

听见那个名字，年小慕抿了抿唇，掩下眼底的落寞。她没有跟余老夫人解释，回房间翻出谭崩崩留给她的备用钥匙，一个人出门了。

她打车去了谭崩崩家，用手里的备用钥匙进了谭崩崩的书房。

谭崩崩是她昏迷醒来后仅有的朋友和家人，这里她来的次数不少，里外都很熟悉。

年小慕没有耽误时间，进了书房之后，就开始在书架上翻找自己的体检报告。

这几年，年小慕的体检都是谭崩崩帮忙做的，所有的体检报告也是谭崩崩帮忙收着，谭崩崩只告诉年小慕一个体检结果。如果她真的生过孩子，或许谭崩崩这里会有关于那个孩子的消息……

年小慕抱着这个念头将书房里外都找了一遍，最后在书架角落的抽屉里看见了一个盒子。盒子里除了她的体检报告，还有一个很奇怪的信封。

年小慕愣了愣，将信封拿出来，发现是一封还没有封口的信。她抽出里面的纸，是一份DNA检验报告。

她下意识地扫了一眼，看见最后的检验结果，身体蓦地一震。她不敢相信自己看见的，又将手里的报告从头到尾看了一遍，眼泪突然流了下来。

“小六六……”

她从来没有想过，自己会有一个孩子，更没想到，她的孩子离她那么近。她每天都能看见自己的女儿，却从来没有想过那是她身上掉下来的肉！

年小慕浑身发抖，根本控制不住自己的情绪。每一步都像是踩在棉花上，她完全不知道自己是怎么离开谭崩崩家的……

她手里紧紧地攥着那份DNA报告，手背都暴着青筋，却不肯松开半分。她害怕眼前这一切是她的错觉，要是她一松手，就会都消失。

她甚至都忘了拦车，站在街边，一动不动。从知道自己生过一个孩子，到找到自己的女儿，只有短短一天的时间，接连的刺激让年小慕已经不知道自己该是什么反应，她像个傻子一样又哭又笑。

直到眼前浮现出小六六粉雕玉琢的小脸蛋，年小慕才猛地回过神，拦了一辆计程车，飞快地报了余家别墅的地址。

话音刚落，她的手机响了。

年小慕将手机拿出来，看见上面的来电显示，想也不想地接了起来。

谭崩崩有些疲惫的声音从电话里传来："我今天刚回国，先到医院忙了一阵，手机也忘了开机。刚看到你给我发的消息，怎么了？"

年小慕听见她的话，攥着DNA检验报告的手一紧："你现在在哪里？我有事，要马上见你！"

"医院。"谭崩崩简言意赅地说道。说完，她就先挂了电话。

年小慕轻吐了一口气，连忙提醒司机改道去谭崩崩上班的医院。

医院很快就到了。年小慕以前经常来这里找谭崩崩，对这里的一切很熟悉，她做完访客登记，顺利地来到了谭崩崩的办公室。

她沉思了一会儿，先把手上的DNA报告收起来，放到包里。她深呼吸，然后拍了拍自己苍白的脸，确定自己看起来还算正常，才抬起手敲门。

"进来。"办公室里，传出谭崩崩清冷的声音。

随即，门就被人从里面打开了。

谭崩崩亲自来开门，看见站在外面的人是她，向来没有什么表情的脸上难得扯出一抹笑，然后给了她一个拥抱。

"我一回来你就找我，看来你很想我。"谭崩崩打过招呼，松开手，转身走到办公桌前，将椅子拉到年小慕前面，让年小慕坐下，自己则斜靠着桌子边缘，双手抱臂。谭崩崩侧目看着她，"你电话里说有事，什么事这么急着见我？"

年小慕看着眼前的人，想到今天一天发生的事情，有些紧张，太多的问题不知道该从哪里开始问。可她对上谭崩崩澄明的目光，心里的烦躁忽然平静了下来。她说道："我今天到别的医院做体检了。"

谭崩崩怔了怔，有些意外，她似乎意识到了自己的反应太激动，旋即端起桌子上的水杯喝了一口："好端端的，怎么想起去体检了，你不是刚在我这里体检过吗？"

"公司安排的体检。"年小慕随口应道，目光却一直盯着谭崩崩的表情，"你知道，替我体检的医生跟我说了什么吗？"

“说了什么？”谭崩崩放下水杯，抬起头看着她，没等她开口，兀自说道，“其实你不用太在意，你的身体情况我一直都在留意，是比正常人弱了一点儿，不过这不会影响你的生活……”

“我生过孩子。”年小慕蓦地启唇，打断了她的话。

谭崩崩微微张着嘴，没说完的话噎在了喉咙里。谭崩崩对上年小慕质疑的目光，半晌才叹了一口气：“你还是知道了。”

年小慕听见她的话，身体一震。

果然跟她猜的一样，从她知道自己生过孩子，她就一直在想，谭崩崩照顾了她这么久，不可能没有发现！谭崩崩的医术那么高超，是公认的好医生，又是自己的好朋友，这么大的事情，她如果知道了，为什么不告诉自己？

可再多的猜测，都只是猜测，谭崩崩是她的救命恩人，她不能什么都不说，就认定谭崩崩做了对不起自己的事情。所以接到谭崩崩的电话，她马上就来了，她想亲口问问谭崩崩，这到底是怎么回事。

“你早就知道我肚子上的这条疤根本不是普通的烧伤，而是剖宫产留下的刀疤？”年小慕想让自己冷静，情绪却是不受控制地变得激动。

谭崩崩是她醒来之后见到的第一个人。她什么都不记得了，身边只有谭崩崩。这几年，谭崩崩为了救她，连房子都抵押了，谭崩崩就像是她的亲人。

年小慕从来没想过，隐瞒她最深的人，是她最信任的人。

“你冷静一点儿。”谭崩崩将她按回椅子上，给她倒了一杯水。

年小慕没有接，只是瞪大眼睛看着她，等着她的解释。

“是，我早就知道了。”谭崩崩重新靠回桌子边缘，声音有些冷清，她的性格和年小慕的很像。

她的表情看起来也没有丝毫被揭穿真相的慌张，反而显得很冷静：“有些事情，我一直在犹豫要不要告诉你，你现在知道了也好。”

谭崩崩没有急着说什么，而是让年小慕等余越寒回来，将他一起约出来。

三个人在咖啡厅里碰面。

年小慕找到DNA检验报告的事情，没有瞒着谭崩崩。谭崩崩从她手里拿过那份报告，递给了余越寒。

年小慕没想到谭崩崩会这么直接，看见余越寒打开那份DNA检验报告的时候，年小慕紧张地攥起双手。

她心里很紧张，忐忑。她比谁都清楚，余越寒一直在找小六六的亲生妈妈，现在找到了，他会是什么反应……

年小慕还来不及胡思乱想，余越寒已经将她拥到了怀里，用力地按着她的后脑勺，像是要将她闷死在他的胸膛里。低沉的嗓音透着一丝喑哑，他幽幽地启唇："年小慕，这是真的吗？"

年小慕接不上话，她看到这份DNA检验报告后的反应，几乎跟他一样。她只能僵硬地点点头。

虽然她也觉得很不可思议，但这份检验报告是真的，小六六确实是他们的女儿，他们是真正的一家三口。

"到底是怎么回事？"余越寒惊喜过后，抱着年小慕不放，目光却幽幽地看向谭崩崩。直觉告诉他，这件事跟谭崩崩有关。

谭崩崩没有回避他的目光，确定年小慕这个时候情绪还算正常，缓缓地开口，将当年的真相娓娓道来。

原来，当年小六六会出现在余越寒面前，是谭崩崩一手安排的。那时候的年小慕因为产后虚弱，陷入了昏迷，一直没有醒。谭崩崩一边要照顾病重的她，还要照顾一个孩子，分身乏术。为了让小六六得到更好的照顾，谭崩崩只能将小六六送到余越寒身边，让他来照顾自己的亲生女儿。

可谁也没有想到，年小慕昏迷一年醒来之后，会忘了所有的事情，包括自己的女儿。

年小慕听见她的解释，很快将所有事情联系到一起："你知道小六六是我的女儿，所以在我病愈之后，刻意安排让我到余家别墅面试护工？"

谭崩崩没有否认。

"可是我记得，我到余家别墅那时候，余越寒根本不认识我，我们两个怎么会有孩子？"年小慕不解地问道。

她不记得余越寒很正常，毕竟她失忆了，可是没有道理余越寒也不记得她，难不成他也失忆了？

年小慕的问题，也是余越寒想问的。

他不记得自己见过年小慕，甚至不记得自己曾经碰过任何女人，那么，小六六是怎么来的？

谭崩崩："这件事，要从很多年前，N市墨家主办的那场盛大的商业酒会开始说起……"

墨氏集团，是N市的第一大集团。

跟"墨"这个姓氏一样，墨家是拥有历史底蕴的书香大家族。墨氏集团不仅是商界的泰山北斗，还是中华优秀文化的推广大使。

墨家的强大，不仅仅表现在集团规模的庞大，更体现在集团价值观的正能量上。“保护非物质文化遗产，弘扬民族文化”这样的口号，可不是谁都敢喊的。墨家不仅喊了，还踏踏实实地在做。

在当时，墨家影响力非比寻常。

墨家举办宴会，出席宴会的都是商场上有头有脸的人物。

余越寒当时刚接手余氏集团没几年，虽然他是商业天才，但他还是年轻人，面对商界的前辈，他还是抱着学习的心态出席了那次的商业宴会。

“那天跟晚宴同时举办的，还有一场民族手工艺品展示大会，那是墨家每年都会举办的展览会。为了迎接刚刚回国接手集团的墨家大小姐，那年的商业宴会办得格外隆重。”

谭崩崩的话让余越寒的脑海里浮现出一些画面。就连年小慕的脸色也变了，她按着头，有些东西仿佛要挣脱束缚，从她的脑子里钻出来。她仿佛看见了自己的过去——

明亮的宴会厅里，她看见所有人在等着墨家大小姐的出现，她却端着红酒杯躲在角落里看人来人往。

直到她看见一个人。

年轻男子出众的俊脸堪称绝色，黑色的短发飞扬，白色的衬衫搭配黑色的西装裤，简单的穿着，被他穿出了一种高冷、禁欲的感觉。

明明站在热闹的人群里，他的表情却像把整个世界隔离开了，他没有与其他人聚在一起觥筹交错。

他一个人端着酒，静静地站在那些优秀的工艺品面前，好看得像一幅画。

几乎是第一眼，她就记住他了。

可她当时不知道他是谁，只觉得他跟她一样，都不适合外面隆重的宴会，倒是站在展馆里更合适一点儿。

展览会上的民族工艺品，她早就都看过了，有不少优秀的作品，还是她推荐让主办方拿来展示的。

墨家会定期展出这些工艺品，是为了帮助那些默默无闻、一辈子都在专注于民族手工艺的工匠，给他们一个好的平台，让他们的作品能被更多人看见。

年小慕最喜欢的一件作品就是他此时在看的双面扇。

水墨挥洒，勾勒出的是一幅山村美景。

人影浮动中，是浓浓的淳朴的气息。

笔锋也好，这样的笔锋更让人能感受到画里淳朴、美好的景象。

一户村民，一家三口坐在银杏树下纳凉，小小的孩童绕着父母的膝玩耍奔跑……他们的身旁放着刚刚做好的手工艺品。

那种手艺的传承，无声无息地从画作里透露出来。

扇子的制作也很精良，不管是单看扇子的精细做工，还是扇面上的画，都深深地打动了她。

只是她没有想到，她突然遇见的陌生男人，居然也会跟她喜欢同一个作品。

他端着红酒杯，已经站在那把双面扇的展台前看了近十分钟，脚没有挪动一下。

不知道为什么，她看着眼前的他，忽然觉得也好像一幅画。然后她忍不住找来了一支铅笔和一张画纸，对着眼前的人就开始勾勒他的素描像。

她越画越觉得他好看，五官分明，鼻梁高挺，薄唇抿成一条线的时候，稍显凉薄。完美的脸部轮廓，就像上帝的宠儿，从哪里看都好看极了。

嗯，是个好看的小哥哥。

只可惜她不认识。

她当时画完素描，原本是想要送给他的，可真的画好了却舍不得送了。这么好看的小哥哥的画像，当然是留给自己了。她再转念一想，他每天对着镜子看自己的盛世美颜，肯定也看腻了，要送就给他送一幅不一样的……

于是，她将刚画好的素描收了起来，又照着自己的模样画了一幅新素描。

等她画好一抬头，刚才还站在展台前的人却不见了。

她拿着素描穿过人群，想要去找他的时候，发现他原来是在找人打听，他想买下那把双面扇。

论如何勾搭好看的小哥哥，年小慕当时的想法是要有一个不一样的出场。

墨家大小姐的身份肯定是不行的，太财大气粗了。而且如果她的身份一亮相，周围的人肯定是一顿阿谀奉承，她还怎么好好撩小哥哥？所以她想了想，决定低调一点儿，先留个好印象。

于是，她找来了展馆的负责人，让负责人告诉小哥哥，那把扇子已经被人预订了，预订的人就是她。

小哥哥想要扇子也可以，只能跟她谈。

展馆里人多不好办事，年小慕把地点约在了展馆外面的庭院里。那里光线有点儿暗，但是不影响她欣赏小哥哥的美颜，至于小哥哥能不能看清她，那就不重要了。毕竟她把小哥哥约出来，只是想把自己的画像送给他。是的，年小慕提出把那把双面扇作品让给他的条件就是附赠他一幅素描。而且她还声明，只要双面扇还在他手上，那幅素描他就不能丢掉，一定要好好保管。

这样奇怪的条件让他犹豫了几秒，可出于对那把双面扇的喜爱，他还是同意了。

临走前，他问了她的名字。她俏皮地没有回答，扭头就走了，打算留个悬念，给下次偶遇增加点儿趣味性。

可她完全没有想到，他们下次的遇见会这么快。余越寒在宴会上喝多了，一个人回酒店房间的时候，撞上了她，再然后他们就……

年小慕脸色从苍白渐渐变成了绯红，脑子里因为记忆的浮现，有些发涨，可是那天晚上发生的事情历历在目。

只是一场邂逅，她趁着余越寒没醒，就收拾干净落荒而逃。直到她后来发现自己怀孕，她想过去找余越寒，但发现他出国了。碰巧那个时候，墨家出了一些变故……

浮现的零星记忆让年小慕百感交集，她怎么都没有想到，文雅黛说的那幅素描，居然是她给余越寒的定情信物。她差点儿因为吃自己的醋而跟余越寒分手。

原来，他们的缘分开始得那么早。

年小慕按住太阳穴，想要再回忆后来的事情，可是怎么都想不起来，尤其关于墨家的一切，她怎么都记不清了。

“所以，我不是孤儿，我是墨家的女儿？可我怎么不姓墨？”年小慕强忍着身体的不舒服，开口问道，“还有，为什么我会重伤被你捡到？为什么这么多年我的家人都没有来找我？”

她不是没有想象过，自己失忆之前的样子。

她是什么人？

她的家人呢？

她脑海里，一直看见的那场火到底是怎么回事？

她逃出来了，她的家人是不是也活着？为什么没有人来找她？

这些问题，在她刚醒过来的时候，每天都会在她的脑海里重复很多遍。

每每她想要去寻找答案，就会头疼欲裂。她什么都想不起来……

谭崩崩以前是精神科医生，如果不是谭崩崩一直陪在她身边，开导她，让她学着放下执念，她只怕根本没有办法放下伤痛，开始新生活。

从她受伤失忆到现在，已经过去三年了。

三年的时间很长。

她不止一次想过，如果她真的有家人，或许早就来找她了。

她忘了所有的事情，再去追究以前的自己只会让自己痛苦。

可是现在……

余越寒第一时间注意到她脸色不对劲，伸手将她拥到怀里。过去的事情，他已经不想追究，也不在乎她到底是谁。他只知道，他爱的是眼前这个人。

谭崩崩肯定了年小慕的猜测："你就是墨家的大小姐，'年'是你的母姓，你母亲叫'年念语'，你还有个乳名，叫'六六'。至于你的家人……三年前，墨家发生了一场火灾，你的父母都不在了。"

准确地说，墨家的变故是从四年前就开始了，之后的一年，墨家陆陆续续发生了很多事情，直到那场火灾的发生。通天的大火，将整个墨家包围，等谭崩崩赶到的时候，他只来得及救出奄奄一息的年小慕和小六六。年小慕伤势太重，加上一夕家破人亡，谭崩崩担心她受不了刺激，所以在发现她失去记忆之后，没有贸然送她回墨家，而是选择带她离开了N市。

关于墨家的事情，谭崩崩似乎有所顾忌，并不愿意多说，只是点到为止。

年小慕没有想到会听到这样的真相。听见她父母都葬身火海时，她脑海里浮现出了很多的画面，眼泪控制不住地往下掉。她蜷缩到余越寒的怀里，哭得不能自已。

余越寒一直抱着她，没有松开，有磁性的嗓音带着安抚人心的力量："年小慕，觉得不舒服就不要想了。你现在不是一个人，你有我，还有小六六。过段时间，等你准备好，我陪你回墨家看看。"

良久，年小慕的情绪才缓过来，她轻轻地在余越寒的怀里点了点头。她想到了什么，抬头看向谭崩崩："你对墨家的事情那么熟悉，你跟墨家又是什么关系？"

"谭家老一辈受过墨家的恩惠，所以我一直是墨家的家庭医生，也算是从小陪着你一起长大的。”谭崩崩没有任何隐瞒地解释道。

所有的真相已经水落石出。年小慕用了很长时间才消化了自己从谭崩崩这里听到的消息。

很多事情，她还是记不清，关于墨家，关于她的过去……但是有一点她很清楚，她已经失去了父母，不能再失去余越寒和小六六。他们才是她现在最应该珍惜的人!

年小慕抱紧了身边的余越寒，可怜巴巴地问：“余越寒，你介意自己有一个连自己是谁都记不清的女朋友吗？”

“那你记得住自己的男朋友是谁吗？”余越寒淡淡地启唇。

年小慕点头如捣蒜：“记得住！”

余越寒宠溺地摸着她的头，嘴角一扬，勾起魅人的笑：“那就够了。”

从他选择她、准备跟她在一起的那一天，她的身份，她的过去，对他来说就都不重要了。他爱的是现在的她，是他真实接触到的年小慕。

她的过去，他来不及参与，是他的遗憾。可是她今后的人生，都将由他来守护，她只要明白这一点，就够了。

谭崩崩看见眼前这一幕，眼神里有些许欣慰，旋即还是忍不住打断了眼前虐单身狗的画面：“有件事，我可能需要跟你们说一声。”

余越寒和年小慕同时扭头看着她，谭崩崩尴尬地咳了一声：“跟梵羽有关……”

梵羽的私人别墅里。

他在接到谭崩崩的电话后，进了书房。

偌大的书房里，没有开灯。黄昏时分，橘色的光打在窗台上，一层暖意浮动。

他走上前，将书桌旁边的柜子打开，从里面搬出一个陈旧的箱子，吹了吹上面的灰。

“梵少，这个箱子，你一直不让人碰，今天怎么拿出来了……”助手站在他身旁，错愕地问道。

别墅里的人都知道，梵羽的书房从来不让人随意进出。

别人只当他是担心自己的书房里放着重要文件，泄露了会危及梵氏集团。只有他近身的人才知道，他真正在意的是书房里的这个箱子。

没有人知道，这个箱子里放着什么东西，只知道这里的东西梵羽异常珍视，除了自己，谁都不让碰。就是平时用人打扫，这个箱子也是绝对不能碰的……

助手说完，就见梵羽将箱子打开。看清里面的东西后，助手猛地一愣，他仿佛不敢相信，梵羽一直不让人碰的箱子里，装的居然只是一些不值钱的小东西。

“这是她最喜欢的洋娃娃，我第一次看见她的时候，她就是拿着这个洋娃娃跑到我面前，努力地踮起脚，说要送给我。”梵羽将箱子最上面的洋娃娃拿出来。

梵羽看着款式有些老旧却很精致的洋娃娃，记忆仿佛穿越时空，回到了他第一次跟六六见面的那一天。

那是一个午后。

太阳慵懒地斜挂在天际。

梵羽握紧了手里的洋娃娃。

那个时候，他比她大，看见穿着公主裙的她，第一眼就被惊艳了。他不自觉地走到她面前，接过她手里的洋娃娃。他正想问她叫什么名字，她就突然踮起脚，摸了摸他的脸，嘴里还嘟哝着：“好看的小哥哥，可不可以把它抱回家？”

那只小手像是摸到了他的心里，让他心尖微微一颤。从此，他的心里就多了一抹小小的身影。

“这是有一年我过生日，她送给我的水晶球。”梵羽将洋娃娃放下，拿起了一个水晶球。水晶球一晃动，里面的亮片就随着水流的波动，如同繁星般开始流转……

很好看。

水晶球的中间是个固定的公主雕塑。

他还记得那天，她神神秘秘地躲在门后面，趁着他不注意的时候，突然蹦到他面前，将这个水晶球递给他。她冲着他甜甜地笑道：“梵羽哥哥，这是六六给你准备的生日礼物，你喜欢吗？”

他当时光顾着看她粉扑扑的小脸，根本没有仔细看这个水晶球。在他眼里，她送他什么都不重要。只要是她送的，他都会喜欢。

“梵少……”助手想要说什么，梵羽却没有听见。他将水晶球放下，又拿起一盒巧克力。

“这是有一年儿童节，她送给我的巧克力。你说她是不是很傻，哪儿有女孩子一直给男孩子送礼物的？”梵羽的手抚过巧克力的盒子。

他的六六，就是这么特别，从小到大，只要她喜欢的，总会特别率真地去争取，从来不会扭扭捏捏。

助手看着那盒被梵羽一直放到过期都舍不得吃的巧克力，突然不知道该说什么安慰的话了。

有一种人，他看似温润有礼，对谁都很亲近。可其实他的心很小，只装得下一个人。一旦那个人出现，他的眼里就再也看不见其他人……

“还有这个，这是她亲手画的素描。”梵羽将箱子里的东西，一件一件地拿出来。这些全是他离开之前带走的东西，每一件都跟六六有关。

他一直不敢打开，因为只要一看见这个箱子里的东西，他就会想起被自己弄丢的六六。

他一直在想，等他找到她，一定要带她来这里，跟她一起，亲手打开这个箱子，打开属于他们之间的回忆……可是，现在已经没有必要了。

这些东西，或许对她来说，已经没有任何意义，只是他一个人的执念而已。

梵羽将箱子里的东西都摆出来，一件件地擦拭干净，又放回去。

助手在一旁看得不忍心：“梵少，年小姐只是忘记了过去的事情，你只要告诉她你是谁，她一定会想起你的！”

他们花了那么多时间，费了那么大的功夫，好不容易将人找到了，确定了年小慕的身份，助手实在想不明白，为什么梵羽会在这个时候突然放弃了。

“还回得去吗？”梵羽缓缓地站起身，回头看向身后的助手，薄唇微启。

日落了，天边最后一点儿亮光消失，他俊逸的身影仿佛也随着黑夜的降临透出无边的孤寂。

助手一步上前：“会的！一定会的！年小姐如果知道，你找了她这么多年，你一直在找她，一直在等她，她一定会感动的！”

梵羽眯了眯眼，眼底掠过一抹光。很快，他的脸色又恢复了平静。

助手说完，梵羽并没有说什么，只是走到酒柜前，从里面拿出一瓶红酒。他走到窗边，安静地喝着，等着夜空中缓缓升起的明月。

六六，我们又在一片月空下了。

这些年，你过得幸福吗？

你可曾想起过，你最喜欢的梵羽哥哥？

还记不记得我们在月光下的约定?

你帮余越寒生了一个女儿，那么可爱乖巧，那么像曾经的你，你知不知道，我心里有多忌妒？可就算你把我忘了，看见你过得这么幸福，我心里竟没有半点儿怨恨……

第二天下午，环境高雅的咖啡厅，坐落在城市的中心。

年小慕走到门口，攥紧了手里的包。面对自己的过去是她深思熟虑之后的决定。可就算是下定了决心，真的到了这一刻，她的心里还是不免有些紧张。

“小姐，请问几位？”前台的服务员看见她推门而入，礼貌地询问。

“我找人，他应该来了。”年小慕扭头在咖啡厅里找了一圈，最后在角落的位置看见了静静坐着的梵羽。

他不似往常穿着正式的西装，今天的他只穿着一件白衬衫，搭了一条白色的休闲裤，出色的五官让他看起来俊逸非凡，修长的手指捏着小小的汤匙不停地搅着面前的咖啡，不知道他在想什么。看得出来，他在出神。

听见脚步声，他抬起头。四目相对，两个人都愣了愣。

梵羽很快站起来朝她微微一笑，旋即绅士地替她拉开面前的椅子。

年小慕看着他的身影，心里微微一动。不知道是不是心理作用，她第一次觉得，他给她的感觉很熟悉，像一个宠着她的哥哥……

“谢谢。”年小慕一坐下来，轻声开口。

闻言，梵羽的身形一顿，嘴角扯出一抹苦笑：“你以前从来不会跟我这么客气。”

“以前？是指之前刚认识的时候，还是我不记得的那些从前？”年小慕抿了抿唇，有些好奇地问道。

梵羽听见她直接的话，脸上的失落反而收了起来，眼神变得宠溺：“都一样，你还是你，率真得让人无奈。”

梵羽重新坐下来，招手让服务员上前，拿着菜单问年小慕：“你想喝什么？这家咖啡厅的点心也很不错，要不要尝尝？”梵羽说着，将手上的菜单翻到蛋糕那一页。

“提拉米苏怎么样？”

“我想吃提拉米苏。”两个人同时说道。

说完，两个人同时安静下来。只剩下服务员在拿着笔记，然后接过菜单：“两位还有什么需要吗？”

“再给我一杯卡布奇诺。”年小慕率先回过神，笑着补充。

服务员很快拿着菜单走了。角落里，只剩下他们两个人。

刚才的那一下让气氛变得有些诡异，年小慕几次想说什么，都不知道该从何说起。一直到服务员将咖啡和点心都送上来，她用勺子舀了一块蛋糕，往嘴里塞。

熟悉的甜味，在唇齿间化开。她犹豫了一下，缓缓地启唇：“我们之前，很熟悉吗？”

她开口说话的时候，梵羽正在喝咖啡，听见她的话，眼珠一转。他将咖啡放下，淡淡地启唇：“发小儿。”

年小慕吓得勺子差点儿都掉了：“……”

按照一般的套路，女神失忆了，蹦出一个一直在找自己的发小儿，都是有婚约、要求女神负责的。

该不会，她失忆之前，对梵羽做了什么，才会让他一直念念不忘吧。

可是不对呀。如果她失忆之前，真的喜欢梵羽，那照她的性格，肯定是坑蒙拐骗、生拉硬拽，说什么都要先把人拐到手的。怎么会在喜欢梵羽的前提下，又跟余越寒生了小六六？

不对，不对，肯定哪里不对！

“你说的发小儿是指……”年小慕小心翼翼地问道。话到一半，她用力地咽了咽口水，像是在犹豫要用什么样的措辞比较合适。

“你喜欢喊我‘梵羽哥哥’，那个时候，你最喜欢黏着的人就是我。”梵羽薄唇微启，像是回忆起两个人的孩童时期，脸上露出温柔的笑，这让年小慕的小心脏一阵阵抽搐。

就在她快要被自己的胡思乱想吓得心脏骤停的时候，梵羽又缓缓地启唇：“我一直当你是妹妹，你不见了，我很担心你，所以一直在找你。”

“妹妹？”年小慕一下被噎住了。不知道是惊喜还是惊吓，她只觉得说话大喘气真的会吓死人。

她以为自己对梵羽始乱终弃，才会让他一直执着地非要找到自己。

要是刚才那几句话让余越寒听见，估计醋坛子早打翻了。

年小慕暗自嘀咕，没有注意到梵羽脸上一闪而过的失落。年小慕听见他说当自己是妹妹，暗自松了一口气。她随即想到什么，开口问：“既然我们一起长大，那你肯定很清楚我家里的事情。我的家人是怎么出事的？他们——”

“梵家很早就移居国外了，我们已经分开将近十年了，关于墨家发生的意外，我是后来回国才听说的。”梵羽蓦地启唇，打断了她的话。

他见年小慕错愕地抬头，眯了眯眼，像是做出了某种决定，幽幽地启唇：“或许，老天让你忘记了所有的事情，就是希望你能忘记过去的伤痛，重新开始。不管是我，还是你的家人，看见你如今幸福的样子都会替你高兴。你如果真的在乎他们，就应该像现在这样，幸福快乐地活下去，知道吗？”

梵羽眼神温柔地看着她，平静的面容看不出他内心的挣扎，桌子下方的手却紧紧地握成拳。他念念不忘的女孩，终究不属于他。那就让他来守护她的幸福，也不枉费她曾经对他的信任……

梵羽眼神里似有一丝不舍，很快，他又掩饰下去，语气轻松地道：“我来找你，不过是想确定你过得好不好，既然你现在过得很幸福，我就放心了。”

他眼底流转着释然的光色，大手轻轻地揉了揉她的脑袋，亲昵的举动不带一丝轻薄，只有宠溺：“以后，我还是你的梵羽哥哥，如果余越寒敢欺负你，我帮你教训他。”

年小慕来的时候，心里很紧张，她一直害怕会听见什么不好的消息，如今，悬着的心终于放下了。

她端起面前的咖啡喝了一口，舔掉嘴角沾上的泡沫，笑眯眯地道：“余越寒才不敢欺负我，他只会让我欺负。”

闻言，梵羽的手微微一顿，眼底闪过一抹复杂的情绪。他似乎没想到，余越寒那样霸道的男人，竟也有被一个小女人吃得死死的时候。

可他转念一想，那个人是他的六六，又觉得没有什么不对。他的六六值得最好的一切。

两个人没有聊太久，某个醋坛子的电话就到了。

年小慕一边用肩膀夹着手机，一边往嘴里塞蛋糕：“不用了，梵羽一会儿送我……什么叫我喜新厌旧不稀罕你了？我稀罕，我稀罕，我就是舍不得你辛苦，所以搭个顺风车。

“什么叫不顺路？你连梵氏集团的方向都去查了？

“做男人不能这么小气……好好好，你不小气，你不小气，我知道你在乎我，那我一到公司，就马上到你的办公室报到好不好？”

年小慕嘴上说着不在乎，一直嫌弃，她挂了电话，却美滋滋地抬头看梵羽：“我说了可以搭你的顺风车，他非要来接我。”

“他很紧张你？”梵羽淡淡地启唇。

年小慕将最后一口蛋糕放进嘴里，笑弯了眉眼：“嗯，一般般吧，大醋桶一个。”

“会给你压力吗？”梵羽又问。

他记得，她以前很不喜欢束缚，如果有个人一直在她旁边不让她做这个、不让她做那个，她只怕早就发火了。可现在，她居然会哄余越寒。

“不会呀，我管他管得更严，他要是敢背着我单独跟哪个女人吃饭，我早就被醋淹死了！”年小慕理直气壮地说道。她端起面前的咖啡，全喝了。

一想到余越寒那张盛世美颜要对着其他女人，她心里就泛着酸泡泡。

她决定了，她以后要努力赚钱，赚很多钱，然后包养余越寒！让他以后都不许到外面抛头露面，只能对着她笑……

她一想到这个画面，浑身的细胞沸腾了！人生都有了新的目标！她大大咧咧地靠坐在椅子上，扭头看窗外，等着余越寒来接她。

她率真的举动让梵羽看得都忘了说话。

她的小性子，即使她将过去的事情都忘了，依旧一点儿都没有改变。

两个人没有再多说什么，余越寒很快就到了。

“我先走了。”年小慕一看见停在咖啡厅外的车，眼睛顿时就亮了，拎起包准备离开。年小慕想到了什么，脚步一顿，回头看向梵羽，“我们结婚的时候，你会来吗？”

“会。”梵羽深褐色的瞳仁一闪，他笃定地启唇。

闻言，年小慕甜甜地笑了，朝他挥手再见，扭头往咖啡厅外跑。

梵羽站在玻璃墙里，看着她狂奔的身影一直跑到街边。

余越寒刚下车，正背着身关车门，像是察觉了什么，突然回过身，稳稳地抱住她。余越寒向来冷峻的面容上，勾起一抹宠溺的笑，他低头在她的额头上亲了一下。

他们很好。

梵羽双手撑在玻璃墙上，看见她脸上幸福的笑容时，他有再多的不甘都一点点地消失了。

余越寒将她抱到车上后，似乎是感觉到什么，突然扭头朝咖啡厅的方向看过来，一眼就看到了梵羽站的位置。四目相对，他们隔着很远的一段距离，谁都没有说话，只是一个眼神的交流仿佛就都明白。

“你在看什么？”年小慕见余越寒一直不上车，从车里探出脑袋，正要往前看，余越寒的大手已经捂住了她的眼睛将她按了回去。

“没什么，走吧。”余越寒收回目光，坐到车里，吩咐助手开车。

车驶出一段路后，他将年小慕抱进怀里：“都问清楚了？”

年小慕咬了咬唇，轻轻地点头。随即她靠进他的怀里，将梵羽跟她说的话跟余越寒说了一遍。

余越寒的眼珠眨了眨，不予置评，只是抱着她的手臂无声地收紧。

她忘了什么都不要紧，她以后只需要记得他跟小六六就够了。

“我现在要去哪里？回公司加班吗？”年小慕想起自己要赚钱包养他的宏图大业，兴致勃勃地问。

她正在心里给自己打气，突然发现这条路不是回公司也不是回别墅的路。她抬头看向余越寒，问道：“你要带我去哪里？”

“不听话，准备卖了。”余越寒瞥了她一眼，将她拉进怀里，用力地抱着她，低头就在她脸上偷香，低喃着，“算了，不卖了，舍不得。”

年小慕笑眯眯地被他抱着，舒服地靠在他的胸口。她问了他好几遍要去哪里，他都不肯说，索性不问了，闭上眼睛，没一会儿就睡着了。等车子停下来的时候，她才迷迷糊糊地睁开眼睛。她刚要坐起来，余越寒的长款风衣已经披到了她身上，是从头上盖下来的那种……

她连路都看不见了，眼前一片黑。她忙抓住他的手臂，想要扯掉他的外套。她刚一动，余越寒就按住了她的手：“别动，有惊喜。”

眼睛看不见，人的其他感官就会格外敏感。余越寒似乎感觉到她的不安，放慢脚步，带着她往前走。

年小慕什么都看不见，根据周围的声音判断他们好像进了一家餐厅，耳边还有风声，感觉像是一个露天餐厅。周围有些安静，只有轻轻的脚步声，她感觉不出来有多少人。

就在年小慕紧张得快要绷不住的时候，他们终于停了下来。

年小慕刚要开口说话，身上的外套突然被掀开，一瞬间昏暗的光线还是让她什么都看不清。

等她缓过神，看清眼前的夜景，忍不住往前走了两步，扶上栏杆：“这里好美呀！”

这是一个坐落在半山腰的露天餐厅，从入口到用餐的地方都铺了地毯。除了基本的引导灯牌，没有多余的灯光。她微微仰起头，天上的一轮圆月仿佛触手可及……

年小慕知道这家餐厅，听说这里是一家私人庄园，餐厅是特意建的，平时并不对外开放，只会在特殊的日子开放很短的时间，多少人想预约都约不上。现在并不是这里开放的时间，余越寒是怎么约上的?

“寒少说年小姐你一定会喜欢这里，所以出高价将这个地方买了下来，当作今天送给你的第一个惊喜。”助手站在一旁，笑着解释道。

第一个惊喜？难不成还有第二个？年小慕错愕地抬头看着余越寒。余越寒笑而不语，替她拉开面前的椅子让她入座，他的举止颇为绅士，自己则坐到了她的对面。

很快，侍应生就端着特制的烛台上来。随后侍应生又抱着一束刚剪下来的红玫瑰走上前，当着年小慕的面，一枝一枝地插进桌子上的花瓶里。

他们面前的这张桌子插完了，玫瑰花还在源源不断地送上来，一直到将整个露天餐厅的桌子和栏杆都插满了红玫瑰。烛光摇曳，跟红玫瑰交相辉应，让人仿佛置身在一片花海里……

“五千二百朵红玫瑰花，是第二个惊喜。”负责插花的侍应生笑着将手上最后一枝红玫瑰递给了年小慕。

年小慕看着眼前的红玫瑰，心跳控制不住地加速。

“两位的牛排，请慢用。”侍应生将两份牛排端上来，整齐地放到桌子上。

两块心形牛排静静地躺在白色的碟子里，摆盘的花瓣用的也是玫瑰花瓣，看得人心里不停地冒出粉红泡泡。

这是今晚的第三个惊喜吗?他到底准备了多少惊喜?

年小慕的心里突然有一股强烈的预感，可之前她失望过好几次。万一这次又是自己想多了怎么办?

年小慕深吸一口气，拿起餐具，准备切牛排。一刀下去，就听见一道响声，吓得她连忙停住手。

就在她以为牛排里会不会藏着戒指时，她突然发现声音并不是从她的碟子里发出的，而是离他们很近的山脚下……

砰——一道绚烂的烟花，在夜空绽放出玫瑰形图案。

砰——第二道烟花，紧接着升空。这一次是双心图案。

砰砰砰——璀璨的烟花，一道接着一道在夜空中炸响，如同流星雨般将整个夜空都照亮了。

年小慕看到最后，已经什么图案都看不清了，眼前只有一片亮光，还有在烟花中从容起身走到她面前的男人。

在她震惊得已经说不出话的时候，余越寒从口袋里拿出那枚女王戒，缓缓地单膝跪下。他举着戒指，一字一顿地道："年小慕，嫁给我，今后，你就是我的女王！"

年小慕紧紧地咬着唇，努力地仰起头，忍着不让眼泪流出来，可眼前已是一片模糊。之前说好的，就算他求婚，自己也一定要淡定，可是现在，那些想法早已被她抛到九霄云外。她下意识地朝他伸出手，疯狂点头："我答应，我答应！"

余越寒嘴角一扬，祸国殃民的俊脸上露出如孩童般愉悦的笑容。他将戒指戴到她的左手无名指上，站起身朝她张开手臂："年小慕，我爱你！"

"我也爱你！"年小慕早就忍不住，哭成了泪人儿，扑到他的怀里，死死地抱着他不撒手。

此时此刻，周围的一切已经消失，他的眼中只有一个她。

"年小慕，进了我的世界就再也不许离开。"他双手捧住她的脸，深深地吻了下去。一吻毕，余越寒将她抱到怀里，让她坐在自己的大腿上。

两个人紧紧地抱在一起，像是连体婴儿一样。

年小慕摸着无名指上的女王戒，捂着嘴偷笑。

啊——

他真的跟她求婚了啊，拿着含义特殊的戒指，单膝下跪。

年小慕抬了抬手指，看着在月色下散发着迷人光芒的戒指，手指一遍一遍地摸过上面的红宝石。

她越看越喜欢，忽然想到什么，低头看了一眼自己身上的工作装，捶了一下余越寒的胸口："你要求婚，怎么都不提醒我换身好看的衣服？这身衣服这么丑，怎么配得上这么好看的戒指？而且我下午的时候就洗了个脸，连妆都没有化。"年小慕摸了摸自己的脸，脸色更难看了。她瞥见不远处，摄像头的红点在闪动，猛地想到什么，转身藏进余越寒的胸口，小心翼翼地问，"你该不会还安排了摄影师吧？"

余越寒点点头，她的心一瞬间沉到了谷底："完了完了，我刚才光顾着感动，忘了哭也要美美的，好像鼻涕、眼泪都一起流进了嘴巴……不行不行，这次不算！"

年小慕霍地摘下戒指，塞进余越寒怀里："烟花就不用了，你就拿着戒指，重新跪下再向我求一次婚！这次我保证找好角度再哭，一定会哭得梨花带雨，既深情又楚楚动人。”

余越寒：“……”

谁来告诉他，这是怎么回事？求婚不是准备得很浪漫就可以了吗？为什么都已经求婚成功，戒指还会被退回来？理由竟然是担心摄像没拍好……

余越寒看着手里的戒指，眉心拧了拧：“年小慕，现在这样就很好。”是真的很好。

她身上有一种独特的气质，不管什么风格，她都能驾驭，就算只是一件普通的衣服，穿在她身上也会显得与众不同。可年小慕已经跟这个杠上了……

她焦急地说道：“我刚才连口红都没有涂，婚宴上放求婚视频的时候，我的女神形象怎么办？我记得我刚才哭的时候，太激动了，真的流鼻涕了，要是被高清大屏放出来肯定很丢人。还有还有，你跟我求婚的时候，我居然一秒都没有犹豫！”

余越寒：“……”

这也有问题？

他觉得很好、很棒！

她的犹豫要是敢超过三秒，他会直接把她丢到山下！

年小慕抓住他的手臂，眼巴巴地看着他：“再来一次，好不好？”

余越寒：“……”

“余越寒，多求一次婚你都不肯，你肯定是不爱我了！”年小慕撒娇不成，开始耍无赖。

“天生丽质难自弃，女神要对自己的气质有信心。”余越寒尝试着讲道理。

“呸！那你怎么不穿着汗衫，踩着拖鞋来求婚？你自己穿得英俊帅气，显得我那么难看。”年小慕吸了吸鼻子，佯装出委屈得快哭了的样子。

余越寒将她抱紧：“你要相信，不管你什么样子，在我心里都是最美的。”

“真的？”年小慕将信将疑地道。

“嗯，要是片子不好看，后期还有修图师，别怕。”

“你刚才还说只爱我有趣的灵魂，现在又开始在意我的外貌了！”

“那不重要，重要的是，婚宴上放出来的求婚视频，你一定是最美的新娘。”余越寒好不容易将人哄好，重新给她戴上戒指。他见年小慕还在纠结，轻轻地咳了两声，“年小慕，你有没有听说过，有人因为太作被未婚夫退婚的事情？”

年小慕怔了怔，看着眼前俊美如画的帅气脸庞，又低头看了一眼他还没给自己戴好的戒指。她二话不说就抓着他的手将戒指推到了最里面，然后扑到他的怀里，笑眯眯地开口：“亲爱的，我刚才就是跟你开个玩笑，惊不惊喜？意不意外？”

余越寒：“……”

夜色如墨。

余越寒怀里抱着年小慕，将自己面前的心形牛排切好，一块一块地喂到她的嘴里。

年小慕一个晚上又哭又笑的，体力消耗过大。她乖乖地靠在他的胸口，一边吃牛排，一边摸着无名指上的戒指，怎么都看不够。

“你这几天一直早出晚归，就是在安排这个？”年小慕仰起头，心疼地问道。

“嗯，本来还有更多的安排，不过怕某人一直等不到戒指会冲着我哭鼻子，所以提前了。”余越寒说着，将一小块牛排送到她嘴里。

年小慕含着牛排，嘟哝道：“那个人一定不是我！女神很矜持的，才不会想要嫁人，要不是因为看你有诚意，我才不会答应你。”

她说完，原本以为会听见余越寒的反驳，再不然他也要调侃她两句。可她等了一会儿，他居然只是将碟子里最后一小块牛排喂到她的嘴里，然后他伸手拿过另外一个碟子，继续切给她吃：“多吃点儿。”

年小慕突然有点儿感动，找到一个真心对你好、宠着你的男人，真的太重要了，肯定是她上辈子积德了！

“你吃饱了，换我吃。”他最后一个“吃”字，音调明显上扬。

年小慕：“……”

年小慕觉得刚才的感动肯定是错觉！她上辈子没积德，可能还造孽了！

等年小慕吃饱了，还来不及好好欣赏夜色，就被某个心急的男人打横一抱，大步往庄园里的套房走去。

“我刚才吃多了，我想上洗手间！”年小慕刚想跑，就被抓了回来按在墙上，嘴被封住。她好不容易喘口气，忙道，“真的，我憋不住了！”

“房间里有洗手间。”余越寒重新堵住她的嘴。他将人一路亲着往前走。他看见近在眼前的房间，迫不及待地上前，刚要踹开房门，就听见楼道里传来一阵脚步声。

现在这里是他的私人庄园，他吩咐了清场，不让任何人打扰。这个时候怎么会有人?

“有人来了！”年小慕像是看见救星一样，忙从他怀里探出脑袋。很快，她就看见风风火火地走进来的余老夫人。

老夫人一看见他们，立时开心地道：“臭小子，这么高兴的事情，你居然瞒着我！还好我聪明，让人跟着你，才能赶上！”余老夫人说着，伸手就从余越寒怀里将年小慕拉了出来，激动地拍着她的手，“从第一眼看见你，奶奶就知道你跟我们余家有缘，果然没看错！”

“奶奶……”余越寒想说什么，余老夫人压根儿没理他，继续拉着年小慕，一个劲地夸。

“看见你们终于定下来，奶奶真是比谁都高兴，总算是让那个臭小子给骗……追到手了！你都不知道，越寒从小脾气就古怪，又不喜欢跟同龄人玩，总是一个人闷在房间里，我都担心自己的孙子长大会是个傻子。谁知道他遇上你就变了个样，居然连骗女孩子的那套都学会了……”

“咯咯！”余越寒发现奶奶一高兴就揭自己的老底，紧张地提醒她。

闻言，余老夫人用余光瞥了他一眼，笑眯眯地道：“小慕慕现在是自己人，不怕！”

余越寒：“……”

奶奶，你坑我的时候也想想我是自己人呀。

我是你的亲孙子!

“要不是刚才亲眼看见，奶奶都不相信，这么浪漫的事情居然是我这个冰疙瘩一样的孙子干出来的，哎哟，我都不好意思夸他了！”余老夫人活了一大把年纪，什么没见过，可是刚才那一幕，还是让她热泪盈眶。她紧紧地抓着年小慕的手，语气也变得认真了，“我这个傻孙子呀，虽然话少，但是奶奶看得出来，他对你呀，是真的上了心，恨不得把这世上最好的都给你！”

年小慕扭头看向余越寒，对上他盈满深情的眼睛，心口一悸，脑海里突然闪过这样一句话：我拒绝了所有人的青睐，只为等你一个不确定的未来。

对余越寒而言，她就是他的那个不确定的未来。

对她而言，他也是。

此生能跟余越寒相遇、相爱、相守，大概就是她这辈子最好的福气了。

年小慕心里微微一动，她动了一下唇瓣，朝他无声地说了三个字：我爱你!

余越寒眼睛一眯，眼底泛起一层让人觉得危险的光，是那种想要将她拆吃入腹的眼神。可他奶奶还没有说完。

"求婚了好呀，求完婚就该准备结婚宴了！"余老夫人越想越开心，眼角全是笑纹，"奶奶就希望呀，你们能一直好好的，再给我添几个曾孙、曾孙女，那我做梦也能笑醒……"

"奶奶！"余越寒实在忍不住了，走上前，伸手揽住年小慕的肩膀，顺着余老夫人的话说道，"时间不早了，该休息了，不然你其他的曾孙、曾孙女没法来跟你报到。"

余老夫人："……"

年小慕刚想跟余老夫人求救，腰已经被人警告性地掐了一下，吓得浑身一哆嗦，不敢再吭声。年小慕只能眼巴巴地看着余老夫人，用眼神求她带着自己一起走……

"那个，时间是不早了，你们也早点儿睡！"余老夫人说着，瞅了一眼年小慕的肚子，又忍不住叮嘱道，"越寒啊，悠着点儿，万一里面已经有我的曾孙或曾孙女了呢！"

年小慕眼看自己就要被卖了，刚准备开口，余越寒就将她按进怀里，伸手推开房门："奶奶，有什么事我们明天再说！"

余老夫人想着余家可能马上就要添丁了，正乐得合不拢嘴，见余越寒要关门，突然想到什么了："你们先等等……"

砰——回应她的是余越寒无比快速关上门的关门声。

他转身将年小慕压在门板上，低头在她的唇上亲了一口，挑起她的下巴，眼里闪着蛊惑的光："年小慕，你刚才听见奶奶的话了，我们是不是要再加把劲？"

"我、我想先洗澡！"年小慕被他看得浑身发颤，腿软得差点儿站不住，在自己被吃之前，她脱口而出。

"是吗？"余越寒眼角微微上挑。他睨了她一眼，从容地后退一步，扯掉自己的领带，然后脱了外套，双臂撑在她的身侧，垂眸看着她，"我不介意一起洗。"

一想到浴室里可能发生的事情，年小慕顿时打消了"洗澡遁"这个借口。她推开他，转身就往阳台走。她拉开窗帘，皎洁的月光洒在地板上，晕开一片迷人的光。

年小慕深吸一口气，刚想说"今晚的夜色真好，让我们纯洁一点儿，来一次心灵上的交流”，人已经被余越寒从身后拦腰抱起——妥妥的公主抱。他转身就朝房间里那张大床走过去。他将她放在上面，热情的吻堵住她的嘴。

“床上好像有东西在动。”年小慕突然感觉到了什么，双手抵在他的胸膛上喊道。

“年小慕，别挣扎了，你跑不掉的！”余越寒只当她在找借口，根本不理，伸手就准备脱她的衣服。他刚解开第一颗扣子，就瞥见被子里真的有一团东西正在努力地往外爬，速度还挺快，一眨眼就爬到了枕头所在的位置。

他身体一僵，想到门外的余老夫人，脑海里忽然闪过什么，心里升腾起一股不祥的预感……

余越寒将年小慕扶起来，伸手抓住被子的一角，用力地掀开，一抹软糯糯的小身影正满头大汗地趴在被子下面。下一秒，小六六笑弯了眉眼，朝他扑过来：“爸爸，小六六也要跟妈妈一起睡觉觉！”

（全文完）